喜欢是一种直觉,明白吗?
不是有了标准再去找喜欢的人,
而是有了喜欢的人才知道,
原来她就是我的标准

CONTENTS

summer night

Chapter 01
求解未知数的X 001

Chapter 02
浮动在水中的月亮 027

Chapter 03
歧路相逢勇者胜 050

Chapter 04
四两拨千斤的苹果 071

Chapter 05
学弟欢教学吗 097

Chapter 06
少年无所顾忌 122

Chapter 07
过来，我带你去兜个风 147

Chapter 08
哈利·波特和解忧杂货店 173

Chapter 09
娜娜口袋里只有一颗糖 207

Chapter 10
椰子和粤利粤 236

Chapter 11
失友清单 254

Chapter 12
给你一瓶魔法药水 296

Special
椰椰观察日记 336

Chapter 01　求解未知数的 X

在被《好运来》的巨大闹铃声吵醒之前，宁岁的梦境是无比甜蜜的——她正在和好闺密胡珂尔吃肉蟹煲，一整盆牛蛙和鸡爪，味道非常香。虽然店员说了这道菜一胖就胖俩，但是她们俩仍然像饿急了眼的狼一样义无反顾地扑了上去。

这梦做得过于有滋有味，以至于宁岁盯着自家卧室雪白的天花板愣了好几秒，才逐渐想起今天是什么日子。

随着闹铃一同响起的还有母亲大人夏芳卉在外面扯着嗓子的叫声："快点起床了！今天是毕业典礼，你再不出发就要迟到了！"

宁岁看了一眼手表，才七点不到，而典礼在九点开始。

夏芳卉的性格比较容易一惊一乍，凡事都要打好提前量，每次坐飞机必提前四小时整装准备，自驾旅行时，早上刚起床便已经计划好晚上吃什么，和人约见面掐着时间到会让她难受好几天……很可惜，宁岁一点也没遗传到她的守时基因。

"记得马尾扎高点，显得精神！碎头发要绑上去，对了，我上次给你买的那个粉色发圈比较好看，用那个吧……"

外面唠叨声不断，宁岁在房间里慢吞吞地换上蓝白色校服，随手扎了下头发，将桌上需要带的纸质资料收拾进书包。

宁岁推开房门，正对上深吸一口气的夏芳卉。两人大眼瞪小眼对视须臾，夏芳卉忍不住呵斥道："就你这速度，要是参加起床比赛你肯定全班倒数——头发怎么还是绑得这么低?"

"一会儿弄。"宁岁一边随口应着,一边进卫生间洗漱,口齿含糊地说,"那也没事,高考又不考起床。"

"嘿,你这孩子!"

今天家里很热闹,不是只有她俩在拌嘴。

难以想象,大清早的,宁越这小鬼头居然已经开始学习了。学习本是好事,但他把宁德彦气得够呛。

此时宁德彦正在看宁越的高分作文《我的爸爸》,书房传来他努力压制愤怒的声音:"你告诉我,你为什么在作文里写你爸虽然表面看上去很温和,其实私下里有一些家暴的倾向?从小到大,这么多年我打过你吗,啊?"

隔了几秒钟,宁越用稚嫩的声音却老成地说:"爸爸,你要知道六年级的小孩思想已经开始变得复杂……"

宁德彦怒问道:"所以?"

宁越继续说:"同学们为了得奖都写得天花乱坠,有说爸爸酗酒的,有说爸爸动不动爱骂人的,我要是不增加一些戏剧性表现人物张力,就会显得很平庸了。"

宁德彦:"……"

瞎编乱造的八百字作文让一个被父亲严苛对待的可怜小孩的形象跃然纸上。故事倒是不平庸了,老师打完高分,顺便还上门严肃"慰问"了一下家长,话里话外都在委婉地表示:"宁爸爸,您是不是工作压力太大了?对待小朋友要有耐心,如果实在不能控制自己的暴力行为,就做一套阳光普拉提静静心。"

这篇作文后来还作为范文被贴在教室板报墙上展出,家长会上一群又一群的人前来阅读,谁都能看见。宁岁在卫生间里听得都快笑死了,她老爸生平最爱面子,这可真是生命无法承受之重。

今天是宁岁高中毕业典礼的大好日子,一家人却分外冷漠地吃完了早饭。她临出门的时候,宁越这小鬼头还在对她嘻嘻笑道:"姐姐走好啊。"

宁德彦的公司有事,便由夏芳卉送宁岁去学校。一路上车飙得飞快,夏芳卉生怕迟到。今天宁岁会作为学生代表在毕业典礼上发表讲话,夏芳卉特意借了专业的摄影设备,打算到时候全程录像。

在车上的时候,夏芳卉还连连叮嘱:"到学校记得和于老师道谢,这三年他教你很多,竞赛那件事后没责怪你,还一直鼓励你,我是很感激他的。"

于老师是宁岁的数学老师,是个说话比较严肃,但是上课格外风趣的老头。

高中这三年,宁岁一直在铆着劲做数学竞赛的题。她原本是冲着集训队去的,考完省赛之后就是CMO国赛(全国中学生数学奥林匹克竞赛),前六十名可以保送,T大和P大的专业随便挑。

夏芳卉也一直拿最严格的标准要求她,奥林匹克的书来来回回翻得都快起边儿了。谁知道宁岁当时压力太大没发挥好,只拿了省一等奖,连国赛都没进。

"知道了,妈。"宁岁戳戳她的椅背,不着痕迹地撒娇,"别那么严肃,我这不是靠自己在高考时扳回一城了吗?也算是没辜负于老师的谆谆教诲。"

提及此,夏芳卉的眼里浮起了点笑意。

六百八十五分,全校第二,直接靠裸分考上P大数学系,宁岁的确是争气。

所以这次去学校,夏芳卉觉得倍有面子,一想到体育馆里满满当当都是人,而她家宝贝女儿要在上面演讲,她就觉得特骄傲。

对此,宁德彦心痒得不得了,可惜今天他公司的会议多到数不清。人头攒动的会场内,他在电话那头对自己不能来一事颇为怨念:"气死我了,该死的领导……"

毕业典礼散场之后,校园里热闹得不得了,篮球场上全是挥洒汗水的学生,教学楼里则人来人往,除了喜气洋洋的老师们,前来参观的家长也络绎不绝。

办公室门口堆满了不要的课本、习题册以及旧课桌,几乎无处下脚,但走廊上还是围了一圈人,大家正津津有味地听着中间的男生讲故事。

"零点一过我就接到了P大的电话,一开始我还以为是诈骗呢。"

"喊,状元就别反向'凡尔赛'了!"围观的人嘘道。

"真的。然后对方说要面谈,大晚上的,我除了打游戏外,从来没那么精神过!到达约定的见面地点后,人家把我拖到宾馆小黑屋里关起来了,我求爷爷告奶奶也不放我回去,说签了专业再走。然后T大也给我来电话了,P大招生组那叫一个警觉啊,说什么都不让我接。我本来都想签了,结果T大又来电话了,这回你们猜怎么着?"

"怎么着?"

"T大那边是个学姐,在电话里假装自己是宁岁,说要来找我。"说话那人都快乐坏了,"P大招生组以为能买一赠一,就让我下楼把她也带上来,结果T大的人拉住我就上车,一脚油门踩走了!"

众人爆笑:"天哪,哈哈,简直是鬼才啊,哈哈!"

这个正在手舞足蹈说话的人是文思远——那个全校第一。

槐安是一线城市,槐安四中则是市里当之无愧的前三大中学之一,只是平常专注于高考,没有槐安高华中学那么多竞赛保送生。而这回文思远不仅进了全省十强,还获得了"状元"名号,替四中争了一口气。

往年高考的名单都会公开,后来教育局怕这种曝光对学生影响不好,就将全省前十名都统称为"状元",排名不分先后。

有些人就是这么好命——文思远的估分正好擦着前十的分数线。

宁岁也站在听故事的人群之中,此时还不知道这事和自己也有关,当下也跟着一起笑。

宁岁的成绩好,很讨老师们喜欢,但她偏偏能和"坏学生"也处好关系。

按数学老师于志国的话说,这丫头有自己的为人处世之道,表面性格温暾,实际上心思玲珑着呢。对人既不会过分热络也不过分冷漠,因此和什么人都能打成一片。

眼前的一群人中,就有好几个和她关系不错。

话题兜兜转转,来到宁岁的身上:"咱岁岁女神还是打算继续学数学啊?"

宁岁弯唇"嗯"一声,侧脸在细碎的暖调阳光中显得白皙清透。这时恰逢数学老师于志国走过来,她玩笑道:"没办法,忘不了'车杯蕨夫'啊。"

所谓"车杯蕨夫",说的其实是切比雪夫不等式。她学于志国的口音简直惟妙惟肖,大家都乐得不行。于志国作势要打她,自己也没憋住破功道:"这孩子,真是没大没小。"

大家见状你一言我一语,纷纷围上来,比平常在课堂上时不知踊跃多少倍。

宁岁方才在办公室里已经和老头子促膝谈心了好一会儿,于志国还夸她早晨的演讲落落大方。这会儿宁岁就悠闲地听众人插科打诨。

"于老师,您不会忘了我是您最喜欢的学生吧?"

"于老师,下一届学生要是高一上学期没能自学完高中数学,您可千万不要姑息啊!"

不一会儿,于志国就招架不住,摆手笑叹道:"走了,走了!"

淡淡的悲伤氛围被同学们的刻意调笑打散。他们心里隐约知道未来各自将踏上繁华的旅途,也许从此再不相见,但此刻没人愿意细想这些。

不知不觉讲了这么久,已经是下午三四点了,大家却仍然觉得没有尽兴,继续围在一起聊天。

"今年竞争很激烈,我听说招生组为了生源简直'不择手段'。"有人压低了声音,兴奋地分享自己听到的小道消息,"省状元你们知道吧?货真价实的第一,考了七百二十一分,理综、英语和数学据说都是满分,听说两校为了抢他都快打起来了。"

说到"货真价实",文思远面上倒没什么异色,反而感兴趣地插话道:"你说的是高华的那位?我记得他也是搞数学竞赛的。"

对方说话间看了宁岁一眼,后者一边听,一边低下头,饶有兴致地观察旁边课桌上的木质细纹。

"对啊,那位是真的厉害,数竞进了集训队,但没去国家队,他可是CMO满分的大神啊!谁都知道他不可能考不上。后来一问才知道,人家是自己主动放弃了集训第二阶段的名额,把他们那个带数竞的金牌老师气得要吐血。大家都等着看好戏,谁知大神高考直接考了状元,去T大学计算机了,简直太牛了!"

CMO满分是什么概念?大家都一清二楚。

宁岁微微勾起手指,默不作声,又听几人叽叽喳喳地问:"他长什么样啊?"

其中一个女生两眼放光,小声说:"我有朋友在高华,听说大神人长得特别帅,很难用语言来描述,反正论长相绝对是校草级的人物,好多女生暗恋他。"

有人表示不信,啧啧道:"不可能吧?这得是优势'叠满'了。"

女生急了:"欸,是真的,不信你们自己去搜嘛!高华的表白墙满屏都是他的名字!"

不知怎的,宁岁的思绪开始有些飘忽,心里还没琢磨出个所以然,一个分外熟悉的身影就撞了过来,一头栽进她的怀抱:"啊,宝贝,我想死你了!"

门口那帮人已经讨论到省状元的名字了,宁岁带着怀里的人走出一段距离,才嫌弃地将人拉开,仔细看了看,震惊道:"我以为你正享受毕业的大好时光,没想到你竟然去荒漠拓荒了?"

胡珂尔摸了摸脸,狐疑道:"我真的黑得有那么明显吗?"

这重色轻友的家伙一考完试就跟男朋友去东南亚旅游了,还骗宁岁说回老家了,旅途的后半程才被她识破。不过宁岁还是很好心地没告诉胡珂尔的爸妈。

胡珂尔去外面玩了一圈回来后大变样,不仅皮肤暗了一个色号,就连浑身的气质也颇具异域风情。

许卓就跟在胡珂尔的旁边,亲昵随意地揽她的肩,眼都不眨地夸赞道:"我没觉得啊,宝贝的皮肤怎么看都很白,像牛奶一样。"

宁岁觉得这两人真是没眼看。

其实两人的苗头早就有迹可循。许卓是出国班的学生,是个家底丰厚的浪荡子,在申请上了外国一所不错的大学后就开始到处"物色"女朋友。

两人在社团活动中认识,在许卓的有意靠近下,一来一回地也就擦出了火花。

胡珂尔的爸爸是槐大环境系的教授,总是跑各地调研,妈妈是地质学家,也经常风餐露宿。所以胡珂尔几乎是放养的状态,自由得不行。

宁岁其实很理解胡珂尔为什么会喜欢上许卓,用她的话来说就是,不管他这个人到底怎样,至少能在她孤独的时候陪陪她。

小情侣你侬我侬地依依惜别后,胡珂尔又拿对付许卓那一套缠缠绵绵的套路来对付宁岁:"亲爱的,今天我想上你家吃饭。"

宁岁不太想理胡珂尔,她眨眨眼,服软道:"哎呀,岁宝,还因为我和许卓单独出去玩没告诉你生气呢?"她顿了顿,继续嗲着声音卖惨,"那还不是因为当时我俩八字没一撇,我怕时机未到说出来会有问题嘛。"

宁岁幽幽地看了她一会儿,问:"谈恋爱爽吗?"

"哎哟,这我能说的可就多了。"胡珂尔作害羞状,故意卖关子,"今天我去你家吃晚饭,咱们晚上躺在被窝里的时候讲。"

宁岁没忍住瞪了她一眼,拿出手机正想打电话给夏芳卉请示,宁德彦的视频请求就发了过来。

宁德彦刚才来回播放了无数遍宝贝女儿的演讲视频,此刻心情很好。看到胡珂尔的脑袋在视频里冒出来,他乐呵呵地笑道:"哟,小萝卜头,好久不见啊。"

闻言，胡珂尔嘴角扬起来的弧度逐渐僵硬，宁岁站在一旁憋笑。

因为和胡萝卜"同姓"，胡珂尔小时候的昵称是"萝卜头"，这也是她自认为的黑历史。有一回两家人聊天提起，宁德彦就牢牢记住了，每逢见面都喜欢这么叫她。

宁岁也有个乳名叫小椰，是因为她小时候喜欢喝椰汁，拍照还喜欢比耶。

胡珂尔却不服，为什么人家的名字都那么可爱，轮到她就是胡萝卜？

宁岁借机问宁德彦："今晚我可以带珂珂回家吃饭吗？"

宁德彦爽快应道："没问题啊，你问问你妈。"

胡珂尔虽然偶尔有点放肆，但是学习成绩不算差，高考更是超常发挥，又有综合加分，刚好够到 P 大的录取分数线，被笑称"祖坟冒青烟"。

两人一向玩得好，两家来往也密切，夏芳卉自然没有异议，笑道："行，那我让阿姨多做一个人的饭。"

胡珂尔想起宁岁那个说话逗趣的活宝弟弟，问道："你弟在家不？"

"在。"宁岁把作文的事复述一遍，同情道，"十二年了，今天我爸终于没忍住，把他揍了一顿。"

"哈哈，你弟简直是个人才，这是求仁得仁！"胡珂尔笑得双肩直颤，两人走到走廊，她才轻咳一声收敛笑容。

为了宁岁高考，宁家四口一直挤在离槐安四中比较近的学区房里。

这一带住的大都是初中直升上来的学生。宁家所在的小区虽然不大，但是绿化做得不错，交通也便捷，附近学校、商场一应俱全。

唯一问题就是建筑有些老旧，有时候隔音会不太好。

宁岁掏出钥匙开门，刚进门，两人步伐皆是一顿。

彼时在电话里还和颜悦色的夏芳卉正拿着作业本敲桌子，勃然大怒道："让你用比喻手法造句，你为什么要写'你妈暴躁得仿佛一只老虎'？你就不能写妈妈温柔得像是一位公主？"

宁越为难地说："我老师只让我造句，可是没让我造谣啊。"

"宁越！你别跑给我站住！"

迎着夏芳卉大到整层楼都能听见的怒吼声，宁岁和胡珂尔打了个哆嗦。

家里本来就不宽敞，宁越一边抱头逃窜，一边向宁岁递去求救的眼神："姐——"

今天宁越必须感谢胡珂尔这位从东南亚回来的"不速之客"。

夏芳卉原本杀气腾腾地从房内追出来，结果看到了杵在客厅里的两人。到底是家丑不可外扬，夏芳卉的脸色变得飞快，瞬间多云转晴："珂珂来了？快快快，坐！"

胡珂尔刚亲热地挽着夏芳卉的手臂坐下，就听见她疑惑地问："你爸去煤矿勘探调研还带你吗？这多危险。"

胡珂尔瞪了一眼在一旁努力憋笑的宁岁，干咳道："阿姨，我这纯粹就是晒黑的。"

"晒的？"

"对啊。"胡珂尔一本正经道，"就平常在户外运动，跑跑步，健健身什么的，就这样变黑了。"

夏芳卉到底还是单纯，很快就相信了。因为宁德彦还没回家，所以她让宁岁带着胡珂尔在房间里到处转转。

刚高考完，宁岁的卧室书桌上还堆着成套的试卷，还有不少数学竞赛的习题集。胡珂尔随便拿起一本，上面密密麻麻地写满了各种微积分、导数、不等式，她没翻两页就眉头紧皱，龇牙咧嘴地将书合上。

宁岁看她的神情觉得好笑："干吗？"

胡珂尔说："想到了一些不好的回忆。"

宁岁挑眉道："你又不搞数竞。"

"但我以前和搞数竞的男生差点在一起。"胡珂尔语气幽幽的。

宁岁疑惑又无语地看着她。

"我那个傻蛋同桌，每次发现好的竞赛题目都要积极推荐给我，我不做他就说我不喜欢他。"胡珂尔到现在还心有余悸，拍着胸口感叹，"你没发现有段时间我和你说话都少了？一朝被蛇咬，十年怕井绳啊。"

宁岁："……"

"说到这个，"宁岁一边整理这些写满了红黑笔迹的纸张，一边欲言又止，"你跟许卓……"

胡珂尔先是一愣，很快便猜到她想问什么。

想到自己出去旅游都是和许卓睡同一间房，胡珂尔难得有些害羞。

"我们挺正常的。"胡珂尔顿了一下，说，"哎呀，反正，反正就没那个……"她有些欲盖弥彰地抓了抓头发，不知道该怎么说，"他的具体想法我也不知道，期间暗示过我几次，不过我都假装没听懂。"

男人没一个好东西，脑子里就那些风花雪月的事儿。

按照胡珂尔的话说,她这是明知山有虎偏向虎山行。她自认为自己拿得起放得下,不担心会被骗,能全身而退。

撇开那些添堵的事情不说,她觉得谈恋爱还是蛮爽的,尤其是暧昧阶段,对方一个眼神、一个动作都能让心脏怦怦跳,比真正确定关系后有意思多了。

不过,胡珂尔倒是一直没发现宁岁喜欢过什么人。在她看来,宁岁这种明艳的长相很多人喜欢,无论是学神、校草还是校霸都中过招,可也没见谁能让她特别对待。

"岁宝宝,你有那么多追求者,真没一个能看得上的?"

胡珂尔记得写同学录的时候,不少男生借机给宁岁表白,她倒没扔掉,只是拾掇好,全都封存在了装旧物的纸箱里。

"要不你把同学录拿出来,我们从各维度一一打分,选个最好的。"

"谈恋爱又不是去菜市场挑白菜。"宁岁拿起一张试卷折了个纸飞机,温声道,"再说,我也不是很着急。"

胡珂尔痛心疾首道:"你这是没吃过猪肉,不知猪肉好滋味啊。"

"可能吧。"

"我还是不相信,这么多年你就没碰上一个动心的?"

宁岁想了想,眨眨眼问:"你还记得刘航吗?"

胡珂尔很困惑,丝毫想不起与这个名字有关的回忆,只好问道:"啊?"

宁岁把纸飞机往空中扔,滑出一条曲线:"他凌晨六点在宿舍楼下放鞭炮表白,当时我觉得我可能心动得快要得心肌梗死了。"

胡珂尔一愣,拍着桌子狂笑起来。

某实验研究表明,同龄男生心理年龄普遍比女生要小两岁,由此看来他们确实很幼稚,既直白也不懂浪漫。

胡珂尔突然想起她那个离谱的同桌,送她的生日礼物竟然是一张他的大头贴,还要她贴在手机背面。还有一次她数学卷子的分数比他高两分,这人翻遍整张卷子终于找到她有两道大题漏写了"解",非要找老师重改,差点把她气死。

这么想也能理解,以宁岁的性子,还有夏阿姨的脾气,她应该会喜欢成熟可靠一点的人。

"你高考考得这么好,夏阿姨她……应该心情不错吧?"胡珂尔的语气有些小心。

"嗯。"宁岁低着头应道,"她最近情绪挺稳定的,没什么问题。"

"哦,那就好。"

窗外的夕阳西斜,两人专注地在桌前分拣各科目试卷,要把这些扎成捆,送给收废纸的。

胡珂尔整理完那一大捆试卷,戳了戳宁岁说:"欸,岁宝,我说你这么多没做过的习题册,扔了多可惜,还不如留给你弟。"

见宁岁半天没应声,胡珂尔探头过去,发现对方正盯着一张数竞试卷出神——那是一张高二上学期的卷子,上面的字迹整齐秀气,整面都是详细的批注和题解。

胡珂尔左看右看,没瞧出有什么特别的,除了"宁岁"二字有个地方被墨水洇出一个小点。

"怎么了?"她纳闷地问。

"没什么。"宁岁心不在焉地将卷子翻了一面,"这是我前年在南城做的训练题。"

槐安沿海,四中又不怎么搞竞赛,所以于志国特地把年级里参加数竞的学生们送到外地找名师培训。宁岁记得当时给他们上课的那个老师还给CMO命题过好几年,既资深又有水准。

"欸?我记得我好像也去了!"那时候大家都刚开始接触竞赛,胡珂尔也想尝试一下,"当时的老师是不是个老头,说什么'水流淌'的那个?"

那位名师有句至理名言,他说:"真正有数学天赋的人,解题的时候思维应该是自然而然流淌出来的。"

胡珂尔心直口快,听到这就忍不住跟宁岁咬耳朵:"这脑子里得全是水才能这样吧。"

她只顾激情发言,却忘了自己坐在第一排,老头炯炯的眼神立刻扫了过来。培训一共七天,之后每天胡珂尔都会至少被点名回答一次问题:"这位同学,麻烦你来给大家'流淌'一下。"

这也是后来胡珂尔再也不想碰数竞的缘故。培训还没结束,她就麻溜地收拾行李滚回去了。

两人正说话,这时房间外突然响起开门声,是宁德彦回家了。胡珂尔听到,拍脑门说:"我出去给叔叔打个招呼!"

天边滚了一层暗纱,隐隐约约有蝉鸣声四起,夏天是这样充满活力又潮热的。

宁岁仍然盯着数竞试卷上墨水洇开的那一小点，不知不觉陷入某些早已经被封存的回忆中。

　　那时候是冬天，他们一共有四个同学去南城培训。宁岁记得住宿的宾馆离上课的学校走路要十五分钟，距离不远不近，她向来都是走路来回。

　　胡珂尔"叛逃"之后，只剩下三人，除了她还有两个男生。理科男内敛又拘谨，每次活动都不好意思叫她，连上课也不跟她坐在一起。

　　宁岁就每天独来独往。

　　这是十六岁以后她第一次单独离家到陌生城市，心情难免有些惶恐。

　　不巧的是，那段时间夏芳卉的状态也非常差。

　　外婆患了重病，肾衰竭需要透析，花了好多钱；宁德彦的工作又出问题，公司裁员，他濒临失业；再加上宁越年纪还小不懂事，很让人操心，夏芳卉的压力大到几近崩溃，动辄在家里歇斯底里地发火。

　　很多压力就间接转移到了宁岁的身上。

　　夏芳卉对她要求一直很严，要她什么事情都做到完美，稍有不顺心就破口大骂。

　　有天晚上上课，她没看手机，下课后打开手机，才发现有六十几个夏芳卉的未接来电。

　　南城的夜晚很冷，题又这么难做，宁岁一边发着抖裹紧棉袄，一边着急给妈妈回电话，谁知夏芳卉接起来第一句就是："你是不是不想要我这个妈了？你想断绝母女关系吗？"

　　宁岁不怪妈妈，她知道妈妈只是有点累了。

　　那天晚上她在狭小的宾馆房间熬夜写卷子，昏黄的灯光洒下来，刚落笔写了个名字，墨迹就被泪滴晕开了。

　　宁岁很快擦掉眼泪，心想：这题目也太难了。

　　培训课从早上八点上到晚上九点，除了饭点有休息时间，一整天的安排都是满的。下课之后，宁岁还要继续整理错题，跟不上老师思路的地方，必须快点记下来才行。

　　她有点忘了时间，不知不觉就晚上十一点了，教室里已经空空荡荡。

　　宁岁还从来没这么晚回去过，赶紧站起来收拾东西，在心里祈祷能遇上一个还没走的同学，没想到刚出大门，脚步便顿住了。

　　教学楼台阶前站着一个人，身材高而挺拔，上身穿着一件深色冲锋衣，衣襟半敞，双腿笔直修长，单手随意插兜，臂膀处的衣料勾勒出一段流畅的曲线。

雪幕仿佛成了某种带着滤镜的背景，模糊的光线下，他单肩背着包，整个人好像融在了夜色里。

外面在下小雪，他估计没带伞，在等雪停。

宁岁默不作声地走到他身后隔着一段距离的位置，悄然抬眸。

谁知她还没站定，那人似有所感般瞟过来一眼。

男生的鼻梁很挺，侧脸棱角分明，眉眼深长锐利，莫名透着一股冷淡不羁的痞劲儿。

背着朦胧的光，他低敛着黑眸看她，说不清什么意味。

宁岁一怔，下意识避开视线——奇怪，她来上了这么多天课，怎么之前好像没见过这个人？

两人就这么一前一后地站着，没人开口说话。

雪还在下，身前没动静，宁岁忍了好久又抬头看，男生已经望向别处了。她不由自主地垂下眼，看向他露出的一截手腕，皮肤冷白，骨感明显。

说不清楚两人站了多久，雪小了很多，但还没完全停。

男生在这时迈步走了，雪被踏出绵密而清脆的声音。

他腿长，很快就往前走出了远远的一段距离。宁岁仰头望天，攥了攥书包带子，也跟着从教学楼里走了出去。

如果他是来参加培训的竞赛生，应该跟她住同一个宾馆。

天色太晚，宁岁看他朝宾馆的方向走去，心里踏实了一些。

从学校到住处其实就是一条长街的距离，他们隔着十多米，一前一后地走着。街上很冷清，路灯也稀疏，行人寥寥。雪被夜色染得很暗，偶有响动，是附近的野猫窜过。

宁岁有点怕黑，一边左顾右盼提防陌生人尾随，一边紧紧跟在他身后。

男生腿长的优势尽数体现，姿态虽然散漫，但是他走两步就和宁岁拉开一点距离，她不得已只能加快速度追上去，才堪堪保持距离不变。

两人的影子拉长，在路灯下缓慢地前行，宁岁穿着的羽绒服的帽子上也落了纯白色的细雪。不知道是不是她的错觉，她觉得他好像走得慢一点了。

途经一家烧烤大排档，焦香味四溢，门口一桌啤酒瓶被人碰得叮当响。有几个醉汉趴在桌子上，嘴里不知嘟囔着什么，还有个男人醉醺醺地坐在外面，宁岁经过的时候，那男人抬起头直勾勾地盯着她。

宁岁胸口一紧，赶紧往前走几步，前面是拐角，她抬头发现那个男生已经不见了,心有点发慌,顿时拔脚往前跑。

街角转弯处有一盏路灯,宁岁气喘吁吁地跑过去,脚步蓦地顿住,直直对上一双深邃的眼——少年漫不经心地倚在灯下,暖黄的光线映出他漆黑瞳仁中的一点懒散笑意。

他嗓音低沉地说:"跟紧点儿啊,你。"

最近太多朋友打电话过来贺喜,宁德彦人逢喜事精神爽,今天还带了瓶红酒回家,说是为庆祝两位小朋友正式毕业,步入人生的新征程。

"一整个暑假呢,要好好想想怎么有效利用时间。"夏芳卉已经自作主张地安排上了,"去把驾照考了,然后还有那些英文资格证书,也都考上,万一以后要用呢?还有大一的专业内容,是不是也应该学起来了……"

宁德彦控制住她:"欸,别想那么远,刚高考完,让孩子们先放松放松嘛。"

宁德彦是出了名的不爱争抢,不打提前量,稳坐如山。

宁岁在这点上遗传了他,也不爱冒头冲在前面,反正天塌下来了还有王母娘娘顶着,长得高的人都不急,她急什么。

胡珂尔在这一点上和宁岁很像,不过区别在于,宁岁只是做事温暾;但胡珂尔是性格拖延,每次提及此她还很自豪:"研究表明,拖延的人一般对自己的实力更有信心。"

因此夏芳卉此言一出,在座几位都眼观鼻鼻观心地埋头扒饭,假装无事发生。

眼看夏芳卉大有继续说下去的架势,宁德彦及时转移话题,问道:"小萝卜头打算报什么专业?"

胡珂尔被噎了一下,摆出笑脸说:"叔叔,我应该会报英语吧,我比较擅长英语。"

其实她心里真正想的是,英语简单,从小学到高中学了十二年,已经有扎实的基础了,再难也难不成啥样。

胡珂尔没有什么远大志向,给自己大学四年立好的目标就是做一条讨人喜欢的"咸鱼"。当然,等到了大学,她对着文学翻译叫苦不迭时,后悔也晚了。

"你俩挺好,基础学科整齐活了。"宁德彦笑得很慈祥,"一个数学,一个英语。"

胡珂尔当即很不着调地接道:"那是,我们以后还能搭伙过日子。"

今天吃饭的氛围很融洽,夏芳卉不停给宁岁和胡珂尔夹菜。

宁越眼睁睁地看着自己最爱吃的两只卤鸡腿都放进了别人的碗里,弱声提示:"妈妈,你好像有点重女轻男的思想。"

夏芳卉很记仇,还在因为老虎的比喻生气:"是,我就有怎么了?你下次写《我的妈妈》时,记得用上这个素材。"

闻言,小屁货宁越头一缩不敢说话了。

宁德彦给两个姑娘倒了一点点红酒,说她们可以开始接触这些"大人的东西"了。见状,胡珂尔朝宁岁挤眉弄眼——她之前早就偷偷尝过鲜了。

"你爸调研也快回来了吧?"宁德彦说,"老胡也不知成天在外面跑什么,搞环境的都这么拼的吗?我这都一个月没见他了,白——"他本来想说白白胖胖,但实在说不下去,于是改口,"黑黑胖胖的大闺女在家里,怎么舍得哟。"

胡珂尔:"……"

夏芳卉用看穿一切的眼神斜睨他一眼:"我看你是想找人打麻将了吧。"

宁德彦心虚地嘿嘿一笑,摸摸鼻子替自己找补,跟宁越的屁样如出一辙:"麻将是国粹。"

饭后,宁德彦和夏芳卉例行下楼散步,宁岁和胡珂尔两人就瘫在沙发上看电视,随便调的台正播放着某部热播电视剧。

宁越还没放假,被夏芳卉勒令晚上要写作业,只不过他完全坐不住,没一会儿就找了个理由出来,坐在她们俩身边一起看。

其实剧情没什么波折,就是青梅竹马的故事,但架不住那男演员的脸是真好看。

胡珂尔的双眼炯炯有神,她津津有味地欣赏着男演员的美貌。

宁岁惬意地窝在软座里,边看边听胡珂尔感叹:"这种大帅哥要是我能在现实生活中瞧上一眼,死而无憾了。"

其实许卓的长相在同龄男生中已经算还不错的,不过主要还是因为他会打扮,从发型到穿搭都有加成。然而胡珂尔在初中的时候言情小说摄入量过多,无形中提高了她对另一半的想象和要求。

"小时候我总是特爱幻想,想要有那么一个英俊多金、幽默帅气的男人,只独独偏宠我一人。我们之间不一定是爱情,亲情也可以。可惜我是独生女,没有哥哥,我爸又是个说教狂,啰里啰唆的。"

宁越趴在那儿听了半天，忽然道："萝卜姐。"

胡珂尔抬眉，瞥一眼问道："怎么？"

"如果你真的这么渴望的话，我也不是不能勉为其难地当你爸。"宁越说，"毕竟这里确实只有我能全方位符合你的条件了。"

空气寂静一秒，胡珂尔大吼一声："滚！"

好不容易把烦人的小屁孩踹回房间，她突然想起什么似的，神秘兮兮地说："欸，我听说今年省状元是咱们槐安的，叫谢什么忱的，长得很不赖。"

宁岁之前就听过类似的说辞，但没见到照片说什么都没根据："是吗？"她想了想，中肯地道，"CMO满分确实让人佩服。"

胡珂尔觉得宁岁肯定不相信有人既能当状元还长得好看，说实话她自己也将信将疑，立马翻出手机在网上找对方的照片。

谁知找了半天还真是令她傻眼——只有文字版的新闻报道，照片都是各种同学很模糊的偷拍和他从考场出来时的远距离抓拍，连脸都看不清。

太神奇了，省状元居然没接受记者采访？胡珂尔觉得这个世界真的有点魔幻了。

胡爸调研还没回来，胡妈明天才出完差，今晚胡珂尔索性就在宁岁这里住下，两人挤在一起睡。

终于毕了业，其实两人心里还有种不真实感，那些晚自习在教室里集体刷题的日子真的从此一去不复返了。

胡珂尔在被窝里叹气道："我怎么觉得心里空落落的？再也不用去食堂抢饭，不用在放榜之前紧张自己的成绩，不用累死累活跑八百米……没有人强迫我干这干那，反而觉得不习惯了。"

站在这样的人生节点，难免会觉得有些唏嘘。胡珂尔摇头道："唉，我当初为了那些有多痛苦，现在就有多怀念，也不知道这是怎么了。"

宁岁撩起眼皮，温柔地道："其实你就是贱得慌。"

胡珂尔翻了个白眼说："啊！你这个气氛杀手，就不能让我再煽情一会儿吗？"

胡珂尔扑过去，宁岁笑着躲开，两人在被窝里闹成一团。夜深人静，为防止外头的人听到她们的响动，两人很有默契地噤了声。

过了一会儿，不知道被窝里谁的手机振动，胡珂尔看到自己微微发亮的手机屏幕，表情一下就变得很羞涩，掩着唇在那傻笑。

空气中的恋爱气息实在太浓。

宁岁不用想都知道是许卓给她发消息了，警告地瞥过一眼："口水别流在我枕头上。"

大概过了十多分钟，胡珂尔嘿嘿一笑，收起手机，又过来黏她："我专心和你聊天。"

宁岁："……"

"这么长的暑假，你打算怎么过？"胡珂尔想一出是一出，话题很跳跃，"之前的提议想好没有？我觉得我们可以等录取结果出来，拿完档案就去玩个十天八天的，时间正好。"

胡珂尔一直很喜欢那种空气清新湿润又古色古香的地方，据说古城有很多好吃好玩的景点。后来宁岁就说，不如毕业之后一起去旅行。

但是现在情况有变化，这人谈了恋爱后无所顾忌，宁岁可不想当电灯泡。

她拖长音幽幽问："我和你去，那许卓怎么办啊？"

"把许卓也带去呗。"胡珂尔讨好地扯她袖子，目的昭然若揭。

胡妈之后都在家，胡珂尔迫切需要一位打掩护的僚机。宁岁客客气气地瞥她一眼："不是很想三人行呢。"

"俗话说得好，三人行，必有我师焉。"胡珂尔满嘴跑火车，"三生万物，三角形也是自然界中最稳定的结构。"

宁岁："……"

虽然真的很不想和这对黏黏糊糊的小情侣一起出去旅游，但是宁岁的确需要放松一下自己。

胡珂尔为了让宁岁同意一起去旅游简直使出了浑身解数，不仅买了不少好吃的来献媚，还请她去看她喜欢的演员主演的电影。

胡珂尔还特别体贴，说什么要为宁岁再叫一个人，凑个偶数。正好许卓说他有个好朋友，在国外上学，暑假要回国，人性格很好，于是出游人数变成了四个。

录取结果在七月中旬公布，宁岁在此之前跟父母说自己想出去旅游。

宁德彦觉得没什么问题，而夏芳卉则毫不意外地意见颇多："就你们两个女生？人生地不熟的，那多不安全哪！万一被拐骗了你妈可没钱赎你啊。"

宁岁斟酌着说："其实一起旅游的人里有男生，也是同学。"

"男生？你们叫了男生？"

夏芳卉眼睛一转，宁岁就知道她开始生疑了。

家长就是这么矛盾纠结的奇怪生物，没有男生的时候担心没人保护她们，有了男生又开始怀疑他们究竟是什么人，为什么会被叫出来一起旅游，是不是对自家宝贝女儿欲行不轨。

"都是比较熟的朋友，两个，没恋爱，身高一米八，成绩不错，没有未来进一步发展的想法。"宁岁很贴心地一口气将详细信息都补全了。

夏芳卉："……"

七月流火，一行四人成功落地南方的某个城市。当地气温不到二十五度，阳光明媚，气候舒适。

许卓的这个朋友叫沈擎，长相斯文清秀，温和有礼，一看就是很有家教的男孩子。

因为胡珂尔有许卓罩着，所以整个飞行过程中沈擎一直在照顾宁岁，在爬楼梯的时候也会主动帮她提行李。

在飞机上的时候，两人的座位挨在一起，他们有一搭没一搭地聊了会儿天。

沈擎是许卓的初中同学，后来上了外国一所不错的高中，之后也会继续在国外读大学。他说自己平常比较喜欢运动和旅游，经常到处游玩。

"我以前也来过这里旅游，不过是好早以前的事了。"沈擎笑着回忆，"我记得这儿的菌菇火锅特别好吃。"

放好行李之后已经是晚饭时间，他们直奔古城里的酒店，这时候正是旅游旺季，放眼望去一派繁华热闹的景象。

由于实在是太饿了，四人先在附近找了个地方吃饭，选的正是菌菇火锅。

这里的蘑菇又鲜又嫩，有一种名叫"见手青"，据说有微毒性，但是很美味。

服务员放了个沙漏在桌上，让他们煮半小时后再吃。

不一会儿，蘑菇都浮上来了，香气四溢。许卓饿得前胸贴后背，直接拿勺子给自己碗里捞了一勺蘑菇，三人都看向他，他又给胡珂尔也捞了一大勺蘑菇。

"沙子还没漏完呢。"宁岁很严谨地说。

时间不到，胡珂尔也不太敢吃。许卓无所谓地耸肩："有什么关系？蘑菇都漂起来这么久了。"

吃完晚饭准备回酒店时，小情侣的意见再次产生了分歧。

许卓觉得第一天晚上应该好好休息，他想和沈擎在房间里打游戏，而胡珂尔已经按捺不住想要到古城里逛逛了。

幸亏两人还处于刚在一起的甜蜜期，没拌两句嘴就偃旗息鼓。许卓将包背上，率先让步："好好好，咱们出去。"

街上特别热闹，来来往往都是人，但是又不至于太过拥挤。

马路两旁卖什么的都有，卖首饰的、卖水果的、扎染布艺的……有几个彝族姑娘凑上前来，热情地问胡珂尔和宁岁要不要编彩绳辫子。

街上偶尔有酒吧请歌手驻唱，唱的都是特别脍炙人口的歌曲，听着想让人进去坐一会儿。

胡珂尔还没说话，许卓突然一下变了脸色，捂着肚子"哎哟"一声蹲在地上。

胡珂尔被吓了一跳，连忙问道："怎么啦？"

"不知道。"许卓的表情几近扭曲。他很想上厕所，肚子里开始翻江倒海，但是当着女朋友和好兄弟的面没法说出口。

胡珂尔急得有些不知所措，宁岁站在旁边一语道破："八成是吃蘑菇吃坏了。"

胡珂尔"啊"了声，赶紧问他晕不晕。

据说人要是吃了没煮熟的见手青，眼前会看见小人跳舞。许卓已经没有余力回答了，把包塞给了沈擎，一个箭步冲进旁边的小酒吧，直奔厕所。

三人在外面面面相觑，等了好久，许卓脚步虚浮地出来了。

不幸中的万幸，这谈不上中毒，只是这位少爷估计以前没吃过这些接地气的野生玩意儿，肠胃太脆弱，一时没承受住。

但这个小插曲让胡珂尔一下子没那么兴奋了，许卓出洋相让她有点尴尬，同时也有点担心此时脸色发白的男友。

四人你看看我，我看看你，最终还是沈擎先站出来，温和地提议道："不如宁岁你和珂尔接着逛，我带许卓回去。"

这似乎是比较好的解决方法。许卓不想胡珂尔因为他扫兴，满不在乎地道："你和宁岁去玩，我没关系。"

胡珂尔也觉得不错："那……你再有不舒服要跟沈擎说啊，咱们得去医院。"

"嗯。"许卓不想再多说什么，"没事。"

许卓被沈擎架走后，宁岁和胡珂尔沿着反方向继续逛街，两人都默契地不谈论此事。胡珂尔沉默了十分钟才渐渐平复心情，拉着宁岁去看街边卖菩提子项链的摊位。

这菩提子开一颗要五十元，磨掉外皮才知道里面是什么颜色，跟开盲盒一样。胡珂尔毫不犹豫买了一颗，还撺掇宁岁买一颗和她戴姐妹项链。

旁边的酒吧有人在唱《爱人错过》，节拍听着很有动感，胡珂尔说："走，咱们进去坐一会儿。"

这家店环境干净且颇有特色，座椅都是木质的，藤蔓沿着柱子缠绕上去，炫彩灯光来回扫射，很有氛围感。

店里面的服务员小哥也很热情，胡珂尔想解解闷，点了一杯高浓度的蓝色鸡尾酒。

小哥的目光又转向宁岁，她摆摆手："我喝水就好了。"

"啊？怎么就喝水？"胡珂尔问。

宁岁遗憾地摸了摸肚子："感觉要到生理期了，我还是养养生。"

"你这不还没来吗？"胡珂尔"啧"了声，这自律精神，她快马加鞭都赶不上。

她们坐在一个偏僻的角落，这本来是个四人位，她们俩挨在一边坐，正好可以看到台上的驻唱歌手。晚上十一点，街上的人流渐渐转向两边的小酒吧，两人坐了一会儿，陆续有打扮时尚的年轻男女谈笑着携手进门。

胡珂尔此时正拿着手机和许卓发消息，问他好些没有，许卓说让她放心。

宁岁则一边喝温水，一边望着桌上某个被光照到的地方发呆。

有些人很怕孤独，宁岁却不怕，虽然大多时候她很享受这种安静，但必须是带有烟火气的安静，可以感受人潮，也可以葆有自我。

"欸，我说哥，挑来挑去能有一家酒吧让您满意吗？眼看着马上就要下雨了，您干脆别喝了，咱俩站街上吃西北风吧。"门口传来一道极其愤慨的男声。

另一道略低沉的声音响起，语气散漫，但存在感很强："刚才那些都太吵了。"

话音刚落，一个瘦高的男生先走进来，他穿着一件蓝白色外套，里面红色的像是球服，穿着十分不讲究，拿着把伞就大大咧咧地左顾右盼道："没位置啊。"

宁岁正好抬头，就和他对上了视线。

男生的眼睛一亮，他径直走了过来："嗨，美女，我和朋友能和你们拼个桌吗？"

他语气熟稔到宁岁差点怀疑他俩以前是不是认识自己。

她倒是没问题，推了推胡珂尔，这人正和许卓发信息聊得火热，头也不抬地答应："行啊。"

男生一喜，旋即转头问身后那人："这地儿怎么样？环境宽敞干净，空调也不冷，我觉得还不错——"突然，他眼睛一亮，"嘿，这里歌也挺好听，是不是上回咱在车里听的那首？"

这话征询的意思太明显，谁拿主意一目了然。

身后那人用慢条斯理的语调说："嗯，就这儿。"

闻言，宁岁抬起头，先看到了一只骨节分明的手，然后是紧实有力的小臂，骨节修长的手指按在椅背上，冷白的手背上有筋脉微微鼓起。

熟悉的情歌旋律在耳畔横冲直撞地回荡着，宁岁的反应略微有些迟钝。她毫无防备地撞见一双漆黑深邃的眼——对面那人垂下眸，颇为漫不经心地看着她，没什么多余的情绪。

他的内衬是白色T恤衫，外面搭一件很有型的黑色夹克，隐隐显出锁骨。他有一张过分俊逸的脸，眉目俊朗，初看起来有些冷淡薄情，再一细看又很锋芒毕露。

男生身高腿长，就这么恣意散漫地站在跟前，整个人仿若热烈而蓬勃的夏夜。

耳边音乐还在响，同伴扬眉冲他喊道："谢屹忱，忱神，跟您说话呢，能应我一声不？"

宁岁眼都不眨地看着他，脑子里一瞬间闪过很多念头，却如大浪淘沙般只留下两个。

第一个：啊，原来他就是谢屹忱，考了七百二十一分的那位。

第二个：哦，他好像不记得她了。

胡珂尔的热聊终于在此时告一段落。她不经意地抬头，才发现对面两个位置都坐了人，十分震惊，口无遮拦地说："现在酒吧还配这么帅的男模啊？"

此言一出，哪怕是在嘈杂的情况下，对面两人也不约而同地稍微顿了一下。

短暂的沉默后,那位穿着红色球衣,戴着眼镜长相硬朗的男生率先发出"扑哧"一声笑。

"这么一看,你今天穿得居然还真挺有那味道,"他侧头看向谢屹忱,还挺认真地想了想,"还是那种高标准严要求,需要竞争上岗的。"

谢屹忱气定神闲地靠在椅背上斜睨过去,就差瞪他一眼,明显不想搭理他。

胡珂尔的视线在两人之间转过一圈,才发现红球衣男生外面套着的是一件槐安市统一的蓝白校服外套,于是问道:"你们也是槐安人?"

"怎么?"男生注意到她的眼神,低头一看自己身上,反应过来,惊奇道,"这是他乡遇故知了?"

胡珂尔没回答,眼神却有意无意地扫向另一旁,希望始终没说一句话的人能给点反应。

谢屹忱浅浅地抬了下眼皮,开口应道:"我们是槐安的。"

"你们不是四中的吧?"胡珂尔的眼睛亮了些,"之前好像没见过。"

"所以你们是四中的?"红色球衣男生觉得她要是在外面碰上骗子可能就惨了,怎么什么都往外说。

他从上到下、从左到右地打量着这两个女生,心说这是什么神仙运气,拼个座而已,同座的女生一个比一个漂亮。

就说谢屹忱对面坐着的那个姑娘,乌发雪肤,睫毛浓密,长得又美又甜,哪怕在这种昏暗灯光下都白得仿佛在发光。林舒宇那帮人非要和他们分道走,要是知道会遇见美女肯定会觉得自己太亏了。

胡珂尔不知道自己被人腹诽,对陌生人毫无防备心,反而觉得这红球衣小哥看上去脑子不太好使,所以才没什么顾忌地说:"是啊,刚高考完。你们是大学生还是高中生啊?"

"我们也刚毕业,高华的。"红球衣男生瞥了身侧的人一眼,笑得意味深长,自言自语般道,"四中啊,怪不得,我说怎么会不认识他。"

胡珂尔一下子就听出味儿来了,兴奋地看了眼谢屹忱,顺着话往下问道:"你在你们学校很有名吗?"

一提到这事儿,红球衣男生的腰杆都挺直了,他看着很骄傲,好像考七百二十一分的人是自己,他说:"他是……"

"他是我们省今年的状元。"宁岁先前一直保持安静,这时突然插了一句话。

胡珂尔过了好几秒才反应过来，紧接着爆发出一声更激动的尖叫："真的假的？！你就是谢屹忱？那个CMO六道题全对，半途放弃国家队，理综、英语和数学接近满分的理科省状元？"

这些天，光这两句话都不知听了多少次，红球衣男生一副见惯大风大浪的样子，仿佛早就有所预料："淡定，淡定。"

胡珂尔一时半会怎么可能淡定得下来？她平生最爱八卦，出成绩后便听人说省状元帅得"伤天害理"，那十几天耳朵都快起茧了，这么一瞧，的确挺"祸国殃民"。

五彩斑斓的光来回扫射，情绪都融在了暗影里。谢屹忱倏忽抬起眸，不偏不倚地看向宁岁，那眼神说不出是不是有点玩味，唇边勾着若有似无的笑意，他好像在说：啊，原来你认识我。

音乐节拍持续地打着，时间似被拉长。宁岁纤细的手指摩挲过玻璃杯沿，她忽然感知到对面的视线，拿杯子的动作微微一顿，睫毛稍稍动了下，借着举杯的姿势抿了一口温水。

两个人都看着对方，红球衣男生琢磨是不是这背景音乐换了之后节拍慢了，气氛怎么也跟着有点变化。

他正想说两句，旁边这人往椅子上一靠，懒洋洋地开口道："做个自我介绍吧。我是谢屹忱，感谢的谢，屹立的屹，热忱的忱。"

他的眼睛生得特别深邃好看，明明一脸混不吝的模样，专注看人的时候却很有神，含着不可忽视的锋芒。桌上的烛灯映在他眼里，似火光在摇曳。

谢屹忱把手搭在红球衣男生的肩上，说："这是我朋友，我们来这里毕业旅行。"

红球衣男生赶紧正襟危坐，推了推眼镜，热情地道："美女们好，我叫张余戈。"

胡珂尔差点一口鸡尾酒喷出来，宁岁杯子里的水也晃了出来——章什么？

对方似乎对这种反应有所准备，保持亲切和蔼的笑容解释道："我爸妈给我取这个名字的寓意是，哪怕前方荆棘重重，我也仍有金戈铁马的胆量面对困难。顺便强调一下，我的确不认识派大星和海绵宝宝。"

胡珂尔拍桌笑得前仰后合，眼泪都快出来了："你爸妈的确是人才。"

张余戈表情浮夸地伤心道："虽然我知道我这名儿有些许幽默，但妹子也不至于嘲笑得如此大声吧。"

他转头想寻求点认同,谢屹忱懒散地一伸长腿:"骂的就是你,瞎叫什么呢,人家没名字?"

刚抽空点的啤酒很快就上了,宁岁看到他用扳手轻巧地撬开瓶盖,"嘭"的一声,动作行云流水,格外的帅气。

她的视线不自觉多留了一会儿,这时谢屹忱淡淡地抬眼,下颌轻扬:"不礼尚往来一下?"

这是让她们介绍自己。

胡珂尔很热衷于此事,如同竹筒倒豆子,一下子就都说了。

除了名字、学校,她差点还要把宁岁学数竞、以六百八十五分考P大数学系的事儿也都招了,被宁岁及时制止住:"我们也是来这里毕业旅行的,真巧。"

"是很巧。"谢屹忱慢悠悠地应了声。

反倒是张余戈好奇地问:"哪个'岁'?"

"啊?"宁岁愣了下才反应过来,"岁月的岁。"

胡珂尔插话道:"她还有个弟弟叫宁越,岁月,正好凑一起。"

宁岁不置可否,把头微微一偏,才看到外面下雨了,湿润的绿意匍匐在门口,街上行人都撑着五花八门的伞,看上去有种被风雨涤荡过的清透。

"你们就两个女生过来玩?"张余戈问。

胡珂尔下意识看了一眼谢屹忱:"不是。"

虽然一高考完就谈恋爱不是什么值得宣扬的事情,但她还是挺老实地道:"我们四个人,还有我男朋友和他的一个朋友。"她这说法其实很容易判断出她俩分别是什么感情状况。

张余戈悄悄地看了宁岁一眼:"哦哦,这样啊。"

好像又换了首音乐,正是聊天的空当,胡珂尔就饶有兴致挨近宁岁讲了句小话:"话说我感觉那个忱哥哥人还挺好的,很可靠。"

宁岁的睫毛动了动:"是吧。"说完,她往对面看了眼。

谢屹忱单手支着桌面,正拿着个杯子喝酒。他微垂着眼睫,弧度好看的眼睑下光影流动,也不知他有没有听到。

胡珂尔的注意力又转回来:"那你们是两个人过来玩吗?"

张余戈回答道:"其实也不是。"

难道和她们情况一样?胡珂尔"啊"了声,又听他说:"还有其他几个兄弟,他们非说要先去看看海,所以我们就分开了,约着之后在双廊见面。"

古城和双廊是天南地北的两个繁华地带，本来一行六七个人出来，没必要这么折腾，但中间出了点"事故"。这事故说起来有些尴尬，林舒宇有个哥们儿，叫孙昊，是他们隔壁班的同学。孙昊带了自己暗恋的姑娘一起来，本来想待时机成熟促成佳话，谁知那姑娘下飞机就直奔谢屹忱去了。

孙昊气得不行，但也没办法，非要和林舒宇拆伙。林舒宇夹在中间也为难，两头都是兄弟，最后还是谢屹忱主动提出，不如他和张余戈在古城这边多待几天。

现在林舒宇那边四个人，也是两男两女，正好凑对。

人少也有人少的玩法，不用事事顾忌，张余戈就觉得抛开大部队和谢屹忱混的日子挺有趣的。关键是这哥懂得多见识广，跟着他不会被坑蒙拐骗，哪怕只是在路边赏个花儿他都能说出些门道来。

"那是绿绒蒿，罂粟科，也叫梦幻之花，生于高原苦寒之地，一生只开一次，颇为隐忍不屈。"

"这个不是哈密瓜，是仙人掌的果肉，味甜回甘，纤维素丰富，清热去火。"

之前遇上银店店主抓着他们强买强卖，谢屹忱就很顺手地掏出打火机，吊儿郎当地跟人家说："这东西您要敢让我烧一下，店里的我全都包了。"

被卖菩提子的摊主拦住不走时，他还会笑着调侃道："老板，您这红皮绿皮的千眼菩提子是哪家染色店染出来的？成色可真不是一般新鲜啊。"

不仅如此，谢屹忱骨子里还有点浪漫，某天早上还把张余戈叫起来，说要去龙龛码头看日出，不知怎么，两个大男人还整得挺有意境。

时间不早了，许卓打电话问胡珂尔要玩到什么时候，怎么还不回酒店。

胡珂尔回应他的时候语气稍微有点心虚："知道，很快就回了。"

临近十二点，马上就是崭新的一天。张余戈率先拿出手机，提议道："相遇就是缘分，要不咱留个联系方式？"

看谢屹忱一脸不置可否的样子，宁岁点头："好啊。"

胡珂尔更是双眼发光地说："当然当然！"

张余戈将她反应收进眼底，觉得也挺正常，毕竟外校想要阿忱联系方式的女孩子都能从槐安排到月球了，特别是高考之后，今天也算她俩走运。

来回交叉添加好友太麻烦，张余戈就先面对面建了个群聊，积极张罗道："暗号0726。"

这是今天的日期，群名也暂定成这个。宁岁是最后一个进群的，只有胡珂尔的名字她熟悉。

张余戈的头像是一只黄色的狸花猫，肥肥的，看上去很有灵气，应该是他自己养的。他的昵称叫"金戈"，后面还颇有自嘲精神地跟了个八爪鱼的表情。

另外还有个深灰色的头像，风格简约且特立独行，一看就知道是谁，昵称就是他自己的名字，十分简单直接。

没想到此行一趟还有这种收获。胡珂尔的手指在屏幕上飞快点几下，雀跃道："加了加了。"

宁岁看了一会儿，没动，片刻后放下手机，看了眼窗外如瀑的雨幕。

张余戈有所察觉道："你们要回去了吗？"

"嗯。"

这雨下到中途，不大不小，她们先前出来的时候忘了拿伞，叫沈擎他们送过来又太麻烦。

"你们住在哪里？"宁岁问。

胡珂尔打字的手指一顿，用眼神问她：你这是在干什么？

宁岁的指尖在桌底轻轻地捏了下，视线移向谢屹忱随手挂在椅背上的伞："我们没带伞，想看看顺不顺路。"

胡珂尔心想她这会儿怎么不见外了，要人送说得那么婉转。不过转念一想，胡珂尔也觉得这计划可以，就没再插嘴。

一片暗影里，坐在对面的人似抬起了眸，不过一时之间没说话，倒是张余戈从一旁凑过来，报了个酒店名。

"那不正好就在我们酒店对面？"胡珂尔很惊喜。

其实网红酒店大多坐落在古城内的核心位置，这个地段寸土寸金，撞一块很正常。

外面的雨一时半会儿没有停的意思，宁岁倾身向前，两截纤细的米白色毛衣袖子挨在桌边。

她就这么看着谢屹忱，问道："行吗？"

距离拉近，两人的视线无可避免地在空中碰了下。

谢屹忱半边侧脸都隐没于昏暗里，漆黑的眸像一池深不见底的潭。片刻后，他漫不经心地点点头，拿着外套站起来，言简意赅道："走吧。"

他真的挺高的，宁岁站起来以后，平视微仰头也只堪堪到他轮廓分明的下颌——那处修刮得很干净，完全没有年轻男生那种不修边幅的样子。

谢屹忱手上拿着把很有质感的黑伞，胡珂尔眼尖地发现磨砂伞柄上刻着一个什么符号，不由得好奇地问："谢屹忱，那是什么啊？"

张余戈看了眼。他知道这伞是之前谢屹忱得了奖后队里发的礼物，老师还说可以让他们刻字，有些人就写了座右铭什么的，但是谢屹忱的很简洁，就一个姓氏首字母"X"，班上的同学都知道，所以他的伞从来不会丢。

谢屹忱还没回答，张余戈快人快语，那股骄傲感又上来了："这伞可是国家集训队限量版。"

胡珂尔觉得谢屹忱这人很酷，连伞的造型都这么酷，不由得多打量了几眼。

走出去的时候，外面雨水如注，谢屹忱和张余戈一人带了一把伞，本来应该是两个女生打一把，但两把伞都不大，两个身高一米八几的男生挤一起明显有些转不过身。

谢屹忱撑开伞的时候宁岁正好在旁边，很自然地落入了被伞遮盖的范围。宁岁微微一愣，说："谢谢。"

一句道谢换来他轻描淡写的一声"嗯"。

从酒吧走回去也就是十五分钟。撑着伞走在雨里，本来是温柔惬意的情景，但胡珂尔和张余戈都挺避嫌，中间仿佛隔着一段马里亚纳海沟，气氛略显僵硬，两人的左右衣袖也都有被雨浇湿的地方。

相比而言，宁岁则抱着自己的小包，稍稍落后谢屹忱半步，小心地跟在他的身后。

谢屹忱稳稳地握着伞柄，目不斜视，并未侧头去看她。

宁岁觉得这伞貌似往她这边倾斜了点，但还是下意识跟他又挨近了一些。

她很快嗅到他身上漫开的那种气息，说不上来具体是什么味道，就像是干燥的木香、深沉的泥土气味和阳光混合在一起的味道，让人心思轻微恍惚。

他侧脸的轮廓很优越，鼻梁高挺，不笑的时候下颌线显得锋利冷峻，在朦胧的雨幕中有一种格外不同的感觉。

"谢屹忱。"

"嗯？"他嗓音懒洋洋的。

宁岁低下头，眼睛轻轻地眨了下："你这个'X'，其实是求解未知数的那个'X'吧？"

Chapter 02　浮动在水中的月亮

雨水落在伞檐上，发出脆响。潮气迎面而来，古城里绿意盎然，有种古朴的美感。原本生机勃勃的夏夜，因为这种风雨天气而凉爽了不少。

说话音和雨声相融在一起，听不太清。这样的环境有些降低人的感知能力。

恰逢这时，有三轮车拉客经过，正好地上有个不小的水坑，霎时溅起了水花。

谢屹忱拽住宁岁的手臂将她拉到自己身后，挡了一下："小心。"

宁岁看到有星点深色泥水印迹落在他的衣服上："抱歉，你的衣服好像湿了。"

谢屹忱不太在意的样子，道："没事，回去换掉就好了。"

他的手还握在她小臂上，虽然接触到的是外面薄薄的毛衣，但是宁岁仍可以感觉到他修长有力的手指，手腕似有些微微发热。

她偷瞄了谢屹忱一眼，他很快松了手，问："你刚才说什么？"

胡珂尔和张余戈因为有点尴尬在前面飞快迈步，就像在走两人三足，古怪中透露出一丝滑稽。

此时好像不是适合聊天的时机，宁岁随着谢屹忱的步伐快了几步，平静道："我说，你这把伞上刻的是不是方程式里的'X'。"

谢屹忱这时候偏头看她，略抬了下眉："来源确实是这个，你怎么想到的？"

他大概是真不记得她了,不过想想也正常,她只是早先与他有过几面之缘、说了一些话的路人而已。

有雨水落在宁岁的手背上,带来潮湿的凉意。她没在意,只是微抬起眼:"我听说你是学数竞的,我也学过,所以下意识就联想到了。"

对于这个回答,谢屹忱并没有表现得有多意外,只淡淡地勾了下唇:"那还挺巧。"

两人肩并肩走了一段路,宁岁意识到他应该是在礼貌地照顾她走路的速度,走得并不快,她轻抿唇,脚步也跟紧了些。

她有件挺想知道的事,便问:"所以……你为什么会放弃国家队?"

这其实是个有点私密的问题,外界猜想的隐情有很多,包括几个玩得好的朋友都以为是他那对在媒体镜头前当模范夫妻的爸妈感情出了问题,导致他高三的学习状态不好。

谢屹忱侧头瞥了她一眼,好像也没太在意:"家里有长辈生病,我想多陪陪老人家。"

"啊,严重吗?"

谢屹忱顿了下,没多说:"算是慢性病。"

"哦。"

这下总不好再跟他说"我家里也有长辈生病,真巧",宁岁还没想好安慰的措辞,又听到他漫不经心地说:"而且也谈不上放弃,我只是进了集训队,考不考得上还是两说呢。"

这话就过分谦虚,显得有些张扬轻狂了。

集训第二阶段是十五进六,前面面对千军万马他都轻轻松松一路杀过来了,还怕最后这一关?

宁岁垂下了毛茸茸的脑袋,盯着地面道:"你是觉得集训生已经有资格保送 T 大了,再继续下去浪费时间吧?"

谢屹忱在这时忽地出声:"我怎么感觉你好像很了解我啊。"

他的语气意味不明,宁岁愣了一下,很快答道:"因为你最近挺有名的,所以听说过很多传闻。"

"哦,这样。"谢屹忱的声音慢悠悠地拖长,他意有所指地问,"那刚才在酒吧,那么晃的灯光,你是怎么一眼就认出我来的?"

他侧过头,仔细地看她:"你以前见过我吗?"

那阵木质香的气味又蔓延过来,混着低沉的声线,似有若无在她的心间打转。少年细碎的黑发落在额际，低垂的眼睫如鸦羽，眉眼在雨夜的街灯渲染下格外俊朗。

宁岁的指尖微微蜷起。不过须臾，她抬起干净清澈的眼眸，不躲不避地看着他，认真回答："没有啊，我听到张余戈叫你的名字了。"

我只是看过新闻报道，知道你的名字，听到别人喊你，所以对上了号——逻辑没毛病。

两人的视线又撞在一起。今天他们眼神碰上的次数格外多，四目对视，仿佛在暗暗较劲。

谢屹忱的个子比她高出一头多，顺势自然地微微低头。

面前落雨淅淅沥沥的，那阵扑面而来的潮湿凉意令宁岁心间恍惚一紧，还没来得及说什么，就听到前面有人在喊谢屹忱的名字。

张余戈和胡珂尔两人举着伞，已经成为雨雾中两条小小的竖线。张余戈扯着嗓子喊："少爷，您这是在老牛拉车呢，敢不敢再慢点？我等得雨都快停了！"

十五分钟的路被他们走出半小时，他的语气听上去多少有几分急躁。

这两家酒店就在街旁边，面对着面，胡珂尔和张余戈不知道在门口等了多久，谢屹忱带着宁岁不紧不慢地走过去，毫无诚意地笑了声："抱歉。"

宁岁观察到张余戈的表情流露出一丝敢怒不敢言的委屈。

四人面面相觑，这儿的房间都是民宿式的平房套间，带露天院子，还有一段路要沿着深巷往里走，要进去吗？

宁岁今天穿的是米白色的修身薄毛衣，下面搭了一条淑女风的深色百褶长裙，斜挎着一个白色玩偶兔的小包，用来装手机和其他小物件。这样一身毛茸茸的装扮，弄湿了会很麻烦。

谢屹忱漫不经心地瞥了她一眼。

宁岁的指尖揪着自己的包带子，她正想开口，就听有人朗声唤她的名字："宁岁。"

沈擎拿着一把大伞从巷子里跑出来，手上还拎着一把折叠小伞："卓总不舒服，让我出来接你们——"看到两队人马颇有些剑拔弩张地站着，他愣了一下："这是？"

"刚认识的朋友。"宁岁看了谢屹忱一眼，很自觉地从他伞下走到了沈擎身边，"谢谢啦。"

也不知她是在跟谁说谢谢。距离很近，沈擎下意识就看了谢屹忱一眼。

纵使是以男性的角度，他也不得不感叹这位的长相是万里挑一的优越，身姿挺拔，宽肩窄腰，身高腿长，简直是天生的衣架子。

宁岁没有互相介绍的意思，谢屹忱没看沈擎，只是单手插着兜，冷淡地应了声，算是承了之前那句谢谢。

胡珂尔接过沈擎递来的折叠小伞，赶紧蹭到宁岁旁边。纵是以她这样咋咋呼呼的性格，在沈擎面前她也没跟张余戈他们再多说什么，总觉得怪怪的，几人在原地告了别。

谢屹忱站在大门口目送三人渐行渐远的背影，撩了下眼皮，懒懒地说："走了。"

张余戈总觉得好像哪里有点不得劲，但是又说不出来。可能是刚才那伞太小了，他的身材又有点壮，稍不留神就把胡珂尔挤到一边去了。

不能让女生淋雨，张余戈只能靠近点，再一想到人家已经有男朋友，气氛就不知有多尴尬了。磕磕巴巴地聊了几个话题，他从来没觉得时间如此漫长过，浑身不是滋味。

回到房间，他就脱力般在懒人沙发上瘫着，不想去回忆那份痛苦："哇，和女生在一起我就没那么难受过，空有一身本领无处施展啊。我终于能体会到你面对孙昊和邹笑的那种无语了，之前实在是不应该嫌弃你小题大做。还有，你知道刚才发生了啥吗？我俩健步走的时候迎面撞上一个老外，他居然在风雨中对电话那头痛哭啊，控诉人家女孩子，'你根本就不爱我，你和我在一起就是为了学英语'！"

张余戈模仿得惟妙惟肖，最后话锋一转，夹枪带棒地埋怨道："我还等你来解救我，谁知死活没等到，兄弟在前面受煎熬，你在后面左拥右抱是吧？"

谢屹忱刚把外套扔到一旁，没空搭理张余戈那幽怨的质问。他单手将那件被溅湿了的白T恤从头顶扯了下来，毫不见外地露出几块线条清晰、精悍紧实的腹肌。

张余戈本来就正兴奋，看到此景"啊"地大叫一声，从沙发上随便抓了一件什么衣服扔了过去："你是不是又背着我偷偷练了？"

谢屹忱轻松躲开，这时候还能自然地回应他刚才的话，很严谨地说："哪有左右？不就只有一个。"

张余戈被谢屹忱那淡定的样子气到了，不过此刻也没觉得有哪里不对劲，以他对谢屹忱的了解，只有一种可能，他问："你是不是和那个叫宁岁的妹子之前认识啊,为什么你们看上去很熟的样子?"

谢屹忱低头在行李箱里随意挑了条毛巾:"不认识。"

平常喜欢自己兄弟的漂亮女生实在太多,张余戈觉得刚才那几秒谢屹忱估计在脑子里快速转了一圈人名,这位爷有时候挺会在细节处气人的。

"那她肯定也是看新闻知道你的。"张余戈寻思着,现在整个槐安谁能不知道他。

春风得意马蹄疾,现在不光是他们年级的各科老师,还有年级主任和校长,甚至保洁阿姨和宿管听到谢屹忱的名字都红光满面,与有荣焉。

谢屹忱没回应,肩上搭着条毛巾就进了浴室。

张余戈急匆匆地跟上来,谢屹忱慢悠悠转了个身,双手抱臂在胸口:"我要洗澡了。"

张余戈疑惑地看着他。

"你要非想看,也不是不行,"谢屹忱懒懒地斜倚在门口,笑得浪荡又暧昧,"明码标价,看一秒钟六百六十六元。"

张余戈当场无语了。

明明没淋到雨水,但是谢屹忱还是洗了个头,一边拿毛巾擦头发一边走出来,水滴沿着喉结起伏的曲线没入精致的锁骨,活脱脱一幅美男出浴的画面。

张余戈本来坐在沙发上神游,回过神来,兴致勃勃地问:"玩游戏吗?"

谢屹忱掀开被子上床,把自己这边的床头灯关了,不为所动道:"睡了。"

张余戈"啧"了一下,嘲笑道:"你这什么老人作息?"

"明天早起去才村看日出,起得来你就熬。"

张余戈的笑声戛然而止:"还看?你是人吗?"

"当初谁说不想做行程计划,一切随我的?"躺在床上的人嗓音闲散又松弛,"六点半准时叫你。"

张余戈:"……"

高华数竞培训都是每天早上七点半才开始呢,他崩溃咬牙道:"你怎么比你们那数学阎王周老师还狠啊?!"

张余戈火速窜进浴室,进行洗澡、刷牙、如厕等一系列流程。

所幸浴室门隔音算好,除了里面的灯光透出来,在外面基本上只能隐约听到水声。

谢屹忱的脸朝上，手臂枕在脑后闭目养神，漫无目的地放空思绪。过了好一会儿，他慢慢睁开眼，盯着天花板看，脑子里忽然闪过那句话——"我听说你是学数竞的，我也学过，所以下意识就联想到了"。

浴室里的水声还在轻快地响着，张余戈在里面开始自在惬意地哼小曲儿。谢屹忱的喉结轻滚了下，他干脆翻了个身。

数学竞赛已经是早几个月前的事儿了，自退出国家队选拔之后他就没再碰过，且原因他也没和其他人说过。

所有老师都很费解，觉得太可惜。

这确实很遗憾，但谢屹忱并不后悔自己的选择，就是有点对不起老周。

谢屹忱还记得，周昇刚走马上任时，是高二那年的冬天。恰逢南城有个集训，虽然已过一半，但周昇还是二话不说拿了名额让他过去。

已经落下了三四天的课程，谢屹忱白天上课，晚上补前面的卷子，所以总是很晚离开。

课堂是讲座形式的大班课，同学们来自各省不同的尖子学校，互相不知道名字。老师讲课节奏很快，课上也没有交流互动的环节，所以谢屹忱并不认识这些人。

他只对一个人隐隐约约有些印象。那是个女孩子，也跟他一样，下课后总是待到很晚，安安静静地坐在角落做题。后来，他们还曾偶然在教学楼外遇见。

那天晚上她顺利跟着他回到宾馆之后，后面就像赖上他了似的，总是偷偷跟在自己后面。然而每次他一回头，她就埋着脑袋心虚地拉远距离，他觉得有些好笑。

后来有一次，教室里的人都快走光了，几分钟前还看到她在前排奋笔疾书，结果过一会儿，人就不见了。

试题快要攻克了，谢屹忱觉得有些口渴，去饮水机接水喝。

靠近走廊尽头的楼道很冷清，基本没有什么人会经过。他隐约听到些细碎的声音，就推开安全门走了过去，结果没想到是宁岁坐在楼梯台阶上，一边打电话一边抱着膝盖哭。

电话那头的女人正处于情绪崩溃的状态，责骂声尖锐，他隔着一段距离都听见了。

谢屹忱无意撞破她人生中的难堪时刻，脚步停在原地，却没有折身离开，因为宁岁已经敏锐地发现了他，随即抬起头——姑娘的一张鹅蛋脸白里透红,睫毛浓密而长。

昏黄的灯光下,她可怜兮兮地紧咬着唇,满脸委屈,那双含泪的桃花眼映着潮湿的水光,像一盏浮动在水中的月亮。

胡珂尔和宁岁回到民宿套间的时候,许卓正站在小院里等她们。他的脸色看起来比几小时前要好些,但是依旧有点虚弱。

胡珂尔快走了两步,迎上去问道:"你怎么样啦,没事了吧?"

"没事。"许卓牵住她的手,上下打量,"你和宁岁逛得怎么样?"

刚才逛街的经历实在有些跌宕起伏,难以一言蔽之。胡珂尔目光微闪,在宁岁的注视下顾左右而言他:"街上东西很多。"

宁岁提了下嘴角,还没说什么,胡珂尔就隐秘地瞪她一眼,顺势挽住许卓的手臂,遗憾地撒娇道:"但是你不在,所以我都觉得没那么有意思了。"

宁岁眼观鼻鼻观心。

快二十岁的男生确实爱听这种话。许卓的表情明显好多了,他亲昵地拥住她的肩膀,带着人进去。

这个套间是两层小民宿,每一层都有一个双人床卧室。因为宁岁只能和胡珂尔一起睡,所以一层就留给女生,两个男生住二楼。

时间不早了,于是四人商量完第二天的行程之后就各回各屋。

一进门,胡珂尔就抓住宁岁,底气不足地问:"你笑什么?"

她明明心虚还贼喊捉贼,倒挺有本事。

宁岁一脸无辜:"我没笑。"

胡珂尔看着她,欲言又止,也不知怎么就恼羞成怒了:"我不跟你说了!"

两人先后洗完澡出来,一人敷了一张面膜,躺在床上刷手机。胡珂尔的姿势奇特,她时不时扭一下,看了一会儿就坐不住,过来同宁岁搭话:"那个……"

宁岁问道:"怎么?"

"你说……沈擎不会把我们和谢屹忱他们一起回来的事情告诉许卓吧?"

刚看她刷社交媒体那么若无其事,没想到还在纠结这个。宁岁似笑非笑,轻飘飘地说:"一切皆有可能。不如你还是从实招来,总比他从别人口中听到要强。"

胡珂尔觉得自己失策了，不该被沈擎看到的："不可能吧，沈擎不是那样的人，他不爱多管闲事。"

这话说出来她纯粹是给自己做心理建设。沈擎温和有礼，但许卓心眼小、爱吃醋，她们有目共睹。要是他知道自己不在的时候女朋友在酒吧新认识了帅哥，估计会发脾气。

胡珂尔想半天又开始难受："不行，我还是得告诉他一下。"

但她现在说这个有点刻意，要自然一点。

宁岁道："要不你明天找个时机不经意提一句？"

胡珂尔叹气："你说的有道理。"

两人各自贴着张面膜对望片刻，胡珂尔压低声音凑过来，面色不自然地承认道："其实我确实有点心虚，而且还不只是因为和张余戈打了同一把伞。"

宁岁瞥她一眼："那是为什么？"

"因为……"胡珂尔突然腼腆起来，扭捏而做作地挽了一下头发，"我跟你说过吧，我初中的时候自己给自己搞了个幻想对象来着，人设是英俊多金、翩翩有礼的学长。他是个超级大帅哥，高中就很有志向，辍学开酒吧，三年之内建成了连锁酒吧帝国，无人能敌。他对我很大方，还很宠我，所以我有花不完的钱，为爱甘愿做'金丝雀'。那时候我还给他取了个名字，叫张冷夜寒·上官云决。因为太喜欢了，所以我一直对姓张的很有好感，是那种走在街上遇到了都会多看两眼的程度。"

宁岁："……"

怎么说呢，许卓谈恋爱之前可能真没想到自己撩的这个不是普通人。

"所以只是因为滤镜而已。"胡珂尔自言自语，看上去一脸说服自己后安了心的样子。

她钻到宁岁旁边："而且我们还没走到民宿，这滤镜就差不多消失了。哎呀，反正张余戈这个人，看上去真的很像海绵宝宝和派大星的挚友。"

说不清是因为他身上自带的那种喜剧天赋，还是因为身高一米八的男人走路，四肢不协调，反正这个人里里外外都透露出一种"脑干缺失"的美感。

"话说，我真没想到咱们这次来这里旅游能遇到谢屹忱，他也太帅了吧，看来小道消息可信度很高啊！"胡珂尔很兴奋地抛开刚才的话题，"而且性格很……说不上来,反正他就是有点高冷,痞帅痞帅的,但是又很周到妥帖,很容易让人信赖。"

谢屹忱确实不是一般人,在高华是那种成绩好、人缘好、能一呼百应的存在。他性格好,对朋友又够仗义,难得让人不嫉妒,反而都喜欢跟他在一起玩。

胡珂尔说:"回来的时候,张余戈跟我讲,他们的行程都是谢屹忱规划的,他很会玩,总是能找到那种风景很漂亮的小众打卡地。"她一边翻谢屹忱的朋友圈一边感叹,"他们还租了一辆越野车,好酷!开这个在沿海公路自驾会很有感觉吧。"

胡珂尔觉得自己不能深想,不然会觉得她这男朋友什么用都没有。许少爷难得出来一趟,不爱安排,什么都不花心思准备,要人伺候好等他上轿,唯一优点就是不差钱,会说两句好听的话。

"谢屹忱应该没有女朋友吧?"回想起他昨晚的样子,胡珂尔还不太能确定。

宁岁半垂着眼,拿起水杯抿了口水:"我不知道。"

胡珂尔像个侦探一样翻他的朋友圈分析,确认道:"我觉得没有。你看啊,背景图和个性签名没嫌疑,朋友圈半年可见,没有任何女生的照片……"

宁岁在胡珂尔的手机上看到了谢屹忱发的从车窗往外拍的视频,是从弘圣路俯瞰大海的景色,视野很开阔,房屋成群,森林点翠,简直美不胜收。

她没加他的微信,所以压根看不到。

宁岁翻到刚刚建的那个四人群,正犹豫的时候,不小心按到了他的头像,直接拍了拍他。

"岁岁岁"拍了拍"谢屹忱"。

群里突然多出来一条突兀的消息,宁岁面不改色,立即又把张余戈和胡珂尔也拍了一遍。

"岁岁岁"拍了拍"金戈"的背,说帅哥搓好了下一位。

"岁岁岁"拍了拍"泡泡珂"并深情地闻了她的脚,说"爹你好香"。

宁岁:"……"

第二天早上两人睡到九点多才起。因为是自由行,时间也很宽裕,所以行程定得很松散,他们想一出是一出。

胡珂尔顶着个鸡窝头,满足地伸懒腰:"好久没睡到自然醒了,幸福!"

小院的环境是真不错,空气清新,阳光灿烂却不酷热,酒店还给他们每个人都准备了卖相精致的葱花饵丝汤和热牛奶,差人专程送到房间里来。

四人在小客厅里吃早餐,看起来精神都不错。

沈擎一边喝牛奶一边笑着问:"昨晚睡得好吗?"

因为许卓和胡珂尔对着坐,所以他看的是宁岁。

宁岁点点头,也笑道:"这儿条件挺好。"

沈擎问:"今天你们有什么想去的地方吗?"得知大家都没提前研究过路线,他便道,"其实我之前看过一点攻略,今天还是在古城附近玩的话,可以把弘圣路、苍山都转一转,有索道上山,几千米高的海拔,上面风景很漂亮。晚上我们去龙龛码头附近吃饭,还能顺便看日落。"

有这么一个同伴简直省心太多,胡珂尔赞同道:"好啊好啊,然后看完日落我们还能继续在古城里逛一逛。对了,听说最近有部新电影,到时候有时间我们也可以去看一看。"

几人达成共识,很快开始聊起别的话题,宁岁一边听一边看手机。

继昨晚道过晚安之后,宁岁例行在家庭群里道早安并汇报今日游玩的安排,意外发现夏芳卉和宁德彦居然在吵架——为了宁越这小鬼头的暑假归属问题,谁都说自己工作忙,没工夫管他。

以前,这种互相推诿的争执不会这么严重,宁岁花了一番时间才了解到,原来昨天宁德彦给了宁越一些钱去小区对面的书店买书,为他小升初做准备。宁德彦想着距离近,就没跟着去,结果书买回来他眼一闭、气一噎差点厥过去。

宁越只买了一本初中奥数书,其他的都是些什么《哈佛研究:父母吼叫会降低孩子智商》《如何做一个温柔的母亲》《孩子自卑是什么原因》《我的责骂毁了儿子的一生》……

宁越理直气壮道:"老师说过,哪怕是父母也需要不停地读书,活到老,学到老。"

十一二岁的小男孩,简直比狗都讨嫌,毫无意外又挨了一顿揍。

宁越给她发微信,大肆哭诉道:姐姐,我是爹不疼娘不爱的小白菜!

宁岁温柔地回复道:你活该是的。

最后这场僵局以两人协商轮流换班结束,等宁岁回来,也要加入管小孩的阵营。

她退出群聊，又看别的消息。

宁岁发现，在"0726"四人群的拍一拍事件之后，谢屹忱早上六点多钟时发了一个问号，张余戈跟着发了一个橘猫的表情包。

宁岁觉得不能视而不见，还是要找个说辞解释一下，然后她想了片刻，还真想到了一个：我们昨天在酒吧，有谁付钱了吗？

胡珂尔正好也在看手机，立刻回复了她。

胡珂尔：好像没有，我以为你付了。

说完，她在群里圈了一下宁岁。

宁岁的微信名叫岁岁岁，她还跟着发了一个尴尬又不失礼貌的微笑的表情包。

宁岁：我忘了……

张余戈不知道在干什么，也回得很快：哎哟！我也忘了！

谢屹忱没动静，宁岁继续发消息：你们还记得那家酒吧叫什么名字吗？

胡珂尔：不记得……

张余戈：谁知道？

宁岁无语。来旅游的第一晚，他们就要被拉入失信名单。

宁岁又联想到昨晚胡珂尔说"张冷夜寒·上官云决"是开连锁酒吧的，可能是幻想多了真觉得自己去酒吧不用埋单了，没忍住"扑哧"笑了一声。

四个人的早餐桌上，这一声笑格外明显，许卓一眼就看到两人的手机都在同样的界面，立刻就问："在看什么呢？"语气很随意，但他其实很警觉，不过看起来沈擎并没有告诉他。

胡珂尔有点慌，但现在绝不是坦白的合适时机，于是她看了一眼宁岁，说："我们高中宿舍有个闺密群。"

许卓"哦"一声，其实眼神还在继续往胡珂尔的手机屏幕上瞟。她岔开话题："那我们爬苍山是不是得多带几件衣服呀？高海拔可能会有点冷。"

沈擎回复道："是，要带件厚实一点的外套。"

四人去弘圣路的网红打卡点拍了照，胡珂尔拉着宁岁一起在那蹦了好久，以整片海为背景，蓝天白云，晴空万里，就为了抓拍两人腾空跳起的照片。

苍山的洗马潭索道上站海拔三千九百多米，可以爬一整个白天，于是他们买了三明治作为午餐。打车去往山脚的路上，宁岁终于看到谢屹忱在群里回复了消息。

谢屹忱：酒吧名叫晚晴。

随后他附上一张微信付款的截图，显示一百六十七元。

谢屹忱的发言有种镇住全场的架势，隔着屏幕都能想象出他的无语——你们这群菜鸡。

张余戈立马欢天喜地地捧哏：还是忱总牛哇！

全程也没见谢屹忱离开位置啊，他怎么就神不知鬼不觉地把钱付了？

宁岁盯着他的头像思考了下，点击"添加好友"，发送好友申请。

大概过了几分钟，申请通过了。

宁岁：这是我和珂珂的部分，谢谢。

宁岁给了一半的费用。

等了一会儿，那头甩来两个字，还是那么惜字如金：不用。

此刻谢屹忱正在景区门口买索道票，简单的白T恤外搭一件运动休闲风的黑色翻领外套，整个人慵懒随意，光是站在那里就赏心悦目。旁边有两个姑娘跃跃欲试，过来要他的联系方式。

这人一抬眼，唇一弯："抱歉，我手机坏了。"

两个女生都看得清清楚楚，他的手机还拿在手上呢，屏幕显示微信界面还在不断地弹出消息。

这人还能再敷衍一点儿吗？

等两人失落地离开之后，张余戈上去"啧啧"道："你这拒绝方式太伤人了，你懂不懂怜香惜玉啊？"

谢屹忱看他一眼，似笑非笑道："那不然呢，我还真给啊？"

张余戈摇头感叹，谢屹忱这无情的样子，亏人家女孩子刚还在那偷看并斟酌了好久，才鼓起勇气上前来问联系方式。

两人并肩走了一会儿，张余戈换了个话题："欸，也不知道他们玩得怎么样了，林舒宇天天嚷着迷途知返呢，说没咱俩都没意思，要回来。"

"回来干吗？"谢屹忱双手插着兜，淡淡道，"存心给孙昊找不痛快？"

其实如果只是带暗恋的姑娘一起来，但对方看上别人，孙昊再难受也只能吃哑巴亏。但后来听说，其实那姑娘一早就是冲谢屹忱来的，也是听说谢屹忱要一起去才会故意和孙昊聊得热络。

这下成了工具人，换谁能不生气？

"那倒也是。我瞅着邹笑那架势，对你很是痴迷啊。"张余戈感慨地叹了两声气,"你是不是背着我,到处给漂亮姑娘放电啊?"

谢屹忱迈开长腿,往索道入口的石阶上走,懒散道:"别往我头上乱扣帽子。"

"欸,我开玩笑的,少爷你走慢点——她这两天对你微信轰炸没?"

听说谢屹忱要和张余戈单独走,邹笑后脚快哭了,但这本来就是彼此心知肚明不能摆在台面上的事,她要真坚持挽留的话,孙昊和林舒宇面子上都难看,只能作罢。

谢屹忱前脚刚离开大部队,邹笑后脚就发来解释,但话里话外都是撇清自己和孙昊的关系。

她说和孙昊只是关系不错的朋友,惹得几人之间不愉快她很抱歉,但真的不是有心之举。这么一说,倒反而像是谢屹忱和孙昊两人为她争风吃醋了。

谢屹忱没怎么搭腔,邹笑又转换策略,改成汇报行程式搭话。

我今天去喜洲古镇了,谢屹忱你和张余戈还在古城呀?古城天气好吗?

这个季节蝴蝶泉都没有蝴蝶,全是标本,不如你们赶紧过来和我们会合吧!

谢屹忱,我今天发现一家很好吃的店,在叶榆路上,你有空可以去尝尝哦,我把位置发你了。

你要去爬苍山吗?之前我爬山的时候天气好冷,你记得多带一件抓绒的外套,别着凉了。

张余戈随意瞄了一眼,他发誓他真不是有意看的,但还是瞠目结舌:"你就回她一个表情,她也能发这么多条?"

谢屹忱挑最后那句给邹笑回了一句关心的话:嗯,谢谢,你和孙昊他们玩得还开心吗?

张余戈差点笑死,毒,还是他兄弟毒,委婉又富有内涵。果然,这话一发出去,那头就彻底沉默了。

笑归笑,张余戈同样也很好奇:"阿忱,我一直没问,你到底喜欢什么样的?有没有什么标准?"

谢屹忱长腿一迈:"没有。"

"不可能吧?你看我和老林,喜好多明确啊。"

他喜欢聪明的,林舒宇喜欢漂亮的。但好像再聪明漂亮的女孩追在谢屹忱身后,也没见他有什么反应。

"所以说你俩容易被骗。"谢屹忱挑眉。

张余戈一愣,问:"为什么?"

"如果你喜欢的人可以用某些所谓的显性标准拼凑出来,那她就并不是唯一的,再出现一个相似的人就很容易被取代。"

谢屹忱现在还算有点耐心,语气散漫地说:"喜欢是一种直觉,明白吗?我不是有了标准才去找喜欢的人,而是有了喜欢的人才知道,原来她就是我的标准。"

张余戈醍醐灌顶,竖起大拇指:"牛啊,我好像悟了。"

这话说得好有水平,而且还有点浪漫是怎么回事?

张余戈一直觉得学校里的人都叫他"忱神"不是没道理的。他到底是怎么长的,样样出色,关键是思想很成熟,看事情通透,所以他们这些朋友都很喜欢黏着他。

谢屹忱的情商也很高,对人际关系门儿清,懂得三言两语拿捏要点让人舒适,也知道如何足够委婉地拒绝还不让对方难堪。

对此,张余戈自己给出解释,还是原生家庭的原因。谢屹忱的父母本来学历就高,白手起家做IT开发,先后成立了好几个互联网大数据平台,常被媒体报道,可以说是企业界的模范夫妻。

张余戈知道,谢屹忱小的时候还经常跟着他们俩接受财经记者采访,那时候他就明白要怎样泰然从容地面对媒体的镜头了,谢哥是见过大场面的人。

不过谢屹忱在学校里很低调,除了张余戈和其他几个要好的朋友,鲜少有人知道他就是谢镇麟和邱若蕴的儿子。

张余戈开玩笑道:"你不继续学数学,改选计算机,是不是为了继承家业啊?"

谢屹忱报的是T大交叉信息研究院,简称叉院,进的是赫赫有名的"姚班"。姚班只有两种人能上,一是各科竞赛的国家队队员,二是各省高考状元。通俗点来讲姚班就是计算机专业里含金量最高的火箭班,据说里面男女比例相差很大,类似男版盘丝洞。

"犯不着。"缆车玻璃窗外绿意幽幽,谢屹忱侧头看看,"二老精力充沛着呢,不到七老八十不会退,我学这个单纯因为兴趣。"

学数竟是因为有多余的时间,但他其实更喜欢计算机——不是因为从小跟着父母耳濡目染,而是因为他喜欢计算机使用二进制这种化繁为简的语言，干净且直接明确。

张余戈又问："我听说姚班全英文教学，开学第一节课老师就默认大家有编程基础，讲得飞快，我有一个很厉害的学长是通过高考考进去的，都觉得特别吃力。"

张余戈本来还想关心一下兄弟的状况，谁知这人拿腔拿调地叹一声："幸亏我从初中就开始自学，不然就跟不上了。"

张余戈恨啊，人和人的世界差距怎么那么大！

今天早饭吃得特别多，张余戈化悲愤为力量，下了缆车就开始闷头爬山，之前在上山的过程中就感觉到海拔逐渐升高，在海拔几千米的地方，每一步都要走得很稳。

"你打算在这边待几天再去双廊找他们？"

谢屹忱还是那副吊儿郎当的样子："不知道，看心情。"

张余戈心里盘算的是，就他俩也无聊，两个大老爷们儿能干啥，还是人多热闹，"不如晚上你把宁岁和胡珂尔叫出来一起玩？"

"他们有四个人。"谢屹忱侧头看他，"你觉得合适吗？"

"没什么不合适吧，一起叫上呗，"张余戈厚着脸皮道，"大家都是朋友嘛，人生这么寂寞，多个朋友多条路啊。"

见谢屹忱不说话，张余戈跟在他后面念叨："不然你打算晚上去哪里，又在古城里逛？那里都是小姑娘喜欢的东西，咱们不和姑娘一起去图啥？"

谢屹忱依旧不说话，张余戈跟着他从苍山景区的入口进去，将自己刚打听来的小道消息悉数汇报："我听胡珂尔说，宁岁也搞过数学竞赛，高考六百八十五分，填报了 P 大数学系。"他顿了一下，又说，"林舒宇考得和她一样高，但这个厌货连报都不敢报。"

张余戈是高华普通班的，这次高考属于正常发挥，勉勉强强能去帝都的学校，他觉得这结果挺好，不管怎么样，至少能跟谢屹忱在同一个城市了。

但是他有点仰慕强者，尤其对于高智商的女孩子，打心里就觉得崇敬，所以看宁岁也有一层被神化的光辉。

谢屹忱看他一眼，意味不明道："你现在和胡珂尔聊得挺好啊。"

张余戈立刻警觉地自证清白："有男朋友的女生在我这里是另外一个物种，咱可是规矩人。"

暑假是旺季，排队验票的人不少，后面有家长带着小孩，闹哄哄的，他不得不凑近了跟谢屹忱说话:"就是普通朋友聊天。"

两人坐缆车上山,整个过程足足有四十分钟,氧气逐渐稀薄。

从缆车上下来后一路上也全是乌泱泱的人。

距离登顶洗马潭还有几千级石阶,这儿的山路坡度大,石阶陡峭,特别不好走,他们必须聚精会神。连谢屹忱都微微喘气,他的外套敞开,额边细碎的黑色发尾被汗浸得有些湿。

张余戈觉得这路真不是人走的,暑假人流量又大,脚步还不能停,不然后面的游客会被堵住。他这是出来玩吗?这是跟着谢屹忱来感受人间疾苦了!

另外一头,宁岁置身在汹涌的人潮之中,也是同样的感受。

她其实一直都不喜欢爬山,爬山这种考验意志的运动应该是夏芳卉的最爱,宁德彦跟她一样,意志力都很薄弱,只爱享受和躺平,所以每次他说她懒的时候,她都有理有据地还击:"有榜样才能学得像。"

山上和山脚的温差那么大,宁岁只穿了一件薄外套,还是带少了衣服,冷得有点发抖。

许卓和胡珂尔挨在一起取暖,看起来也很后悔。宁岁把目光放在沈擎身上——他是唯一一个带够衣服的人,但是她觉得他们之间到底没那么熟,不好意思开口。

胡珂尔嚷着要在路边小店买热狗,美其名曰驱驱寒,宁岁没要。

又爬了一会儿,宁岁觉得自己真是筋疲力竭了,蔫蔫地问沈擎:"我们还有多久才能到?"

"没多久了,百来米,再坚持一下。"

宁岁那个包里面装了水壶、太阳帽、眼镜、防晒霜,以及一大堆女生用的东西,看着小实际上真挺沉。沈擎在前面开路,就没看到她气喘吁吁的模样。

到山顶他才发现,温和地问她:"需要我帮你背包吗?"

宁岁摇摇头婉拒道:"不用啦,谢谢。"

她的目光被山顶朝晖万丈的绚丽景色所吸引。春天时这里漫山遍野都是杜鹃花,而夏天的洗马潭格外绿意盎然。人站在山顶上往下看,会觉得万物苍茫而自己渺小,辽阔的水面倒映出蓝天白云的影子。周围层峦叠嶂,树木青翠,缥缈的云和雾气缭绕,有如仙境一般。

不知怎的，宁岁的心里升腾起一种感动，她连忙拿起手机将这一幕记录下来。

这样的景色太美，以至于她一侧头，在人头攒动的山顶看到谢屹忱的时候，还有些恍如在梦中，以为是幻觉。

"宁岁。"

隔着人海，少年不偏不倚地对上她的视线，眉眼英挺深邃。

宁岁没注意到沈擎在看她，只观察到谢屹忱单肩背着一个包，调转方向慢悠悠地朝她走过来，每走一步就离她更近一点。

宁岁白皙的脖颈上有细密的汗，被冷风一吹，脸色微微发红，后面的背包坠下来，看起来鼓鼓囊囊的。

周围声音很嘈杂，她仰着脑袋同他搭话："谢屹忱，你也来爬山啊？"

谢屹忱应了声："嗯。"

两人站在面朝山脚的那一侧，阳光灿烂，这个角度正好也能看到碧蓝色的海和底下错落的城镇风光。

宁岁背着沉甸甸的小包，下意识握住小臂裸露在外的部分，迟疑道："那……"

"包给我。"

"啊？"

"爬个山还带这么多东西，用得上吗？"谢屹忱朝她伸出手，指节干净修长。他漫不经心地撩起眼皮，"给我，帮你拎会儿。"

气温太低导致思维迟钝，宁岁迷茫地解下包，又愣愣地看着他从自己的黑色背包里翻出一件白色防风外套，扔给她。

谢屹忱低头摆弄了一会儿拉链。

从宁岁的角度看，他好看的下颌角沁着一层薄汗，分明的喉结滚了滚，他略微扬起眉梢，道："带多了一件衣服，你帮我分担点重量。"

张余戈拿着两根烤肠"吭哧吭哧"地爬上山的时候，就看到宁岁和谢屹忱面对面站在观景台一侧，宁岁身上穿着略微有些宽大的白色防风服，衬得整个人有些娇小。

张余戈觉得那件衣服有点眼熟，他以为是宁岁自己带过来的，也没多想，揣着烤肠屁颠屁颠地奔过去："宁岁，这么巧，你也在这啊，就你一个人来的？"

他刚看到卖吃的小摊,就说歇一会儿,谢屹忱先上来踩点,看看风景。

宁岁指了下不远处"搔首弄姿"让许卓拍照的胡珂尔,沈擎站在一旁帮他俩拿东西。

"不是,我和朋友一起,他们在那儿。"

张余戈若有所思地说:"哦,那个就是胡珂尔的男朋友?"

周围人来人往,胡珂尔抢了一个绝佳的好位置拍照,看起来还要拍好一会儿。张余戈热情地把手里的烤肠递过去:"要不?你俩一人一根。"

他刚刚已经吃过一根烤肠了,本来再买两根是想和谢屹忱一人一根的,谁知刚好遇上宁岁。

宁岁默默地看了一眼那两根油光滑亮的烤肠,摆了摆手以表谢意。张余戈"哦"一声,刚转向谢屹忱,后者就把东西推了回去,很礼貌地说:"不用,谢谢。"

连他也不要,张余戈有点不太爽:"为什么?这可是哥捧在掌心里一路护送上来的。"

"吃这一根,刚才白走那几里路。"

谢屹忱说得很委婉,但张余戈还不知道他吗,冷笑一声:"得了吧,你就是嫌弃我的烤肠不干净!"

谢屹忱的确不爱吃路边摊,但这略带幽怨的一句话说出口,再加上宁岁站在一旁,一脸欲言又止的模样,就让人觉得好像哪里不对,以至于空气都短暂地沉默了一下。

最后还是宁岁率先开口,诚恳道:"我们没有这个意思。"

张余戈:"……"

你俩什么时候同一阵营了?

他还没来得及回话,胡珂尔的视线就穿越人海发现了他们。胡珂尔本来还在愁怎么自然地跟许卓提起那件事,现在人送上门来了,她赶忙挥手:"张余戈!"

张余戈用"此处不留爷自有留爷处"的表情傲然地看了谢屹忱一眼,拿着烤肠就转身朝他们走去。

许卓也看到人了,疑惑地问:"那边是谁?"

"我和岁岁昨晚逛古城,她认识的两个朋友。"胡珂尔在心里飞快跟宁岁说了声"对不起",大肆模糊界限,"他们仨现在可熟了。"

许卓应了一声,上下打量了张余戈一眼,倒也没说什么。胡珂尔内心狂喜——好耶,这次她平安降落,一切顺利。

张余戈走近,和她打招呼,又看许卓:"胡珂尔,这是你男朋友?"

"我是。"许卓点点头,"你怎么知道?"

张余戈没想那么多,下意识就看向沈擎,顺着话说:"昨晚见过。"

胡珂尔僵硬住了,登时预感不妙。果然,下一秒许卓也转向沈擎,微眯起眼问道:"昨晚?在酒店楼下?"

"你们不是在古城里认识的吗?怎么还一起回酒店?"

许卓的口吻有些咄咄逼人,张余戈也意识到气氛的微妙,尴尬地举着两根烤肠:"那个……我们住隔壁酒店的,下雨天嘛,没办法才打同一把伞……"

"你们还打了同一把伞?"

胡珂尔简直快被上赶着送人头的张余戈气晕过去了,算来算去没算到还有猪队友!

在许少爷还没垮脸之前,胡珂尔赶紧出声解释道:"别听他乱扯,是宁岁和谢屹忱打同一把伞。"

"谢屹忱?"许卓觉得听名字像自己认识的人。

胡珂尔指给他看:"喏,看见没有,就是站在宁岁身边的那个高高的——"好像除了"帅哥"也没别的词,她很及时地刹住车。

距离有点远,看不太清,许卓狐疑地瞥了她一眼,又看向沈擎,目光探询地求证。

胡珂尔连忙也跟着望过去,眼神带点求救的意思。

沈擎迎着他俩的视线,点了点头,许卓的脸色这才恢复正常,胡珂尔也暗暗地松了口气。

张余戈将几人的小动作收进眼底,心想,胡珂尔这到底交的什么男朋友,疑心病这么重。两个人在一起怕是有八百个心眼子,活得可真累。

不过许卓还算懂得立正挨打,淡淡地对张余戈说:"不好意思,刚才唐突了。认识一下,我叫许卓。"

"没事儿。"张余戈朝他点了下头,"张余戈。"

胡珂尔顺势介绍道:"这位是沈擎。"

几人互相打过招呼,胡珂尔的注意力终于转到张余戈的手上:"这烤肠你到底吃不吃啊?都举半天了。"

看她那垂涎欲滴的模样,他没搭理她,反而将两根烤肠献宝似的送到许卓面前："兄弟，你吃吗？"

许卓刚被野生蘑菇折磨过一回，在饮食上很注意，尤其是这种来路不明的东西更不敢碰，表情勉强地摆手："谢谢，我就算了。"

"擎兄呢？"

沈擎当然也不会喜欢这种油腻的东西，张余戈笑了笑表示理解，把东西塞给胡珂尔，一脸大爷样："那行，给你吧。反正我也吃不下了。"

胡珂尔两眼发亮，但嘴上还在不诚实地推拒："两根都给我啊？这不太好吧。"

"我说免费了吗？一根转我三块八。"

胡珂尔："……"

宁岁此时正在观景台，请谢屹忱帮她拍张照。夏芳卉总是担心她在外面的安全，每次只口述行程还不行，必须眼见为实，所以她在各个景点都要打卡拍照，回头好发给夏芳卉。

谢屹忱把手机还给宁岁。她看了一眼，角度还挺端正的，于是问他："谢谢，需要我给你照吗？"

谢屹忱摇头："不用，我不太喜欢照相。"

宁岁下意识就问："为什么？"这是比较私人的话题，她觉得他不一定会回答。

宁岁屏气须臾，看到谢屹忱瞥过来："我不喜欢对着镜头笑。"

她一下子就想到什么，问道："所以你没接受记者采访，也是这个原因吗？"

谢屹忱点头："嗯。"

很奇妙的是，宁岁仿佛恰好知道他的界限在哪里，蹭到了边缘又默默地退回去。这个话题其实还可以继续挖掘，她却没再问，只拖长音"哦"了一声。

冷风轻拂，宁岁裹紧了身上的白色外套，衣服下摆很宽，所以衬得穿着牛仔裤的一双腿纤细修长。她抬起清澈的眸子问："我的包重吗？"

"还好。"

因为宁岁的包比较小，还是浅色的，谢屹忱拎在手上太显眼，干脆就直接把她的包放进自己的黑色背包里，拉链一拉，刚才张余戈都没看出来这是个"套娃"。

"哦。"宁岁慢吞吞地应了声,忽然问,"那你今天晚上有空吗?"

谢屹忱抬了下眉,慢条斯理地问:"干什么?"

宁岁用指尖捏了捏他借过来的白色外套袖口,脸蛋埋在领口处:"我们明天下午就离开古城了,我想请你看电影,以表谢意。"

谢屹忱顿了一下,问:"那你的朋友呢?"

"他们也一起?张余戈能来也挺好。"宁岁想了想,掏出手机给他看,"最近上了部很火的电影,珂珂一直说要去看。"她顿了顿,又瞄他一眼,"你不会介意吧?"

谢屹忱没说话。宁岁观察他的表情,看不出什么。

他单肩背着包,随她热火朝天地往另一边走,不带什么特别的情绪地说:"随便,你问张余戈吧。"

宁岁:"哦。"

此时胡珂尔已然解决完两根烤肠,看到宁岁和谢屹忱走过来,眼神千回百转地表达出了"你俩怎么在一起待这么久,我错过了什么""你怎么才来我刚才差点翻车""沈擎人是真好""张余戈是真傻"等一系列极其丰富的情绪。

许卓的确不是第一次见谢屹忱,等人不紧不慢地走近,他才发觉这位不仅名字耳熟还很面熟。但是许卓对对方的感情一直是有点复杂的。

一切都多亏了他高二时关系比较好的那个女生。

对方就在高华尖子班,隔三岔五就要跟他讲一下他们年级一些优秀男孩子的光辉事迹。

她的分享欲一直很强,因为可讲的事情太多了,其中最频繁提到的就是他们那个级草,而之所以叫级草不是校草,据那个女生说,绝不是因为人不够帅,而是为了体现对高三学长们的基本尊重。

有一阵许卓特别烦,因为她老是在他的耳边念叨,级草拿了市统考第一,级草又得了什么竞赛的奖,级草在年级里有好多女孩子崇拜,级草性格好,学校开运动会时他帮班里搬水一点架子都没有……这些事数不胜数,许卓甚至跟她吵过架,就因为她直言不讳地说觉得级草比他好看。

由此,他充分认识到谢屹忱在高华是什么地位,但是心里很不爽,一直不认为这人真有他们夸得那么神。

直到某一天,他去高华找朋友的时候,见到了这位传说中大名鼎鼎的人物。

恰逢学校在举行篮球比赛，正好是四中对高华，许卓在场上看到了两三个自己国际班的朋友。

操场周围站了好多好多人，挤在前排的女生居多，都在加油喝彩，堪称盛况。

在吵吵嚷嚷的声音中，女生兴奋地扯着他同他讲："看到没有！那个就是谢屹忱！"

许卓也听到呼声了，实际上绝大多数女生都在叫谢屹忱的名字，那股不爽的感觉又冒上来了，他觉得他们四中被主场气势压制了。

谢屹忱穿的是件白色短袖，球衣号码是九号，明明大家都穿队服，但他在一群大汗淋漓的少年中格外显眼。

四中几个人就死盯着谢屹忱打，他也不恼，由攻转守，绕不开就传给队友，挺沉稳的模样，好像坚不可摧的壁垒。

少年轮廓分明，眉眼俊朗，整个人散发着热意，天生又带点张扬不羁的意思。他看准时机，运球绕开专门堵他的四中球员，纵身一跃，腾空投了个漂亮的三分球。

场上顿时尖叫声如排山倒海，比分虽然很接近，可高华一直压着四中一头，许卓只能在下面干着急。

许卓承认刚才那一球很潇洒，他旁边的女生叫得嗓子都哑了，他没好气地白了她一眼。

许卓本想继续观赛，谁知道四中这边有个队员摔了腿得下场，那人正好是他的一个朋友，几人一眼看到许卓在场边，中场休息结束后就架着他上了。

临危受命，本着不为四中丢脸的精神，也是为了男人心里那点莫名的胜负欲，许卓打起十二分精神，格外警觉认真。上了场的感觉和在场下看完全不一样，谢屹忱的球风其实快而猛，浑身都是劲，许卓正面对抗还有点招架不住，好几次只能带球狼狈躲开。

许卓一心就是要抢篮板，但是因为太急切，没注意脚下平衡，落下去的时候就感觉自己要跌倒，而且后面还有人冲上来，他要是倒下，后面的人就直接踩在他的后脑勺上了。

谢屹忱离他最近，眼疾手快拉住了他，但是当时情况特殊，看起来就特别像为了抢球故意拽了对手一把。

因为是高华的主场，那裁判就跟眼瞎一样当没看到，不吹哨，满场观众也没人出声。

四中几个球员气得咬牙切齿，许卓心想，这人说到底也是为了救他，当即按住他那几个朋友，表示这回算了。

谁知道谢屹忱反而举起手臂，示意暂停比赛。全场都看着他，少年的衣摆随风飘扬，他微喘着气，眸光坦荡地说："我犯规了。"

其实刚才他那球进了，球场如战场，每一分都至关重要。

许卓自问，如果换成他在谢屹忱刚才的位置，一定会闷声吞下这众人包庇的两分，当下就觉得心里有点怪怪的，但是又说不太上来，不是谁都有谢屹忱那样的魄力。

后来还是高华胜利了，四中惜败，许卓满头大汗地在场边的长椅上喝水，心情没有想象中沉重。

谢屹忱这时候走过来，在他身边坐下。

周围的人还没散开，那些女生有意无意地看过来，想送水又不敢。谢屹忱拿白色毛巾随意地擦着汗，片刻后，懒散地拍了拍许卓的肩，说："兄弟下回小心点，刚要真摔了可得养半个月。"

许卓拧上瓶盖，冷淡地道了声谢，心里却谴责地想：自来熟什么，谁和你是兄弟啊？

Chapter 03 狭路相逢勇者胜

　　许卓看到不远处的两个人并排走近,没想到宁岁和谢屹忱看起来还挺熟的,连带着也多看了她一眼。

　　谢屹忱还在想胡珂尔这男朋友为什么一直目不转睛地盯着自己,刚伸出手,对方就急不可耐地说:"我们见过。"顿了下,他又多补充一句,"在篮球赛的时候。"

　　他们确实在那场篮球赛中有过一面之缘,谢屹忱很快就记了起来,朝对方勾了下唇角:"有印象。"

　　张余戈倒是没想到谢屹忱和许卓还有这种过往,后者态度变好之后,看着莫名顺眼了许多。

　　"原来你们以前认识啊,那就好办了!"

　　胡珂尔兴高采烈,又承担起了介绍的职责。谢屹忱和许卓握完手,和沈擎又打了声招呼。

　　几人简单地认识了一下,眼看着时间差不多了要下山,既然有缘碰上了,就六个人一起走。

　　谢屹忱走在前面,黑色冲锋衣领口敞开,凭借腿长的优势,在三千多米的海拔还挺轻松自在,整个人有种难以言说的痞劲儿。

　　宁岁走快了两步才堪堪和他并肩,她微微有些喘气,脸上红扑扑的。

　　谢屹忱看了她一眼,正好前面是一处平地,他缓下了步伐,回头等其他人跟上来。

苍山不愧第一山脉，群峰巍峨壮美，植被纷繁，忽略登山的劳累，这样的景色应该是一等一的难得。

宁岁找了个休息的间隙把拍好的照片发到家庭群里，宁德彦第一时间就跳出来赞叹：幸甚至哉，歌以咏志。

老头还挺有文采。

过了会儿，轮到夏芳卉发言：悬崖很高，路在脚边，注意安全，小心一点。

宁岁心道，怎么你俩突然都变成诗人了？

宁德彦似乎知道她心里在想什么：我俩最近在辅导小东西初中语文，耳濡目染不少。

后面他还加了一个"呲牙"的表情包。

他俩确实还挺有前瞻性的，这么早就押着宁越去背初中古诗词了，现在正在抽查默写。

夏芳卉：这玩意儿就没写对一句正确的古诗。

夏芳卉：连豆腐都有脑，他怎么就……

近日，二老对于小鬼头的昵称不断增加，从"越越""宝贝儿"变成"这东西""那玩意"，足见爱之深，恨之切。

宁越：我还在群里！

然而没人理他。

手机发出一声响，宁德彦在群里发了一张照片，附上一个"微笑"的表情包。

照片是宁越狗爬式字体的默写杰作。宁岁点开来，随意看了两行。

小弟闻姊来，磨刀霍霍向爹娘。垂死梦中惊坐起，仰天大笑出门去。

宁越也是个天才，这诗写得竟然毫无违和感呢。

夏芳卉在家庭群里吐槽够了就开始私聊她，还是那些老生常谈磨得耳朵起茧的唠叨：让她爬山看清脚下的路，出门在外要注意保护自己，不要喝酒，晚上不要太晚出去，远离陌生的男性，手机不能关铃声等。

对于这些，宁岁好脾气地一一答应。

其实夏芳卉是个很没有安全感的人，经历过高二密集的"黑天鹅事件"之后更加患得患失，只是她平常竭力控制自己，一般时候看不太出来。

但是她有时候情绪还是容易起伏，特别是有关宁岁的事，如果一旦打不通电话或者联系不上，就像是打开某种阀门和开关，整个人变得过度紧张不安。所以为防止这样的事情发生，宁岁的手机来电向来都是振动和响铃一起，保证永远能够第一时间察觉到。

沈擎说得没错，这山挺难爬的，几人就着三明治解决了午饭，先后到达高耸入云的冷杉林和钟灵毓秀的七龙女池。

最关键的是他们选的好像是比较硬的"钢铁版"运动路线，所以要走七八公里，到了下午四点多还没走完。

胡珂尔早就累成一摊软泥了，感觉腿在重复做着机械运动，已经不是自己的了。但她比许卓好点，后者身体素质真的不太行，气喘吁吁地走在她的旁边，两个人跟在大部队的末尾。

胡珂尔自顾不暇，没那个力气再搀扶许卓，于是和沈擎换了个位置，和张余戈并肩往前走。

张余戈人高马大的，一身的腱子肉，也爬得满头大汗。胡珂尔看他前胸和后襟全湿了，忍不住道："你这是洪水泄闸吧，身体这么虚啊。"

张余戈喘着粗气，反驳她："在花一样的年纪里，有些长成多肉植物的人怎么好意思说别人呢。"

胡珂尔迅速反应过来，她哪里胖了："滚啊！"

但这话说得多少有些中气不足，两人一前一后地走着，像两条濒临溺水的狗。

"苍天，我怎么这么惨啊，早上六点半起来看日出，现在又整一个白天的大功率运动。"

张余戈的眼镜都被汗水的蒸汽蒙住了，他念念有词，不经意抬头看一眼，更气了："都一下午了，他怎么还能这么精神？！"

谢屹忱已经走到了比较前面的位置，和他们隔着好些人，二十几米的距离，只能依稀看见他挺拔清隽的背影。

山路崎岖，少年额角的碎发不可避免地被汗弄湿，他脱了黑色外套，只剩下里面的白色短袖，衣摆被风吹出弧度。汗水隐约沿着脖颈起伏的曲线淌过，肩膀宽阔，手臂上的肌肉分明。

阳光垂落，给他的睫羽投下一层淡薄的阴影。

宁岁走在谢屹忱身后半步的位置，一抬头就能将这样的情景看清楚。

心脏因为运动而剧烈跳跃，迎面的阳光也很晒。宁岁刚心猿意马地抬头看一眼，就听到了他耐人寻味的低沉声音："干什么呢？"

"没有。"宁岁快走两步，拿着刚买的两瓶水到他身边，试探问，"谢屹忧,你喝水吗?"

谢屹忧看了眼她手上的矿泉水:"嗯。"

宁岁赶紧递了一瓶出去,谢屹忧接过来,拧开瓶盖仰头喝了两口,突起的喉结上下滚了滚,然后他反手把水往背包里放。

先前宁岁嫌热,把白色外套脱了,也放回他的包里,再加上她的时髦小背包,现下好像有点塞不下了。

宁岁说:"要不我帮你拿着吧。"

谢屹忧也没跟她客气,淡淡地应了一声。他专注地看着脚下的路,胸口因呼吸而微微起伏。

宁岁凝视他须臾,有些试探地问:"你累不累?要不,换我帮你背。"

谢屹忧挑眉,不紧不慢地看过来一眼。

虽然他什么都没说,但宁岁不知怎么就读出一层意思:你觉得需要吗?

这人很酷,没半分商量余地。

宁岁干脆闭上嘴,眼观鼻鼻观心道:"哦。"

走了两步,她倏忽想到什么:"对了。"

"嗯?"谢屹忧看她。

"我感觉今晚好像看不了电影了。"

先不说他俩,后面那几个拖油瓶是真的累惨了,在这场徒步中,连最基本的体面都维持不住,估计晚上要大吃特吃补充能量,然后赶紧回酒店休息。至于逛古城和其他休闲娱乐活动,要看胡珂尔还撑不撑得住,反正许卓肯定是没兴趣,他觉得街上卖的都是姑娘家的玩意儿。

谢屹忧步履不停:"嗯,那就算了。"

宁岁想了想,问道:"那晚上我请你吃饭?"

他这才抬眸看了她一眼,意味不明地扬了下眉:"非得是今天?"

宁岁觉得他的意思应该是,你怎么这么想感谢我啊?

她的手指蜷了下,然后她很快说:"明天走了之后我们可能就见不到了啊。"

日渐西斜,天边金黄色的暖光慢慢下沉变为浓烈的橘红色,悬崖边树木苍翠,两个人的影子一高一低,若即若离地挨在一起。

天空的色彩格外鲜艳,她侧过头,看到谢屹忧整个人都融在光晕里,但轮廓又很清晰,比哪一瞬间都真实,就连无形的阳光洒到他身上都变得触手可及了起来。

宁岁恍惚着想说什么，然而还没说话，他就先开口说："你之后是去P大吧，读数学。"

她愣了下，点头："嗯。"

"我去T大，西门出来五百米就是P大的东门。你也有我的微信。"

谢屹忱的嗓音淡淡的，但不知为什么说得她心里有点痒痒的。

他的唇边噙着点微不可察的笑意，两人对视了几秒钟，宁岁率先移开目光："我是说这次旅行，不是以后。"

"旅行怎么了？"谢屹忱依旧看着她，神色不太分明。

宁岁今天穿的是一件简约的薄荷绿圆领T恤，露出精致漂亮的锁骨，胸口到腰间的曲线流畅。她将脸颊一侧的碎发拢到耳后，一边走一边慢吞吞地说："请客一定要趁早，我怕时间久了我可能会赖账啊。"

半山腰的索道入口就在前方，临近下午五点，漂亮的夕阳在远处的天空浮现，他们跟着人流慢慢前进。

沈擎不知什么时候追了上来，在后面喊宁岁的名字。

宁岁回过头，意外地笑了笑："欸，你在这里啊。"她往那边看了看，"珂珂他们呢？"

"都在后面呢。跟他们说了，很快就到了，我们要不就在缆车入口处等一等？"

"好啊。"

沈擎跟谢屹忱点头示意，算是打了招呼，须臾后，视线又落回宁岁身上，温和道："这一趟还是挺扎实的，没想到花了这么久的时间。"

"是啊，感觉回去之后必须好好放松。"宁岁附和着。

"不过沿途风景真的很好看，我拍了很多照片。"

宁岁与他闲聊："是吗？什么样的啊？"

沈擎带了一个比较专业的微单，闻言兴致勃勃地掏出来，一张张翻着给她看照片。

不得不说，苍山确实美得惊人，哪怕在一方小小相机屏幕上，细节都显得极为传神，包括倒映着阳光的湖面，低处不知名的小花，还有满目青葱翠绿的茂盛植被。

宁岁低头看照片，不自觉地跟沈擎挨得较近。

他把自己比较喜欢的几张相片展示出来，宁岁很给面子地夸赞道："你拍得挺好的。"

沈擎笑着说："哈哈，没有，只是无意中看到，就想着记录一下。"

聊天告一段落，天气闷热，宁岁站在两人中间，无所事事地用手扇着风。

眼看着胡珂尔他们的脑袋从不远处的山头冒出来了，宁岁赶紧举高手臂挥了挥，那头犹如见到亲人般涕泗横流："岁岁啊！我想死你了！"

沈擎正好拿着手机在选餐厅，在等他们走过来的过程中，他浏览了一会儿点评，指着其中一家说："我看了一下，我们晚上可能没时间去龙龛码头了，要不直接在这附近吃石板烧烤吧？"

宁岁回道："我都行，问问珂珂和许卓他们？"

沈擎说："好，我再看看。"

提到吃饭，宁岁下意识抬头看了一眼谢屹忱，想着要不要提一下这事。反正沈擎应该不会拒绝的。

这人刚才一直不说话，现在也低着头在玩手机，另一只手插着兜，还是那副吊儿郎当的模样。

宁岁舔了下唇，话绕了一圈，说出口的却是："那个，你要喝水吗？"

谢屹忱大概在比较专注地玩手机，听到声音才漫不经心地抬眼："什么？"

宁岁就仰着头又问了一遍："你喝不喝水？"

他视线往下落，须臾后点头道："嗯。"

宁岁就把手里的一瓶矿泉水递给他，还没来得及说什么，就听见胡珂尔这个缺心眼的在后面大叫："天呀，宁岁，你的包是不是被人偷了？怎么不见了啊？"

感谢暑期旺季这汹涌的人流，导致胡珂尔那句话淹没在了杂乱的话语声中，眼看她凑过来，一脸狐疑的样子，宁岁及时用眼神制止住了她。

胡珂尔挑了挑眉，心说我就知道有猫腻，一会儿给我从实招来。

几人排队进了缆车，缆车内部是镂空的长椅型座位，双脚悬空，胡珂尔拽着宁岁的手臂："咱俩一起，让他们男生自己组队吧。"

上了缆车，趁前后隔着的距离比较远，胡珂尔赶紧抓住机会，意有所指地说："我刚看到你给谢屹忱递水了。"

宁岁说："他的包装不下了，我就帮他拿一下。"

胡珂尔露出看破一切的表情："他的包装不下，是因为里面装了你的包吧？"

她这八卦嗅觉有时候还是很灵敏的，宁岁没有否认的机会，只能坦白点头道："嗯。"

"哟！"胡珂尔一嗅到八卦就兴奋，"你和谢屹忱什么情况啊？"

其实胡珂尔有点不敢猜，虽然谢屹忱的条件属于她不敢肖想的类型，但她家宁岁也不是普通人。

胡珂尔是真见识过她拒绝了一堆追求者，心如磐石十八年，从没对谁开过花。这两人才认识了一天不到呢，要说有点什么，那也真是有点扯。

"没有。"宁岁想了想，语气自然道，"我刚才高原反应，就请他帮我背包了，他这人挺绅士的。"

胡珂尔心想也是，看她面色也如常，本想换个话题，但还是追问了一句："那你对他有什么感觉吗？"

谢屹忱和张余戈坐在她们前面的缆车里，左边的人坐姿散漫，一条紧实修长的手臂屈起搭在椅背上，但另一只手还是严实地护着那背包，怕它从空中掉下去。

宁岁先抬头看了前头一眼，片刻后才说："有点好感吧。他长得挺帅的。"

胡珂尔点头表示赞同："我也觉得。我们这趟旅程真是物有所值，我本来觉得沈擎就够赏心悦目了，没想到还能碰上谢屹忱他们，听张余戈说他们那伙人里还有好几个男生，你说要是都凑在一起那得多热闹啊。"

其实她是在想那伙人里面还有没有帅哥，最好都是像谢屹忱这样一等一的大帅哥，可以一饱眼福。

胡珂尔已经开始浮想联翩，宁岁温柔地提醒道："许卓就在咱们后面。"

一句话就让胡珂尔清醒过来，人生最痛苦之事莫过于此，看着锅里的只能吃碗里的。

她叹了口气，很有自知之明地转移话题："晚上你怎么安排？我是累得想躺一躺。"

"不知道，先看看大家体力恢复得怎么样。"宁岁回复。

历经千辛万苦，从索道下来以后，一行人终于到达山脚。

宁岁提了晚上一起吃饭的事，沈擎没问题，许卓也意外答应得很爽快，张余戈饿得前胸贴后背，更是迫不及待。

挑来选去大家还是决定去沈擎一开始看的那家石板烧烤，谢屹忱和张余戈开了辆越野车，让他们坐过来一到两个人，其他的人暂时先打车。

许卓和胡珂尔肯定得在一起，留下沈擎和宁岁单独坐出租车又不合适，于是便让他们上了越野车。

谢屹忧把自己的背包放到后备厢,张余戈顺手颠了颠,啧啧道:"你这背了什么东西,这么沉啊?"

正是旺季,叫车比较慢,不过胡珂尔比较幸运,正好被司机取消一单,捡漏排到了第一位,很快就打到了车。

宁岁坐在越野车后座,看谢屹忧在驾驶位不急不缓地摆弄导航,她好奇地问:"你已经有驾照了吗?"

"嗯,刚拿到。"

宁岁愣了一下:"你什么时候考的啊?"

谢屹忧说:"寒假考的科目一,高考完学了剩下三个科目。"

宁岁自己的生日在寒假尾巴上,成年的时候正好下学期开学,再加上高三那么忙,成堆成堆的试卷压过来,根本没时间考驾照,所以对于谢屹忧百忙之中还能抽出空把车也学了这件事很不可思议:"你生日那么早吗?"

谢屹忧的动作稍稍顿了一下。

车子平稳地从景区内驶上马路,后面的出租车也跟了上来。张余戈意味深长地插嘴道:"你猜他什么星座?"

宁岁跟着说:"不知道,什么?"

"这多明显啊。"张余戈说,"射手,最盛产渣男的星座。"

谢屹忧一边开车一边冷眼瞥他,根本就懒得搭腔。

宁岁回忆了一下日期:"你是十二月的?"

谢屹忧应声:"嗯,十二月九号。"

他没再说话,反而是张余戈问宁岁:"你生日是什么时候?"

宁岁的眼睛无意识眨了一下,这三个数字怎么好像一模一样:"一月二十九号。"

"在寒假啊,都靠着过年。"张余戈说,"擎兄呢?"

"我六月的,从外国回来之前刚刚过完生日。"沈擎笑了笑。

"你在外国哪里读书?"谢屹忧问。

沈擎报了私立高中的名字,谢屹忧回道:"我以前去过,那里的风景很漂亮,是摄影的好去处。"

"确实,我周末的时候经常会去取外景。"沈擎没想到他居然会知道自己的学校,感兴趣地接话道,"那里的地理环境也不错。"

"是,那边都是大学城。"

两人很快聊了起来，话题涉及异国的学习和生活，还有种种精彩纷呈的旅途。

宁岁发现谢屹忱是个很容易接近的人，初见的时候可能会觉得有点张扬不羁，但也仅仅是表面的感觉而已，他其实完全没有任何架子。

宁岁原以为他会很受"省状元"的名头干扰。

因为有些人考了高分之后就会失常，她认识四中上一届的一位学霸学长，高考超常发挥之后就对自己产生了错误的判断，人变得很傲气，结果在大学就被打回原形，受到了挫折。

但是谢屹忱不一样。

宁岁看他的眼睛时就知道那些身外物对他的心态并没有产生什么影响，那双眼睛平静而沉稳，让人光是看着他就觉得很可靠，仿佛周遭世事再怎么更迭，他都永远不会变。

沈擎还在问他问题："你什么时候去的啊？"

谢屹忱淡笑道："大概八九岁的时候吧。不太记得了。"

石板烧烤其实还是位于古城内，车子停进了酒店附近的停车场。

沈擎定了位，一伙人浩浩荡荡地走进去，张余戈摸着肚皮，急吼吼地吆喝道："老板，叫人来点菜！"

大家围着桌子坐了一圈，许卓和胡珂尔挨在一起，宁岁坐在胡珂尔和谢屹忱的中间。

老板拿来了菜单，是那种一次性的纸，既可以写字又可以当桌布。他站在一旁娴熟地做推荐，笑呵呵地问："几位要点什么？"

张余戈报了一串菜名，按照六人份点的，各种肉和串串都各来一份。大家都饿得饥肠辘辘，每个人又各加了一两道菜。

店内其他人点的烧烤已经上了，热气蒸腾，胡珂尔望着街对面特产店的海报横幅出神道："为什么牦牛肉是非物质文化遗产？"

张余戈也疑惑地咽口水："就是多写了一个字吧，这玩意儿多么物质啊！"

差不多等了十分钟，他们的菜终于上了。

这家店是自助烧烤，菜盘离许卓近，胡珂尔先希冀地看了他一眼，但许少爷显然不是会伺候人的性格，她用眼神暗示了几遍，对方都跟一块木头一样无动于衷。胡珂尔暗暗地瞪了他一眼，拉着宁岁说："那咱俩来弄。"

宁岁回应说好，她还没动作，一旁坐着的人就站了起来："我来吧。"

张余戈吹了声口哨："哟，忱总要给我们展露厨艺了啊！"

胡珂尔敏锐地抓到关键词，兴奋地问："什么意思，他很会做饭吗？"

许卓侧头看她一眼，张余戈搭腔说："是啊，有次我们哥几个去他家玩，他给我们做菜，糖醋排骨那个香啊——"他想到那次就意犹未尽，"总之你们一会儿看着吧，保准让客官们满意。"

"差不多得了，再吹别人以为你收我广告费了。"谢屹忱将肉串挨个放在抹了油的烤纸上，"这技术含量充其量就是来回翻面而已。"

几人的肚子发出的叫声互相都能听到，大家聚精会神地看着逐渐冒烟的烤肉。

孜然一撒，又来回涂了两遍椒汁，那香味浓烈得扑鼻。谢屹忱将东西盛出来放到一旁，停下歇口气："行了，可以吃了。"

许卓离得远，他特意分了一盘递过去。

许卓愣了一下，道了谢，谢屹忱朝他点了下头。

虽说烧烤的确不需要什么技术含量，但谢屹忱弄得也确实好吃，酥香入味，外焦里嫩，大家都吃得颇为有滋有味。

大家狼吞虎咽地吃完了这一轮，又有新菜端上来。

谢屹忱简单地吃了点，仍旧站起来帮大家烤东西，偶有油"呲啦"冒出来，他会及时翻面，动作熟练。

挨近烤炉会很热，宁岁递了张纸，示意他可以擦擦额边的汗。

谢屹忱手里拿着东西顾不上，瞥了宁岁一眼，她心领神会，将纸巾先放在一边。

胡珂尔越看越觉得许卓这人过于废物，两人高下立见，校草不愧是校草，哪怕在这种烟火缭绕的环境里，也帅得格外明显。

不仔细看还没发现，他左胳膊的小臂内侧有一道比肤色更深的痕，长长的，十几厘米左右，胡珂尔下意识就问："谢屹忱，你手上那是什么呀？"

她问完才反应过来那应该是陈年的旧疤，谢屹忱的视线一转，随即腕骨微微一转，毫不在意地说："以前摔伤的。"

他语调松弛，反倒是一旁的张余戈小心地瞥了瞥他，一副欲言又止的样子。

席间的气氛安静了一下，忽然有点微妙。

但其实只有一瞬间而已，周围环境嘈杂，像许卓这种"傻白甜"就完全感觉不出来，光盯着盘子里的肉等待投喂。

没人说话，宁岁蓦地出声道："欸，这个生菜包肉还挺好吃的。"

她鼓着腮帮子还在咀嚼，眼神清澈又无辜，像小松鼠一样。谢屹忱敛着漆黑的眸看她片刻，眉峰还是那样上挑。

他没说什么，把那碟子推过去一点，懒懒地抬起下巴："想吃就再拿。"

还有大概一半的食材没烤，沈擎见谢屹忱站了太久，便好心接手："剩下的我来烤吧。"

谢屹忱也没和他客气，气定神闲地坐下来，用宁岁之前给的纸巾擦拭手指，说："谢了。"

张余戈方才点了五六盘肉，后来又多加了几样荤菜，半小时后，大家都吃饱喝足。胡珂尔见甜品都上了，自己点的海胆炒饭还没来，便让许卓去催单，许少爷这才不情不愿地起身，往后厨去了。

几人之中唯独宁岁和谢屹忱面前没甜品，谢屹忱不喜过甜的食物，张余戈问："宁岁你不吃吗？"

这家店的甜品都是那种水果芋圆捞，胡珂尔快人快语地代她回答："岁岁对芋圆过敏。"

"啊？"张余戈很震惊，"芋圆这东西还能过敏？"

胡珂尔"啊"了一声："这你就不知道了吧，做芋圆的木薯粉也是一种植物蛋白，有些人就是会过敏的。"

世间之大，简直无奇不有啊。

张余戈感叹道："幸好影响不大，我听说有人对水和鸡蛋过敏，那才真的是要命。"

正说着话，许卓从拐角处回来了，后面跟着一个服务员，端着胡珂尔的煲仔锅。其实她都有点吃不下了，于是慷慨地多盛了三碗饭出来："谁要就自己拿啊。"

这家店的菜味道不错，饭也炒得很香，唯一缺点就是放了太多油。胡珂尔正在大快朵颐的时候，突然觉得舌尖不对，吃出了一根头发。嘴里那一口饭瞬间吃不下去了，她甚至感觉有点反胃。

"老板！为什么你们的炒饭里有头发？"

老板闻讯而来："咦，您是在炒饭里发现的这根头发吗？"他顿了一下，"哦，我的意思是，您确定是厨师掉进去的吗？"

"不然呢？"胡珂尔很愤怒，"难道还是我在自己的头上拔的？你看清楚我是棕色头发，而你这根是黑色的，而且比我的头发短多了！"

"那很奇怪,因为我们负责炒饭的师傅是光头,今天就他一个人值班。"

老板吩咐旁边的小妹将厨师请了出来,令人震惊的是,对方真的是个大光头,油光满面的脑门上,一根头发都没有。

胡珂尔傻眼道:"有没有可能是服务员掉进去的?"

"也不太可能呀,我们厨师炒完饭都是盖上锅盖送出来的。"连老板本人也很困惑。

想了半天没想出个所以然,胡珂尔本想挥手说算了,张余戈突然在旁边轻飘飘地说:"你看看那根毛到底有多长,是鬈的还是直的?"

胡珂尔愣了整整三秒钟,铁青着脸扑过去揍他:"啊,张余戈我要杀了你!"

张余戈也是在被谢屹忱用手肘暗暗地捅了一下之后才意识到人家是女孩子,自己的玩笑开得有些不合时宜,但是为时已晚,胡珂尔的脸都变绿了,她二话不说放下碗筷就奔去厕所吐了。完事之后,她脚步虚浮地走回来,不管别人怎么劝,她都嚷着要回酒店休息。

回到民宿房间后,张余戈心里也很是后悔:"早知道我刚才不嘴贫了,还能哄他们陪咱们逛逛古城。"

谢屹忱刚洗完澡,正懒洋洋地躺在沙发上玩游戏,闻言斜睨着他,意思很明显:就是贱骨头,简直没法说你。

刚才沈擎买了单,拉了个微信大群,在群里发 AA 收款。

张余戈拿着手机在谢屹忱的身边坐下,虽说是 AA,但其实他吃得比较多,想了想又发了个群红包,承担每个人付款金额的一半,一边操作还一边叮嘱谢屹忱:"你可千万别领啊,省我二十八块钱。"

话音刚落,领取红包的提示音响起,一旁的人慢悠悠"啊"了一声:"欸,好像晚了。"

张余戈心道,你故意的吧?

谢屹忱瞥了他一眼,站起来去行李架整理东西。他也没遮掩,因此黑色的背包一拉开,宁岁那精致的女士小背包就明晃晃地露了出来。

张余戈瞟过去,很震惊地问:"我怎么不知道你还有偷女士包的特殊癖好?"

"这包是宁岁的吧?"张余戈火眼金睛,慢慢回忆起胡珂尔早先在山头的那声喊叫,终于反应过来,感觉抓住了大新闻,有种人赃并获的兴奋感,

"怎么会在这里啊?"

谢屹忱在翻箱子,头也没抬:"山上的时候帮她背了一段路,刚忘记还给她了。"

张余戈觉得他俩看上去真不像不认识的样子,眼睛发亮:"哥,您是会替刚认识的女生背包的性格吗?"

他掰着指头细数谢屹忱以前对那些"紫燕黄莺"是多么的冷酷无情,谢屹忱置若罔闻,整理好了行李又重新在沙发上坐下,手机发出"叮"的一声,他在群里交了饭钱。

他退出来,正好看到宁岁给他发了一条信息:要不我把 AA 的钱给你?

后面宁岁还跟着发了一个猫猫探头探脑的表情包,他还没来得及回复,她就迅速撤回了。

旁边张余戈收敛了那聒噪的声音,取而代之的是略显谄媚的狗腿子态度:"嘿嘿,我听到了,从来不熬夜,真的,妈,您放心,阿忱天天带我早睡早起,菜市场打鸣的鸡都没我起得早。"

这是他家老妈来查岗了。

张余戈他妈是个狠角色,性格泼辣直爽,河东狮吼专业户,张余戈这从小调皮捣蛋的性格就她能管,他天不怕地不怕,只怕他妈。

按他的话说,他妈吼一声,他应激反应就会跑去上厕所,这也养成了他从小就不尿床的好习惯。

张余戈还在谢屹忱耳边吵吵嚷嚷,谢屹忱屈指撑着太阳穴,一盏小壁灯下,侧脸到下颌的曲线硬朗而好看。

他动了下手指,发了一个问号表示自己看到了。

宁岁:本来想说这样就算请你吃饭了的,又觉得不太有诚意。

谢屹忱问:所以?

他这聊天风格还真是鲜明得一目了然,宁岁咬了下唇,语气略微夹杂着一点试探:所以我打算这顿先不请了?

谢屹忱选择直接跳过这个话题:你的包落我这儿了。

宁岁如梦初醒:哦,好像是。

谢屹忱:你明天什么时候走?或者你方便的话,我现在拿过去还你。

宁岁想了想回复:让你特意跑一趟太麻烦了。要不这样,我请你看电影,一会儿在影院见面你就能把包还我了。

其实宁岁完全不能确定谢屹忱会不会答应,胡珂尔这家伙在旁边和许卓语音聊天,她默默地站起来,捧着手机到外面沙发上坐下。

宁岁等了好一会儿,那头才回:什么电影?

揣摩不出他的语气,宁岁道:珂珂说是叫《疯狂星期四》。

那头似乎沉默了。

这风格确实是胡珂尔喜欢的,宁岁好脾气地让渡了选择权:但是我都可以,看你。我搜了一下,影城离这步行十分钟。如果可以的话,咱们整点楼下见,好吗?

一长串文字发过去,他就回过来一个字,言简意赅:嗯。

他们约在楼下碰头,宁岁提前五分钟下去的时候,看到谢屹忱的手腕上挂着她的包,他在路灯底下低着头玩手机,姿态懒散而闲适,影子高而挺拔。

夏夜的温度还是有点凉,他穿了深色的长袖长裤,松松地套着件工装外套。宁岁发现他的衣服风格都很简约,版型也很酷,跟他这人的性格一样永远是恣意散漫的。

影院在古城里面,今晚还是得逛古城。

谢屹忱在她还没走到自己的面前就抬起眸,跟她直直地对上了视线。他眉目英挺,漫不经心地看过来。

她身上穿的还是白天的衣服,薄荷绿短袖和牛仔裤,衬得身材纤细窈窕,只不过外面披了一件白色的薄外套。

宁岁脚步顿了一下,很快又紧跟了两步,往路灯底下走:"不好意思,我来晚了。"

谢屹忱随意"嗯"了声:"没事儿。"

她的白色背包在他手上就像个小玩意儿,她顺着接了过来:"谢谢。"

古城一到晚上就灯火璀璨,街上行人众多,还有赶马的车夫。

两人并肩走在灯下,还挺默契,谢屹忱导航,宁岁就翻看场次和座位。

半晌,她试探地抬起头问:"我看还有几部电影不错,位置比较多,我们到那里决定也行。"

谢屹忱的步伐缓慢,只淡淡地"嗯"了一声。

宁岁感觉他一直在两种模式间不断切换,一是玩世不恭散漫型,二是高冷得要死不爱搭理人型,比数学里的随机游走还让人难以琢磨。

他没再说话,宁岁也就没作声,慢吞吞地挪到了一旁的马路牙子上。

她从小就特别喜欢走这个,像在上面走独木桥,摇摇晃晃的,一边踩一边躲树叶参差的倒影，玩得饶有兴致。

有一步她差点没踩稳，谢屹忱这才侧头看她："小心掉下去。"

刚刚下过一阵小雨，路面还有点潮湿的积水，宁岁认真地摇头，一双眼被路灯照映得很亮："不会的，我小时候练过单脚跳着走。"

说话间，谢屹忱正好踩到离她很近的位置，便往旁边让了让。

他看着地上，有点兴味地问道："你怎么还练过这个？"

小时候的脑回路确实挺稀奇古怪，宁岁说："这都不算特别的，我小时候干过不少事呢。"

谢屹忱挑眉道："比如？"

宁岁想了想，一五一十地说："我还练过用旺仔小馒头在脸盆里打水漂，拿牙签吃米粉。哦对，我还训练我的仓鼠当皮卡丘。"

别的不记得，她就记得那小东西每次从几米外的地方爬回来的时候步伐都挺哀怨的。

宁岁听到谢屹忱在旁边笑，嗓音很低沉："现在还活着吗？"

"啊？"

"我说仓鼠。"

宁岁抿唇："早就'挂'了。"

谢屹忱脚下一顿，她意识到他误会了，诚恳道："倒也不是被我扔死的。其实仓鼠的寿命很短，很多宠物也都一样，满打满算顶多三四年就寿终正寝了，哪能像我们人类活那么久。"

谢屹忱和她的距离不远不近，他仍然垂眸看着地上的影子，懒洋洋地笑了一下："那也确实。"

"你呢？"

"嗯？"

宁岁侧过脸看着他，夏夜的清风拂过她柔软的发丝："你小时候做过什么印象深刻的事情吗？"

"那就多了。"谢屹忱吊儿郎当地插着兜，给她举了个例子。

他小学的时候，正好赶上奥运会，就把他爸给他淘的福娃铅笔拿到班上兜售，还跟同学们说是奥运主办方限量供应，一根二十块钱，还要填单子预订，会员打八五折。

光靠这个，谢屹忱轻轻松松赚了上千块。后来他爸被老师请家长，老师强烈谴责他扰乱市场秩序和班级风气——因为有两个同学为了抢铅笔打架甚至进了校医务室。

宁岁："……"

真不愧是您，那时候就参透了饥饿营销的秘密。

她沉默了片刻，问："那叔叔怎么说？"

谢屹忱笑道："我爸觉得我挺有经商思维，虽然老师把我赚的钱都没收充公了，但他给我买了台PSP当奖励。"

"叔叔还挺开明。"

绕过一个街角就是电影院了，宁岁依旧颇为耐心地沿着马路牙子走，雨后潮气氤氲，她不自觉地眨了两下眼："我以为你是那种典型的好学生呢。"

谢屹忱垂下漆黑的眸，眼里含着点似笑非笑的混不吝意味："怎么？卖几根铅笔就不是好学生了？"

宁岁被噎了下："不是。"她快速瞥他一眼，又移开视线，"我是说那种一板一眼学习，家里也很严格，长辈说什么就是什么的人。"

前面是个十字路口，已经能看到发光的彩色招牌，映着夏夜熙攘的人潮。

"如果你要这么定义，那我的确不是。"

谢屹忱跟在宁岁身后，慵懒的声音随着晚风，不太真切地送到她耳边："我父母很少管我，所以我想干什么就干什么。"

两人走进了影院，街上人多，这儿倒是还好，顶头的大屏在轮流播放今日放映的电影，除了最热门的《疯狂星期四》，还有《四方阵》和《博物志》，听起来都挺有意思的。

宁岁问他："你想看什么？"

谢屹忱不挑："你决定。"

"那……"宁岁抬眸点了下最末尾的那个名字，试探着问，"我想看那个，行吗？"

电影叫《美丽心灵》，谢屹忱很早就听说过这部片子，但一直没找到机会看。电影讲述的是数学家约翰·纳什患了精神分裂症，却仍旧不断攀越巅峰的传奇一生的故事。

他掏出手机直接扫了码："好。"

宁岁凑过去才发现票已经出了，买的IMAX厅，价格比想象中贵："说好我请客的。"

谢屹忱瞥了她一眼，一脸"买都买了"的表情。

宁岁觉得好像也没法跟他说理，抿了抿唇想说什么，转眼又看到了卖爆米花和饮料的小食区。

她的眼睛亮了亮，想出个主意："你想不想吃爆米花？这次我请你。"

谢屹忱看了看她说："好。"

"还要什么喝的吗？"

谢屹忱仍然惜字如金："都行。"

宁岁有选择困难症，纠结须臾还是点了点头，转身就去小食区排队了。

随后她捧着一桶爆米花和两杯雪碧来检票。这片子没什么人看，他们的位置在中后排的中间，前面零零星星晃动着几个人头。

放映厅里很黑，一点光源都没有，宁岁的脚步慢了许多，正扶着最靠边的座椅困难地找座位的时候，身后亮起了手机手电筒的微光，照亮了她的前路。

宁岁蓦地捏紧指尖，回眸看过去。

少年的胸膛宽阔，他跟在后面，令人很有安全感。

察觉到她的表情，他半垂着眸，勾唇低低说了句："你不是怕黑吗？"

影片前奏的背景音乐在这时候响起，掩住了周围的声音。

空荡荡的放映厅里，谢屹忱举着手机，宁岁只能看到那双漆黑英俊的眼睛。

那光好像成了烛火，在他们视线相交处缓慢地摇曳，她无意识地眨了眨眼。

宁岁就那么看着他，没有说什么，心口有很短一瞬间的安静，一秒钟，也许两秒，然后电影屏幕开始放起了广告，整个大厅都被照亮了，也不再需要谢屹忱手机的那束光。

宁岁在一旁看着他耐心地收起了手机，两人一起向上走。到了两人座位所在的排数时，谢屹忱依旧侧开身，示意她先进去。

宁岁发现他在这种细节处每次都做得格外妥帖，是那种很有教养的男孩子。

他们在对应的位置上坐下来，没等一会儿，场内灯光转暗，雄浑厚重的背景音乐响起，正片开始了。

不得不说，主人公的扮演者演得很好，用神态和动作将一个天才，甚至一个钻研真理完全忘我的怪咖诠释得淋漓尽致。

数学是伟大而富有奥秘的东西，能够将枯燥乏味的知识串联在一起讲一个新的故事。宁岁也曾体悟过这种灵感一瞬间迸裂的花火,那是很迷人的存在,那种短暂的美丽让人想要坚守永恒。

要是换个人,宁岁就不请对方看这部电影了,但是她觉得如果是谢屹忱的话,应该能理解这种感受。

电影院寂静无声,她口干舌燥,喝一口雪碧,下意识想到桶里拿一颗爆米花吃。

谢屹忱也正好伸手,两人的手指就这么猝不及防地碰在了一起。

宁岁的指尖冰凉,谢屹忱的手掌温热,这种明显的反差感让她不自觉地顿了一下。

谢屹忱先反应过来,很快收回了手,压着声道:"抱歉。"

指尖的触感还在,宁岁掩在腿侧的手轻轻地摩挲了一下。

以前没发现,原来电影院的座位和座位之间挨得还挺近,她抿了下唇:"没事。"

两个小时过得很快,尤其是当两个人都认真专注的时候。

这电影其实挺压抑,特别是后期,看得宁岁眉头紧皱。她想起亚里士多德说过一句话:"凡是伟大的天才,骨子里都带有疯狂的特征。"

宁岁觉得自己应该不是个天才,因为她和废寝忘食的纳什相比,的确是显得没心没肺了点。

哪怕是高二那段时间,她也是一顿不吃就饿得慌,还没上晚自习就在想今天的夜宵到底是扬州炒饭还是香葱煎饺。

散场以后,前排的观众坐了好久才离开。宁岁侧头去看谢屹忱,他正低着头,黑色碎发掩在额际,眉目微沉,长睫微垂,不知道在想什么。

但这种情绪也只维持了一瞬,就来无影去无踪。谢屹忱抬眸,显然也意识到了她在看他,还挺气定神闲地问:"怎么?"

"你知道这部电影试图告诉我们什么吗?"宁岁忽然若有所思道。

"什么?"他抬眉。

宁岁幽幽地说:"学数学太久会发疯,我可能得小心点。"

谢屹忱显然没想到她观影半天得出这么个结论,也没憋着,"扑哧"一声笑了。

他抱着双臂靠在椅背上,听她继续煞有介事地瞎扯,语气同情地说:"要是主人公在一开头就拿到奖,后面估计也不会得病了。"

归根结底还是组委会这荣誉发晚了,搞得人家一天天绞尽脑汁地钻研,换谁谁不偏执。"

谢屹忱说:"那也没博弈论什么事了。"

他笑得连胸口都轻微发颤,宁岁不自觉舔了下唇:"那也确实。"

两人一边往外走一边聊天,快十一点了,古城的街上还很热闹。

宁岁随口一问:"谢屹忱,如果让你选,你是想要精神健康还是要名利双收?"

话没说完,就见他匪夷所思地瞟过来一眼。宁岁也很疑惑地看着他。

谢屹忱问:"为什么不全都要?"

宁岁心想,好,是她狭隘了。

周围的店铺琳琅满目,精致的商品摆件一应俱全。身侧这人走马观花地逛着,末了,嗓音低沉道:"其实这两者本来就不相悖。"

"嗯?"

宁岁恍惚了一下,才意识到他是在回答她刚才的问题。

"人生没什么迈不过去的坎,别想太多,你越较真它越拦你,最后就把自己绕进死胡同了。"

宁岁拿起街边铺子的一条水晶手链在自己腕上比较,想了想,说:"但有时候还是会当局者迷,真到了快要突破的那一步其实很难,总是做不成,但又觉得自己能做成,还有前头那么多沉没成本,一下子放弃可能不容易。"

"当然,"谢屹忱笑了笑,"就像主人公,这么做也确实成了伟大的数学家,只是不同人有不同选择,是我的话就不会太执拗。"

这个路径行不通就换条路好了,要是还不成再换个目标行了,总有他擅长的事情,何必把自己逼到发疯的地步呢?

温柔的橘黄灯光下,少年的语气慵懒随意:"反正我始终坚信,山重水复后一定会柳暗花明。条条大路通罗马,就像欧拉定理也不是只有一种证明方法。"

宁岁的心蓦地跳了跳:"这话……我好像以前也听人说过。"

谢屹忱的眼眸稍压下一点:"是吗?"

"对。"宁岁稍顿一下,"我高二的时候也学数竞,可能是做题做得魔怔了,也有点那种和自己死命较劲的心态……幸亏后来调整好了。"

旁边的酒吧里的歌手正在中气十足地唱摇滚,她用余光瞥到谢屹忱好像往里盯着看了一会儿,才慢条斯理地问:"怎么调的?"

"学数竞有个答疑网站嘛,叫 Leonhard Euler,里面还有很多 T 大和 P

大的大神,你肯定知道吧。我原本只是在上面发自己不会的题目,后面改成在上面诉苦,结果就和人聊了起来。"宁岁道,"那人算我的半个笔友吧,有时候我困惑的时候就会和对方聊聊,慢慢就开悟了。"

说起来也是段奇妙的缘分,宁岁到现在都不知道那个人是谁,但两人还挺聊得来的,断断续续聊了几乎一整个学年,上到人生哲学,下到天文地理,无所不谈。

连她在亲密关系中是回避型依恋人格这件事,也偷偷告诉过对方。

有段时间宁岁老抱着个手机,搞得夏芳卉那时候强烈怀疑她在早恋。

人为什么要学数学?

宁岁学到快崩溃的时候曾经一把鼻涕一把泪地问过宁德彦,她爸怜爱地摸摸她的小脑瓜,说:"为了让你以后在菜市场讨价还价的时候不被欺负;为了证明学英语更简单;为了告诉你人生不易,且行且珍惜。"

这都什么跟什么啊?她爸那不着调的样子气得宁岁想打他。但不得不说,她那点乐观基因绝对是遗传她老爸的,不然高二时在夏芳卉密集的负能量轰炸之下,她哪还能维持住健康的精神状态。

宁岁也问过她的笔友:你说,人为什么要学那么艰深的数学?想去菜市场还价的话弄懂一加一等于二不就好了吗?

笔友告诉她:因为你以后不只会去菜市场买菜,你可能还会在海滨坐摩天轮,会穿礼服去听古典音乐会,会想知道晚霞为什么这么漂亮,星星和太阳之间的距离有多远。人类的先辈创造了很多种存在于这世界的精彩方法,我们虽然还不知道宇宙有多大,但是仍然希望能够用自己的双手去丈量它。

宁岁虽然不认识对方,但觉得这人一定是个对生活充满热忱的人。

在当时那种被压得喘不过气的情况下,这番充满意义的话真的有鼓舞到她,时刻提醒她,即便在黄昏,也可以抬头看一看落日和晚霞。

谢屹忱踩着脚下的石砖,用鞋底蹭了一下那层薄薄的青苔。他漫不经心地看着她问道:"那后来你们还有联系吗?"

宁岁的睫毛不经意动了动,她很快说:"没有了。高三的时候我换了个手机,不小心把密码丢了,原来的号登不上去了。"她顿了一下,说,"然后学业也很忙,数竞没戏之后,我就专心准备高考了。"

谢屹忱又重新低下头去踩地上的影子,懒懒地回应道:"嗯。"

这时,裤兜里的手机开始振动起来,是张余戈打来的电话,还没接起来就挂断了,一副没耐心的臭脾气样。

谢屹忱还看到微信弹出一连串他发来的信息。

谢屹忱早前换好衣服出门的时候，张余戈还在专注又谨慎地打电话，估计是老妈查完岗，他才发现自己被落下了，所以在这急得跳脚。

走之前谢屹忱给他留了信，说去古城里随便转转。

张余戈：你一个人大半夜出去逛？

张余戈：这么有闲情雅致？

张余戈：我打完电话了，速回！

过了几十分钟，他又发来了一串消息。

张余戈：不是，我游戏都打好几把了，你人呢？掉哪个坑里了？

张余戈：忱总？忱神！大哥！你给我出来！

然后到现在，那头发了个大红包过来，转账三十八元，谢屹忱正好看到，顺手点了个收款。

这顿操作落在张余戈眼里格外不可思议：你离不离谱？我在这找你这么久，一发红包你就出现了是吧？还挺对得起我给你的微信备注！

从他的视角来看的确是这样。

谢屹忱顿了一下，在那个红包下面，简短地给他发了两个字。

同一时间，张余戈的微信界面冒出一条来自"渣男"的消息。

渣男：谢谢。

他还挺有礼貌。

张余戈气得够呛，连发来两条语音，都长达十几秒，这边酒吧歌声震天响，谢屹忱甚至懒得把语音转文字。

渣男：好，不用等我，先睡。

张余戈：好个鬼啊！我问你明天行程怎么安排，几点起床？

Chapter 04　四两拨千斤的浑蛋

继许卓闹了一次肠胃炎之后，胡珂尔也成功被那一顿炒饭搅得肚子里天翻地覆，早早就回去洗洗睡了。

宁岁出门之前和胡珂尔说了一声，她也没怎么听清，在床上闭着眼含糊地应了一声就随宁岁去了。宁岁回到房间的时候，人已经睡得和死猪一样。

宁岁去客厅取之前落在那儿的充电器，没想到遇到穿着一件白色睡袍的沈擎从楼上走下来，两人视线相遇，双双愣住，倒是沈擎先抱歉地解释道："我以为大家都睡了，听到声响，还以为……"是有谁翻墙进来了，所以也没注意着装。

这确实是个误会，毕竟只是认识了两天的人，并不那么熟。宁岁弯唇点头示意，也不打算和他过多攀谈："嗯，早点休息。"

她要进屋的时候，沈擎忽然叫住她："宁岁。"

"嗯？"

"你刚才是出去逛古城了吗？"

宁岁点头。

沈擎又问："一个人？"

宁岁微微抬眼，似乎在思考用词，在她开口之前，沈擎自己接上了，温和道："没事儿，就是想说女孩子在外要注意安全。"

"好，谢谢关心。"宁岁又笑了一下。

回到房间，她在家庭群里发了句"晚安"。

夏芳卉回得很快，显然又在熬夜等她：你又这么晚才回来！下次早一点啊！门窗检查一下，都关好锁死。整天捧着个手机看，睡前记得吃我给你买的蓝莓叶黄素胶囊，注意保护眼睛，不要再熬夜。

宁岁：知道啦，妈。

顿了一下，她又问：外婆最近身体怎么样？

外婆得了肾病，腿脚不方便，听力也有些退化。人之将老，什么毛病都出来了，很受罪。夏芳卉特意请了一位护工负责照顾她，老人家每天就在家里养着，状态好的时候看看电视做做疗养，但大多情况下是没有精神的，电话也讲不了几分钟。

夏芳卉什么都没和宁岁提，只是说：正常，你安心玩吧。

宁岁：好的，那我回去再去看她。

谢屹忱此时正在被张余戈严刑拷打，问他到底和哪个漂亮姑娘出去玩了，痛心疾首道："整整三个小时啊！你个渣男！"

谢屹忱把外衣外裤换下来，随意地把毛巾搭在肩上，简单洗漱之后才穿上睡衣，在浴室门口不急不缓地搭腔："你妈打电话来干什么？跟你说这么久。"

张余戈说："不就说她公司创业那点事儿呗，这年头老板不好当啊，得和员工斗智斗勇。"

张余戈他爸是个不成事的，在老家捣鼓什么小本生意，他妈在他很小的时候就一个人带着他来了槐安，那时候槐安的发展还没有现在这么好，她的眼光可以说非常具有前瞻性。后来他妈和师弟合伙搞了家新能源企业，一路磕磕绊绊走到现在。

谢屹忱说："阿姨那脾气，是个人都高低得敬她三分吧，还有不怕事儿的？"

张余戈浑然不觉自己在顺着话题走："林子大了什么鸟儿都有，有刺头冒出来也不奇怪。"

谢屹忱把手机丢在床铺上，懒懒地靠在一旁，这时屏幕亮了下，显示有几条新消息。

宁岁：我到了。

她说完还发了一个猫咪弹球的表情包，然后接着问：你到了吗？

谢屹忧垂下眼,回复她:嗯。

聊天框一时再没其他动静,这时手机振动了几下,上面连续弹出好几条消息。

邹笑的每日汇报来了,十分锲而不舍:我们在廊桥待了一个晚上,这边好安静哦,风景也美,很适合大家围在一起夜谈。刚才舒宇说我们四个人不够热闹,说想你们了,我也觉得,玩牌和狼人杀还是人多有意思。谢屹忧,你们还要在古城待多久呀?其实这里也没什么可玩的,不如你们明天就直接过来和我们会合吧!

谢屹忧退出聊天框,直接点林舒宇的头像。

那头的人心知肚明是怎么回事,存心调侃道:阿忧,邹笑又找你了啊?她这么坚持不懈,我都快感动了,你干脆从了她得了。大不了你回来后委屈自己让孙昊揍一顿,他也不是那么心胸狭窄的人,事情过了就忘了,皆大欢喜。

这家伙也算是看戏看到爽了,一副事不关己的样子,净出馊主意。

谢屹忧扯了下嘴角:我还有个更好的方法,想听吗?

林舒宇:啥?

谢屹忧:你给孙昊介绍个其他的女朋友,问题不就迎刃而解了。

林舒宇无语。

格局一下子就打开了。

胡珂尔第二天一早睡到自然醒,揉揉肚子,感觉舒服了一些。

虽然身体无恙,但是她还是毫不留情地在心里问候了一遍张余戈的列祖列宗。

前几天没把古城逛彻底,反正下午才走,早上胡珂尔就拉着宁岁出去逛街。

这里有很多首饰铺,虽然感觉卖的东西都是义乌量产,但仍旧琳琅满目。宁岁漫无目的地看着,胡珂尔附在她耳边悄咪咪地说:"你知道在这种地方最恐怖的是什么吗?"

"什么?"

胡珂尔低声道:"你第一次还价的时候,老板就一口答应了。"

宁岁瞥她一眼:"那你知道更恐怖的是什么吗?"

"啥?"

"你讨价还价半天终于把东西收入囊中,突然想起还可以在网上拍照识图。"宁岁幽幽道,"相信我,永远不要去试探,没有人能够笑着从某宝走出来。"

宁岁之所以感悟如此之深,是因为她家有夏芳卉这样一个单纯至极、连黑心商家见了都要落泪的存在。她特别相信那种"纯手工""大师出品""世上只此唯一"的睁眼鬼话,只要出去旅游,一定会被人狠狠宰一通。

有一次去苏州,人家卖她一个普通紫砂壶,非说是太湖底下挖出来的天然矿石,由整石雕刻而成,还能释放出美容养颜的辐射磁场。

夏芳卉一听就觉得好,以六百八十元高价拿下还喜不自胜。回来以后,宁德彦拍照识图,一模一样的款,网上只要二百四十九元。

这数字略微有点讽刺,甚至二百五都不是,夏芳卉心虚地替自己争辩:"那可是太湖石欸,磁场是咱们肉眼能看出来的吗?"

宁德彦用新买的茶壶给大家泡茶喝,茶水倒出来,热气腾腾的,老头儿慢悠悠地抿了一口品了品,对宁岁说:"你妈这智商税的味道还不错。"

夏芳卉:"……"

从那以后,宁岁基本上不在这些小摊上买东西了,但她有时候很享受砍价的过程。

"老板,这串手镯怎么卖?"

老板正坐在柜前给珍珠打眼儿,抬头看她一眼:"八十,一口价。"

宁岁凑近了端详,他埋着头说:"你去别的店打听打听,我这儿绝对是最低价,天然水晶,童叟无欺。"

宁岁甜甜地说:"便宜点儿呗。"

姑娘长得漂亮,笑起来也甜,老板松了口:"你要多少?"

她想了想问道:"五块?"

"不是我说,"老板一听,那双小眼睛里装满了不可思议,"您怎么不去抢呢?"

不过砍个价,给人气得京腔都出来了,怕被纠缠上,胡珂尔拉着宁岁赶紧就走了,等到看不见那家店才示意性说一句:"你这价也给人砍得太低了。"

宁岁瞥她:"还天然水晶呢,人工熔炼的气泡都透出来了。"

胡珂尔倒没观察得那么仔细:"啊,所以刚才那是假的吗?"

"不然呢?"宁岁好笑道,"这条街上有几个东西是真的?"说完,她轻飘飘地看了一眼胡珂尔胸口挂着的项链。

胡珂尔愣了两秒,低头看向脖子上那颗号称"百年难见"的粉红色菩提子。

"不是吧!"

胡珂尔百度查了一下后才得知,这玩意儿的真实价格是外头卖的价格砍掉一个零。等回到酒店后,她还在心疼她白花的五十块钱:"我怎么就听信了那大爷的鬼话,五十块都够买两杯奶茶了。"

宁岁安慰道:"还好。"比起她家夏芳卉要好太多了,说完她又想起什么,"医生不是不准你喝奶茶吗?"

来旅游之前,胡珂尔月经不调,又因为去一趟东南亚吃多了有点发胖,胡爸和胡妈就抽空陪她去看了一次医生。

西医可能就是这样,有点啥症状就直接下诊断,说她患有多囊卵巢综合征,说白了就是又虚胖又内分泌失调。至于怎么治呢,要控制过量糖分摄入,其中一大准则就是不能喝奶茶。

于是两个人每天都在她耳边三令五申,这可要了奶茶狂热者胡珂尔的命,出来旅游之后她罔顾医嘱偷喝了好几次。

"你要这么想啊。"胡珂尔跷着二郎腿说,"我只是同时喝了奶和茶这两种健康饮品,牛奶安眠补钙,茶清热养肺。我喝的那是奶茶吗?那是强身健体、恢复元气的良方啊。"

宁岁:"……"

胡珂尔向来歪理一堆,宁岁跟她在一起待久了,多少也有点习以为常。

两人收拾好了行李,打算按照原计划沿着海边向北行进。下午的大太阳晒得要命,但他们没人有驾照,只能打车。

古城往上就是崇圣寺三塔、海西枯树,然后再过去将近二十公里就是磻溪村S弯,这里有很多人骑自行车旅拍,一派热闹景象。

旁边就是海,湛蓝辽阔,水质清澈。沈擎用点评软件搜了下,找到一家视野优美的民宿,通过二楼的落地窗可以把海乃至对岸古镇都看得清清楚楚。

暑期旺季的房源价格有点膨胀,好景观房都被订完了,好不容易抢到一间,那数字贵得让人咋舌。

幸好许少爷是个财大气粗又娇气的主,奔波的路途让他感觉胸闷气短,就想赶紧找个地方歇下来,于是很豪爽地承包了房钱。

他们订的这套民宿有三间房，一间大的在一楼，两间单人的在二楼，门对着门。

到了分配房间的时候，小情侣在角落里说了半天悄悄话，过了一会儿，胡珂尔赧然地跑过来和宁岁打商量："宝贝儿，今晚你和沈擎住楼上行不？"

宁岁睨她片刻，也不说话，胡珂尔心虚地咳嗽两声。

谈恋爱就是这样，有机会就想跟对方黏在一起，前几天她和许卓都比较收敛，因为沈擎和宁岁在，连亲密举动都很少有，现在好不容易有了独处的机会，怎么可能放过。

"我这也是为你着想不是，"胡珂尔压低声音，暗暗地瞟了不远处的沈擎两眼，又开始胡言乱语，"有这么优质的潜在对象在这里，怎么着也得制造点机会让你们发展一下。"

宁岁拖长音叹了一声："你俩都安排好了，我还能说什么，住吧。"

"吧唧"一声，胡珂尔扑过来在她的脸上亲了一下，一副重色亲友、小人得逞的奸样："我就知道宝贝你最好啦！"

四人安顿好住处，胡珂尔拉着许卓在客厅里打游戏，天色还早，沈擎带上自己的微单相机，问宁岁要不要出去逛逛。

宁岁想了想，说："行。"

沿着S弯，沈擎问宁岁要不要照相，两人互相给对方拍了好几张风景照。

街边的店铺很热闹，晚风习习，人也很多，还有不少卖气球的，连马路两旁租用的自行车框上都装饰着花环。

宁岁发现这里的民宿装潢风格都很像，简直是复制粘贴，不留神很可能会搞混。两人散了半小时的步，拐进一家小酒吧，想简单坐一会儿。

服务员来点单，沈擎示意女士优先，宁岁就点了杯度数很低的鸡尾酒，沈擎见状，也要了一杯马天尼。

"你们在国外是不是经常喝这个？"宁岁感兴趣地问。

"嗯。他们比较夸张，喜欢喝纯伏特加，我就不太行。"沈擎笑。

这小酒吧人不少，即便不讲话也不会觉得冷场。沈擎在看自己刚才拍的照片，宁岁就去看朋友圈。

看到有人发了一张和磻溪村景色很相似的照片，她习惯性点了个赞，正想看看是谁发的，就听沈擎说："我看你和珂尔的关系挺好的。"

"嗯，我们认识好多年了。"宁岁笑了笑，"你和许卓在初中的关系是不是也挺好的？到国外这么久还保持着联系。"

"是不错。"

宁岁搅了搅鸡尾酒里的冰块，咬着吸管说："那你知道他以前有交过女朋友吗？"

沈擎摇晃酒杯的动作顿了一下："不太清楚，初中那时候还早，后来我们也没怎么聊这方面的事情。"须臾后他又说，"珂尔是他带到我面前的第一个女朋友。"

宁岁看出来他也是一个很精明的人，知道她在试探，想搞清楚许卓在男女关系上到底是个什么样的态度，别害得胡珂尔吃亏。

他的回答还算滴水不漏，宁岁觉得，和他这样的人做朋友应该还挺有安全感的。

两人闲聊了半响，看时间差不多了就往回走。某一段岸边有几棵茂盛翠绿的树，配上波光粼粼的海，在月光下显得很有意境，沈擎就拿起手机又拍了几张，可一直有人路过挡着景，半天没有找到比较合适的角度。

但到底不好耽误女孩子的时间，正好他们的民宿也很近了，他就跟宁岁说："我可能还要再拍一会儿，要不你先回去……你一个人回去能行吗？"

宁岁点点头，刚才那杯鸡尾酒跟普通饮料差不多，她远远没到醉的地步："好。"

她记得绕过一个弯，旁边有个花坛，进去就是了。她数着地上的石砖，来到大门前。

门没锁，客厅里静悄悄的，电视也没开。一楼的客房紧闭，不知道里面的人在干什么。

宁岁想找一下胡珂尔，随着越走越近，感觉好像听到点什么声音。

她心里一紧，但想着胡珂尔应该还不至于到和许卓发生什么的地步，犹豫了须臾，还是抬手敲了敲房门。

谢屹忱此时正在洗澡，水哗啦啦地从头顶淋下来。

刚才喝饮料，张余戈这个傻子把柠檬茶洒在谢屹忱身上了，这也就算了，关键还洒在裤子上的重点部位。谢屹忱受不了身上黏黏腻腻的，二话不说就调头回民宿去换衣服。

他们两个人住两层的民宿是有点暴殄天物，张余戈要看海，选了楼上其中的一间，把双人床丢给了谢屹忱住。

这时听到房门被敲响，谢屹忱本来没心思搭理，但是那声音还挺持之以恒，"咚咚"的响声很有规律，他低低"啧"了声，腹诽张余戈实在是事儿精，连洗个澡都不让他歇两分钟。

"又有什么事儿？"谢屹忱一边拿毛巾擦干净身上的水，一边随意套了条裤子，不耐烦中带着点痞气，"说了六百六看一秒，一分钱也不准少啊。"

宁岁的确没想到门开了是这样一幅景象，连呼吸都下意识屏住。

男生赤着紧实硬朗的上身，眼眸漆黑明亮，肩臂的肌肉结实，腹肌块状分明。他的肩上随意地搭着一条毛巾，黑发半湿，还有水珠沿着下颌流畅的线条不断地往下掉。

怎么想这也确实不像免费就可以看的画面。

宁岁憋了好半天，试探问："没带现金，能支持转账吗？"

室内的氛围沉默得连一根针掉下来都能听见。

宁岁此刻的心跳快得有些不同寻常，像弹力球一样砰砰地打在地上，但仍尽力控制着自己的表情。鉴于她此前的确也没遇到过这种情况，所以觉得自己的反应还挺正常的。

谢屹忱大概也没想到打开门会看到她，喉结很明显地滚了滚，很快从一旁的衣柜里拽了一条又长又宽的浴巾挡在自己身前。那双锐利的眼睛居高临下，情绪复杂地看向她。

两人的身高差很微妙，宁岁正好能平视他的脖颈处，一瞬间就弄懂了为什么人家都说喉结是男性身上最性感的部位。她盯着那个地方，不自觉地咽了口口水，有点说不出话来："我……"

"嘭"的一声，门干脆利落地被人关上。

宁岁："……"

这时候有声音从楼梯上传下来，紧跟着是张余戈悠悠的语调："忱总你洗完澡没？我跟你说这上面风景真好，还有个点播电视，什么剧都能看——"

看到客厅里有人，还貌似是个女孩子，他的话戛然而止，一只脚尴尬地要抬不抬，他还以为自己走错了。

刚看完一集谍战片，张余戈还有点恍惚，想了下才发现不对："我是从上面下来的啊。"

眼前视野一片模糊，他把挂在领口的眼镜扯上来戴好，才发现是个熟人,很惊讶地说:"宁岁?你怎么在这里?你们也来磻溪村了?"

宁岁平复了下自己的情绪:"我刚走错了,门没锁。"她解释道,"我们住在……应该是隔壁某一栋。"

"哦。"张余戈应了一声,但还是控制不住地上下打量着她,觉得这真是巧到家了,他们的行程居然高度重合。

姑娘穿着一条浅粉色的碎花丝绸连衣裙,露锁骨的款式,裙摆正好过膝,腰细而双腿笔直。巴掌大的鹅蛋脸,一双桃花眼弧度漂亮,皮肤细腻白皙,在灯的照耀下白得几乎能发光。

民宿算得上是私人空间,倒也不是针对宁岁,毕竟是女孩子,张余戈蓦然有点不自在。

沙发上还堆着他的衣服、外套、球服……什么都有,他迅速扒拉着把衣服收拾到一旁,觑了眼皱巴巴的沙发:"你先坐。"

宁岁在沙发的中间位置坐下,很礼貌地说:"谢谢。"

张余戈问:"你们怎么会来这里?"

"古城往北走就几个景点,沈擎说这里的民宿视野好,附近店也多,还能骑自行车。"

"那是擎兄恰好选的这栋民宿?"

"也不是。我们来晚了,一路过来都没有房间,只有那一栋了。"

这事情确实巧得让人觉得不可思议,张余戈在心里不住感叹。

宁岁看着他鼻梁上厚厚的镜片,忍不住顺口问:"你这近视度数很深吗?"

"八百五十度吧。"有多严重呢,张余戈斟酌了一下用词,"三米外全是色块,十米外不知是人是狗。"

宁岁忍不住问:"天生的吗?"

他跷着二郎腿往沙发上一靠:"有点吧,也不全是。"

张余戈的成绩一般,但是酷爱化学,正好他妈的公司又是做新能源的,多少和这些东西沾边。

他初中的时候就喜欢在网上买一些化学合成物混合在一起观察反应,家里还有两大排试管和成套的仪器,全都是给他做实验用的。因为有些反应比较微弱,所以他就得隔着试管凑近了观察,久而久之就得了深度近视。

之前张余戈给人的印象就是胸大无脑的体育系男大学生,宁岁还不知道他的专业志愿报的是化学,会近视的理由还这么令人意外。她光是在心里想象了一下他穿着白大褂正儿八经地做实验的认真模样，人物形象就立刻丰满了许多。

关于化学，张余戈能讲的就多了。他说他们高华游园会——即跳蚤市场，他卖的就是自己养在小瓶子里的结晶体，颜色梦幻，长得可漂亮了，还有些是细颗粒的小晶体沉淀。

"高二那年游园会，我以一人之力带动了我们全班的销售额，连教导主任都一度非常喜欢我的产品，还买了好几款。"张余戈越说越兴奋，"等我回去之后送你和胡珂尔几瓶，保准你们喜欢。"

宁岁是真没想到张余戈在捣鼓这些东西上面这么厉害，他手机上的照片，那些结晶体确实挺有观赏价值，就是颜色太艳丽，让人感觉有毒。

她好奇地问："为什么你前面用的瓶子那么大，后面的只有拇指那么小？"

原以为是空间大小不同会导致成晶难度有差别什么的，谁知张余戈难得沉默了一下："因为教导主任小学一年级的儿子以为那种大瓶的是沐浴露。"

客厅中短暂安静了几秒。

宁岁说："幸亏他没以为那是杨枝甘露。"

两人坐在沙发上又闲聊了一会儿，就在这时，谢屹忱的卧室里终于传出点动静，宁岁下意识转了头，正好与他淡淡的视线对上。

谢屹忱的头发随意地搭在额边，还带着点儿新鲜的潮气。

宁岁注意到他上身穿着睡衣，底下是条外穿的长裤，外面还套着一件休闲款式外套，拉链严丝合缝地拉到脖颈最上面，显得非常之严谨。

宁岁莫名觉得这穿法有点什么含义，默默地移开视线，坐在原位没有动。

谢屹忱好像神情莫名地看了她一眼，然后迈开长腿，散漫地从沙发后面绕过来，双膝微微敞开地在另一端坐下。

他和张余戈一左一右地坐着，宁岁坐在中间，但是离谢屹忱更近一些。她隐约闻到了他身上那股好闻的味道，特别像雨过天晴后那种阳光铺洒的气息。

宁岁先发制人地问："你怎么在这里？"

谢屹忱顿了一下，紧接着嘴角一扯，似笑非笑地说："这话不该我问你？"

这人的脸上仿佛明明白白写着：这里好像是我们住的民宿。

他的眼眸漆黑，一直盯着她。

宁岁的睫毛动了动，她慢吞吞地应了声："我们的民宿就在你们旁边，我刚才不小心走错路了。"她挺无辜地说，"但也不能全怪我，主要是你的门没锁。"

张余戈本来饶有兴致地听着，还想多聊聊，谁知不经意瞟见墙壁上的时钟，正好到了晚上十点，一拍脑袋："差点忘抢我那限量版球鞋了！"说完他急忙地往楼梯冲两步，又回头，"我先上去拿手机，阿忱你招呼一下人家。"

他这风风火火的性子和胡珂尔还挺像的，宁岁目送他的背影在转角消失。

身侧也响起点衣料摩挲的声音，她偏头，看到谢屹忱仍旧懒散地靠在沙发上，正意味深长地看着她。

谢屹忱看了她一会儿，宁岁也不知道他想做什么，于是就暂时配合地默不作声。

沙发扶手旁的小茶几上有两瓶鲜榨甘蔗水，是刚才在路上买的。他终于动了，随手拿了一瓶放在她面前，轻声道："要喝的话自己开。"

"哦。"

宁岁看了眼手机，正好微信弹出一条信息，是胡珂尔问她打算什么时候回，宁岁的心放下来一点，觑了眼谢屹忱，主动搭话道："你们刚才出去了？"

"嗯。"

"这附近有什么好玩的地方吗？"

谢屹忱漫不经心地把玩手上的水杯："风景不错，路边有些饮品店。"

"我听张余戈说你们也是下午才到的。"

他抬了下眼皮："嗯。"

宁岁问："那你们明天还会继续住在这里吗？"

谢屹忱转水杯的动作一顿，瞥她一眼，问道："怎么了？"

"我们行李太多，每次坐出租车都很挤。"宁岁斟酌了一下，还是问出口，"就是，你那辆越野车那么大，能不能再多拼两个人啊？"

原来她是主意打到这上面了，还挺能耐。

谢屹忱看着宁岁没说话，她想了想，就翻APP找地图研究路线，试图找些合适的理由说服他。

往北走再向东,他们的最终目的地都是双廊古镇,唯一区别就是在沿途的小景点待多少天。

"沈擎之前的计划是明天中午就离开磻溪村,去喜洲古镇,我们肯定是顺路的。"宁岁用清透明亮的眼睛看着他,晓之以理,动之以情,徐徐道,"拼车的话,路上还能多点人陪你和张余戈聊天,你觉得怎么样?"

谢屹忱眉峰一扬,似笑非笑道:"你考虑得还挺周到啊。"

宁岁诚恳地顺杆往上爬:"嗯嗯,我也觉得!"没等他再开口,她又舔了下唇,补充道,"如果你们明天还打算留在这儿,我们可以就着你们的计划。油费和洗车、租车钱我们也都可以共同承担。"

至于许卓他们,肯定不会不同意。

大少爷受不了四个人挤一辆出租车,去景点玩的时候提行李也不方便,但是本来人就不多,要是分开打两辆出租车又没必要,他们早就在商量该怎么解决这事儿了。

谢屹忱的手指摩挲着水杯外沿,仍若有所思地望着她,说不清眼里是什么意味。

宁岁觉得有点希望,双眸发亮,微微倾身:"行吗?"

她没注意到自己有点凑太近了。

谢屹忱低头喝了口水,半晌后懒懒道:"我们考虑一下。"

"好。"

宁岁还没来得及再说什么,他就站起来,把水杯往茶几上一放,插着兜往房间走:"明天中午之前给你答复。"

"嗯。"宁岁下意识眨了一下眼,"你干什么去?"

"太热了。"谢屹忱淡声道,"换身衣服。"

他穿得确实有点多了,长袖长裤加外套,而且还关门关窗的,空气都闷在屋里,也难怪觉得热,相比之下她穿着轻薄舒适的裙子,就觉得还好。

谢屹忱进房间之后,宁岁百无聊赖地翻了下手机。

胡珂尔又发来几条信息,前面还在问她怎么还在外面逛,后面就扔来一张照片,八卦兮兮地说:大新闻!

宁岁问:什么?

胡珂尔:看照片!王菲菲去切了双眼皮,还做了鼻子!

王菲菲是她们班的一个同学,家境不错,所以平常总是一副公主做派,眼高于顶的样子，傲慢又爱炫耀，很不讨人喜欢。所以宁岁和对方并不熟，少有的印象就是听说她和外校的男生关系很近，被老师叫过好几次家长。

那男生是个混混，一天到晚不好好读书，没个正形，但王菲菲又是个恋爱脑，被家里保护得太好，男生哄两句就上了钩，还死心塌地。

她对男朋友百般顺从，为了对方甚至和家里都差点闹翻，这些事大家都有耳闻。

那男生花名在外，有和王菲菲关系还可以的女生好心劝她，她反而大骂人家多管闲事，居心叵测。好心当成驴肝肺，后来大家也就见怪不怪了。

胡珂尔把王菲菲刚发在朋友圈的照片放大，三百六十度端详：我好想知道是哪家医院，能做得这么失败。

宁岁想笑，寻思你也别这么幸灾乐祸：有没有可能人家还在康复期？

胡珂尔：不可能，还在康复期的照片以她那性格会拿出来发朋友圈吗？

其实王菲菲长得也不差，搞不懂为什么要去整容。胡珂尔觉得可能是那个男生说了什么让她容貌焦虑的话，为爱整容像是她能干出来的事情。

胡珂尔：那就是个渣男，那次在校门口看了一眼我就知道，你说她怎么这么多年还不长点心呢。反正我是绝对不会被别人的话左右的。要是许卓敢说我不好看，我直接揍死他！

宁岁敏锐地抓住自己感兴趣的重点：你还会通过面相鉴别渣男？

胡珂尔有些骄傲地说：多多少少有那么一些天分吧。

宁岁：怎么说？

那头突然没了声，过了几分钟才冒出一段话：你还记得崔娴吗？她之前那个男朋友不对劲就是我看出来的，后面她发现对方劈腿后就分手了，还特意来感谢我提醒呢。也没什么秘诀，就是女人的第六感罢了，更多的还是通过行为来佐证。她男朋友有一阵总是无事献殷勤，对她特别好，总是送这送那，还大半夜跑到楼底下抱着她说我爱你。我心想他绝对是做了啥亏心事，果然，那晚在来找她之前是去见前女友了。

宁岁：那你眼光挺毒辣的。

胡珂尔：那是。我已经提前帮你看过了，沈哥哥这人可以处。对了，你们怎么还不回来，莫非是真看对眼了？

宁岁：他在岸边拍树呢，我们俩早就分开了。

那头又没动静了，好一会儿，胡珂尔才疑惑地问：那你一个人在外面干吗？

宁岁拿着手机正想回复，里屋响起翻箱倒柜的声音，过了片刻，谢屹忱穿着一件白T恤出来了。他正在打电话，手机压在肩头，语气轻松地说："嗯，我知道了，等回去就去看您。"

说着，他淡淡地瞥过来一眼，紧接着自顾自走到一旁的餐桌边去倒水，宁岁从后侧方看去，谢屹忱宽肩窄腰，背部肌肉匀实紧致，身姿挺拔。

宁岁：我在看风景。

胡珂尔：你好无聊。八卦要当面聊才有劲，我等你等得黄花菜都凉了！

宁岁慢吞吞地回复她：是吗？可我不敢回去啊。

胡珂尔发了一个问号过来。

宁岁：我怕打扰某些人谈情说爱，带着我来旅游又把我狠心抛弃，连聊个微信都三心二意。你以为沈擎真的只是在拍树吗？他拍的是零落一地的寂寞啊！

胡珂尔："……"

胡珂尔"畏罪潜逃"之后，手机安静下来。

宁岁翻出家庭群，宁德彦正在用语音洋洋洒洒地描述宁越练钢琴的罪状："德彪西弹成披头士，柴可夫斯基练成戈尔巴乔夫，小玩意儿这是遗传了谁啊？明天公司要开'月度精分会'，现在我这脑袋嗡嗡响，不知道还能不能上台发言。"

宁岁迟疑地问："爸，你们公司对员工好像也有点太狠了吧？"

宁德彦补充道："月度经营分析会。下次让他早上和中午都别弹了，放过我们的邻居吧，别让他们从睡梦中惊醒。"

夏芳卉附和说："但是晚上弹的话，人家可能会失眠到清晨。"

宁越从四岁开始学琴，到现在已经八年有余，正在备战钢琴十级。其实这进度已经算是非常之快了，其中离不开夏芳卉的严格督促。

夏芳卉年轻时就是想学钢琴但没学成，所以一直有个音乐梦。在宁岁小的时候，夏芳卉也曾把她送到槐安名师那里去学琴，还专门挑了一个非常严厉的老师。

宁岁还记得对方脾气很差，钢笔和戒尺每次都摆在台面上，钢笔摘了帽顶在掌心底下保持手型，弹错音也是一定要打她的，搞得她一度对上钢琴课产生了阴影，以至于每周到了老师家楼下都赖着不肯上去。

所以后来学钢琴成了一件折磨人的事情，把宁岁对于音乐的那一丁点兴趣慢慢消磨光了。

后来她的学业变得繁忙，数学这块儿的天赋开始冒头，再加上有了宁越做夏芳卉实现钢琴梦的接班人，夏芳卉就渐渐默许宁岁不再练琴了。

所以对于练琴这块，宁岁还是有点同情宁越的。

她打电话给宁越，问他是什么情况，那头立马哭诉："呜呜，姐，我这些天好暴躁，你啥时候回来？"

宁岁温柔道："还早着呢，怎么了？"

宁越的语气很委屈："妈逼着我学初中奥数，搞什么'桌子椅子''桃树李树''苹果橘子'的二元一次方程组，我这些天都快疯了！"

这时宁德彦很应景地在群中分享了一个宁越练琴的视频，看得出来他确实非常暴躁，简直使出吃奶的力气在砸琴键，似乎在用这种方式发泄，崩溃的表情中带着一丝绝望，但莫名搞笑。

宁岁收起调侃他的心思，大发慈悲道："什么题不会，可以发来我看看。"

那头感激涕零，挂断电话后发来好几张照片，宁岁看了几眼，终于搞懂了他说的什么"桃子橘子"：这不就是鸡兔同笼的变形题吗？都不用二元一次方程，正常做就可以，你学过呀。

宁越看了好几遍，回复她：好像真的是。姐，你是我的神！

宁岁还没说什么，那头又得寸进尺地发来更多的照片：亲爱的姐，你帮我把这些题做了，回来我零花钱分你一半，行吗？

宁岁：你零花钱多少？

宁越觉得有希望：一周五十块。

对面很有礼貌：可以滚吗？

宁越："……"

谢屹忱这时正在和他大伯母打电话，那头还在软磨硬泡地试图说服他，什么好处都许诺上了："你就用用看，我当事人说这软件可好用了，说不定你就认识新朋友了呢？"

"什么新朋友，"谢屹忱扯了下唇，"这是个高校交友软件。"

他大伯母秦淑芬是个律师，现在处理一件案子，是两个合伙人的股权纠纷。

两人一起创业做了这个叫"青果"的软件，一人管钱，一人管技术，结果管技术的那人在合同上被管钱的坑了,过来找秦淑芬帮忙打官司。

大伯母有歪理,说看人要先看品格,再看才干,哪怕是自己的当事人也不可信,因为人总是站在自己的立场上说话。所以她就让谢屹忱去体验一下,看看这软件怎么样,是否真的花了心思。

谢屹忱的父母也是做互联网企业的,自他有记忆开始,父母就工作繁忙,总是聚少离多。但是大伯一家不一样,他大伯是T大教复变函数的教授,谢屹忱对数学的兴趣就是他启蒙的——吃个哈密瓜都有讲究,要均分成奇数份,切成 sinx 的波浪状才香甜。

他大伯母是槐安鼎鼎有名的律师,能言善辩,正直爽利,所以逢年过节,谢屹忱就特别愿意到大伯家去混口饭吃。

"高校交友软件怎么了?"秦淑芬循循善诱,"人家也是正儿八经的平台,需要用 id 注册的。你不是还没女朋友吗?"

谢屹忱握着手机,侧头往沙发处瞅了一眼:"您也不是不知道,平台上什么人都有。"

青果的机制是单排浏览式,平台每天会推送二十个异性或者同性的介绍页面过来,上面有学校、兴趣爱好等用户信息。用户可以点击"爱心"或者"无感",如果双方都点击"爱心",则可以开始聊天。

同时,软件会记录用户喜好,通过大数据的方式不断完善推送的人选。

秦淑芬当然也知道,这类交友平台有些是以交友之名行其他之事,但也不能一棍子打死不是,正因为这平台发展得足够大,用户量也上了规模,所以她才想好好考察一番,说不定之后还有机会入个股。

"就聊两句怎么了?又没让你献身,不过是跟人家姑娘虚与委蛇一番。"谢屹忱还没说什么,秦淑芬挺理直气壮地补了一句,"反正你又不是不会。"

谢屹忱拒绝得很干脆:"不要。"

秦淑芬早就料到,补充说:"回来给你换台手机。"

"不。"

"给你买台新的手提电脑。"

"不用,谢谢。"谢屹忱油盐不进,还没良心地建议,"您要是真这么在意的话,让我哥去试试不就行了吗?"

"他能试个啥啊,他要聊才是真的就聊上了,还有空观察什么组件、技术、模块吗?"秦淑芬对自家儿子倒是很了解,"这样吧,你帮我用下这个软件,我以后就再也不逼你给恬恬讲数学了。"

恬恬是秦淑芬另一个当事人的女儿，因为当时合作过于愉快，所以案子结束后还有联系。对方的女儿正在读初二，理科比较薄弱，尤其是数学不好，谢屹忱在这个暑假就被她差遣去给小姑娘教数学。

那小家伙很难缠，总是追在他身后叫哥哥，一堂课下来听进去多少东西不知道，但是眼珠子就没离开过他，课后还发各种信息轰炸，要不是碍着秦淑芬这层关系，他早就严词拒绝了。

十三岁，也算半个小大人了，小姑娘见到长得帅的男生怎么还一点自制力都没有呢？

秦淑芬还在和他打商量："怎么样？你用一个月，然后和我说一下感受，我就和恬恬妈说一下，下节课你就不用去上了。"

说实话，谢屹忱对那软件真不感兴趣，但那可是能逃离恬恬的机会，他妥协道："一周。"

"一周能感觉出什么啊？人拉屎还要酝酿呢。"秦淑芬说，"三周。"

谢屹忱改口道："两周。"

秦淑芬喜怒不形于色，心底却得意着："成交。"

身后的宁岁没什么动静了，谢屹忱一边喝水一边又回头看了她一眼，她还坐在沙发上，动也没动，似乎是在聚精会神地看手机。

谢屹忱举着手机，散漫地笑了笑："您还有什么事儿吗？没事儿我挂了。"

"你这孩子，大妈跟你才聊了几句啊。"秦淑芬知道他在外面旅行，也不想占用他很多时间，只是多问几句，"你不接受记者采访，你爸真没说你吗？"

谢屹忱的语气淡了些："没有。"

"哟，老谢这回让我有点刮目相看了，挺沉得住气。"她这个小叔子，企业公关话术很有一套，最会在媒体面前展现完美形象。

谁都知道他和邱若蕴是模范夫妻，虽然私下里其实只能算是相敬如宾，但是镜头前还是很如胶似漆。

为了展示一家三口的和乐融融，他在谢屹忱小时候经常带着孩子一起露面。原本像是儿子考了省状元这种喜事，要放在以前，谢镇麟肯定恨不得能和他那个互联网IT企业搞联名宣传呢。

不过这两年他愈发低调，简直像是换了个人。

谢屹忱含糊地哼了声，并未接话。

秦淑芬察觉到他不愿意在这个话题上多说："行了，等你回来大妈给你做好吃的。"顿了一下，她又说，"记得给我买点纪念品——哦，对了，别忘了我拜托你的事儿啊！"

"知道了。"挂了电话，谢屹忱有些头疼地在微信里搜了下青果。

这软件不是APP，只是个小程序，确实很方便。

注册后，先要填写一些基础资料，比如学校、专业、星座、身高、家乡，然后要上传一张自己的照片，会展示在介绍页面。

谢屹忱随便在自己的图库中选了一张张余戈的照片——是高二某次运动会上拍的侧脸照，因为背光，面容不太清晰，自带氛围感，谢屹忱记得这人当时非要拿着篮球摆姿势，一脸文艺青年的深沉样。

要填的信息有点多，什么兴趣爱好、印象最深的旅程、最喜欢的书或者电影、日常生活、最大的人生愿望，还有理想型什么的。

谢屹忱一项项往下写，ESTJ，身高一米八三——保守地少写了几厘米，射手座，槐安人。

他想了想，学校填的是P大，专业写化学。

后面的那些信息他本来想略过，但是系统智能地提示只有信息填得越多档案才越具有吸引力，谢屹忱就很草率地把这些都填了一下，内容半真半假。

兴趣：旅游、CS（computer science，计算机科学）、数学、运动。

日常生活：看书、听歌。

印象最深的旅程：无。

人生的第一愿望：环球旅行。

近日单曲循环：《克卜勒》。

最喜欢的书：无。

最喜欢的电影：《放牛班的春天》《星际穿越》《美丽心灵》。

一个词形容自己：理性。

实在太麻烦了，谢屹忱提交资料，主页面马上就开始了二十人推送。

这些人都是顶尖高校的学生，其中不乏肤白貌美的美女，自我介绍写得也很详细丰富。

谢屹忱漫不经心地扫了一眼，顶着张余戈的头像，无差别地把二十个人全部按了一遍好感键。

系统提示，如有匹配成功会在微信进行通知。

宁岁此时正在给宁越看题，除了初中奥数，夏芳卉还要他先开始自学物化生。

余光瞥见谢屹忱似乎空闲了下来，她赶紧招了招手，一脸请求地说："谢屹忱，你能帮我看一眼这道题吗？"

谢屹忱走到沙发后面，手臂撑在靠背上，垂眸道："这是什么？"

宁岁说："我弟弟小升初做的初中物理题。他不太会，我也有点不确定，这种情况下小球的势能转化会有损耗吗？"

谢屹忱挑了下眉："这么努力，暑假就开始学初中内容了？"

他俯身去看，宁岁在手机屏幕上放大宁越发来的照片，身体后倾，半无奈半调侃道："还不是我妈逼的，他哪有这么自觉。"

她转头的时候谢屹忱正好向前靠过来，距离近在咫尺，似乎可以感觉到他温热的呼吸。

宁岁看着他俊逸的眉眼，闻到一阵沐浴后的清香味道，缓缓地绕在鼻尖。

她晃了晃神，几乎是下意识地往外边挪动了一下，挪完又觉得这动作好像有点明显，然而谢屹忱只是直起身，没什么反应："你发我吧。"

宁岁轻声"嗯"了声。

谢屹忱拿着手机，缓慢地绕了沙发一圈，重新在沙发上坐下，顿了一下，语含兴味地问："这是初三的题吧？你弟有基础吗，小升初直接学这个？"

宁岁其实也感觉好像有点夸张了，但夏芳卉这个人就是很难以想象，做什么都提前量打到满，急匆匆地往前赶，和她老爸相比简直一个天上一个地下。宁德彦那是典型的天塌下来还能再吃一口煎饼果子的性格。

宁岁无奈地说："可能对他来说是有点难。"

谢屹忱挑眉："我先看看。"

宁岁原本预计要等一些时间，还在考虑要不要先发个呆，谁知他没看两秒钟就给出结论："有损耗，要考虑轨道摩擦力的作用。"

宁岁转而望向他。少年垂眸时睫毛很长，侧脸鼻梁高挺，唇很薄，颜色淡淡的，灯光下眉目很深邃。

她还没从发呆的状态中出来，喃喃地叫他的名字："谢屹忱。"

"嗯？"

"有件事我挺想知道的。"

他懒懒地抬眼:"什么?"

"我听说你理综、数学和英语都是满分……"

谢屹忱还以为她要问什么,谁知对方眨着眼疑惑地问了一句:"那你那二十九分都是怎么扣的啊?"

该不会都是语文吧?你可真是偏科严重啊。谢屹忱从她亮晶晶的眼睛里读出了这个意思,嘴角轻扯了下,愣是被她整笑了。

两人就这么对视了半晌,他率先低下头,说:"今年作文题不是看图说话吗?"

题目是一幅四格漫画,一个学生的成绩从一百分考成九十八分却挨了巴掌,另一个从五十五分考到六十一分却得了奖励。

高分作文范本大谈"唯分数论不可取""勿以点滴成败论英雄"等命题。

谢屹忱的语气一言难尽:"我看串行了。我以为一百分变成五十五分,九十八分变成六十一分,我还在想第二个家长怎么心态那么好,九十八分要打小孩,六十一分反而不打了。所以我的作文立意是顺境中不骄傲,逆境中要乐观。"

宁岁愣了好一会儿,实在是没想到他栽在了这上面,没忍住"扑哧"一声笑了出来:"你没发现那两个小孩长得不一样吗?高分那个是光头啊。"他怎么会弄混的?

"我也不知道为什么。"

谢屹忱考语文的时候状态不大好,旁边那兄弟一直不停地吸鼻涕,刺溜刺溜的声音像在吃红薯粉,他感觉后面自己的脑子也没转了。

此刻,他干脆往沙发靠背上一仰,望着天花板:"它那个漫画排列方式很像矩阵,我自然而然就把横着的当成一组了。"

数学无敌,横着写向量是吧?真有你的。

宁岁笑倒在沙发上,肩头耸动个不停。她是真没想到省状元作文偏题,还是以这么奇特的方式,估计他的语文老师知道了能被气死。

宁岁笑够了:"我发现你有时候还挺幽默的。"

谢屹忱客气地回道:"谢谢。"

宁岁觉得他跟四中那些所谓的学霸比要好太多了,那些人特别爱面子,自己考好了尾巴翘上天,被后面的人超过就不服气,揪着小题分一题一题地去找老师讨论,格外斤斤计较。

胡珂尔说她们班的男生都挺幼稚的,自尊心强,可是谢屹忱跟他们完全不一样,先不说人家本来就有狂傲的资本,单说这看得开,一点也不傲气的性子,就显得心智更为成熟。

至少在她看来,他挺真实的。

正说着话,楼上传来一声痛心疾首的骂声,两人都沉默了一下。

谢屹忱不用想都知道,绝对是张余戈没抢到鞋。趁人还没下来,他漫不经心地拿着手机起身,问宁岁:"你们的民宿在哪儿?"

时间的确也不早了,宁岁正有想回去的意思。

宁岁摇摇头,坦诚道:"不知道,我得找一找。"

谢屹忱瞥了一眼窗外,天色暗得出奇,葳蕤树木轻轻摇晃着,映出幢幢黑影。

他同宁岁一齐走到门口,道:"行了,走吧。"

宁岁在换鞋,谢屹忱顺手替她拿了包,两人一前一后出了门。

门口是石子小路,不远处亮着橘色的路灯。谢屹忱插着兜,低头看着路,光线从他头顶落下来,衬得他侧脸格外好看。

宁岁没忍住看了看他,他似是有所察觉,但仍旧不急不缓地往前走。

两人肩并着肩,都没说话。

差不多快到了,谢屹忱发觉宁岁还在看自己,随即望过来,宁岁便指了下一旁的大门:"这个应该是了,谢谢。"

说完她就要进去,谢屹忱看了她片刻,胸腔里溢出一声笑:"等会儿。"

他随意站在原地,目光下垂,手里还拎着她的包,想说她怎么丢三落四:"你是不是忘了什么?"

宁岁一头雾水地说:"啊?"

记忆回溯了半晌,她有个模糊印象。

谢屹忱太高了,她还是有点不习惯仰头看他。这人额前的碎发蓬松,仍垂头看着她,黑眸有些意味不明。他这是……想要什么啊?

宁岁试探地看了他几秒钟,迟疑着问:"那你给我一下你的手机号码?"

话题跳跃度有点大。

谢屹忱拿出手机,把号码发过去:"平常用微信就行。你都能找到我。"

"微信里没钱啊。"宁岁抿了抿唇,为难道,"你开价太贵了,我只能转支付宝。"她想了想,小心地同他打商量,"便宜点行吗?要不六十六块钱,或者六百六十块看十次,先存一下?"

谢屹忱："……"

他们的民宿的确就在隔壁，宁岁进屋以后，胡珂尔正好从一楼大床房里开门出来，看样子已经洗过澡了。一看到她，胡珂尔顿时心虚地垂首："你逛完回来啦？"

宁岁打量她须臾："你这是刚吃完麻辣香锅？"

胡珂尔条件反射地捂嘴，用手机屏幕照了照自己的嘴，然后才知道宁岁在耍她，羞愤地扑过来："我要杀了你！"

胡珂尔自诩脸皮厚，但是遇上宁岁之后她常常会被耍，这人说话有时候挺会拿捏人的，而且是那种淡然地调侃，猝不及防来一下，很能制得住她。不然怎么说一物降一物呢。

胡珂尔赶紧转移话题，问道："我们明天是去喜洲古镇吗？"

"嗯，沈擎好像是这么说的。"

宁岁上了楼，沈擎好像已经回来了，透过门缝看到他屋内亮着光。

她迅速洗了澡，给外婆打了个电话。老人家反应不如以前快，但是能跟她说话还是很开心。外婆精神不好，宁岁没耽误她太多时间，只简单聊了一会儿。

挂了电话，宁岁又在家庭群里说了晚安，刚换完睡衣躺在床上看手机时，胡珂尔就从门外鬼鬼祟祟地挤了进来。

宁岁一愣："你这是干吗？"

胡珂尔笑嘻嘻地说："我思来想去，还是不能放着闺密一个人在楼上寂寞。"

宁岁并不买账，笑眯眯地一针见血道："又怎么了？"

"好吧。"胡珂尔翻了个白眼，"许卓刚躺下就睡得像猪一样，狂打呼噜，在他身边我实在是难以入眠。"

见宁岁没说话，她便很不见外地爬上床，心安理得地占了一角。

其实胡珂尔平常就睡得挺晚，许卓也不早睡，但她发现，每次只要他比她先睡着，她就完全睡不着了。

"我妈说，两性关系和不和谐，其实生活习惯也非常重要。有些人就是天生合得来，那叫作灵魂伴侣，可惜我俩不是。"

胡珂尔又打开备忘录给许卓记了一笔，宁岁随意瞄了一眼，满屏都是什么负十分，加五分的，她感到匪夷所思："打呼噜你忍不了我可以理解，但是为什么食欲差也要扣分？"

胡珂尔理所当然地说："你说一个男人连吃东西都没劲，那干什么有劲？"顿了一下，她又说，"他吃那么少，不就显得我吃特别多？"

宁岁特地又凑过去看了眼，扣分和加分的理由都千奇百怪：喷的发胶味道不大，加十分；不让别人闻他的发胶，扣十五分；习惯面朝右边睡，加十分；喜欢在车上转脚丫子，扣五分。

总之两个都不是什么正常人。

宁岁忽然一点也不担心她吃亏了。

第二天早上吃早饭的时候，几人商量了一下后面的行程，其实他们这两三天的行动更像是即停即走，宁岁和胡珂尔都不是做事特别有规划的人，连带着沈擎都变得有些散漫无拘束。

宁岁本来想提一下拼车的事情，谁知许卓先开口了："我听说谢屹忱他们也在这里，要不问问他们能不能一起走？"

胡珂尔惊诧道："你怎么知道？"

许卓咳了一声："看到他发朋友圈了，就问了一下。"

宁岁正在翻看微信，想到这就点进谢屹忱的聊天框，问他：谢屹忱，你和张余戈考虑好了吗？

过了几分钟，那头回复：正想找你说。之前不是跟你说过我有几个朋友在双廊那边吗，昨晚出了点小状况，人找不到了，所以我和张余戈现在得直接赶过去，估计和你们行程不一样，抱歉。

张余戈此时正瘫在沙发上，一脸"服了"的神情。

他也听林舒宇说了这事，昨天孙昊和邹笑不知道怎么就吵起来了，孙昊估计是积怨已久，就讽刺了两句，当着其他人的面说她醉翁之意不在酒，心机重。

然后邹笑就被气哭了，捂着脸跑出去了，行李都在酒店里，当天晚上人也没回来，发消息不回，电话怎么也打不通。

唯一让人安心的是，她的微信步数一直在变。同行的另一个女生赵颖瑶了解邹笑的性格，偷偷跟林舒宇说："问题应该不大，邹笑把钱包和身份证都带走了，后车厢的备用衣服也没了，可以说她还是挺有预见性的。"

张余戈觉得不可思议："你说这邹笑是真有一手啊，为了逼你出现连这种招数都用上了。"

他以前也不是没见过那些女孩子追阿忱有多狂热，但是至多就是大胆点、直白点，递情书或当众表白，哪遇上过这种破罐子破摔，搞得鸡飞狗跳的。

不过，也是因为这样，以前那些女生根本没机会和他们一起出来。经过这次之后，林舒宇已经深刻检讨自己，下次绝对看准了再拉人。

谢屹忱闻言也没做评价，一拉拉链，提着箱子上路："先找到人要紧。"

其实磻溪村到双廊古镇也就四十多公里，开车一个小时就到。他们临近中午的时候便和林舒宇等人会合，在民宿临时要了间房，安顿了行李。

几人都在林舒宇的房间里，孙昊坐在最里面，一副心力交瘁的模样，看起来也没睡好，看到谢屹忱和张余戈阔步走进来，他也没什么多余的反应，只是疲惫地点了下头。

张余戈不得不在心里感叹邹笑挺会折磨人的。孙昊先前打球的时候多龙精虎猛一人啊，都被折磨成这样了，估计这几天跟邹笑相处得也并不愉快。

邹笑这次就是踩着他当跳板，在借题发挥。

"我昨晚不应该说那些话的，毕竟是女生，面皮薄，我说得有点难听。"孙昊看了谢屹忱他们一眼，没精打采地道歉，"还麻烦你们一大早跑过来。"

他是个挺善于自我反思的人，这也是为什么大家还能处成兄弟。林舒宇赶紧起来打圆场："也不都是你的错，是我昨天没当回事，那时候要是拦一拦就好了。"

在场唯一的女生赵颖瑶也埋着头不说话，邹笑跑出去她也要负很大一部分责任。

她是孙昊的朋友，昨晚纯粹抱着看戏的心态，煽风点火了几句，哪能想到对方会如此任性，真的把事情搞到这个地步。但毕竟是在外地旅游，人生地不熟的，邹笑一个女孩子，跑丢了可能遇到危险，还是赶紧找到才安心。

大家都心知肚明，现在只能看谢屹忱了。

林舒宇看他一眼，神情很无奈："你尝试联系她一下，就说你现在人在双廊了。"

谢屹忱坐在靠窗的位置，耷拉着眼皮，脸上倒没什么表情，也没说任何不耐烦的话。

他之前给邹笑打了两个电话，她都没接，响铃到自动挂断，这次又打了一个,还是老样子。

谢屹忱又给她发微信:你在哪里？大家都在找你。

那头显示了一瞬"对方正在输入",忽然又没动静了。

谢屹忱轻扯了下嘴角,发了一个自己在双廊古镇的定位过去,那头还是没动静,谢屹忱不紧不慢地补上一句:再找不到你,我会报警。

大概只过了几秒钟,这个寂静的聊天框就活了过来,邹笑迅速发来一个定位:谢屹忱,我在这里迷路了,你能不能来接一下我?

这意思是他不出面,她不打算回来了。

"找到人了。"谢屹忱利落地起身,一边低头看手机一边往外走。林舒宇等人都松了口气,互相递眼神,啧啧,还得是他们忱哥出马。

"借我一下你的车。"

林舒宇也在考完试之后考了驾照,在这儿待了两天,发现双廊够大,还有很多适合骑车的宽敞马路,于是就租了辆潇洒帅气的摩托。

他把钥匙扔给谢屹忱,看对方一副要用车的样子,没忍住问:"不是吧,你真要接她回来啊?"

已经知道人没事,林舒宇松了好大一口气,对邹笑的不满就后知后觉地冒了出来。

他其实不太喜欢这种拿乔又不照顾别人感受的女生,眼看自己的兄弟还得为此委屈一把,很受不了:"你都没开车载过我,还带她?"

谢屹忱勾着钥匙扣在指尖转了两圈,似笑非笑地看着他说:"我载你干吗,你是我什么人?"

林舒宇不满道:"那邹笑也不是啊。"

谢屹忱抬起眼:"我有说过要带她?"

"那你——"

"你看一眼她这定位在哪里,三公里外。"他冷冷道,"有这闲工夫,我人都走回槐安了。"

两人已经到了庭院里,孙昊不在,林舒宇忍不住吐槽道:"服了服了。我跟你讲,也算是感谢这出戏,孙昊昨晚跟我说,他对邹笑的好感都没了。"

谢屹忱没搭话,林舒宇又说:"不过我终于又见到你俩了。你说咱们这毕业旅行搞得跟什么似的,人都没见上两面。"顿了一下,他很有同理心地问,"你俩在外面飘着,是不是挺孤单,挺想回来的?"

谢屹忱想了想,慢悠悠道:"那倒也没有。"

林舒宇无语。

"认识了几个朋友。"他随意看了下腕表,"要不是你打电话来,现在我们六个人应该正在喜洲古镇玩呢。"

六个人?

林舒宇仿若被当头棒喝,谢屹忱刚跨腿坐上车,就被人从后面奋起扑住:"好你个渣男!张余戈说的果然没错,你就是个见异思迁的东西!"

两人一前一后地横在摩托车上,谢屹忱坐着没动,也没回头看他,长腿一蹬地,懒懒地道:"你确定要跟着我?"

"跟着你怎么了?"林舒宇心情不爽,"今天非得让你载我。"

"行。"谢屹忱拧着车把,点着了火,车身轰鸣一声,他笑得嚣张又吊儿郎当,"坐稳了,小心中途给你抖下去。"

林舒宇:"……"

Chapter 05　你喜欢数学吗

先前谢屹忱大致看了一眼导航，双廊这边的大路只有一条，贯穿南北，他们的民宿在其中一头，邹笑特地选了另一头，实在够损的。

谢屹忱手上一用劲，两人"唰"的一下冲了出去，林舒宇还晃了一下，往后撑了一把车尾保持平衡。

谢屹忱今天穿了一件白色的连帽衫，融化了他身上几分锋利的气质。凛冽风声中，衣摆也纹丝不动，显得淡定又沉稳。林舒宇便趁机和他攀谈起来："我听张余戈说，你们这两天认识了几个美女啊？"

市井小巷的街景飞速掠过，林舒宇继续道："其中有一个，好像高考和我同分，报的是数学系，还和我是校友呢，可真够厉害的。"他夸自己倒是毫不客气。

谢屹忱的黑发恣意拂动，他漫不经心往后瞟了一眼："嗯。"

林舒宇继续道："而且他说两个女生都挺漂亮的，都是P大学霸，一个有男朋友一个没有。没有的那个就是和我同分的，长得很靓，皮肤也白，反正是大美女，就是性子有点温暾。"

林舒宇事无巨细地复述张余戈的话，很感兴趣地倾身问："是不是真的啊？阿忱，按你的审美来说怎么样，有没有罗琼雪好看？好看的话你给我个联系方式，我准备出击了！"

罗琼雪算是他们高华公认的漂亮女生之一，他们男生有事没事就爱拿其他女生和她对比，背地里也常议论，罗琼雪俨然成为一个颜值标杆。

这姑娘很冷傲，对谁都爱搭不理的，林舒宇觉得她唯有面对谢屹忱的时候才会稍微放低点姿态。

烟火气十足的店铺在道路两边飞速倒退，林舒宇没听到前面的人答话，反而帽子差点被掀掉，摩托车发动机嗡嗡地震，充分体现了马力有多足："你开这么快干什么？"

"让你吹吹风，别想太多。"谢屹忱慢条斯理的声音从前面传来，"你先把罗琼雪追到手再说。"

这话落到林舒宇耳朵里成了一种褒奖，宁岁真比罗琼雪漂亮。

他也的确追过罗琼雪，可是那姑娘高冷，他是什么手段都用上了，送奶茶、送鲜花、说煽情话，几个月下来人家丝毫不为所动，一点点感动都没有，搞得他对自己的魅力产生了怀疑，都有些心理阴影了。

林舒宇问："她和罗琼雪该不会是同一个类型的吧？"

谢屹忱反问道："是不是又怎样？"

林舒宇说："不是我就追了！"

前面骑车的人冷不丁撂过来一句："你是有多肤浅，追人光看人长得漂亮？"

林舒宇忽然觉得谢屹忱说的好像也有道理。

不经意又想起上段惨痛经历，林舒宇蠢蠢欲动的心被猛地浇了一盆凉水，他是真禁受不住这磨人的过程再重来一遍，也安静了些许。

三公里的距离，骑车就完全不算远，差不多快到邹笑定位的那个位置了，谢屹忱靠边停下来，掏出手机给她发微信：我到了。

邹笑马上就回复了，发了一个乖巧点头的表情包过来，然后说：我就在这个十字路口，你看到我了吗？

其实她早就看到谢屹忱了，他在马路对面不远处，穿着一件宽松的白色连帽衫，黑色锁口运动裤，修长的双腿踩着地，倾身屈肘撑在车头上，气质休闲又慵懒。

几天不见，他还是帅得那么令人赏心悦目，人群中一眼就能看见。

邹笑自动忽略了林舒宇，心想谢屹忱肯定是要接她回去的。终于能让他开着车载自己一次，也不枉她苦心孤诣地计划了这么一场戏，又在外面的小酒店委屈地住了一晚。

邹笑正看得出神，眉目英俊的少年抬起了头，不偏不倚正与她对上视线。

与想象中不同，谢屹忱的眼神里什么情绪也没有，无波又无澜，看得她心里一颤。

两人对视片晌，邹笑原本打定主意让谢屹忱过来，但此刻双腿有点不听使唤，想自己走过去。就在这时，谢屹忱神情散漫地发动了车子，车身轻巧地一转，在她面前停下。

邹笑手上拎着大包小包，除了带出来过夜的衣服和必备品，她早上逛街又买了些纪念品。现在被谢屹忱直白地打量着，她有点心虚，清了清嗓子说："我……"

"东西给我。"谢屹忱没听她解释，只微微敞开腿，示意摩托前面还有空间。

邹笑愣了一下，但还是把东西放了过去，后面的林舒宇一看，没按捺住，压低声音在谢屹忱耳后道："喂，哥你什么意思啊？"你不会真要赶我下车吧？

"谢屹忱载我的话，可能要麻烦你坐电瓶车回去了。"可能是谢屹忱刚才的举动给了邹笑底气，她弯唇一笑，还有些得意地朝林舒宇说，"我刚才研究了下，这里的电瓶车二十分钟一趟，十块钱一个人哦，可以到我们民宿门口，便宜又方便。"

其实她笑起来还有点可爱，就是这人品行太差，林舒宇这暴脾气，怼人的话已经到了嘴边，却看谢屹忱也勾唇笑了下："既然你这么了解，那我们就放心了。"

语调又痞又坏，让邹笑愣了一下。

她拿着手机孤零零地站在路边，听到他说："怕你手上东西太多，不方便掏那十块钱，现在你应该行了？"

邹笑还没反应过来，谢屹忱便继续耐心地补充道："电瓶车有遮阳棚，比摩托车凉快，省却了中暑的烦恼。而且这儿都是店，你这么爱购物，可以再逛久一点，反正派出所就在旁边。你也不用担心我们，我和张余戈在，缺了你还能凑一桌斗地主。"

"啊，还有，我刚看了下，你手机是满电，既然没坏，就请不要再装作听不到电话了，毕竟年纪轻轻就聋了，还挺让人觉得可惜的。"

邹笑："……"

林舒宇愿称刚才那一分钟是他兄弟的封神时刻。

摩托车扬长而去的那一瞬间，再配上邹笑幽怨的表情，他心里几乎乐开了花。

其实谢屹忱很少这么一针见血地怼人，尤其在朋友面前，这次估计也是忍得有点受不了了，没克制着自己，噼里啪啦地说了一大堆。

但到底还是忱神，没有做得不留余地，帮邹笑拿了大包小包的东西，看着不轻，也算是给对方留了几分面子。

回去的路上，林舒宇跟谢屹忱说："孙昊其实什么都挺好，人也直爽，就是辨人的能力弱了些，你回去也别怪他。"

谢屹忱不是那种是非不分的人，林舒宇一点儿也不担心，就是习惯性叮嘱一声。

他们俩回到民宿大套房之后，果然不出所料，十五分钟之后，邹笑乖乖回来了。

几人看着她都没作声，她倒像什么也没发生似的，拎着一袋人参果，甜甜地笑："我刚去买这个了，很好吃呢。"

赵颖瑶率先接过她手里的黄色圆果，配合着粉饰太平说："是吗？多少钱一个？来这儿还没吃过呢。"

"很便宜，十五块一袋吧。"邹笑说着，特地奔着角落的孙昊去了，大大方方地将袋子递上，"你尝尝，刚刚买的。"

孙昊抬眼看她一眼，邹笑的语调就跟着软下来："抱歉，是我太任性啦，让你们担心了。下次我不会再这样了。"

孙昊的目光闪了闪，神情有点复杂，他沉默了一下，还是承了她的意，从袋子里拿了一个人参果。

邹笑看着他吃了自己买的水果，弯唇笑了下，又转向张余戈。

她很识时务地没有去招惹谢屹忱，将最后一个人参果给了他身旁的林舒宇："刚才抱歉哦，舒宇总。"

俗话说，伸手不打笑脸人，林舒宇脾气来得急走得也快，他见姑娘手伸在半空中僵着不动，咳了声，还是接了下来："谢谢。"

既然人找到了，表面关系还得维持，大家在房间里坐了一刻钟，说要去太阳宫参观。这座府邸是某位著名的华人舞者依山傍水而建，结构纵横复杂，都是石头建成，视野开阔，冬暖夏凉，进入还需要预约门票。

谢屹忱拾级而上的时候，听到赵颖瑶和邹笑在身后大惊小怪地惊叹："要是我能住在这种地方，哪怕只有一晚上也足够铭记一辈子了！"

带领他们参观的服务人员闻言一笑，说："旁边的月亮宫是对外开放的哦，结构和这边差不多，但是不定期放出名额，几位可以留意一下网上的通知。"

赵颖瑶兴冲冲地问："多少钱一晚？"

对方说："现在是五千块呢。"

赵颖瑶遗憾地说："还是下辈子吧。"

没能拼成车，宁岁几人在喜洲古镇待了一晚，去漂亮的麦田地里拍了照，还发了朋友圈。

发完之后就顺便浏览了一下朋友圈，宁岁翻着翻着，发现谢屹忱正好也发了太阳宫的风景照，虽然角度选得过于随便，但仍能看出建筑物的庄严秀美。她心里一动，好奇地点开图片。

宁岁想问问他们现在在干什么，就点进了聊天框，斟酌片刻没想好说辞，就想再点进他的朋友圈看看那张照片，结果没想到一手抖，又拍了拍他。这种偷看别人还留下罪证的感觉实在不好。

宁岁的眼皮微微一跳，屏住呼吸顿在原地，一秒，两秒……

谢屹忱那头没什么反应。

宁岁觉得他应该和朋友在一起，没看手机，于是就假装无事发生，面色如常地锁了屏，把手机扔在床上。

这里的酒店只有两间房，胡珂尔晚上还是和宁岁一起住，宁岁洗完澡出来，才看到那头发来一个问号。

谢屹忱的头像是深色的，在一众聊天列表中太显眼了。

宁岁想了想，就和他聊起来：你在廊桥住下了？

谢屹忱：嗯。

宁岁问：你们那个走丢的朋友，找到了吗？

他依旧言简意赅：找到了。

宁岁：哦。

那头显示"对方正在输入"，而后道：你们今晚住在喜洲古镇？

宁岁：嗯，对的。

谢屹忱：打算什么时候来廊桥？

宁岁：可能明天，不知道蝴蝶泉有没有什么看的。如果好玩的话，我们就再多待一天啦。

过了两分钟，宁岁看到他慢吞吞发来一句：这季节蝴蝶泉没活蝴蝶，只有标本。

她思考了下，回复：哦，那我跟他们说明天就去廊桥吧。

那头语调平淡地说：嗯，我睡了，晚安。

宁岁：好，晚安。

宁岁刚刚退出聊天框，胡珂尔就从旁边凑了过来，一脸贼兮兮地跟她说："给你看个好玩的。"

那是一张微信小程序的截图。

好像是胡珂尔的表姐最近在用的一款社交小程序，她刚刚上大二，身边也不缺男生追捧，但是优质的比较少，所以也积极在网上物色对象。

这个"青果"是一个朋友推荐的，对方就是通过这个小程序找到现在的男朋友，还是同一个学校的学生。

胡珂尔的表姐说这个小程序要实名认证，安全性高，乱搞的人少，正儿八经想谈恋爱的人多。她用了一个月，的确每天都能浏览到帅哥的照片。

例如这一个，P大化学系，ESTJ——管理者性格。

头像是一张打篮球的侧脸照片，脸在光晕里看不清，但身材不错，也的确有一米八几的样子，爱好广泛，感觉也比较有生活情调，唯独就是理想型太出格。

胡珂尔表姐截图给胡珂尔看：神经病吧，挑对象还要数学好的？还高考最好六百八十分以上，吃了几碟菜啊，你们P大都这么爱装吗？

胡珂尔："……"

六百八十分，这人的确是嚣张得有点目中无人。

虽然考P大怎么说也得有这个分数吧，但是心里知道是一回事，写出来又是另一回事，这人怎么不干脆写理想型是省状元呢？

胡珂尔越看越觉得这身红色球衣眼熟，但又想不起来在哪里见过，以至于多打量了几眼。

她瞅见这人一身的腱子肉，看着不是学霸，感觉更像是个胸大无脑的体育系大学生，故意蹭的P大热度，赶紧为未来母校挽回风评：哪有，我和我最好的闺密都要读P大，才不是呢！

胡珂尔表姐故意开玩笑：那你考到六百八十分了吗？

胡珂尔：我没有，但我闺密高考六百八十五分，哈哈，也学过数竞。

胡珂尔表姐：哟，了不得啊，那你赶紧让你闺密和他聊，哈哈，反正这天我是聊不下去了。

胡珂尔又看了一眼那人的照片，虽然知道宁岁应该不会感兴趣，但还是转头笑嘻嘻地跟她说："我听我姐说，这个叫'青果'的小程序最近挺火的，要不你也注册一个号，说不定就找到真命天子了呢。"

胡珂尔是那种脑子里想法奇奇怪怪的人，没有做"渣女"的动机，但非常相信自己有做"渣女"的天赋。

她的愿景是纵享当下，最喜欢即将开始恋爱前那段暧昧的聊天过程，所以没和许卓在一起时也喜欢通过各种社交媒体和人闲聊，她对青果展现出强烈的兴趣并不稀奇。

要不是现在她非单身，都想自己冲上去聊聊了。

但是宁岁和胡珂尔完全相反，她对线上交友属实没什么兴趣，连面都没见过，那对方就是一个无具象的实体，感觉跟机器人似的，很难拥有长久持续的共同话题。

宁岁印象中最深刻的线上交流就只有高中那两年，和她那个笔友在网上互通消息。那时候每一次的交流都让她觉得新鲜和与众不同，竟然从未感觉到乏味。她虽然不知道对方是谁，但知道对方一定是个学神，因为那人解答难题的思路特别巧妙，切中肯綮，步骤简洁高效。

宁岁当时想要了解一下对方，便跟他私聊请教问题。

一开始他没有回复，学神超高冷，估计同时收到许多陌生人的私信，也不大看得过来。

后来宁岁复盘南城培训题的时候，其中有一道题她拿不准能不能用另外一种做法，又想起学神之前在主页解答过类似的题目，就把自己的试卷拍照发了过去。

大概等了好多天，她都以为这条私信石沉大海了，没想到起床时发现自己收到了回复。

Nathan：嗯，集合元素和集合的归属关系视为一种二部分图，就可以用 Katz-Tao 不等式直接求出来，比用赫尔德变形更简单。

宁岁似懂非懂，又追问了几个问题，对方都简单地解答了。虽然学神的回复条理清晰，但她也不好意思多问，怕耽误人家时间，便匆匆道了谢。本以为这段对话应该不会再有后续，谁知对方回复：怎么想到这种解法的？这和标准答案不太一样吧。

宁岁解释：是之前有人给我讲过。

顿了下她又补充：我觉得这样很巧妙，相当于把原不等式当作了固定起点长度为三道路数量的下界。

过了一会儿，Nathan 回复：我也觉得这样相当巧妙。

宁岁受宠若惊，踌躇了片响，鼓起勇气问：那我之后还可以再找你问题吗？

他说：行啊。

从高二到高三这一年，他们之间联系的频率虽然并不高，但确实从无间断，即便时间拖得再长，她也知道对方一定会回复，这一点让她心里觉得很踏实。

但遗憾的是，到后来高三上学期中后段，他们就没有再联系了。她也变得很忙很忙。

宁岁低垂着眼，思绪不由得有些游离。她轻抿了一下唇，掏出手机，盯着屏幕看了片响。

循着之前的记忆，宁岁敲击键盘，在网上搜索当初那个数学答疑坊的链接。

Leonhard Euler，网站以欧拉的名字命名，让人感觉无比亲切。一年过去，里面的数学迷们还是很活跃，几乎每一分钟都有人发帖问问题。

宁岁清晰地记得自己当初设置的账号名是 1212 椰子，很草率，是以南城培训倒数第二天晚上的日期和她的小名命名的。

她对那天印象很深刻，因为觉得培训很漫长难熬，所以特地看了日历。后来她从教室晚归，看到天空暗蓝，雪夜静好，那时地上仍能踩出绵软的落叶声，路灯散发着橘黄色的暖光，一盏挨着一盏……可能是这幅画面太难忘，也可能是为纪念第一次离家远行，总之，宁岁也不知道出于什么原因，注册账号的时候，这个日期自动从脑子里跳了出来。

但她实在不记得密码了，尝试了几个以前常用的密码，系统都提示不正确。

本来也只是心血来潮上来试一试，宁岁也没有太抱希望，索性退了出来。

喜洲古镇有个著名景点叫转角楼，几人一早起来就去那里合了影，并在镇上逛了一下。

这里没有古城那么繁华拥挤，但还是很热闹。宁岁很喜欢这种氛围，既给人自由空间，又让人品味到烟火气，哪怕在人潮簇拥的时候，她也能切实感觉到自己是自由的。

许卓和胡珂尔在前面聊天，讲的都是小情侣之间没什么营养的话，这时沈擎走过来，在一旁与她搭话："你以前经常出来旅游吗？"

宁岁摇摇头，她单独外出的时候少之又少。

夏芳卉总觉得女孩子一个人在外面不安全，宁岁哪怕是平常在学校住宿，到了宿舍也要发信息报备，所以别说和朋友跑出来旅行了，就连脱离夏芳卉的视线去槐安市内的大型商场逛街的机会都很少。

宁岁有时候会羡慕别的同学，父母管得松散，想怎么样就怎么样，但是人生在世，很多事情并不是非黑即白，细数过往，夏芳卉给她的爱也很多，甚至可以说是超乎一般的溺爱。

比如，夏芳卉在她生病时会无微不至地照顾，替她灌热水袋暖腹，为了避免太烫还细心地用毛巾裹起来，给她倒水吃药前，会自己先试一试水温。

再如，每周返校前，夏芳卉都会炖一些下足了料的高汤来为宁岁补充营养。

还有，每一年宁岁的生日，夏芳卉从来没忘过，会和爸爸一起包红包给她，自己还会再单独准备礼物和生日蛋糕。在她心情好的时候，哪怕是宁岁想要天上的月亮，夏芳卉都会替她摘下来。

宁岁抿了抿唇，浅浅地笑着问："你应该去过许多地方吧，有哪里印象比较深刻吗？"

沈擎侧头瞥了她一眼，温和道："其实也还好，我高中主要还是在国外活动，不过之前去过沙漠，坐在装甲车里，近距离看到了老虎和狮子，感觉还挺震撼的。"

宁岁好奇道："哇，那你有拍照片吧？"

他笑道："嗯，回头找出来给你看看。"

"好啊。"

中午吃完饭之后，四人便提上行李打车往东北方向走。坐车时，许卓不经意地提议道："我们住双月湾吧，听说那边的民宿靠近海边，可以看日出，而且房间宽敞干净。"

许少爷第一次贡献自己的想法，胡珂尔还有点意外："好啊，你是看了点评软件？"

许卓摇头:"我只是听说张余戈他们也住在那边。"

"张余戈?"胡珂尔不可思议地问,"你什么时候和他这么熟了?"

许卓轻咳一声,面色不太自然地说:"不是,我问了谢屹忱。"

胡珂尔没想到这人竟然能和谢屹忱搞好关系,还觉得不可思议。而许卓在想,自己对谢屹忱的看法怎么越来越不一样了?

他还记得高二那时候自己有多讨厌这人,但怎么只是短短接触了几天,居然感觉这人还挺不错的。谢屹忱为人很随性,问什么都答,许卓听说谢屹忱家里条件也很优渥,不缺钱,人又优秀,却没什么架子。

两人各怀心思,倒是宁岁抬眼说:"我刚看了下软件,双月湾的评分确实挺高。"

于是大家就这么拍板定下了。

海边沿途景色也很美,沈擎坐在副驾驶座位上,一边看路一边拍照。这儿的公路宽阔蜿蜒,两边青山带水,树木葳蕤,零星的房屋堆砌成小镇,有种古朴的意味,水面在阳光下熠熠生辉,风光无边。

许卓已经和谢屹忱联系上,宁岁也就没有再多此一举。

双廊古镇的停车场都建在小路旁边,比较难进,车位稀缺,他们没开车来反而成了优点。

出租车在目的地停下,宁岁刚刚打开车门,抬眸就看到少年插着兜从树影稀疏的庭院里走出来。

阳光穿透绿意葱茏的枝叶,落在他英挺漆黑的眉眼间,额边碎发有些散乱,神情中还带着点午睡小憩后的惺忪。

谢屹忱一下楼就看到他们了,淡淡地点了下头,算是打过了招呼。

夏芳卉给宁岁的行李箱里装了许多东西,不论这边能不能买到,全带上了,例如湿纸巾、驱蚊水、卫生用品,还有棉衣什么的……

天知道大夏天的夏芳卉让她带棉衣是想干什么,还美其名曰她夜里可能会觉得冷,有备无患。

宁岁试图搬起巨大的行李箱跨过门槛,身后的沈擎还在和出租车司机说话,瞥见此景正准备出声,让她等一下,却看到谢屹忱正好慢悠悠地迈步出来,伸手替她抬了一把。

宁岁道了声谢,看着他不由分说就把箱子拎了起来,轻轻松松地送上台阶。因为他在用力,小臂上浅浅鼓出分明的筋脉。

她刚想说话,就撞上谢屹忱回头,拎着行李箱扬了扬眉,问:"装了什么宝贝啊，这么沉？"

宁岁想了想，诚恳道："大概是二十斤秋裤。"

谢屹忱："……"

几人互相打了招呼，整理好了行李往里走。前台小妹热情地迎了上来，许卓把截图给她看："网上预订过的。"

这边的服务确实不错，小妹在电脑前操作了一会儿，很快核实好订单。他们交了身份证件，拿到了各自的房卡。

谢屹忱和林舒宇他们住的是东边的大套房，复式，里面有三个房间，正好两人一间，摩托车也停在院前。

前台看他们像是认识的，就把许卓四人的两个房间也安排在东边的走廊上，就在隔壁，串门足够方便。

胡珂尔率先拎着行李箱风风火火地进了房间，里面两张双人床都很大，她把东西往旁边一放就毫无形象地往床上跳："累死了！"

宁岁跟在后面慢了几步，谢屹忱帮忙把她的箱子推进玄关，很有分寸地停在门口没有进去。

看宁岁挨着扶手椅解下身上斜挎的小包，他半倚着房门问："吃午饭了吗？"

"都两点了，早吃了。"胡珂尔从床上弹了起来，抢先道，"谢屹忱，我听许卓说，你们有朋友在这儿？"

谢屹忱散漫地"嗯"了声，胡珂尔双眼发亮地说："那要不一起认识下？"

她是人来疯，人越多越精神，而且出来玩，本来也是朋友多才热闹。

谢屹忱没异议，掏出手机给林舒宇发了条信息，又抬起头，还没说什么，沈擎过来敲了敲门，礼貌地和谢屹忱对视一眼。他是来送水果的——刚才路上买的青提和草莓还剩一半。

见两人都好端端站地在屋里，沈擎说："还新鲜着呢，留给你们吃吧。"

宁岁礼貌地笑了下："谢谢啦。你放桌子上就行。"

谢屹忱侧了下身，沈擎就借道走了进去，把塑料袋放下："我刚才又洗过一遍，干净的，直接吃就行。"

胡珂尔雀跃道："太贴心了！感谢擎哥投喂！"

沈擎笑道："小意思。"

谢屹忱仍然低着头，漫不经心地看着手机。

林舒宇说张余戈睡得像猪一样，赵颖瑶和邹笑也没回消息，不如下午先自由活动，晚上再和新朋友聚一起吃个饭，他来订位子。

胡珂尔问："谢屹忱，那我们什么时候和你朋友见面？"

"可能要晚点，到时给你们发消息。"谢屹忱站直了一点，言简意赅道，"你们聊，我先回去了。"

宁岁正垂着头绑头发，闻言道："你等一下。"

谢屹忱停住脚步，侧头看她。

沈擎还站在房间里，闻言目光在室内环视了一圈，笑着说："我就过来送个水果。"

他没打算多留，顿了一下说："要不我们都先休息会儿，之后再看要不要去镇上逛逛。"

胡珂尔应声道："行。"

沈擎走了之后，宁岁余光瞥见胡珂尔已经跃跃欲试想躺床上睡觉了，便关上门走了出来。

她和谢屹忱面对面站在走廊里，他神情有些疑惑，懒懒地问："怎么了？"

宁岁仰着脸看着谢屹忱，在脑子里斟酌措辞。

虽然谢屹忱没怎么跟她解释之前找人的事情，但在此之前，听说他们要来双廊，张余戈已经在微信上按捺不住全跟她讲了。他也不是告状，只是觉得大家既然要在一起玩，还是想交个底。而且感觉女生可能更明白这些人际关系，张余戈又不想和有男朋友的胡珂尔私聊，于是就来找宁岁。

他知道阿忱不是背后说人坏话的性格，所以就代替谢屹忱把邹笑之前搞出来的事情客观地描述了一下，也避免到时候宁岁因为不知情闹得场面尴尬。

张余戈：我和阿忱主要跟林舒宇关系好，孙昊还行，其他两个女生没那么熟。

宁岁想了想还是没提这件事，征询道："要不我们大家今天晚上一起吃个饭？不知道你朋友方不方便。"

谢屹忱垂着眸说："嗯，可以。"

"那，我打电话订个位置？"

"我朋友会订位。"他说。

宁岁"哦"了声，转而问道："我想问问，这个镇很大吗？"

有微风拂来，谢屹忱道："还行吧，逛两三个晚上还是可以的。"

宁岁又瞄了他一眼："感觉今天阳光不错。"

他抬起眉，问："怎么了？"

"我想去镇上转转。"

"现在？"

宁岁之前在车上睡了一会儿，现在还挺精神："嗯，哪些地方风景比较好？"

"那里比较远，出门走到大路后右转，往前直走两公里多。"谢屹忱给她指了指，"导航里搜南口应该可以找到。"

"好。"宁岁靠近了点，看着他，倏忽没头没尾地来了句，"那，你现在困吗？"

她的皮肤很细腻，脸上虽不施粉黛却也显得白皙明媚。橘色调的光线悠悠地落下来，照见了她颊边细软的绒毛。

谢屹忱半眯了下眼，不动声色地问："干什么？"

宁岁说："这儿是不是有个太阳宫？我看到你发朋友圈了。"

"嗯。"他嗓音一贯偏低沉，只是喉结动了一下。

宁岁的视线不由自主被那个东西攫取了注意力。

她发现，好像每次他一说话，他的喉结就会慢悠悠地动一下。

"你之前去过，对路线应该比较熟悉。"宁岁攥紧指尖，鬼使神差地冒出个理由，"而且，我听说你有一辆摩托车。"

他们之所以选这家民宿就是因为视野开阔，从他们这个位置能够直接看到海，是很纯净的颜色。

蓝天白云，和阳光交相辉映，海浪声浮动中，两人面对面这样站着，彼此之间的距离也近。

谢屹忱穿了件深色T恤，衣摆被吹出挺括的弧线，他转头望向一旁起伏的浪潮。宁岁看着那个突起的喉结又引人注目地动了动，然后，他的薄唇吐出几个字："车没油了。"

宁岁只好说："啊，这样。"

那车昨天被林舒宇折腾多了，正巧刚罢工。

谢屹忱垂眸看她："你想去太阳宫？"

宁岁点点头，如实说明："嗯，我觉得那儿有种特别的庄严美，不过卓总和珂珂好像不太感兴趣，所以我们的行程没安排。"

谢屹忱看了她一会儿，又慢条斯理地移开视线："那就十五分钟？"

"啊？"宁岁没能跟上他的思维。

"我回去收拾一下，十五分钟后院子里见。"谢屹忱眯起眼，然后抬了下头，"太阳比较大，记得带把伞。"

宁岁眨了下眼："哦。"

地上的鹅卵石形状圆润分明，被铺成向日葵的图案。她的视线不由自主地往下落，盯着那个图案看了半天，觉得莫名有点眼熟，却又说不太上来。

谢屹忱走之前，扬着尾音好心地点破真相："别看了，斐波那契数列。"

他是有读心术吗？

宁岁闻言数了一下，还真是。

她有点诧异，更觉得新奇，埋着脑袋又仔细地看了看。

谢屹忱打量她小鸡啄米般的姿态，好笑道："向日葵种子的径向排列确实是斐波那契数列。"

宁岁蓦地抬头，很惊喜地问："你怎么知道？"

谢屹忱跟她并肩往东边的套房走，语调悠闲道："以前无聊时自己搜的。"

有了保送资格之后的那段时间有点闲，他读了很多书，主要是自然博物以及历史类型的，也顺带学到了很多奇奇怪怪的知识。

宁岁问："那自然界里，除了向日葵还有别的例子吗？"

她感兴趣的时候眼睛都是亮晶晶的，谢屹忱看了她一眼，嗓音低沉地说："我记得雏菊、菠萝、松果都有这种规律，包括鹦鹉螺的螺纹长度也是。"

"鹦鹉螺也是吗？"宁岁思索片刻，想到什么，踌躇着问，"那你说……鹦鹉螺的排泄物也会呈斐波那契数列吗？毕竟是跟着螺纹走的。"

谢屹忱："……"

十五分钟后，两人带好外出要用的东西在院子里碰面。

气温稍微偏高，宁岁穿着先前那条及膝的浅绿色裙子，提着包的系绳往外走的时候，已经看到谢屹忱撑着伞在院子里等她——是国家集训队刻字的那把大伞，容纳两个人也完全足够。

"你的伞呢？"他看她手上只有包。

宁岁愣了下，老实道："我忘了。"

具有前瞻性的父母们已经拉了 P 大校友家长群，在群里聊得不亦乐乎，刚才夏芳卉突击查岗，拉着宁岁讲大家讨论的 P 大开学前新生骨干项目的事情。

因为每年九月开学新生都会有很多，学校亟须志愿者在报到这天引导学生完成各项手续，所以鼓励成绩好的新生也踊跃报名，成为"新生骨干"。新生报名之后需要提前一周到校先参加培训，听各类讲座，据说之后竞选班干部也更有优势。

最后一条对夏芳卉的吸引力极其之大，她说这种机会千万不要错过，必须报名。

但其实不巧，宁岁之前就约了高中的数学老师于志国，想要从他那提前了解一下大学数学的内容。因为她听说数学系里全是国家队竞赛生，课程难度会一下子抬得很高。

然而夏芳卉觉得骨干项目更重要，于是宁岁听她讲了半天，最后匆匆收拾了一下东西就出了门。

宁岁问："那要不我再上楼去拿？"

谢屺忱轻轻地瞥她一眼，叹气道："不用，过来。"

宁岁愣了一下，挪过去，钻到了他的伞底下。映入眼帘的正好是他举伞的手，指骨修长分明，手背匀称又好看。

宁岁凝视须臾，移开视线："我听说这儿有电瓶车，二十分钟一趟。"

"嗯。我们先往南口走，看到车了就坐。"

谢屺忱的穿衣风格很简单，大多是纯色 T 恤、运动衫、工装夹克、卫衣，什么色系都有，松散地套在身上，整个人透着一种放荡不羁的意味。

两人走上主街，下午两三点，正是太阳光刺眼火辣的时候，地砖被来往的车轮和鞋底磨得光滑锃亮。

街上行人还不算很多，路边店面装饰古朴却琳琅满目，目不暇接，和他们之前去过的古城很像。

宁岁很喜欢踩整块整块的石砖，像小时候跳房子，刻意避开长满青苔的裂缝，蹦蹦跶跶，虽然垂着脑袋注视着地面，但步伐依然轻盈。

阳光很灿烂，但是在伞下又不那么晒，和宁岁青睐的那种带有烟火气的环境如出一辙。

她懒洋洋地问:"谢屹忱,你平常喜欢做什么?"

他走在一旁,举着伞游刃有余地跟着她的步伐:"闲暇之余?"

"嗯。"

谢屹忱想了下,随意列举了几件事:"打篮球、骑车、旅游,现在有空还会搞搞代码和机器人。"

宁岁捕捉到关键词:"旅游?你都去过哪里?"

谢屹忱的爱好很多,谢镇麟从小就告诉他,生活最重要的是感受过程,经历越丰富人生越有温度,所以他一向奉行体验派,到处走走停停,想看看这个世界到底有多大。

他去过欧洲的大部分国家。

"国外的话,以前每个假期都会选一个地方去,国内的话,主要是看看自然风景,我比较喜欢南方和西北那边。"

"都是和父母一起吗?"

"不是。"谢屹忱顿了下,"有时候跟同学,有时候自己一个人。"

夏芳卉总是跟宁岁灌输高中生独自出去有多不安全的理念,她下意识就问:"一个人?你不害怕吗?"

"怕什么?"他倒是看过来一眼,末了似笑非笑道,"哦,怕有人劫色啊?"

他这话怎么还有点意有所指的味道?

宁岁沉默了一会儿,但都说到这儿了,还是试探地顺着他的话道:"所以你当时想也没想就开价六百六,难道也是因为……"

谢屹忱绷了下咬肌,直勾勾地盯过来:"想什么呢?"

宁岁识时务地闭嘴,她的脚尖蹭到石缝间细细的绿色小草,刚才的念头又不自觉在心里打了个转。

为什么他会一个人去旅行呢?

宁岁心想,习惯一个人去旅行,也许是觉得比较自由。

虽然成绩公布之后他没接受采访,但是记者还是通过各种渠道扒出些小道消息,说他家境不俗,父母是某某互联网新贵,公司虽然还没有上市,估值却已经达到百亿人民币。

之前听描述,他父母又是比较开明的人,能养出他这样随心所欲又无拘无束的性格也很正常。

宁岁悄悄地瞥了他左手臂一眼,前面街上有卖烤芝心卷的,香喷喷的味道飘过来，有几个游客翘首以盼地等在旁边排队，谢屹忱在此时出声问道："那你平常喜欢做什么？"

宁岁思考一番后才无奈回复道："好像没什么特别喜欢的事情。"她顿了一下又说，"但也没什么特别不喜欢的。"

她就觉得一切都还行，不错，没什么可指摘的。不过回想很小的时候，她还是个挺有主见的孩子，吹泡泡糖的时候都会想要挑颜色。后来长大了，她就渐渐变得不在意了，因为夏芳卉会事无巨细把每一件无关紧要的小事都安排到位，好像并没有留给她多少选择的空间。

"那你喜欢数学吗？"谢屹忱突然问。

"哦，这个是喜欢的。"

"从一开始就喜欢？"他偏头望着她。

宁岁想了想说："一开始还好，本来只是感兴趣，但后来我妈硬要我去学竞赛，其实最开始我抗拒心还有点重，闹着不想去上课。"

"那后来怎么去了？"

"我也不想的。"宁岁顿了一下，叹气，"然后她给我换了部新手机，还买了平板电脑和MP4。我心想算了，不就数竞吗，我头发暂时还比较多。"

谢屹忱笑了一声说："你还挺想得开。"

他连笑声都是好听的，鼻腔里轻轻地哼出一声，低音中带着一点哑。

宁岁顿了一下脚步回道："那确实。人生在世，不通透点怎么行？"

她就是这样的性格，既然无法躲开，那就尝试着去和睦相处，至少让自己好受一点。说难听点她是有点逆来顺受，但想想这也算另一种明智之举。

毕竟人生这么长，哪会事事都如意呢？改变不了这个世界，就只能先改变自己。

"我也是学着学着才觉得数学还挺有意思的，让人有想继续探索的欲望。"

正巧路过那家糕点店，刚才宁岁就一直盯着了，想吃，但又觉得一份的量太多，再加上夏芳卉以前不喜欢她买这种街边零食，说不干净，所以她有点犹豫。

这时候排队的人排得差不多了，她还在眼巴巴地看着时，旁边这人忽然把伞收好递了过来："替我拿一下。"

街上人来人往，他去买了一份芝心卷。

一盒里面有十块，他自己先拿出一块尝了口，而后不紧不慢地将盒子递给她："要不要？"

宁岁稍稍抬眼，想着既然是他捎带的，便心安理得地接过来："谢谢。"

芝心卷还是热的，一口咬下去，外脆里软，里面有浓郁的芝士，外面撒了细腻的海苔碎。她小口小口地咬，慢慢地将一整块都吃了下去。

谢屹忱侧头看她，问："好吃吗？"

宁岁摸了摸嘴角："挺好吃的。"

"嗯。"他把黑色的伞接回来，懒洋洋地将袋子递给她，"再帮我拿会儿，没手了。"

两人并肩往前走，前面有水果店和甜品店，还有卖牦牛肉的，宁岁正想问谢屹忱怎么只吃一块芝心卷就不吃了，就看到他又伸手从袋子里拿了一块。

芝心卷实在是太香了，宁岁目不转睛地盯着他的动作，客气地问："我能再吃一块吗？"

谢屹忱漫不经心地勾唇说："随便。"

也不知道是什么运气，两人一路上都没碰到电瓶车。宁岁漫无目的地看着两边的小店，因为手上拎了个东西，所以几乎是下意识地一块接着一块地吃着。

她反应过来的时候，袋子里已经没剩下什么了，只有碎渣。

谢屹忱恰好在此时瞥过来，宁岁有点心虚地抿唇说："那个……"

"嗯？"

"要不我把钱转你？"

"什么？"谢屹忱动了下眼皮。

"这个大部分都是我吃掉的。"天气太热，她的脸颊有些粉扑扑的，"刚才付了多少钱？我转给你。"

"不用。"看他表情，似乎觉得这件事十分多此一举。

前方就是南口码头，已经可以远远地看到海旁边的小岛，有轮船鸣笛靠岸。

宁岁记得自己之前扫了一眼，芝心卷的价格应该是三十几块，她觉得谢屹忱应该也挺喜欢吃这个的，所以心里还是有些过意不去。她正欲言又止的时候，谢屹忱又看了过来。

少年声音低沉："那就请我喝杯饮料。"

宁岁在心里暗暗松了口气,如释重负地点头:"好。"

距离最近的一家饮品店主打茗茶,她指了指问道:"那个可以吗?"

谢屹忧应道:"嗯。"

制作饮料需要等待一会儿,店内有座椅,只有一桌坐了一对男女,看上去是情侣。宁岁走了进去,谢屹忧跟在她后面,两人一前一后,找了个角落的位置坐下。

空间并不算很开阔,因此宁岁清楚地听到那对情侣在争辩某家网红火锅店到底是不是巴西奴隶开的,后来又延伸到毛肚和酸菜鱼谁才是最好吃的单品。

室内没空调,外面的热空气吹进来,有些闷。谢屹忧点了青柠茶,宁岁给自己要了一杯冰镇糯米奶茶。

那对情侣吵了半天都没吵出个所以然,宁岁正玩着手机,忽然感觉到小腹一紧,还伴随着轻微抽疼。她蓦然想到,"大姨妈"应该在这几天要来了。

但问题是宁岁现在什么也没带,还穿了一条浅色连衣裙。她的神情有些僵硬,紧张地看了一眼谢屹忧。然而,服务员在此时叫了他们的订单号,通知两人到前台取餐。

宁岁仰头道:"谢屹忧。"

他已经站了起来,垂下眸问:"嗯?"

她镇定地问:"你带了多余的衣服吗?"

其实这问题很多余,因为天气太热,他只穿了件纯色短袖,手机揣在兜里,连包都没有带。

谢屹忧看着她:"怎么了?"

"我觉得有点冷。"宁岁睁眼说瞎话,不知道怎么开口解释目前尴尬的状况,一边斟酌措辞一边又扫了他一眼,语气慢吞吞地打商量,"或者,你要嫌太热的话,能把身上这件脱下来给我吗?"

谢屹忧疑惑地看着她,露出难以置信的表情。

两人面面相觑,宁岁轻咬嘴唇,退而求其次地诚恳问:"那你能帮我去前台拿几张纸巾吗?"

谢屹忧看了她一会儿,"嗯"了一声,很快拿上手机就转身出去了。

因为前台是朝外开的,所以以宁岁的角度看不到那里。她只感觉腹部那阵热流好像在缓慢往外渗透,有些头疼地想,要不找旁边这桌的女生先借一张卫生巾？也不知道人家有没有。

然而，那女生情绪突然有点高涨。

"我说你最近怎么这么喜欢吃毛肚，我想起来了，你们单位那个小丽是不是也好这口？我看你约我来旅行一点复合的诚意都没有，渣男，早知道昨晚我就不把菠萝TV的会员充你号上了！"

宁岁心想，还是算了。

谢屹忱去了大概七八分钟，宁岁正想给他打个电话的时候，看到他拎着个袋子大步流星地往田走，但手里拿的好像并不是茶饮。

谢屹忱停在桌子前，微微有些气喘，像是刚刚才跑过，耳根带着一点浅红，额际沁出薄汗，黑色碎发也有些凌乱。他把东西放在宁岁面前，抬了抬下巴，嗓音很低沉："拿着。"

"这是什么？"宁岁怔了下。

"不是说冷？"谢屹忱重新在座位上坐下来。

见她拿着东西放到腿上，低头往里看，他不动声色地别开了视线，喉结微微滚动。

袋子里是一条新买的深色披肩，古镇民族款。

宁岁抬手，下意识往里面一摸，发觉柔软的披肩里裹着两片薄薄的日用卫生巾。

看清袋子里的东西，宁岁的心不自觉地猛跳了下，胸口好像有某个角落安静了一瞬间，而后又有山风温和地拂过。

这条披肩上的纹样是几朵簇拥在一起盛放的向日葵，她沉默了一下，张了张嘴，小声问："这个……你从哪里弄来的？"

谢屹忱跑了整整两条街才找到这东西，此刻的面色也没那么自然。他轻咳了声，说："披肩是在最近的店买的，东西问店员要的。"

"哦。"宁岁耳朵也有点发热，她咬了下唇，"那，我先去趟卫生间。"

谢屹忱仍旧没看她，指节轻叩桌面："嗯。"

这家饮品店有厕所，宁岁在隔间里脱衣服检查，内裤上果然留下了血迹，但是万幸还没有沾到裙子上。她用纸巾尽量擦拭干净，严严实实地垫上了卫生巾，想了一下，又把披肩从袋子里拿出来，抱在怀里走了出去。

此刻谢屹忱正坐在座位上，漫不经心地咬着吸管喝饮料。两人目光相接，稍顿一瞬，宁岁尽量自然地挪步回去，坐下以后才发现他喝的是她点的那杯糯米奶茶，而她的面前放着他点的那杯深沉透亮的青柠茶。

宁岁有点茫然地眨眼:"我记得我点的好像不是这个。"

谢屹忱抬了下眉,吊儿郎当地反问:"是吗?我怎么记得我点的好像就是这个。"

宁岁狐疑地瞥了他一眼,想说什么还是忍住了,指尖抚上那杯青柠茶,动作微不可察地一顿。

温热的感觉沿着肌肤传来,连手心都被熨得很暖。

她抬起头,谢屹忱懒散地将手臂搭在旁边座椅的靠背上,冰奶茶外壁已经凝聚起水滴,沿着杯子往下缓慢地淌。

宁岁没再吭声,把吸管往热饮里一插,埋着脑袋喝了两口,随后面色如常道:"哦,好像是我记错了。"

谢屹忱不置可否地笑了下,将杯子放回桌上,问她:"还去太阳宫吗?"

"去。"宁岁想也没想,都到这儿了哪有半途放弃的道理,"到此一游嘛。"

两人又坐了一会儿,才从饮品店里出来。这条街靠海,栏杆上的锁链别着蓝白救生圈和铁锚等装饰物,十足的海景特色。

一整条街都是餐饮店和酒吧,不过走了短短百十米路,宁岁就遥遥看见太阳宫屹立在远处一个突出的岸边,面朝大海,威严壮美。

拐进错综复杂的小路后为保证准确性,谢屹忱还是开了导航,一边看一边往里面走。

宁岁自己也开了个导航,但她的方向感确实不太行,看着导航都没走对,差点被别的游客带跑,所幸被谢屹忱拽住,一把拉回来。

"干吗呢,跟谁走啊?"他似笑非笑的。

"哦。"宁岁只好挨在谢屹忱身边,一边看他的手机一边观察他。

在某个拐角处,谢屹忱对比了一下:"沿这段阶梯上去,再绕一下,应该就到了。"

正说着,屏幕上头弹出来一条信息:Chris 给您发送了一张图片。

两人的视线都看过去,logo(商标)也显示得很清晰,是一个青青的苹果。

宁岁才看了一眼,谢屹忱就直接把消息提示滑走了。

察觉到她的视线还停留在屏幕上,谢屹忱看了过来:"看什么?"

宁岁不知道为什么,莫名有种他在干坏事还反过来凶自己的错觉。

她好脾气地指道:"是不是就往那边走?"

谢屹忱面不改色地收起手机，淡声道："嗯。"

说起来，因为秦淑芬的交代，这些天他简单用了下青果这个小程序，结果让人有些头疼。

为了尽可能效率高点，前面凡是推送过来的介绍页面，谢屹忱全部都无差别地按了好感键。但后来他才发现这样有个弊端，就是张余戈还有点魅力，这张照片又选得太好，导致他赞过的女生基本都会回赞，不断累积下来，每次打开小程序都有十几条未读消息。

什么样的人都有，甚至还有直接发自拍，约他出去的。

这种人谢屹忱一般直接删掉，再选几个比较正常的聊上几句，大概挖掘一下对方是怎么知道这个小程序的，顺便也穿插着问问使用体验。

谢屹忱觉得他大伯母确实是个人精，这事儿和给恬恬做家教比算得上半斤八两，都不是什么好差事。

林子大了什么鸟都有，他原先的介绍写得并不详细，后来被各路奇怪的人缠得耐心告罄，才加了那么一条有关理想型的描述。不得不说，效果出乎意料地好，他这两天清静了不少。

太阳宫可以喝茶，不过入场费是按位计算，谢屹忱买了两个人的门票。

谢屹忱之前来过，所以他带着宁岁简单地转了一下。

这里的房间墙壁和地板都是石头，连床也是石头做的，去有些地方参观还需要穿拖鞋，屋子内置烤火的壁炉，冬暖夏凉，装饰物都很古色古香，颇有少数民族风情。

趁宁岁到处摸摸看看的时候，谢屹忱站在一旁看手机。

张余戈这会儿醒了，还给他发了个红包，打开只有一块钱。

谢屹忱：干什么？

张余戈：我在测试红包能不能撤回，结论是不能。忱神，您晃哪儿去了，咋又不见影了？

谢屹忱：在外面。

张余戈：又不带我。

谢屹忱：吃过香煎八爪鱼吗？

张余戈：啊？

谢屹忱：你问老林谁刚刚睡得像一摊烂泥。

两人往楼上走，这里的内部结构错综复杂，阶梯的造型也很不规律，越往上越逼仄，就在以为到顶的时候，突然又冒出来一层。

宁岁趴在楼梯栏杆上踮脚往上面瞧，惊异道："哇，这上面居然还有一层，你说这是用来做什么的啊？"

谢屹忱跟在后面，抬头看了一眼，那是一块面积不大的三角形天花板，他猜测道："阁楼吧。"

宁岁说："欸，我以为是厕所。"

谢屹忱微微顿住："什么？"

宁岁指了指，阐释她的推测："你看这层没有楼梯，只是天花板上有个圆洞，那个应该就是坑位吧。"

"不是，那儿有个升降梯，洞是用来爬的。"谢屹忱直勾勾地看过来，表情已经说不上是啼笑皆非还是哭笑不得，"你家厕所装在顶楼？还有，如果这个是坑，你这下面……那用什么接？"

他说的很有道理。

宁岁踌躇着答："主要是，下面这层不也是空的吗？我以为这层……"她话语里的留白很有灵性，明明是很正常的石屋小房，只是稍微狭窄了一点，谢屹忱却在一瞬间真有点怀疑自己好像闻到了什么味儿。他往下退了好几个台阶，抬头看到宁岁还站在上面。

可能是石壁颜色太深，衬得她身上的浅绿色裙子格外显眼，两条纤细白皙、笔直细腻的腿，白色松糕鞋上方的脚踝也很漂亮。

两人的视线在空中撞了一下，宁岁手上还抱着他买的披肩，毛茸茸的裹成一团。

谢屹忱问："你热不热？"

披肩被压在手臂内侧，她往下走了几步，借着两个台阶的高度，堪堪与他平视："有点。"

"给我吧。"他伸出手。

宁岁愣了一下说："啊？"

"那个给我。"谢屹忱抬了抬下巴，"一团毛线抱在怀里不热吗？"

宁岁下意识跟着低头："哦，好。"

她把东西递了过去，他很顺手地搭在臂弯里，两人顺着楼梯下到底层，从太阳宫里出来。

沿途有些卖小玩意儿的，宁岁走走看看，谢屹忱则姿态闲散地跟在一旁，抽空有一搭没一搭地回张余戈的信息，正聊着，却见屏幕上弹出一个陌生号码的来电。

119

谢屹忱顿了下，垂着头，静止两秒，不带情绪地点了挂断。

他盯着屏幕看了一会儿，那头没打来第二个电话，倒是过了几分钟，屏幕上弹出来一条短信：忱，阿姨给你买了一台电脑，就当庆祝你考得这么好。听说这个型号的电脑打游戏非常好用，希望你会喜欢。这不是什么贵重的东西，已经让你爸爸带回家里了，别一再拒绝阿姨的好意。另外，你妈妈下周去申市出差，等你旅完游回来，有没有空出来，阿姨请你吃个饭呀？听你爸爸说，成绩出来后他一直都没来得及给你好好庆祝呢。

其实这几句话意思很简单，谢屹忱的脚步慢了下来，神情逐渐冷淡。

他输入了几个字，想了会儿，又删掉，来回几次，最后还是分外克制地回复：谢谢阿姨的礼物，下次您不必这么客气。吃饭的事情再说吧，我不确定什么时候能回来，怕耽误您的时间。

走回南口码头，有一个卖烧烤的档口飘来阵阵油烟香气。旁边开了家水果店，外面放了两个竹编的筐，一筐是人参果，另一筐是火参果，都是以前不常见的水果。

人参这东西形状圆滚滚的，很讨喜，外皮上有几道浅浅的紫色条纹，浅黄色的果肉很甜却不腻，水分也多。

谢屹忱处理完事情，收起手机，往店里面看，眼里依旧没有什么多余的情绪。

宁岁却在这时候拎着一个袋子凑过来，问："谢屹忱，你要不要吃人参果？很甜的。"

谢屹忱愣了一下，瞥她一眼："你吃过？"

"没有。"

"那你怎么知道？"

宁岁仰头看着他："店员说的。"

这话是可爱到骗子听了都要落泪的程度，谢屹忱"扑哧"笑了声，慢悠悠地沿着石板路走，勾着唇道："那她能说不甜吗？"

两人不经意地碰上视线。

宁岁舔了舔唇，把那条披肩重新抱回怀里，给他腾出手："那你尝尝看？"

谢屹忱又看了她一眼，从袋子里拿了一个人参果。

谢屹忱咬了一口，的确是甜的，没骗人。

"好吃吗？"宁岁凑近点问。

谢屹忱"嗯"了声。

宁岁观察他的表情，忽然想到什么："好像长这么大，我还没上过当呢。"

对于宁岁，夏芳卉总担心她出门会遇到坏人。

她小一点的时候，长得特别水灵讨喜，粉嘟嘟的，夏芳卉就觉得那些人贩子肯定会盯上她，所以从来没敢让她放学自己走回家过，哪怕工作再忙也风雨无阻地亲自接送。

但是宁岁觉得自己看人的直觉还是很准的，这可能就是传说中的第六感——有些人令她本能地不想靠近，但是有些人，她会没来由地生出一些亲近和信任感。

"这么厉害。"谢屹忱挑了挑眉，"怎么做到的？"

"很简单。"宁岁沉默了一下，轻描淡写道，"因为我没钱。"

谢屹忱被宁岁的话逗笑了。

她心想，你别笑啊，真是这样的。夏芳卉为了防患于未然，也不给宁岁零花钱。一般都是她看上什么，跟夏芳卉报备，然后妈妈就会亲自去买。只要不是太离谱的，夏芳卉基本都会同意，可以说是有求必应。

初中的时候，宁岁站在校门口等妈妈就遇到了骗子。可能是因为周围人来人往，对方也没起什么太大的坏心思，只跟她说自己是学校的老师，胡编一通，要向她收二十元的教材费。

宁岁看出点端倪，但当时还是很礼貌地答复道："老师您稍等一下，我现在身上没钱，一会儿我妈妈来了，我让她直接给您。"

骗子非常震惊地问："你连二十块钱都没有？"

宁岁点点头说："是啊。"

"那十块呢？"

宁岁老实地道："也没有。"

骗子沧桑地感慨："世风日下啊，这些家长可真不是人！"

Chapter 06
少年无所顾忌

两人悠闲地聊着天,都没怎么仔细看路。正走到岔路口,一个大爷骑着电动车窜了过去,带起好大一阵风,把宁岁吓了一跳。谢屹忱眼疾手快地拉了宁岁一把,然而她手里的披肩掉到了地上,她弯腰捡了起来,发觉中间有一块沾到了灰,有些心疼地拍了拍。她抬头想说什么,却蓦然撞进谢屹忱乌黑深邃的眸中。

宁岁缓慢地眨了下眼,他的眉眼很俊朗,藏着少年意气,只有垂下睫毛的时候才会显出一点不自知的温柔。

宁岁仰着头说:"谢屹忱。"

"嗯?"

她轻声道:"你现在有感觉开心一点点了吗?"

他的眼神看起来有点深沉,两人近在咫尺,沉默地对视。

天空是湛蓝的,有风拂过,周围的树叶"哗啦啦"作响,好像在演奏某种动听的乐曲。就在这时,一辆电瓶车迎面而来,一边疾行一边放肆地鸣笛,打破了这种心照不宣的静谧。

谢屹忱抬眼:"上车吧。"

他的语气仍然散漫,宁岁也攥了一下指尖:"哦。"

车上只有最后一排有两个空位。扫码付了钱,没过十分钟电瓶车就把他们送回了民宿。

宁岁刷卡推门进屋的时候,胡珂尔并不在房间里。她绕了一圈,去敲隔壁的房门，隔了几秒，果然响起胡珂尔的声音："谁啊？"

宁岁说："我。"

两人在沙发上玩游戏，胡珂尔赶紧给她开了门："亲爱的，你回来了啊。古镇怎么样？"

"挺好的。"宁岁没往房里进，问，"沈擎呢？"

"听说你不在，他好像去找张余戈他们聊天了。"胡珂尔一股脑给她汇报最新情况，"刚才张余戈拉了个群，一共十个人，我们四个和他们那边六个，说是晚上一起吃饭。"

"群里这个叫'酷哥林'的好活跃啊，已经张罗着订好了餐厅位置，就在海边，我们一会儿直接去就行。"

宁岁看了一眼，这家餐厅在南口那边，和太阳宫的距离不远。因为人太多，电瓶车又没那么多座位，所以林舒宇说分开去，他们六个人先去踩个点。

时间定在六点半，胡珂尔作为拖延症晚期患者，六点才开始化妆。宁岁皮肤细腻，清透白皙，可谓天生丽质，平常也不怎么化妆。

胡珂尔在化妆，宁岁就坐在旁边沙发上看了会儿微信。她点开谢屹忱的聊天框，给他转账了两百八十八元，然后发了一条消息给他：这是披肩和门票的钱，谢谢。

说完后，她还发了一张猫猫弹球的表情包。

谢屹忱回她：没事，不用了。

宁岁喜欢凡事都算清楚一点，不然心里总不踏实。她半垂着眼：你就收下吧。

她本来还在担心会出现上次电影票那样的事情，谁知那头安静片刻，干净利落地点了收款。

他们匆匆赶到餐厅的时候已经迟到了十分钟，林舒宇订了一个包间，包间里有一张大圆桌，谢屹忱坐在张余戈和林舒宇中间，然后依次是孙昊、邹笑和赵颖瑶。

沈擎率先走进去，挨着张余戈坐下。宁岁和胡珂尔坐中间，许卓作为收尾的那一个，左手边正好是赵颖瑶。

胡珂尔一坐下就注意到对面两个女生都给自己化了很有心机的"自来水妆"，看起来如清汤挂面，实际上细节处修饰很多。

她心里暗叹一声，果然啊，有谢屹忱这种外面打着灯笼都找不着的帅哥在,除了宁岁这缺心眼的,谁会真素颜来吃饭啊。

林舒宇是热场积极分子,一看到过来的两个姑娘,眼睛就亮了亮,基本能按照张余戈说的在心里对上号。他觉得宁岁是真的好看,而且和罗琼雪也不一样,不算是那种清高冷漠的类型,眼睛很漂亮灵动,好像会说话一样。

林舒宇拿眼睛偷瞄了宁岁几眼,但不敢太明显,于是开了一瓶早就点好的啤酒,挨个杯子倒满,一副做东的姿态:"既然大家伙儿都来齐了,我们先喝一个!"

喝完一轮,大家依次做自我介绍。

谢屹忱和张余戈两边的人都认识,于是就跳过他俩。轮到沈擎这儿的时候,他一说完,赵颖瑶就笑道:"擎哥是国外回来的高才生啊。"

因为沈擎的年龄比他们大一岁,所以胡珂尔他们喊他哥,赵颖瑶在旁边听了几句,也很自来熟地有样学样。

沈擎反应也很快,边作揖边笑道:"可不敢,在座的都是T大和P大的学生,还有状元,真折煞小的了。"

宁岁觉得他和谢屹忱大概体现了家教最好的男孩子是什么样的,只不过两人风格不太一样,这么油腔滑调的话从沈擎嘴里说出来,也依旧是温和客气的。他分寸感拿捏得很恰当,为人又成熟,成熟到宁岁其实有点难想象他开怀大笑的模样。

想到这,她看向谢屹忱。夜晚稍微有点凉,他在短袖外面多套了一件挡风夹克,此时姿态懒散地靠在椅背上,有一搭没一搭地听着众人聊天。

似乎是察觉到了她的目光,谢屹忱抬头看过来,微扬了下眉,意思是:干什么?

宁岁感觉心脏漏了一拍,大概过了两秒钟,她还没反应过来,他就移开了目光。

所有人都介绍完毕,林舒宇终于找到跟宁岁攀谈的机会,很热络地说:"我听章鱼讲,咱俩高考同分,都是六百八十五分。"

宁岁还有点发蒙,琢磨了下"章鱼桨"是什么,才啼笑皆非地点点头说:"是吗?那还挺巧的。"

林舒宇喜上眉梢,一边倒酒一边乐呵呵道:"是啊是啊,缘分呐。"

张余戈在旁边看戏,看出来了林舒宇那点心思。不过也正常,林舒宇虽然人称"酷哥林",但就喜欢这种明媚类型的女生,人家越跟他保持距离他越上心，多少有点受虐的属性。

张余戈的眼神又瞟向身侧，他唯一看不透心思的，依旧是这位主。

对面的赵颖瑶依旧自来熟地插话道："哇，岁岁，你这么厉害，那你报了哪所大学啊，打算学什么专业？"

宁岁答："P大数学系。"

对方发出一声很夸张的感叹："合着这桌上的人不是来自TOP2就是名校是吧，没吃两粒花生米都不敢上桌了。"

赵颖瑶也是要出国的，但学校排名一般。邹笑考的是省内的普通大学，也和他们有些差距，听到这话，表情有些不好看，感觉就像是明晃晃提醒她和谢屹忱的距离有多远似的。于是她出声道："数学啊，谢屹忱应该对这个很熟吧？"

宁岁看了邹笑一眼。邹笑以为她不知情，俏皮地歪了歪脑袋，一副过来人的语气解释道："他之前也学过数学竞赛嘛，还拿了CMO金牌，有时候老师还让他代上班里的习题课呢。"

宁岁接道："这么厉害啊。"

谢屹忱本来想说话，闻言又看了她一眼。

隔着两个人的距离，她表情还挺真诚的，至少很给邹笑面子，假装是第一次知道。

"是啊。"邹笑倒像是来劲儿了，她察觉到谢屹忱刚才和这个宁岁对视了几次，也不管孙昊就坐在旁边，继续道，"上晚自习时，尖子班里都是灯火通明，老师有时候家里有事，就会让谢屹忱帮忙管一下大家。课间好多隔壁班的同学也会来找他答疑，有时候人多就一起出校吃夜宵。"

宁岁好奇地问："你们晚上还能出校吗？"

邹笑弯唇道："当然可以呀。我们高华管得松嘛，可以随便点外卖，不像你们学校严格封闭管理，出去还得登记。"

一句话说得四周暗流涌动，彰显了她对谢屹忱的了解的同时，顺便还贬低了一下四中。

林舒宇和张余戈心想：得，这人收敛两天又故态复萌了，简直是野火烧不尽，春风吹又生啊。

孙昊的眼神黯淡了些许，低下头，默不作声。

许卓和胡珂尔则是丈二和尚摸不着头脑，虽然说不出为什么，但莫名觉得心里不太舒服。

包间内气氛略显尴尬的时候，服务员适时地敲门救了场。

菜陆续上桌，盘碟响动的过程中，谢屹忱调侃道："四中那样挺好的，我们就是管得太松，什么人都放进来，搞得男寝总是进贼。"

高华的女寝和男寝隔着一栋教学楼，女寝靠山，男寝靠校门，所以反而是后者事故频发。

张余戈闻言，登时被戳到敏感神经，义愤填膺道："是啊！上次不知道是哪个挨千刀的贼，电脑不拿，居然跑去偷我晾在阳台上的——"说到这儿他忽然顿住，憋出两个字，"衣服。"

林舒宇坐在一旁辛苦地憋笑，知道他说的是什么。

那次张余戈丢了整整五条红色内裤。当时他那惊天地泣鬼神的哀号声，林舒宇一直记到现在。

"你确定你那衣服，"谢屹忱刻意停顿了一下，慢悠悠地说，"是贼偷的吗？"

张余戈一脸迷惑地问："什么意思？"

"贼会惦记你那玩意儿？"林舒宇乐得不行，狂笑着加入，"上回忱总去宿管大妈办公室，在收纳盒里看到了。"说着他又转向谢屹忱，"你确定没看错吧？"

谢屹忱也配合："那颜色够吉祥的，想认错都难。"

张余戈震惊了，也顾不上还有女生在，张口咆哮："什么？王丽对我有非分之想啊？我说呢，她为啥每次扣分都盯着我不放！"

林舒宇也没料到他会这样想，那大妈是啰唆了一点，但也不至于离谱到偷男高中生的内裤。

他整个人歪倒在座椅上，笑得差点岔气："哈哈，是你的东西被风吹下楼了，挂在寝室楼下的绿植上，人家王大妈看不过去，捡回来挂在失物招领处，结果一直没有人去认领……还有，被扣分是你的问题。"

废话，谁丢了内裤会去发失物招领？

张余戈干咳两声，林舒宇仿佛在看傻子一样，拱手对在座的人说："见笑了，见笑了。"

气氛重新活跃起来，桌上的杯子都倒满了酒，大家一边吃菜一边聊各种学校趣事，话题不断。

只有沈擎是不太了解国内这种住宿生活的。

他又坐在宁岁旁边，不太能参与这个话题，只能一直微笑着听。于是宁岁就趁众人热聊的时候问他:"国外的宿舍也是这样四个人一间吗?"

沈擎抬眸,镜片底下的目光稍显温柔:"我们是套房,每个人都有独立的卧室,有些是三人间,也有四人间。"

"这么好。"

沈擎笑着摇头道:"其实我还挺喜欢你们说的这些的。"

宁岁也笑着说:"都是苦中作乐。"

每个人面前都摆着一瓶啤酒,大家都放开了喝,而她前面的啤酒几乎还是满瓶。

夏芳卉一直都不同意宁岁喝酒,毕业典礼那天宁德彦给她和胡珂尔倒了红酒,还被她多次用眼神制止。

反正宁岁已经记不清夏芳卉究竟在她耳边叨了多少遍,酒不是什么好东西,尤其是在男生面前,一滴酒都不要沾,就说你自己酒精过敏。

宁岁就问:"如果是我的同学呢?哪怕是朋友也不行?"

夏芳卉斩钉截铁地说:"不行,知人知面不知心。"

宁岁这会儿捧着啤酒瓶,垂眸往里看,泡沫浮动,啤酒的气味隐约传来。

其实那天她想说,人心的度量靠的是另外一颗真心,不要以为十八岁年纪还小,什么也不懂,其实是非好歹,有些东西他们比谁都明白。

她抿着唇尝了一口,微苦,过了会儿,有麦芽糖淡淡的回甘,但依旧不算好喝。

宁岁把酒瓶放回了原位。

对面的赵颖瑶注意到她瓶子里的水位线:"岁岁,你怎么不喝啊?"

林舒宇刚才喝得太猛,有点晕,此刻很积极地道:"对啊,宁岁,你怎么不喝啊?我们都走了两三轮了,你可得跟紧大部队啊。这牌子不合口味?要不我帮你再叫几瓶别的,保准劲大!"

谢屹忱忽然抬头,懒洋洋笑着说:"人家喝不喝关你事儿了?"

林舒宇愣了一下,才反应过来谢屹忱说得对,劝女孩喝酒,的确没品。

他这脑子一时半会儿没转过来,愣了片刻,才小声地解释道:"我不是这个意思。"

"没事儿。"宁岁接话,"我有点酒精过敏,不好意思。"

就这个事儿,如果换作罗琼雪能直接翻个大白眼,林舒宇没想到宁岁脾气这么好,还反过来跟他道歉,只能尴尬地投去一个歉意的目光。

然而宁岁温和地弯了弯唇,示意没关系。

林舒宇掏出手机在群里加了宁岁的微信,本来想点进张余戈的聊天框,想了想还是作罢。

胡珂尔凑过来,附在宁岁耳边贼兮兮地讲悄悄话:"那个'酷哥林'好像对你有点意思啊。"

宁岁没作声。她看到了林舒宇的好友申请,点完同意,顺带着往旁边瞄了一眼。

赵颖瑶不知什么时候和许卓聊上了,大意还是在问他有关去外国读书的事情。后者说了句什么,赵颖瑶就惊奇地睁大双眼,笑着回了几句话。

胡珂尔也看到了,许卓适时地转回身来,问她:"刚刚民宿打电话问我们续几天,沈擎说三天,你觉得怎么样?"

胡珂尔没什么意见:"问问岁岁。"

宁岁点点头说:"我没问题。"

"那我订了啊。"许卓掏出手机,在软件上下了单。

由于挨得近,赵颖瑶无意旁观了所有操作,见他熄了屏,也没有在群里发 AA 收款的意思,有点好奇地问:"是你请大家吗?"

"有时候吧。"

"你好大方啊。"

许卓耸肩,无所谓地说:"都是自己人。"

他们这伙人属于是他乡遇故知,话题不断。结账以后,一直未出声的孙昊提议,不如回他们民宿的套间继续聊天,反正空间够大,大家异口同声地答应了。

谢屹忱他们住的民宿套间里面有一个很大的客厅,楼下一间房是两个女孩子的,其他四个男生都住楼上,两人一间房。

林舒宇用软件又叫了三箱啤酒,颇有种不醉不归的架势,他说反正还要在这待几天,喝不完的啤酒囤着之后还能再喝。

客厅的茶几是椭圆形的,沙发太高,坐不了几个人,赵颖瑶不知从哪里找出来许多软垫,让大家围成一圈直接坐在地上。

张余戈问:"有人想吃羊腿吗?我叫个外卖。"

众人纷纷起哄应好,林舒宇把啤酒拿出来堆在桌面上,又取了两副扑克牌:"咱们先打两把。"

座位排布基本上和在餐馆时一样。

谢屹忱去楼上拿蓝牙音响，靠门那块地方空着，林舒宇就压低声音和沈擎商量："兄弟，方便跟我换个座位吗？离门近点儿我好拿外卖。"

沈擎愣了一下，点点头，站起来和他换了个位置。

张余戈在一旁看得门儿清，这人就是想挨着宁岁坐，但怎么说也是兄弟，他就没戳穿。

宁岁正低着头和夏芳卉报备，没察觉到林舒宇在旁边想要攀谈的表情。她收起手机抬头，倒是看见谢屹忱沿着楼梯下来了，手上揣了个白色的东西。

蓝牙音箱是张余戈带的，这玩意儿混响很足，又带自动炫彩灯光。关了天花板的大灯后，真的让人有种置身 KTV 的感觉。

开始播放节奏动感的歌曲之后，室内的气氛也隐隐躁动，谢屹忱走到林舒宇旁边，看到沈擎一个人夹在孙昊和张余戈之间。

他用腿轻轻撞了下林舒宇的背，居高临下地问："怎么是这搭配？"

"踹我干吗？"林舒宇夸张地叫了声，"这不离门口近吗？拿外卖！"

谢屹忱垂眸看他："你一个人坐两个垫子，好意思？"

赵颖瑶和邹笑本来在说笑，这时也望过来，林舒宇赶紧往宁岁旁边靠了下，将屁股底下的另一块垫子分了出来，还作势拍拍灰："行，忱神，您请坐。"

茶几不大，大家围坐一圈显得空间逼仄，谢屹忱的腿又长，他没坐那软垫，而是从犄角旮旯找了张矮凳。

林舒宇把扑克牌给谢屹忱，他拿过来，相当熟练地拆了封。

他们要玩的是一种德州扑克的变体，高华的六个人之前玩过几次，再加上许卓和沈擎也都接触过，谢屹忱就简单地跟宁岁和胡珂尔介绍规则。

"可以跟也可以弃，弃牌叫 fold，跟的话有 call 和 raise，我们这儿没有筹码，就用小程序替代。"

谢屹忱讲得简单又清晰，规则也不难理解，但胡珂尔还是没听懂。许卓说："没事，你跟着玩一把就好了，要不第一轮我俩算一个。"

宁岁也没玩过，林舒宇顿时找到新思路，自告奋勇地看着她说："那咱俩也一起，行吗？我带你。"

宁岁觉得这种玩法应该和数学有点关系，挺有意思的，也可以先观摩两轮。

她若有所思地抬起眼，视线却不经意错开一些，看到谢屹忱正垂着眸在洗牌。他的手骨节修长,腕间戴了一只深黑色的机械表,衬得肤色冷白。小臂上浅浅鼓出筋脉,肌理紧实分明。

宁岁抿了下唇,点头说:"哦,好啊。"于是她试玩了一下。

前几轮大家都难分伯仲,不过可以看出,谢屹忱确实很会玩,筹码也越赢越多。尤其作为林舒宇的下家,谢屹忱每次都不跟他的牌,还要加注,非常搞人心态。

又开一局,出牌按照座位逆时针顺序来,打了几轮大家差不多都弃牌了,选择在旁观战,最后场上只剩下赵颖瑶、宁岁、林舒宇,还有谢屹忱。

林舒宇这轮其实也有点打肿脸充胖子,但德扑就是要演戏,在气势上压倒对方,他豪情万丈地推了三百筹码出去:"加!"

宁岁观察到谢屹忱在看手里的牌,知道他在算概率,过了会儿,他慢条斯理地勾了下唇:"那我加个倍。"

"不是吧,阿Sir。"林舒宇看了眼池中的牌,很沉不住气,"你有同花?"

谢屹忱耸耸肩,吊儿郎当道:"谁知道呢。"

前面已经押了太多筹码出去,林舒宇有点心疼沉没成本。宁岁觉得其实胜算不大,还没出声,就见他咬了咬牙说:"那我跟!"

赵颖瑶一看这火药味十足的架势,立马投降道:"你们玩吧。"

最后一轮,场上的人可以直接看牌。

林舒宇觉得谢屹忱肯定是骗人的,因为之前和他玩,他就喜欢演戏,把他们唬得一愣一愣的,结果这次一看,好家伙,人家不仅有同花,还是个同花顺!林舒宇拿着一张悲伤的三条,心想,这谁打得过。

小程序"哔"的一声响,钱币"哗啦啦"全都落进赢家袋子里,还发出那种清脆的音效,众人哄笑着闹成一团。

张余戈直接开了瓶啤酒,不怀好意地递到林舒宇面前:"酷哥愿赌服输啊。"

"当然,说话算话。"林舒宇拿起酒瓶就往嘴里灌,真的是一点也没含糊,一整瓶啤酒顷刻之间下肚,他把酒瓶砰地往桌上一放,张着嘴喘粗气。

正要歇一会儿,邹笑忽然说:"既然宁岁和舒宇哥是一队的,那是不是得喝两个人的份儿啊?"

她是弯着唇说的,状似无意地提醒。

音乐声很吵,这话倒不显得突兀,宁岁也听到了。她觉得喝一瓶已经很多了,斟酌了一下,跟林舒宇商量道:"那剩下的我来吧。"

"你不是酒精过敏吗？"

宁岁说："喝一点没事。"

林舒宇直接拒绝："不行不行。"刚才下注的时候他做决定比较多，本来就该他一个人接受惩罚，怎么能带她一个女生。

林舒宇一副英勇就义的模样，转头冲张余戈说："再开一瓶。"

"来真的啊？"张余戈迟疑，林舒宇见状，直接伸手去拿第二瓶。

"行了，悠着点。"谢屹忱按住瓶身。

林舒宇偏头看过去。两人谈不上僵持，因为谢屹忱分毫没让，用了点力气，把酒瓶牢牢握紧："我来。"

林舒宇知道兄弟是体贴他，但哪有赢了还喝的道理，不爽道："你干什么？"

"谁不知道你能喝。"谢屹忱挑眉笑了下，散漫道，"就当我想试试吹瓶是什么滋味，行不行？"

外卖送到之后，众人开始大快朵颐。

啤酒配羊腿，简直是顶级美味。

赵颖瑶这会儿正抓着胡珂尔聊天，问她平常喜欢做什么。许卓夹在她俩中间，坐的位置稍往后退了点，他只能偶尔插上两句。沈擎和孙昊也在闲聊，张余戈搬来楼上的两个懒人沙发，很没正形地瘫在里头，一手抓一个羊腿欢快地啃。

谢屹忱就坐在他旁边，不吃东西，在看手机。

刚才谢镇麟给谢屹忱发了条消息，仿佛这么多天终于想起，他还有个儿子漂泊在外：玩得怎么样？

谢屹忱回复：挺好的。

他发了几张照片过去，谢镇麟称赞一番风景不错，又说：我这些天一直在忙公司D轮融资的事情，在国内到处跑，见了一部分投资者。等你回来，我带你去公司转转。

他像是在解释这段时间的杳无音信。

但谢屹忱现在没什么表达欲：嗯。

其实他挺习惯的，他爸就这样，工作狂一个，忙起来跟不要命似的，什么都抛之脑后。

谢镇麟：打算什么时候回来？

谢屹忱：不确定，看心情。

谢镇麟也很习惯他这混不吝的性格：行啊，记得回来就行。别忘了准备去大学的东西。

谢屹忱回复：知道了。

他没有提电脑的事情，更没有说下午的短信，谢镇麟也没提。

两个人颇有默契地翻过这一篇。谢屹忱把手机倒扣在腿上，靠着沙发，整个人放空发了会儿呆，再抬头的时候，原来围成圆形阵型的人早就散开，大家在客厅里三三两两地谈天说地。

近处传来一声低呼，谢屹忱的眼神聚焦看过去。

宁岁还在研究刚才的德扑，饶有兴致地复盘每一轮的情况，结果手臂不小心碰到桌面的另一副牌，纸牌全部撒在地上。

外面夜深了，室内灯火摇曳，她半跪在软垫上，垂着头捡牌，白皙细腻的脸庞显得更加温软。

谢屹忱站了起来，走过去，在她身边单膝蹲下，将离自己最近的一张黑桃 A 拾了起来。

宁岁看到是他，直起上身："谢屹忱。"

谢屹忱"嗯"了声，帮她把地上的牌归拢到一块，低着头问："刚才玩德扑感觉怎么样？"

"还挺有意思的。"宁岁顿了一下，她觉得林舒宇人挺好的，就是技术弱了点，但没好意思说。

结果谢屹忱瞥了她一眼，好像知道她在想什么一样，慢悠悠道："想换队友吧？"

宁岁："……"

灯光稍微有一点昏昧，而他的眉眼轮廓分明，鼻梁挺拔。

宁岁不由自主地攥紧了牌，说："你酒量挺好的。"

"还行。"谢屹忱漫不经心地答。

宁岁观察到他今晚一共喝了三瓶，虽然身上沾染了些许酒味，但此刻眼神还保留着清明，并不显醉态。

"以前家里来客人，我爸给我喝的是白酒。"他就是那时候这么练出来的。

说着，谢屹忱看向她问道："你酒精过敏？"

宁岁蓦然有种说不上来的感觉，看他这表情，好像知道不是一样。

宁岁迟疑一瞬，摇摇头说："不是，是我妈不想我喝。"

"那你自己呢？"

"我自己？"她歪了下头，老实道，"感觉也不怎么好喝。"

谢屹忱在旁边坐了下来，宁岁听到他低低地笑了声，不由自主屏息一瞬。

觉得不好喝而选择不去喝，和完全不被允许尝试是两码事，宁岁心想，他应该能明白的吧？

她拿了一个干净的空玻璃杯，把啤酒倒在里面，抿了一小口，感受跃动的气泡在舌尖慢慢化开，听他说："其实我也觉得不好喝，但有时候和大家在一起，感觉不喝不行。"

宁岁愣了一下，不由得弯唇道："我爸也说这个喝的是气氛。"

谢屹忱笑了，顺势就接过剩下的半瓶酒，和她碰了下杯。

他姿态随意，空气中发出"当"的一声脆响，宁岁倏忽有种和他共享了什么秘密的心情。

正说着，窗外响起几声隐约的蝉鸣。

阳台有半边窗没有关，室内风扇"呼啦啦"地转着，蓝牙音箱闪着五颜六色的灯。

大家都瘫在客厅里，闷热又潮湿的夏夜好像在此刻偷偷溜了进来。

宁岁觉得热，环顾四周须臾，摸出口袋里那一小瓶风油精。清清凉凉的液体一接触太阳穴，她好像又回到了某个不小心睡着的晚自习，揉着惺忪的眼醒来，脸颊贴着微凉的桌面，柔软的蓝色窗帘轻缓拂过。

老师在黑板上一笔一画地板书，讲题的声音从很遥远的地方传来。

她有一瞬间恍惚了一下。

林舒宇原本已经耷拉着眼皮在一旁将睡未睡，这时又突然坐起，兴奋地提议："休息够了没？起来起来，我们来玩真心话大冒险！"

刚才为了捡牌，谢屹忱正好和宁岁挨在一起，闻言动也没动。

一听这话，大家都慢慢爬起来，也不管茶几上堆着的羊腿"尸骨"，特不讲究地重新围坐成一圈。

大家很快就找到小程序，里面有真心话和大冒险的问题合集。

林舒宇说为了追求仪式感，不要小程序抽签，特地搞了个空酒瓶，放在桌面上转动。

第一转指定被惩罚的人，第二转则指定问问题或者下达任务的人。

当啷一声，酒瓶和玻璃台面磕碰出脆响，胡珂尔成了这喜洋洋的开天辟地第一炮。

她夸张地长吁短叹几声："真心话吧。"

林舒宇又转酒瓶，几圈摇摆后，瓶口悠悠地指向张余戈。

"哎哟。"张余戈有些意味深长地看着她。

胡珂尔暗暗地瞪他一眼，意思是要他注意点，好好问。

张余戈佯装思考了下，说："说一件你做过的很离谱的事情。"

林舒宇心里觉得不够劲爆，但是想着是第一轮，又是女孩子，倒也没说什么。

反而是宁岁听到问题就笑了，觉得张余戈真是问对人了，这位萝卜头从小到大干过的离谱事能总结出一本纪念册，都不知道要先讲哪个。

胡珂尔安静两秒，一言难尽地回答："我把防狼喷雾当成过保湿水。"

这个画面有点太生动，生动到难以想象，大家一边笑一边问："怎么回事啊？"

胡珂尔面无表情地说："就是防狼喷雾不小心放梳妆柜上，我拿错了。刚喷后几秒钟，我就感觉整张脸特别辣，眼睛也睁不开，然后我迅速跑到镜子面前一看，脸红得跟辣椒一样。最后我只好去浴室里冲了半小时的冷水澡。"

宁岁对此事印象深刻，记得那次红肿半天都没消掉，胡珂尔对着脸冲了冷水之后，那些辣椒分子就从脸上转移到了脖子上，胡珂尔来她家的时候，整个上半身都是红的。

宁德彦开门看到她直接愣住了："你这是现出原形了吗？"

要说胡珂尔为什么会把防狼喷雾放卧室里，是因为胡爸和胡妈经常离家，就再三叮嘱女孩子一个人要学会保护自己，于是胡珂尔在网上买了一堆蜂鸣报警器、辣椒水等小东西。后来她亲身体验后证实，这玩意儿是有效果的。

大家都乐得不行，一边喝酒一边进行下一轮游戏。

这次抽到林舒宇，他选了大冒险，指定的人则是孙昊。

因为还是前几轮，先温和点。于是孙昊翻了下题库，随便抽了一个：**手机输入法打"hxn"测试你擅不擅长当备胎。**

张余戈一拍大腿道："这个好，这个好，这题就是为咱'酷哥林'准备的啊！"

林舒宇很不客气地捶了他的肩膀一拳："滚。"

众人炯炯有神地盯着林舒宇的手机屏幕，他有预感，挣扎着为待会儿的结果做铺垫："谁说经常打'好想你'就是备胎的，你平常不想家人不想朋友吗？有些机型内置的自动联想就是那样。"

张余戈乐得捶他："愿赌服输，快打。"

林舒宇只能掏出手机，在众人聚精会神的目光注视下，他缓缓敲出来三个字：还想尿。

好像知道了什么了不起的东西，一圈人张牙舞爪地爆笑。

林舒宇挣扎道："不是等等！你们听我解释啊！"

又转了几圈空酒瓶，气氛逐渐热络起来。

孙昊背着林舒宇做了十个俯卧撑，张余戈要给电话联系人列表里的第六位打电话骂一句"蠢货"，最后发现是他妈，被逮着一通暴脾气输出，现在还躲在厕所里解释。

"反面教材啊。"林舒宇笑得要捶墙，"下次谁完成不了任务可以直接选罚酒，不要逞强。"

下一轮，酒瓶又转向了胡珂尔，胡珂尔大叹倒霉。

这回由孙昊来指定，因为不熟，所以题目非常之温和，就让她说出在场某个人的一个 fun fact（有趣的事）。

胡珂尔说："岁岁的小名叫椰子。她爸妈一般叫她小椰。"

林舒宇问："为什么？"

胡珂尔把喜欢喝椰汁还有比耶的事情说了，大家都觉得很有意思。

又一轮酒瓶转动，这回抽到了谢屹忱。

宁岁坐在他旁边，刚还听他在那笑，这时懒散地出声道："真心话。"

"真心话算什么，是爷们儿就大冒险！"张余戈一回来就闹他。

谢屹忱不紧不慢地看了他一眼，像是思索了片刻，气定神闲道："就选真心话。"

张余戈："……"

指定任务的人是沈擎，他没有想要为难人的意思，就让小程序随机抽了一个：喜欢哪个季节，为什么？

谢屹忱难得被转到，结果问题这么简单，简直是浪费机会。张余戈被气得无语，翻着白眼看他。

谢屹忱似笑非笑地回视，从容道："冬天。"

张余戈倒是意外了一下,还以为他会喜欢夏天:"为什么?"

谢屹忱懒懒地抬眼道:"冬夜下雪的话,很浪漫。"

他说得很好,但是张余戈顺口道:"咱槐安没下过雪吧?"

谢屹忱也不反驳:"嗯。"

张余戈无语地想,那您搁这儿说啥呢?

他没注意到坐在斜前方的人睫毛轻微动了动,只意有所指地同大伙嚷嚷调笑:"下一轮,大家伙得使出点真功力,这种回答可要罚酒的啊!"

凌晨两点,地上到处都是空酒瓶,一片狼藉。

赵颖瑶和孙昊都醉倒在一旁睡着了,林舒宇打着哈欠说再来一轮,然后就可以散了。

可能是风水轮流转,这回终于抽到了宁岁。

宁岁想了想说:"大冒险吧。"

谢屹忱侧头看了宁岁一眼,她觉得可能是因为他有点喝醉了,也可能是因为灯光有点暗,他的眼底露出难以捉摸的意味。

下达任务的人是邹笑,她的表情变化了一下,显然也没想到宁岁的选择,片刻才倾身向前,缓缓道:"那就和在场你认识最久的异性喝一杯交杯酒。"

之前玩德扑的时候,谢屹忱说是替林舒宇喝的酒,但邹笑觉得他是替宁岁喝的。

邹笑后悔自己前面弄巧成拙,所以才想扳回一局。不管宁岁跟许卓喝还是沈擎喝,都是有利于她的。要真是许卓,胡珂尔因为这个和宁岁闹矛盾,那也不关她的事。

林舒宇率先在一旁皱眉,摇摇晃晃地直起身来,大着舌头道:"宁岁酒精过敏。"

"她自己刚才不是说喝一点也没事儿嘛,就是意思意思,做个动作而已。"邹笑故意瞟他一眼,软声调笑道,"人家宁岁还没说什么呢,舒宇哥你着什么急啊?"

林舒宇被怼了一下,忿忿地不说话了,然后看向宁岁,眼睛里的意思很明显——别搭理她,你该拒绝就拒绝,她就这德行。

宁岁抿着唇没吭声。她能感觉到旁边的人渐渐沉重的呼吸,带着些许酒意,和着夏夜潮热的温度,缓慢地蔓延过来,不断倾轧周围的空气。

宁岁歪着脑袋环视一圈,又掂量了下自己刚才放在茶几上的玻璃杯,侧过脸提示道:"好像没有酒了。"

闷热的夏夜,晚风习习。

音响早就关了,室内很安静,只剩下墙壁上指针转动的细微响声。

客厅里只留一盏壁灯,最后的大冒险不了了之,大家也都很困倦,紧绷的神经一放松,都四仰八叉、东倒西歪地睡在了地上。

林舒宇喝得最多,这会儿胃受不住,去厕所抱着马桶吐了。

张余戈更是在发疯,此时趴在地上,掏出手机给宿管打电话:"王丽老师吗?对,我是章鱼。哎,您也别一上来就骂啊……"满屋子的醉鬼,没一个能扛事的。

胡珂尔还能自己走,她的手臂压在宁岁的肩上,宁岁搀扶着她站了起来,下意识侧头看了谢屹忱一眼,还没说什么,只是双眸对视,他便打开手电筒,径直走到她的身边:"走吧。"

他跟自己怎么会这么默契?宁岁觉得自己好像也醉了,思绪变得有些迟钝起来。

谢屹忱打开手机里的手电筒,陪她和胡珂尔回到房间。

一靠近床,胡珂尔就很自觉地一头栽了进去,睡得不省人事。

谢屹忱倚在门口,看见宁岁进卫生间打水,问:"需要帮忙吗?"

宁岁出来,在行李箱里翻找,头也没抬,发出两个含糊的音节,像是在说"不用",跟小动物一样。

谢屹忱半眯起眸,看着她井井有条地从一个带拉链的旅行袋里找出一盒维C泡腾片。

"做什么?"他饶有兴致地问,嗓音因为喝酒略微听着有些沙哑。

宁岁半蹲在行李箱前,仔细研究说明书,闻言抬了下眸,清丽的五官因困倦覆盖着一丝茫然:"我听说这个能解酒。"她想了想又说,"你先别走,烧好水后也来喝一杯。"

不知道是不是她的错觉,他的唇角好像弯了下,但她没看得很清楚。

谢屹忱"嗯"了声,又垂眼问:"这都是什么?"

旅行袋里装满了五花八门的小盒子。

"我妈给我带的药。"

开瑞坦、金嗓子喉宝、红景天、碘伏棒,还有一瓶叫作盐酸西替利嗪的抗过敏药,那是怕宁岁不小心误食芋圆专门准备的。

宁岁从小体质就虚，手脚冰凉，很容易生病，所以他们家的药箱总是种类齐全。去医院的次数多了，夏芳卉总是请教医生，自己也变成了半个儿科医生。

这时候水刚好开了，宁岁用沸水烫了一下民宿的茶杯，又用矿泉水兑成了温水，扔了两颗泡腾片进去，一杯给谢屹忱，一杯端着走到床边，拍了拍胡珂尔的肩，说："把这个喝了。"

胡珂尔闭着眼睛，很抗拒地别过头，含糊着说："哎呀，不要。"

宁岁在她耳边温言软语："喝了有帅哥看。"

胡珂尔仍旧闭着眼睛，却忽然一骨碌爬起来，接过杯子一口气喝光了。

第二天中午大家才陆续起来。

宿醉的滋味并不好受，谢屹忱喝了泡腾片水还感觉好一点，孙昊和张余戈他们普遍感觉头疼："啧，酷哥你昨天买的是不是假酒啊？"

林舒宇顶着个鸡窝头，衣衫不整地从楼上走下来："去去去，我不难受吗？别在那栽赃陷害。"

他在十人大群询问今天有什么安排，毕竟也在这里待了好些天了，景点都玩过了，只能找新朋友玩。

然而今天沈擎他们计划下午去南诏风情岛上逛逛，还要坐船，大家可能要暂时分开，林舒宇就给他们支着儿："你们可以坐那个五层巨轮，上面还有少数民族的歌舞表演呢。"

胡珂尔磨磨蹭蹭到下午两点多才去吃饭，吃完饭之后四人正好赶上最后一班船。

这个小岛也算比较神奇，看着很小，走一圈不到一小时，建筑物也很少，实际上居然占地七万多平方米。海的颜色澄澈，碧波荡漾，烈日当头，水面波光粼粼，映出橘红色的美景。

宁岁觉得太阳宫还是要参观一下，用之前拍的照片说服了胡珂尔，于是一行人下岛之后又浩浩荡荡地过去买票。

参观完之后，胡珂尔还在感叹："有钱人家连厕所都比我家大。你说我什么时候也能买这么好的房子？不，等我有能力以后，我要买就买一座像刚才那样的小岛，上面什么房子也不盖，只养猪。"

临近晚饭，一行人也没打算回去，就在镇上找家当地菜馆，顺便躲避突如其来的小雨。

午饭吃得晚,胡珂尔和宁岁其实都不太饿,象征性地点了一份汽锅鸡、一碗鸡丝米线。

被P大和T大录取的学生们刚刚自发拉了个小群,还在陆续拉人,群名叫"职业技术学院相亲相爱群",大家才高考完的兴奋感简直按捺不住,一条一条信息弹出来,聊得火热。

在等着上菜的过程中,沈擎和许卓在聊初中的事情,宁岁和胡珂尔埋着头饶有兴致地看手机,看大家闲谈瞎扯。有人忽然说:欸,我听说省前十名有好几万元的奖金,羡慕,也不知道是不是真的。

某个明显是高华的人立即跳出来道:这事儿问谢屹忱不就行了?

后面有好几个人回复了这条。

谁啊?好熟悉的名字。

咱们省状元啊。

他不在群里吧?

之前发了邀请,他还没通过,看他朋友圈现在在旅游呢,估计没空看这个。

这群里大概有一半都是高华的人,哪个没听过他谢屹忱的名字?

有女生就试探地问:所以他真的长得很帅吗?网上没看到采访啊。

妹子这是感兴趣?

他没接受采访啊,你要想看照片可以看这个,我们学校内部的树洞表白墙,进去要输个暗号,搜一下高华建校日期就行。

哈哈,刚看了一下,前面的热帖里面就有。

随后有人发出一串网址,这东西就是根引线,趁着人不在,一群人开始热烈讨论起来,都是各色各样的道听途说——谢屹忱性格挺好的,什么题都会做,数学竞赛和信息竞赛的成绩都很厉害。

学校里喜欢谢屹忱的女生好像很多,但他拒绝人时都很有风度,不会让对方难堪,更不会去随意评价别人。

谢屹忱的家境也很好,父母感情融洽。他大伯还是T大的教授,从小就教他数学。而且他搞计算机也挺厉害的,很早就开始接触,好像还加入了axis实验室,那个市面上很火的VE智能小机器人就是他们研发的。

不过,他本人很谦虚,从来不在大家面前说这些事情。

宁岁点开了之前那个同学发的网址,输入暗号后很快加载出界面,一眼就看到里面有一条很显眼的热帖:高三学长真的好好!

帖子是今年寒假的时候发的，已经有一段时间，现在又被顶了起来，下面"盖了上千层楼"。

帖子第一层是楼主自述：救命！今天近距离接触谢屹忱学长真的很开心！是这样的，我是我们班的语文课代表，然后前天收好作业要交到楼上的老师办公室。习题册有点厚，还挺重的，我一个女生抱着就很费力，也不太看得到前面的路。结果楼上是高三嘛，学长正好走了下来，我走得太着急就不小心撞到了他，反正我就听到"砰"的一声响，习题册也落了满地。当时他手上还拿了个蛋糕，被撞了掉在地上不能吃了。我就很尴尬嘛，就想赶紧说对不起，结果他先说了声抱歉，不仅没生气，还蹲下来帮我捡习题册。

下面有一长串跟帖，大家都在尖叫。

楼主继续道：其实学长外表看上去高冷，我没想到他脾气那么好。

有人跟帖说：之前参加商业模拟挑战赛，我们团队出现技术问题请他帮过忙，他一直很耐心地去和主席团那边协商。

楼主：上次他还收了一个草莓蛋糕，也不知道是谁送的。

跟帖的人附和道：他居然还收了蛋糕？之前我给他送零食他都没收，实名羡慕那位同学……

这个帖子当时热度已经很高，后来大家没再讨论之后，就成为发照片的集合地。往下一翻，都能找到谢屹忱各角度模糊的抓拍照片。他很多时候是在教学楼或者球场上，所以张余戈和林舒宇也有入镜。

大概隔了半年，这个帖子又被顶了起来，原因是某个人拿了省状元，很多高华的人就来表白墙上翻帖子"考古"，甚至还有不少外校的人前来观摩盛况。

宁岁把这个帖子看完了，垂头发呆的时候，耳后拂来一阵温热沉缓的呼吸。

宁岁回头，只见谢屹忱屈肘撑在她的椅背后，目光意味深长地掠过她的手机屏幕，那儿正赫然放大着一张偷拍他打球的照片。

他笑得极其玩味："看什么呢？"

他们坐的位置是餐馆二楼，靠窗，可以直接看到湛蓝的海景。窗棂是雕花竹制的，含着热度的风就这么穿过窗户拂面而来。

阳光一闪而过，宁岁心想，其实谢屹忱的眼睛是很浓郁的黑色，可能只有光线好的时候才会呈现出琥珀色。他五官生得极好，从任何角度看都很有魅力。

他说话的尾音若有似无地拖长，有种饶有兴致的意思。

见她没反应，谢屹忱抬了抬下巴，意有所指地说："这照片怎么好像有点眼熟啊。"

宁岁眼珠动了动，这才面色镇定地"嗯"一声，伸出手指了下照片上他的旁边——被对方球员不小心踹了一脚、表情跟便秘似的张余戈。

她慢吞吞道："我在想，张余戈是不是很喜欢穿这件红色球衣。这几天我好像见他穿过好几次。"

谢屹忱的目光停在屏幕上面，宁岁似乎也不觉得这是个需要回答的问题，视线自顾自地转向从他身后跟过来的林舒宇："你们两个人来吃晚饭啊？"

林舒宇的反应很快，小鸡啄米般点头，宁岁又瞄了谢屹忱一眼，他正摘下脖子上挂着的覆耳式耳机，表情略显漫不经心。

这时许卓抬头注意到他俩，连忙招呼道："哎，你们到啦，过来坐。"

服务员从旁边的空桌拉了两把椅子过来，谢屹忱和林舒宇挨着方桌外侧坐下。

胡珂尔心想，难道这么巧就碰上了？刚往里挪了挪，就听到许卓解释道："刚才我跟他们提过在这吃晚饭，然后忱总说他俩也来，我就把餐厅地址给他说了。"

胡珂尔问："就你俩吗？"

"对啊。"林舒宇说，"鱼哥他们早上没起来，下午才吃午饭，就不想出来了。"

"哦。"多两个人也是多，胡珂尔逛了一天自然景观，有些麻木的心突然振奋起来，迅速把一旁挂着的菜单拿下来，递给谢屹忱，"我们也没点什么，你们看要不要加些菜？"

这儿的餐馆菜式差不多，几人一合计，就加了盘薄荷炸排骨，还有一道蚝油生菜。

眼看着这桌全是口味比较清淡的菜，林舒宇压着声音感叹道："要不怎么说找对象得找一个地方来的人呢，口味不一样都吃不到一起去。幸好咱都是槐安人。"

"这点真的特别重要。"胡珂尔认同道，"吃不到一起的人就更没有共同话题。"

正说着，汽锅鸡就端上来了，谢屹忱坐在最外面靠得近，自然而然让大家把碗堆在一起，他来挨个盛汤。

宁岁离他最近，谢屹忱盛好之后直接推过来，她低头一看，里面汤料很扎实，满满的菌菇和鸡肉，瓷碗也冒着热气，于是她轻舔唇道："谢谢。"

谢屹忱就"嗯"了声。

林舒宇又借机问大家最喜欢吃的食物是什么，找找共同话题，大家便畅所欲言地闲聊，谢屹忱给所有人盛完汤，无所事事地靠在椅背上。

宁岁看了他一眼问道："你不喝汤吗？"

"太烫了，等会儿再喝。"

宁岁点点头，想了下又说："刚才他们拉了个群，都是高中各个学校考上T大和P大的，你加了吗？"

"嗯，刚看到了。"

一个朋友下午给谢屹忱发了群邀请，那时他正在睡回笼觉，眯着眼看了下，后来又忘了，刚才点了通过，发现群里已经有一百五十个人了。

有人截图私发给谢屹忱刚才的聊天记录，关于表白墙的事情，谢屹忱扫了一眼，并未置评。

饭桌上，林舒宇还在夸谢屹忱："忱总真是这么多年我见过饮食审美最好的，自己会做饭，煎的牛排贼好吃，我们都说他不搞计算机去米其林当个主厨也不错。"

谢屹忱在这时挑眉："行了，你再吹就过了。"

胡珂尔好奇道："你平常怎么有空钻研这些啊？"

林舒宇替他回答："他小的时候爸妈忙，没时间在家呗。他嘴又挑，估计保姆阿姨做的也不合意，所以才自力更生。"

胡珂尔敬佩地竖了个大拇指，同样的情况，换她只会造就一个一天点三顿外卖的废物。

"不过想吃他一顿饭真是不容易。"林舒宇咂咂嘴，"也就是初中那会他自个儿住还吃得频繁些吧，后来住校我就再没尝过，上回还是我过生日才有这面子。"

宁岁一边听还一边不忘默默给自己夹面前的过桥米线，奈何太滑根本夹不起来，努力了几次后换了筷子，结果还是弄巧成拙。她不经意往旁边一看，正对上那双露着玩味眼神的眼睛，那表情好像在写着"能不能行，怎么笨手笨脚的"。

"这儿的米线，"宁岁的声音莫名变小，想出个解释，"好像有点脚滑？"

谢屹忱似笑非笑地睨着她，宁岁有些发蒙，还没来得及说什么，他直接拿过她的碗，用公筷帮她夹米线。
　　宁岁看见他有条不紊地夹起米线，三两下卷成圈，还顺便舀了几勺汤。
　　胡珂尔和林舒宇有一搭没一搭地闲聊，宁岁屈肘撑着桌面，倾身靠近谢屹忱："你初中的时候一个人住吗？"
　　他侧头看了她一眼："嗯。我租的房子，为了离学校近一点。"
　　父母很忙是有多忙呢，平常也不回家吗？宁岁没再问下去。
　　刚才聊到各自最喜欢的食物，林舒宇问："哎，对了，宁岁，你最喜欢吃什么啊？"
　　"芝士。"
　　"芝士好啊，多吃点'长知识'。"
　　空气一瞬间寂静了，林舒宇干咳一声，可恶，忘了张余戈不在，没人接他的谐音烂梗。
　　"阿忱也喜欢吃芝士，我们有时候晚上会偷溜出校买比萨吃。"
　　"我知道他喜欢。"宁岁想到那天的芝心卷了，眨了眨眼睛，"你们高华小卖部不卖夜宵吗？我们都有饺子和炒面什么的，晚自习之后大家跑去疯抢。"
　　谢屹忱顿了一下，又看了她一眼，才低沉散漫地开口："卖，但是种类少，也不怎么好吃。"
　　林舒宇回想起来就一言难尽："就是啊，那煎饼硬得跟秤砣一样，还抹辣椒油；牛肉柴得像宰之前被家暴过似的，铁胃才能吃……我们都把那个叫泻药小套餐。"
　　聊会天的工夫，后续的几个菜也端了上来。
　　宁岁发现，谢屹忱入群之后，头像立马被认出来，熟人开始打趣问他：哥，T大奖学金是不是真有好几万啊，到时候不得请大家吃个饭？
　　谢屹忱浑不吝地说：没问题，你能找到百来人的场子我就请。
　　气氛登时转向另一个热烈的顶点，大家开始讨论他们下一站的目的地——帝都，这个同样繁华，却比槐安更加新鲜未知的城市。
　　群里叽叽喳喳的，你一言我一语，字里行间都是热切和展望。
　　宁岁相信这些同学和她一样，对于这趟即将到来的大学之旅也抱着好奇、期盼又有点紧张的心情。
　　林舒宇感慨说："以前时间过得多慢啊，扯着日历数都感觉度秒如年，结果一高考完就觉得怎么马上上大学了,以前没像这样长时间地离开过家呢。"

这话他前几天矫情的时候也在张余戈的面前说过,但对方的嘴太快,反而回他一句:"别担心,以后的时间会越过越快,再有两年你就能奔三了。"

而此时张余戈这个捣乱者不在,大家倒是都很认同这点,忙碌的高中生活好像还在眼前,却即将步入人生的下一个新阶段。

这种身份上的转变一下子还有些令人适应不过来,他们就希望这个作为分隔符的暑假能够过得慢些、再慢些。他们不必去想太多未来,也无须感怀过去,仅仅像是坐上夏夜中某一班畅游列车,去感受精彩纷呈、热烈熙攘的人生。

气氛一下子有些低落深沉,林舒宇靠着椅背垂首。

这时候隔壁的小孩也应景地哭起来:"妈妈,我的银色弹球呢?我的小球呢?"

他妈妈也不管,自顾自地打电话,做手势让他别吵。

林舒宇觉得那小孩有点可怜,于心不忍地转过头来,哄道:"别着急,哥哥帮你找找。"

在地上找了一圈都没看到,他也是纳了闷了。几人在自己的桌布下也看了,都没看到什么弹球。

那小孩双眼噙着泪,委屈巴巴地跟林舒宇说:"哥哥别找了,找不到就算了。"

林舒宇的心里一紧,还没说话,小孩就把小拇指塞进鼻孔里,哇的一声哭出来:"我只能再造一个了!"

"气死了!小屁孩真的毁了我好多温柔!"

回民宿的路上,几个人还在放声狂笑。

小雨刚停,空气中弥漫着潮湿的气息,颇为清新。林舒宇骂骂咧咧地走了一路。双廊南口的街巷复杂,此刻夜色落幕,酒吧一条街也开张了,各家驻唱歌手登台,熟悉的流行歌曲的旋律隐隐约约地萦绕耳畔。

"要不进去坐一会儿?我听说这儿能点歌呢。"胡珂尔双眼放光,她喜欢那种现场听livehouse(小型现场演出)的感觉,喝着小酒大家聊聊天、嗑嗑瓜子就挺不错的。

几人都没异议:"行啊,往前走走看。"

各家酒吧的风格都不一样,有悲伤情歌,还有硬派摇滚,这街也长,大家不着急做决定。

正往前走着,林舒宇看了宁岁一眼。

"你别动,你头发上……"他抬了下手,其实并没有真的想碰到她,只是下意识的举动,但是宁岁条件反射地往旁边错开一步。

气氛顿时有些尴尬,另一旁谢屹忱也看过来。

宁岁反应很快,摸了摸鬓边,顺了顺头发,眨眼问道:"怎么了?是有什么东西吗?"

林舒宇放下手:"啊,就是刚才落了片叶子,现在已经掉了。"

宁岁笑了笑说:"谢谢提醒。"

差不多也快到街的另一端了,胡珂尔看中一家慢板抒情风格的小店。店内食品很高端,主打红酒和鲜花果茶。

他们正要进去的时候迎面碰上了熟人。

"欸,谢屹忱!"

邹笑和赵颖瑶举着奶茶从不远处小跑过来,街上很热闹,林舒宇小小"啧"了声,在谢屹忱的耳边幽幽叹息道:"绝了,这也能撞到一起。"

谢屹忱还是露出无所谓的表情,黑色夹克微微敞开,脖子上挂着那副耳机。

赵颖瑶挽着邹笑靠近,看了宁岁他们一眼,笑着说:"你们要进酒吧吗?不如我们一起?"

店内的男歌手大概三十岁出头,戴一顶扁平无沿软呢帽,一身艺术家派头,此时正在唱一曲已有年头的粤语歌。

烟嗓低沉,情歌悠悠。

屋内的气氛和外面人潮的哄闹有天壤之别,像一个遗世独立的桃花源,让人一下子就沉浸其中。

店员领着他们来到角落的一张长桌旁,呈上用细绳装订的羊皮书菜单。每一页的纸张都很有质感,饮品的后面都会附上水彩画的例图,颇有童趣。

胡珂尔点了杯长岛冰茶,赵颖瑶拉着邹笑点了年份红酒,一人一小杯,宁岁则点了杯热的红枣桂圆茶。男生们也各点了饮品,还加了一盘水果。

台上的歌手舒缓歌唱,林舒宇压着声音说:"不如叫张余戈和孙昊也过来,在民宿里待着多没意思。"

"不用了吧。他们来了这儿也坐不下呀。"

邹笑很直接，视线一直黏在谢屹忱身上，占座时她没能和他坐在一起，只能暗瞪了一眼身边的林舒宇。

倒是赵颖瑶察言观色，很快顺着接话："哦，我俩出门的时候，他们还在客厅打游戏呢，估计一时半会儿也结束不了。"

林舒宇憋了口气，到底还是没再出声。

其实这感觉有点微妙，大家刚才在饭桌上还觉得聊得挺开心的，现在却突然好像没什么话说了一样，很多话题都没心思再提。

于是大家就安静地听音乐，这个歌手的确唱得不错，有种将故事娓娓道来的感觉。宁岁低着头看手机，屏幕散发的亮光照着脸颊。

一首歌的间隙，歌手下台去喝水休息。

谢屹忱刚才没点酒，只要了杯气泡水，此刻垂着眼咬着吸管，整个人懒懒地靠在软椅里。

他和宁岁坐在一个沙发座里，不自觉就靠得很近，一时之间有点分辨不清空气里清淡的玫瑰气味到底是桌子上的熏香还是旁边的人身上的味道。

他把玻璃杯放下，正想说什么的时候，林舒宇凑过来大惊小怪地问："阿忱，你这饮料为什么是红色的，草莓味啊？"

因为是红茶气泡水，而且是他看着图片随便指的一款。

谢屹忱懒得理林舒宇，转头又对上宁岁若有所思的表情，刚挑起眉，就看到她恍然地点点头说："怪不得你喜欢收草莓味的蛋糕。"

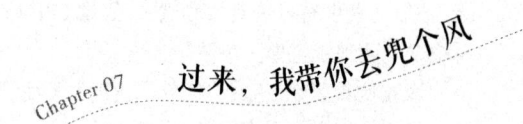

Chapter 07　过来,我带你去兜个风

"什么蛋糕?"谢屹忱一开始真没反应过来她在说什么,仔细回想了一下才想起是之前那个帖子。

他垂眸看着宁岁。那双深邃的眼睛在本就昏暗的光线下更显得沉,不知是无语还是无奈,反正有点情绪难辨。

"那天我们英语老师过生日,蛋糕是全班凑了钱给她买的。我正好要去办公室送给她,结果蛋糕被人撞地上了,然后我只好自己溜出校去旁边的商场专柜买了一个贵好几倍的蛋糕,幸好最后赶上了。"顿了一下,他嚣张地敲了一下杯口,登时发出"叮"的一声响,"还有,这是红茶气泡水。"

宁岁的心跳随着这声响没来由加快了几拍。

沙发座位是欧式风格的软椅,他一直收着大腿,避免唐突地挨到她。

宁岁低头观察到这个细节,又想到刚才在外面时头上的那片落叶,反应慢了半拍:"这样吗?"

"不然呢?"他扯着唇,要笑不笑地问。

宁岁拖长尾音"哦"了声。

这时候驻唱歌手带着一把尤克里里又回到台上,声音和光线都是夜色最好的修饰,宁岁偏头,看歌手拨弦调音:"那你晚上喝茶也不怕睡不着觉。"

谢屹忱还没说话,不经意扫到她的手机。屏幕亮了,弹出一条好长的消息,也不知道是什么内容。

他的目光一顿,听到一旁有人叫他的名字。

隔了一个人的位置,邹笑热络地向后倾身,跨过林舒宇,试图跟他聊天:"最近我也有打《英雄联盟》,好像LPL(《英雄联盟》职业联赛)夏季总决赛就要到了,你……"

谢屹忱看了她一眼:"抱歉,我没太关注。"

邹笑的声音卡在喉咙里。

林舒宇坐在中间,像一块夹心小饼干,只能憋着笑。

谢屹忱怎么可能不关注?他今天下午出门之前还看了一场比赛,也就这人能面不改色地说这种瞎话。

但说实话,他觉得谢屹忱挺擅长拒绝别人的,不会驳人面子,也很会对付死缠烂打的追求者。

那些喜欢他的女生的情书和礼物交不到谢屹忱手上,她们就费尽心思去找林舒宇和张余戈。

他俩心也大,没觉得不舒服,反而乐享其成。

人家姑娘宁愿把礼物送给他俩,也要找个由头去理科实验班看谢屹忱一眼。

张余戈和林舒宇各有魅力,不过都不属于什么绝世帅哥,但让林舒宇觉得很神奇的一点是,在阿忱这样的人身边,自己并没有感觉到自卑。他们仍是独立不同的个体,林舒宇也依旧能够发现自己的闪光点,甚至是通过谢屹忱来发现。

他想起一句很矫情的话:好的朋友是会陪你把人生路越走越宽的。

林舒宇觉得,能够和谢屹忱做这么多年朋友,真的很幸运。

几人并没在店里面待很久。

临走的时候,许卓结了账,赵颖瑶说:"那你发个群收款,我们AA吧。"

许卓无所谓地说:"不用了,没多少钱。"

账单还是有大几百的,赵颖瑶不经意瞥到小票,多看了他一眼,随后巧笑嫣然:"那就多谢卓总请客啦。"

"客气。"

一行人回到民宿所在的那条主街,胡珂尔拉着宁岁先走一步,说是要继续逛逛。

一脱离大部队,胡珂尔就凑在宁岁耳边,一边撇嘴一边小声抱怨:"那个赵颖瑶怎么那么烦啊。我不喜欢她。"

赵颖瑶明明知道许卓有女朋友还来找存在感,虽然也没说什么过分的话，但胡珂尔就是不爽："我跟你讲，我用我的 24K 钛合金眼跟你担保，她最后绝对在对我男朋友放电。"

宁岁任她晃着自己的手臂，还是一副好脾气的样子，指出重点："许卓不是也没有搭理她吗？"

"但他也没有和她保持距离。"

转角有家小众书店，店主应该是个浪漫的人，里面都是些英文藏书或者二手的中文旧诗集。两人逛了一下，胡珂尔发现角落里藏着一本《一半以上的时间都让男朋友听你的》。

于是宁岁眼睁睁看着她买了两本。

要不说女人的眼睛还是毒，回想所有的细节，胡珂尔气鼓鼓地掰着指头一个一个数。

"昨天晚饭两人就坐一起了，姓赵的跟他聊天他也接话，还有来有回的，后来她还夸他大方，再后来玩真心话大冒险的时候，又问他女朋友的事。我呸，她是什么居心我就不说了吧，后来又假惺惺来找我聊天，结果还是在跟他聊，然后就是刚才……欸，他们几个认识的女生质量真的不行啊，一个两个的都是这样，那个邹笑也是，怎么一直往谢屹忱身边凑？哦，对了，昨晚玩牌的时候，邹笑是不是还针对你了啊？"

宁岁眼睑半垂："针对我什么了？"

"你说酒精过敏，她还一直要你喝。"胡珂尔的眼珠溜溜地转，她觉得自己忽略了什么，一时半会儿又想不明白，"反正我感觉有点敌意。"

胡珂尔去看宁岁的表情，发现她正专心致志地踢脚下的小石子，晃了她一下："欸，你听没听我说话啊？"

宁岁这才抬起头说："我是觉得，你要是真介意，就跟许卓说一声，让他注意一点。"顿了一下，她诚恳地补充一句，"不过我觉得，他可能是真的没有感觉出来。"

其实胡珂尔也觉得大概率是这样。一开始遇到许卓，她觉得他还挺会撩，相处久了却逐渐觉得，其实更多的是因为光环，或者说因为家境好，他做事比别人更有底气一点，所以才会显得那么吸引人。

胡珂尔想来想去，心想，她肯定是不想给后人栽树的。

进入民宿后院的时候，宁岁感觉到自己的手机在不断振动。走廊里静悄悄的，宁岁停下来，示意胡珂尔："你先回去，我在外面打个电话。"

"哦，好。"

屏幕上已经显示了二十几个夏芳卉的未接来电,手机不知什么时候被她调成振动模式了,她刚才没听到。

宁岁赶紧接起电话,把手机贴在耳边:"喂,妈。"

"你在哪里啊?为什么又不接电话?"

"刚才在古镇上,音乐有点吵——"

还没说完,夏芳卉猛地打断她:"你明明知道我会随时找你的,为什么还这样不上心?"她语调升高,"我跟你说过多少次,不要静音不要静音。电话打不通,我根本不知道你人在哪里,下次要再这样的话,我不会再让你和同学出去了!"

宁岁沉默了一会儿,垂下眸说:"对不起,妈妈。"

电话那头的人忽然沉默下来。

夏蝉嗡鸣,闷热的空气钻进肺腑。宁岁站在暗影里,指尖是凉的,也同样安静。

很久之后,手机那头的人沉沉地叹了口气:"小椰,对不起。"

宁岁眨了眨眼睛,心里放松了一点:"妈?"

夏芳卉在电话那头慢慢道:"是妈妈情绪激动了。"

她的嗓音压得很低,似乎有点疲惫,宁岁没有出声。

夏芳卉平复了半晌,语气略微平静后,才继续说:"这几天我总想着你外婆的事情,所以就有点着急。没事儿。"

宁岁怔了怔,问道:"外婆怎么了?"

提到这个,夏芳卉忍不住又叹气:"她偶尔会喘不过气来,这几天血氧严重不足,一直在用吸氧机。今天我带她去了趟医院,医生说各项指标都有问题,还是得住院。"

之前医生就说过,但是老人家性子倔,死活不肯去医院,觉得没这个必要。

"你外婆太不让人省心了,自己以前当过护士,就不想听医嘱。但医者不自医啊,她就是太有自己的想法了。"夏芳卉喋喋不休地控诉着,宁岁靠着墙壁,手指因热空气慢慢回温。

"我现在能跟她通电话吗?"

"她应该已经睡了。明天打吧。"

"那……我能做些什么吗?"

夏芳卉说:"都是走的正常流程,等明天床位空出来,我和你爸就收拾收拾东西,送她过去办手续。"她尽量让自己的语气轻松点,"没事儿,你不要太担心了,回来以后再来看她就好了。"

宁岁低眸,抿了抿唇说:"好。"

夏芳卉的声音放轻,叫她小名:"小椰,早点休息。"

宁岁安静了一会儿,轻声说:"嗯,你和爸爸也早点休息。"

不知道是不是宁岁一语成谶,谢屹忱喝了那杯饮料之后,真的有些失眠。

身边的张余戈的鼾声如雷,他躺在床上翻来覆去睡不着,便放轻动作爬起来,想去阳台吹吹风。

外头树影幢幢,谢屹忱倚着栏杆待了一会儿,突然看见一个熟悉的人站在底下院子里。

那个斐波那契数列的向日葵图案从俯瞰的角度看极为清晰。宁岁披着薄外套站在外面,一步一步地从图案的中心出发,颇为认真地走到外沿,再周而复始,小心地重新来过一遍。

谢屹忱看了一会儿,再无语地看眼手机。

凌晨两点整,她可真行。

宁岁思考的时候就喜欢重复做一件无意义的事情,今天晚上脑子里有杂念,一直在想事情,但是好像没想通,就来这里走一走。

她正走得起劲呢,身后"啪嗒"一声,接着传来一个戏谑低沉的声音:"大半夜的,你不睡觉,在这儿冲刺奥运竞走项目?"

虽然隔着一段距离,但宁岁还是被吓了一跳,回过身来,看到谢屹忱抱着臂站在几米开外,身上松松垮垮地套着白天的短袖和长裤,似笑非笑地睇着她。

宁岁面色恢复正常,看了看他,慢吞吞地道:"这不还有几天才开幕吗,万一我被选上了呢?"

谢屹忱嗤笑了一声,随即拿着手机慢条斯理地走了过来。宁岁蜷缩着指尖,安静地眺望夜色下安静起伏的海。

潮涨潮落的声音沉缓动听,谢屹忱停在她身边,懒懒地插着兜,也循着她的视线看去。

宁岁听到他不经意地问:"刚被吓到了?"

"啊,没有。"她顿了下,"你也失眠吗?"

"嗯,有点睡不着。"

宁岁迟疑地瞟了眼一旁的长椅:"那要不坐一下?"

谢屹忱瞥她一眼:"行啊。"

已经过了最酷热的暑期,夜晚多了一丝凉意。远处传来蝉鸣,两人一左一右地靠坐在椅背上,隔着一段颇具艺术风格的玻璃围栏看海。

夜风拂来,周围沉淀出一种让人心安的静谧。

宁岁望着某一处发呆,谢屹忱在椅背上靠了一会儿,缓声开口问:"有心事?"

他没看她,膝盖微微分开,从裤兜里摸出一根备用鞋带,拿在手里漫不经心地把玩。

宁岁缓缓地眨了下眼,点头:"嗯。"

她低垂下眸,斟酌了片刻,才启唇说:"是我一个朋友的事儿。她高考发挥失常,答题卡填涂出了问题,分数很不理想,父母也生气,一直怪她,她状态就不太好。"

其实也不能算是特别熟的朋友,但她们关系确实不错。

那个女孩有些腼腆,性格却非常好。有段时间,宁岁每天中午放学都会和她一起走。她们一起去校门口的书摊看漫画,一起去便利店买牛肉面和咖喱鱼蛋吃。

宁岁在酒吧的时候收到了她的短信。

岁岁,跟你说一个消息,我可能要换个省复读啦。

我爸妈说我们四中的要求还是不够严格,不像衡中是军事化管理,浪费了碎片化的时间。人家在食堂排队的时候都在背单词,而我只知道和朋友嘻嘻哈哈。

其实我一直都羡慕你,羡慕你有天赋,学习成绩一直都这么好。我一直坚信,数学竞赛只是你短暂的失利,你最后还是会成功的。最后,果然如此。我很开心你能发挥得这么好,掌声和喝彩本就是你应得的东西。

可惜我就没那么幸运啦,状态不好,考前就一直失眠,心跳失频,整天提心吊胆的。进考场的时候我就知道我会考砸,果然,我理综连错了三道物理题。十八分啊,如果当时我能细心点该多好。

说了这么多,我其实挺不舍的,一直很珍惜和你之间的友谊,也很崇拜你。毕业典礼那天你在台上发言,我在下面边听边想,我们果然是不一样的。

我永远也不可能做到像你这样,我也知道,以后我们要经历的就是截然不同的人生,不再是一路人了。

所以我想,我们不要再联系了。

愿你一切安好,万事顺遂。也祝我一切顺利吧。

宁岁一直以来是个有点迟钝的人,在毕业典礼的时候,师长叮咛,朋友道别,她没觉得感伤,但是坐在酒吧里看这条短信的时候,确实有一点难过。

此时,她才后知后觉地发现,他们是真的要毕业了。

他们即将离开槐安,各奔自己的前程。

六年、三年、四年,人生被分割成不同的阶段,到了时间,每个人就要开启新的章节。

这些分别是起点也是终点,那些只沉浸于作业、书本,单纯到和好友去小卖部买根雪糕都开心的日子,也是真的一去不复返了。

"其实我挺替她惋惜的,她如果没有失误,是可以考上一所很好的学校的。"宁岁抬起眼,胸腔酸涩,轻轻地叹口气,"我感觉看到她就像看到了以前的我自己,有些感同身受,唯一不同的可能是我更加幸运。"

谢屹忱一直在听她讲,听她说完才沉静地开口:"听说过塞翁失马的故事吧。"

宁岁愣了一下,侧头看他:"你是想说运气守恒,否极泰来?"

"嗯。"谢屹忱举了个例子,"我之前有个远房亲戚,算是表哥吧,也是高考没考好,离正常发挥差了几十分,他爸妈就很发愁,不过他倒是很乐观。他读的那所学校没什么名气,平常课程也很松,但他并没有放弃,反而借业余时间去网上看视频学习一些知识和技能。也是因为这样,他才慢慢观察到,大家都喜欢看那种短视频,就和同学一起创业,做了个类似的手机应用,谁知道这两年短视频一下就流行了。"

谢屹忱说:"现在他们公司一年的流水应该能有个几千万了。"

宁岁看向他:"那,你觉得他能成功,更多的是因为幸运,发现了这样的商机,还是因为心态呢?"

"我想两者都有。但是不可否认的是,他从来都没有放弃。"他的声音低沉,"有一位我很喜欢的老师曾经说过,珍惜你的低谷,你会看到很多真相,时间能渡的都是愿意自渡的人。"

宁岁蓦然被这句话击中,眼睛一眨不眨地看着他。

谢屹忱抬起头,隔着一片清透的玻璃眺望大海,也勾唇笑了笑:"人生的路还长着呢,每个人都有无限可能,不走到最后哪能知道输赢。其实你可以告诉你那位朋友,不必过早地给自己下定论。"说着,那双漆黑的双眸望了过来,"还有,你会觉得自己幸运,可能只是因为你比别人更加坚持而已。"

海浪声悠然淌过耳边,宁岁觉得自己心里仿佛也有艘小船,在银河里荡来荡去。

其实就是这样。

她没想通的事情,答案也许并不复杂。

不知道怎么描述这种豁然开朗的感觉,宁岁觉得,如果此时能再来点儿酒就更好了。

她打量了谢屹忱片刻,认真建议道:"我有个想法。"

他漫不经心地说:"怎么?"

"要不我们以后合伙开个'鸡汤班'吧,你负责当主讲,再把每节课总结下来编写成教材。"宁岁试探地瞄了他一眼,煞有介事道,"我有预感,以你的水平,'鸡汤班'很快就能做成全国连锁,教材月销十万册以上。"

谢屹忱眉梢微挑:"那你做什么?"

"做……"宁岁的语气很诚恳,"享其成?"

谢屹忱:"……"

阴沉的天空中潜藏的云朵散开,一弯月牙露了出来,尽洒银辉。

两人又这么坐了一会儿,很有默契,谁也没有说话。

"谢屹忱。"宁岁忽然叫他。

谢屹忱侧头:"嗯?"

"其实我挺羡慕你的。"

他凝视着她,问:"羡慕我什么?"

"不知道,感觉你很有自己的想法,做什么都无拘无束。"她或许是羡慕他,没有什么真正牵绊忱心的事情,可以不受到任何束缚。

压在心头的石头拿掉了一半,还剩下一半。

外婆的身体不如以往,看着都受罪,插管加上透析,不知有多难受,但是生了病就是这样,很多事情都只能听天由命。

宁岁小时候和外婆不太亲,因为住的距离比较远,经常一两个月才见一次。再加上夏芳卉是个很独立的女性,和宁德彦组建家庭之后没要过家里一分钱,有了自己的家后和娘家走动也不太频繁。

宁岁长大后,才慢慢感觉出来,其实妈妈和外婆之间有龃龉。

宁岁旁敲侧击地问过,夏芳卉没说,后来有一次酒醉才透露,说外婆为了几块钱斤斤计较,不让她买零食,在她发育的年纪也不给她吃肉,连吃的菜都是冰箱里囤好几天的,都快烂掉了。只有逢年过节,她才可能勉强吃上一顿猪油炒白饭。

还有,夏芳卉穿的衣服也都是旧的,反复缝缝补补,裤子上全是各种颜色的布丁。每次同学们一起在操场做早操的时候,她站在打扮得漂漂亮亮的女孩中间,都觉得很不好意思。

当年夏芳卉考上了本地最好的大学,因为学费贵,外婆不同意供她,让她早点出来打工,外公又是个妻管严,不敢有异议。所以夏芳卉一直是大专学历,后来抽空考了成人高考,才拿到本科学历。

夏家以前是穷,但也没穷到这个程度,夏芳卉一度觉得,外婆就是不舍得给她花钱,所以她才在物质上拼命对宁岁好,想把自己以前缺失的都补偿回来。

两人维持着这种不温不火的相处方式,直到宁越出生,两人才有所缓和。

那时过的是苦日子,老一辈的思想可能都是那样,朴素、节俭,温饱还没解决的时候,想不了别的。母女俩都是倔强的人,别别扭扭地给对方递了台阶,这才顺势而下。

后来宁岁在周末就时不时往外公外婆家跑了。外婆对她这个亲外孙女格外大方,过年给她的红包也很厚,慈祥宽容,也很支持她的各种决定。

夏芳卉不让宁岁做的事情,比如说喝汽水、吃方便面,有时候外婆会悄悄让她放纵一下。

外婆还有一双巧手,会织毛线,还爱看谍战片和悬疑片。暑假的时候,一老一小就会猫在沙发上看一天电视剧。外婆还教她织围巾,勾各色花样图案。

时间过得太快,好像只是一晃眼,老人家的头发就全白了。

她想,如果有可能的话,人能不能一辈子不老呢?那样大家就可以互相陪伴很多很多年了。

"宁岁。"谢屹忱的声音从一旁传来,宁岁偏头,看见月光映着他的眉眼,睫羽覆下一层淡淡的阴影,"你羡慕我自由,其实我也很羡慕你。"

她愣了一下:"羡慕我什么?"

谢屹忱低下头笑了笑说:"大概是有人管吧。"

宁岁对他的家庭其实不是特别了解,只能从各种传言里、从新闻里、从同学的口中听来,拼凑成一个大致的模样。她想他的父母应该很忙,没空管他,所以他初中的时候才不住在家里,还学会了自己做饭。

"从我记事开始,父母就一直为了公司在四处奔走。他们总是跑各地出差,偶尔回来一下,把我交给我大伯大妈照顾。"谢屹忱坐在长椅上,坐姿懒散地靠着,手里就一直拽着那根鞋带,有一下没一下地绕着,"其实当时我觉得挺酷的,别人的爸妈都是二十四小时严格看管,只有我爸妈不管我,一走就是好多天,回来还会给我带礼物。"

后来他才发现这种情况很不好玩。

父母总是来去匆匆,一家三口基本上就没有坐下来好好吃顿饭的时候。谢屹忱从来不怕黑,因为小的时候晚上没人陪他睡,他必须克服这样的毛病。

小学的时候他常常去大伯家玩,蹭吃蹭喝蹭睡,大伯大妈待他很亲,也是他小时候数学和英语的启蒙老师。

他调皮,但是很聪明,贪玩也有个度,不像堂哥那么明目张胆,出去跟人打架,总受了一身伤回来,最后被大妈脱了裤子按在沙发上揍。

但是哪怕再亲,谢屹忱依旧觉得自己给大伯一家添了麻烦。所以一到初中,他就自己在外面租了个房子住。

初二那年,家里的公司发展进入新阶段,谢屹忱以为父母能够短暂地歇口气。听说他们从机场回来,他下厨做了好几道菜,在家里满心欢喜地等着,想着能让爸妈也吃上自己做的饭。

结果他一直等到菜凉透了,客厅的玄关处都是黑的。

没有人回来。他们临时更改计划,去了别的城市。

谢镇麟和邱若蕴根本就不记得那天是他的生日。

如果非要用一个词形容这过去的十八年,谢屹忱觉得那应该是"野蛮生长"。无论是主动还是被动,他最终长成了这副有棱有角、恣意不羁的模样。

"所以我说羡慕你有人管。我要想找个管我的人,还真是有点难。"

谢屹忱笑得漫不经心,宁岁看着他,欲言又止。

谢屹忱抬眉道:"有什么想问的?"

他还是那么会察言观色,宁岁盯着他英挺的眉眼,感觉心里某个角落蓦地被触碰一下,很柔软:"我听说你小时候经常跟着父母接受采访,你不喜欢照相,是因为那时候总对着镜头吗?"

谢屹忱手上绕鞋带的动作顿了一下。

"有一部分原因吧。"他垂着眸,不急不缓地说,"没办法,那些记者觉得我长得好看啊,总是要我笑,次数多了就很烦。"

宁岁深吸一口气,默默咽下了后面的话。

玻璃围栏前的花草在夜风中轻轻摇曳,海浪声温柔起伏,夏夜静谧。

谢屹忱想,剩下的以后再说吧,说多了怕吓着她。

这会儿比刚才还清醒,宁岁问:"谢屹忱,你知道哪里有酒吗?"

"就在大厅的冰柜里,随便拿。"谢屹忱瞥她一眼,似笑非笑,"怎么?听完故事,现在想喝酒?"

宁岁轻声说:"是吧。"

谢屹忱挑眉:"是就是,什么叫是吧。"

宁岁对酒还是谨慎试探的态度,但她觉得谢屹忱之前说得对,这东西不好喝,主要喝的是心情:"那,你能带我去一下吗?"

宁岁微抿着唇,一双清澈的桃花眼闪着心虚的光。

谢屹忱看着她兀自镇定的模样,暗忖她这胆子可真够小的。也不知道她父母管得是有多严,难不成大老远也能闻着她身上的酒味?

他笑了下,插着兜站起来,声音懒懒的:"走吧。"

院子是露天的,穿过走廊就进入大厅,果然靠近门口的地方有两个冰柜。谢屹忱拉开门,倚在旁边看着她选。

宁岁对这些牌子一窍不通,也不知道有什么区别——反正对她来说是没什么区别的,于是就近拿了两瓶包装最好看的蓝色的啤酒。

到处找不到开瓶器,可能被哪个客人带进房间了,现在深更半夜的,他们也不能问老板娘去要。

宁岁拿着啤酒,很自觉地向谢屹忱求助:"这该怎么办?"

谢屹忱在大厅中央的长木桌旁坐下来,朝她一伸手:"给我。"

他找准桌子比较锋利的边沿,拿着瓶子轻轻一磕,瓶盖"嘭"的一声弹开,里面气泡上涌,他的整个动作干净利落。

宁岁在旁边叹为观止:"好厉害。"

谢屹忱的动作顿了一下,他不太理解地抬眉:"开个酒瓶有什么厉害的?"

说不上来,宁岁觉得谢屹忱做什么事都带着一种从容自若的帅气。

宁岁在谢屹忱身边随便抓拉了个木墩子坐下，想接过那瓶啤酒，他却想到什么，握着往回一收。

两人的指尖在空中擦过，瓶底凝结的水汽在桌面拖出一条痕迹。

谢屹忱意味深长地看着她，嗓音低沉："这是冰的，你能喝吗？"

宁岁一愣，这才想起来，自己还在生理期第二天。

她眨了眨眼，盯着那还冒着气泡的啤酒瓶口，目光也跟着轻微闪烁。

如水的月光下，谢屹忱观察着宁岁的表情，她耳朵似乎红了，白皙小巧的耳朵泛着一层柔软细腻的浅粉色。他只扫了一眼就很快收回视线，紧接着抬手摸了下鼻梁，而后转头向走廊外看。

这时，宁岁抬头，轻声道："那个……"

"干什么？"谢屹忱仍维持原来的姿势，一只手握在冰冷的蓝瓶上。

宁岁盯着他看，不说话。

他怎么记性这么好？连这种事情都记得。

桌子上残留着酒瓶外壁落下来的水珠，宁岁摸了一下，一片冰凉。与之相对的是耳尖的热意，很强烈。

她悄悄想，这夏天怎么这么热啊？

宁岁不自觉地咽了下口水，随后伸出一根细白的食指，虚心地道："我想舔一口，有点不记得味道了。"

得，她还是想喝。

谢屹忱没立即答话，先是在桌子上摸索到那个瓶盖，才说："万一不舒服怎么办？"

他挺会抓重点的，宁岁不说话了。她眼睁睁看着他把瓶盖摁回瓶口，在桌沿边随便磕了几下，重新装上了。

"还能这样？"

"嗯。"

宁岁看着他，说："这酒开过了，你打算放回去？"

已开瓶的酒放回去不合适，而且开过盖气泡全跑光了。

谢屹忱轻巧地掂了掂瓶身："带回房间明天喝。"

宁岁慢吞吞地"哦"了一声。

谢屹忱这才发现她此时两手空空："你没带手机？"

"嗯，我妈看到我的微信步数会知道我熬夜了。"宁岁没忍住叹口气，"没想到还能这样吧？"

夏芳卉的心思真的很缜密。

宁岁小时候趁着爸妈出门办事就在家看电视，后来他们回来的时候，她谎称自己一直在学习，夏芳卉就摸一把电视机后盖，还是烫的，于是把她教训了一顿。

后来她学着在电视机后盖上垫一条凉毛巾，以为这下万事周全了，结果夏芳卉说电视机上的静电灰尘比原来少了，又把她教训一顿。

反正宁岁一次都没有骗到过夏芳卉，随着宁岁长大，她好像也一直在进化。两个人都练就一身特工的本事，只不过宁岁总是棋差一着。

这微信步数也是夏芳卉盯着宁岁开的，她不能关闭这个功能，关了就是有鬼，夏芳卉一定会盘问。

但是如果她开着，且没在十二点前睡觉，第二天夏芳卉早上起来看，微信步数就不是零了。所以她干脆就把手机锁在房间里。

现在的情况就是，手机她玩不了，难得想喝一次酒也喝不了，还清醒得睡不着。

可能她的确不太适合当个叛逆的小孩，骨子里就没这种基因。

宁岁这么想着，心里又好笑又郁闷，不自觉又轻叹了口气。

"愁什么呢？"谢屹忱屈肘随意撑着桌沿，黑眸耐人寻味地睨着她。

宁岁耷拉着头，看着那蓝色的酒瓶，幽怨地说："我就是觉得，想喝口酒都找不准时机，我挺没出息的。"

谢屹忱蓦地挑了下眉，似笑非笑地一针见血："你到底是想喝酒，还是想反抗你妈？"

他连这话都说出来了。

宁岁承认他一语中的，但是自己能怎么办，每次想违背夏芳卉的命令时，就想起她的那些好，觉得她这么多年很不容易。毕竟谁又是自愿成为女强人的呢，还不是为了对抗生活的风吹雨打。

"我知道，她是不想让我走弯路。但是我觉得，有些东西是人生必须经历的部分，我想去尝试，但又总觉得这样在和她反着来。"

谢屹忱这时正扯着那条备用鞋带打结，闻言抬头瞥了她一眼："你别给自己上升到那么高的调性，什么违背不违背的，都谈不上。她管你的出发点是为了你好，只要你能在这个过程中保护好自己，最后结果也是好的，不就没问题了吗？而且，人不可能一辈子不犯错，总要撞一撞南墙。你与其等以后走更大的弯路，不如趁现在年轻多试试错，把额度都用完，以后就能一帆风顺了，是不是？"

这话乍一听很有道理，短短几句就让人恍然大悟，但仔细一想，又觉得好像有哪里不对……

"你这思路……"

"嗯？"

她小声说："会不会有点流氓？"

大厅里没开灯，就冰柜上面亮着一盏黄色的小灯泡。两个人在昏昧中情绪不明地对视片刻，少顷，谢屹忱揣着啤酒慢悠悠地站了起来。

宁岁很快仰起头问："你要回去了？"

谢屹忱的神情有些微妙。

宁岁眨了眨眼："你要是困了，就赶紧去睡吧。"

"那你呢？"

宁岁盯着桌面上的木质花纹："我再坐一会儿，吹吹风。"

谢屹忱敛着眸，打量她须臾，低头笑了下："不是。我就回屋拿个东西，你在这里等我？"

宁岁愣了一下，随即回道："哦。"

宁岁不知道他要拿什么，但心里莫名安定了点。她坐在原位没动，想着可能是扑克牌、剧本杀之类的东西，也不知道两个人能玩出什么花样。

大概坐了几分钟，身后响起低沉轰鸣的引擎声。

宁岁惊诧回头，看到谢屹忱拎着头盔骑在摩托车上，长腿蹬地，在车头闲散地屈肘倾身。

这里没有霓虹，只有与月光缱绻辉映的海。

车头朝向她，谢屹忱在不远处朝她闪了下灯。

晚风中，他整个人好像融在月色里，细碎的黑发落在额边，眉目英挺锋利。

少年的双眸漆黑明亮，整个人恣意又张扬："过来，我带你去兜个风。"

这十八年以来，有很多事情夏芳卉都不允许宁岁去做。

譬如一个人离开父母去旅游，喝酒，以后做一名职业歌手，喝雪碧和可乐，吃垃圾食品，交不三不四的朋友……

夏芳卉认为这些都是人生中的不安分因素，会对宁岁的成长不利。她希望靠一己之力去打造一个温床，永远保护好女儿。至于宁岁的人生路径，夏芳卉也想通过自己的经验和价值判断为她选一条最好最对的路，一条不用吃太多苦、最适合她的路。

小时候宁岁说很喜欢唱歌，夏芳卉就送她去学。那个声乐班老师很有意思，上课时会教他们一些音乐剧和舞台剧的桥段，让大家边演边唱。

后来宁岁感兴趣，说长大想当个驻唱歌手，夏芳卉就不允许她再去上那个课了。

她觉得是那个老师把孩子教歪了，让宁岁有了以后想当歌手这种不切实际的梦想。

夏芳卉说过一句令宁岁记忆很深刻的话："你做不好的，你不能把唱歌当饭吃，这个世界上有更多比你有才华的人。你想想，到时候在酒吧唱一晚上才能挣几个钱，你能甘心吗？你该有多心酸。"

当时的宁岁有点茫然。其实她也不知道未来的自己会不会改变梦想，也许只是年少一时兴起，但夏芳卉的一句话确实让她受到打击，觉得很无趣。

后来她就努力戒掉对唱歌的喜爱。

宁岁知道妈妈的出发点是爱，也知道妈妈吃了很多苦，肩上压着许多沉甸甸的事，这么说只是不希望她走错路，所以没有反抗。这么长的时间以来，宁岁都在被动地接受很多夏芳卉给她安排的东西，有些她喜欢上了，比如数学；有些没有喜欢上，比如钢琴。

原先她觉得这也没什么不好的，鹅卵石即便经过流水冲刷也依然能维持原来的模样，既来之，则安之。

但是认识谢屹忱之后，她才知道，原来还有人能够活得这样有棱有角，却不被世俗裹挟。

那样的少年，不惧飞短流长，又不缺鲜花嘉奖，活得骄傲肆意，灿烂又明亮。

她真的很羡慕，羡慕他那么自由，又那么无所拘束。

宁岁在潜意识里渴望自己也能够成为那样的人，能够摆脱那层束缚的框架，自己真正做一次主。

蝉鸣声隐约传来，宁岁站起身来，胸口处的心跳前所未有地快，连呼吸都有些急促——这绝对是十八年里她做过的最疯狂的一个决定。

在这样一个夏夜，她将同某个人前去历经一场未知的冒险。

谢屹忱还在不远处等着她，他好似变得很耐心，那双漆黑深邃的眼眸望着她,像一片海,等待她一步步慢慢走近。

宁岁走到他身边,感觉还是很兴奋,一双桃花眼都变亮了。

谢屹忱侧头看她:"第一次骑摩托吧?"

她眼睫微动,点了下头。

他轻笑:"上车。"

宁岁"哦"了一声。

其实这辆车很宽敞,车身是深蓝色的,抛光油漆,流线型设计,各种零部件组合在一起,造型很酷。

宁岁小心翼翼地坐上车,低着头生疏地找脚踩的地方。

谢屹忱的声音自前面低缓地传来:"慢慢来,不着急。"

两人隔着些距离,谢屹忱的肩背宽阔,宁岁一抬眸就能看到他修长的脖颈,黑色的头发每一根都透着桀骜不驯的意味,绷着的手臂富有力量感。

宁岁微微愣神,前头递过来一件衣服,是他的黑色防风外套,里面加了绒,质地很软。

"刚上去拿的,干净的。"谢屹忱说,"车开起来风会很大,穿上,别着凉了。"

他只穿了一件短袖,倒是不紧不慢的,宁岁下意识问:"那你呢?"

谢屹忱懒懒道:"我瓷实,吹不坏。"

宁岁安静了一会儿。

他又让宁岁戴头盔,一人一个,她接过来往脑袋上一套,感觉太大了。

她摘下来看了一会儿,上手调整绑带长度。结果半天没弄好,头发和魔术贴粘在一起了,宁岁努力想解开,结果头发还越缠越多。

谢屹忱听到窸窸窣窣的声音就知道她没搞好,回过身来,直接上手帮她调,语气似笑非笑:"你在织网啊?"

这个姿势有点不着力,宁岁默默地下了车,配合地挪到他跟前。

她能感觉到他的手指温和地拨开她额边的发丝,像一根缠缠绕绕的丝线被剥离出来,他把魔术贴撕开,紧接着又把绑带调紧,帮她结结实实扣好。

宁岁保持着低头的姿态,思索道:"怎么感觉有点紧?"

谢屹忱动作一顿,松开了点绑带:"这样呢?"

"好像又有点松了。"两人对视了须臾,感觉面前人的眸光变得有点深,不知道是不是想发作打人。

宁岁慢吞吞地直起身来说:"谢谢,那我自己织吧。"

谢屹忱："……"

宁岁重新上了车，他的外套穿在自己身上，宽松地套着，尺码好像有点大，能盖住大腿上侧。宁岁穿的是条牛仔七分裤，搭配薄款的白色雪纺长袖上衣。生理期需要保暖，她将拉链拉到脖颈处，习惯性把手往兜里一揣，发现是空的，才想起来手机被她锁在房间里了。

没带手机，有种不安全感，虽然夏芳卉应该不至于半夜打电话过来。

感觉他要发车了，宁岁欲言又止："那个……"

谢屹忱却好像知道她想说什么，吊儿郎当地扬眉道："让阿姨放心。我怎么带你出去的，就怎么全须全尾地送回来。"他喉间溢出一声笑，"我一定把公主保护好，行吗？"

话音一落，他脚一踩，摩托车往巷子外驶去。

宁岁被惯性带得往后仰了一下，心猛地跳了跳，她下意识撑了下摩托车后座。

两边房屋飞逝，白日里热闹熙攘的店铺都已打烊，只有隔着一段距离亮着的路灯。

车很快上了贯通南北的主路，谢屹忱开得其实不快，眼看着后面的巷口离他们越来越远，宁岁的心跳就愈发难以控制。此刻她感觉无比兴奋，就好像有什么东西脱离桎梏，被解禁，被打破，变得轻盈起来。

谢屹忱的衣摆被风吹起，他忽然侧头问她："感觉怎么样？"

宁岁点了点头，而后又想起他看不到，往前凑近了点，在他的耳边肯定道："很好。"

谢屹忱"嗯"了一声。

他们兜兜转转过了几条街，夜晚的景色如此与众不同。

宁岁盯着前面，感觉走的不是去南口的路，便问："我们要去哪里啊？码头吗？"

"不。"谢屹忱开车很稳，低沉的声音从前头传来，"敢不敢跟我上环海公路？"这条路要出古镇，几乎是贴着海边走。

宁岁的心漏了一拍，果然，谢屹忱就是谢屹忱。她舔了下唇，似是被他鼓舞，说出来的话也没犹豫："敢。"

"好。"

摩托车的速度加快，他含笑的嗓音融在了风声里。

两边的建筑飞快倒退，错落的平房、古朴的小镇都成为流动的风景线，前方不远处就是海，似乎已经可以隐隐感觉到温柔的风迎面而来。

宁岁颊边的几缕发丝也跟着迅速飘扬起来："你有没有手机啊？"

"嗯。"

"我想借来放歌，可以吗？"

他似乎偏头往后看了一眼："行，在我右边口袋里。"

宁岁试探道："那我拿出来？"

"不然呢？"谢屹忱的背脊挺拔，他不紧不慢地说，"你看我像是有手的样子？"

宁岁认命地伸手，往谢屹忱的裤子上摸去，还没碰到，他的声音又传了过来，慵懒又低沉："小心点儿啊。"

宁岁的动作一顿，他倒也不用这么直白地提醒！

宁岁平静地说："我知道你裤子口袋在哪儿。"

大概过了两秒钟，谢屹忱说："我让你小心点不要掉了。"他顿了一下，语气难辨道，"毕竟就这么一部手机，你在想什么？"

宁岁闭了嘴。

她谨慎地挨近，把拉链打开，用手指捏着手机，将其抽出来。整个过程中，她基本上没碰到别的地方，紧接着低头按了下侧面的电源键，问："锁屏密码？"

"1209。"

宁岁愣了一下，才想起来这是他的生日。

谢屹忱的锁屏壁纸和桌面是同一张图片，被夜色烘托得很亮的一盏孤灯，仔细看，天空中似乎还有星星点点的飘雪，但不太清晰。

这时候摩托车进入了环海线。

潮起潮落的大海就在旁边，蜿蜒纵横的公路比海平面高出许多，俯瞰大海，海岸边绿林悠悠，层峦叠翠。

谢屹忱问她："不冷吧？"

"嗯。"夜风拂过，有醒神的作用，宁岁反问，"你呢？"

"我也不冷。"他的声音低缓。

摩托车的速度好像越来越快了，宁岁有一种奇异的失重感，用力握着他的手机，找到音乐软件。

"你想听什么歌？"

"随便，你决定。"谢屹忱说。

嘈杂的风声中，宁岁半眯着眼简单浏览了一下他的常听列表，意外看到几首耳熟的歌，也是她一直都很喜欢的，还有她以前听过的小众外语歌，旋律很好听。

她随便选了一首，是橘子海乐队的《夏日漱石》。动感的节拍和着风声，在晚夜中恣意响起。

Upset（我心烦意乱）

Cold wet（寒冷潮湿）

I just gonna feel alright（但这感觉刚好）

This time（这一次）

Love bites（锥心之爱）

Wild roses in my hand（就如我所持玫瑰）

…………

大海不可思议地辽阔，水面一望无际。

猎猎的风声蕴含着热意，宁岁把音乐声调到最大，让它在空气之中流动。

宁岁想把手机放回谢屹忱的兜里，动作顿了一下，还是捏在微微出汗的手心里。

她会保管好的。

偌大的公路上，偶尔一辆车呼啸而过，很快就消失不见。

谢屹忱的衣摆和她穿着的外套，都被塑造成某一种不规则的形状，感觉好像轻盈得要飞起来似的，仿佛整个世界都被抛在脑后。

I travel all the town（我从远方而来）

From afar（踏遍整座城市）

Idol's falling down into the dust（看神明坠落凡间，化为尘埃）

You lie you lie in such a beautiful（你置身谎言之中，如此美妙）

Don't cry don't cry（别哭，亲爱的）

I put my summer in your hand（我的整个夏夜都安放在你掌心）

…………

一盏盏漂亮的夜灯飞速向后退去，明亮得似乎能照到海平面。

鹿卧山匍匐在脚下，森林散发着幽静的绿意，然而对岸渔歌灯火，古城还亮着繁华的光。

这是属于他们的夏夜，这是属于他们的世界。

谢屹忱含笑的嗓音融在了风中:"想不想喊一声?"

多么难得的当下,他们在自由地驰骋,多么好的机会,为什么不喊一声?

宁岁稍微动了一下,似是犹豫了一会儿,最后还是没有出声。

谢屹忱似有所感,脊背稍稍绷紧,声音温柔了几分:"害怕?"

她又忘了他看不见自己摇头,过了会儿,才抿唇说:"不是。"其实她有一点怕。

她不知道怎么去描述这种感受,速度太快,冷热不明,心脏好像快要跃出来了。她觉得有点危险,但是没法控制,很兴奋,又刺激。很难想象,自己某天会有这样的际遇——暗夜里在环海公路上狂奔。

此时此刻,新鲜感在胸腔里鼓噪不停,像是细密的鼓点,在世界的某个尽头摇旗呐喊。

"就是觉得有点快。"宁岁说。

"那我开慢点?"

"不要,你再加点速。"

她还挺有个性。

谢屹忱笑了:"喂,宁椰子,我是什么摆设吗?"他的声音沿着风向后掠,亲昵地贴近她的耳畔,"觉得快,你不会抓我衣服?"

什么宁椰子?

摩托车疾驰,宁岁的脑海里发出"嘭"的一声响,握着手机的手一紧:"啊?"

谢屹忱轻笑道:"椰子,这不是你的小名吗?"

宁岁这才反应过来,胡珂尔在玩真心话大冒险的时候提过这件事。

他记性倒是挺好,但这称呼怎么还能这么叫?

其实胡珂尔那天说的也不完全对,比起喜欢喝椰子汁和比耶,夏芳卉给她取这个名字主要还是因为她皮肤白。她小时候白白嫩嫩的,像剥了壳的椰子肉。现在长大了,这个小名听着就会觉得有点怪,明显是给小孩子取的昵称,所以宁岁一直没太跟外人提过。而且,谁会像他刚才这样连名带姓一起叫啊。

宁岁蓦然觉得穿着他的外套有点热。她将手机揣在口袋里,一边埋头将拉链从领口往下拉了些,一边慢吞吞地"嗯"了声。

谢屹忱不动声色地勾了下唇,过了片晌,看见她慢腾腾地抬起手,轻轻地拽住他腰侧的衣服。紧接着，宁岁轻声细语地问："谢屹忱，你以前旅行也经常这样吗？"

谢屹忱问："哪样？"

"就是自己一个人，半夜突发奇想出来转转。"

"那倒也没有。以前去的那些地方，要么是自然风景区，要么是国外，半夜出去不安全。"

离得近了，视觉上感觉他的肩膀愈发宽阔，腰线也流畅，宁岁移开视线。风声呼啸而过，她又闻到他身上好闻的气息。

心脏还是跳得很快，宁岁转过头，望着不远处朦胧月色下的宽阔海面。她一直都很想知道，为什么他身上既有春日晴朗的味道，又有夏夜蓬勃的味道？

指间的温度很快被夜风带走，但是棉料质感始终存在。

宁岁"嗯"了声，又问："那国外的风景你有什么印象深刻的地方吗？"

"嗯。"谢屹忱回忆，"有个国家，他们在酒店里养鱼，弄了个几十米高的圆柱形水族鱼缸，里面有魔鬼鱼、颜色鲜艳的热带鱼，还有小白鲨。我去看动物迁徙，角马过河，坐着装甲车去公园去看老虎和狮子。哦，我还去部落做客拜访，墙是用泥土砌的，半夜猴子会爬进来。还有，有一个小镇，被群山环绕，是探险者的天堂，里面全是冒险项目，蹦极、跳伞，还有架绳长三百米的高空秋千，坐上去可以一路荡到山谷底部。"

宁岁感觉光是听这些话都觉得他特别意气风发，与此时公路上飙车的情景互为应和，不自觉地轻轻弯了下唇。

她真情实感地叹道："还有这么长的秋千？你坐了吗？"

"坐了。"

宁岁好奇地问："吓人吗？"

"还可以，刚开始的时候挺刺激的。"谢屹忱倒不怕这个，还觉得挺好玩的，想到什么，笑了一声，"不过当时我旁边坐着的大叔体验感可能更强一点。"

宁岁疑惑："啊？"

谢屹忱笑着说："他的假发被吓掉了。"

两人回到民宿的时候已经快凌晨四点了，大厅静悄悄的，和他们离开前的模样别无二致。

167

宁岁从摩托车上下来的时候觉得腿有些软，心跳也还没有平复，不过摘头盔的手法比刚刚娴熟很多。

困意后知后觉地上涌，天边仍旧滚着层暗纱。

谢屹忧和她沿着走廊并肩往房间走："你们打算什么时候回槐安？"

和刚才骑车时完全不一样，此时没有风声当背景音，四周显得格外安静，让人能很轻易察觉到彼此之间距离有多近。

少年的身材高大颀长，半边暗影都向宁岁投过来。他温热的气息缓慢地拂过宁岁的耳畔，她不由得攥了下指尖。

她垂着脑袋，思考了须臾："不太清楚，可能这两天，明天问问他们几个。"

谢屹忧"嗯"了声。

两人一路无话。到了宁岁房间门口的时候，谢屹忧率先停下来。

宁岁迟钝地抬了下眸，把身上的外套脱下来，连同手机一起还给他："谢谢。"

谢屹忧接过东西说："那，我先回去了。"

"嗯。"

"嗯，晚安。"

宁岁抬眸看他，没承想与他的视线毫无防备地碰在一起，身体蓦地一顿。那双漆黑的眼睛凝视着她，真是奇怪，为什么在这么暗的地方，他的眼睛还是亮的？鸦羽似的睫毛轻颤，衬得眼皮处的褶格外深。

她的心像是被什么撞了撞，心跳节奏被打乱。思绪也有些微紊乱，一时之间她却又理不清楚。

宁岁抿了抿唇，还是将话咽了下去，匆匆回了句"晚安"，说完就转身开门，没再看他。

回到房间，胡珂尔还在呼呼大睡。

手机里没有任何未接来电或者消息，宁岁暗暗地松了口气。她实在有点疲倦，换上睡衣，蹑手蹑脚地爬进被窝，定了个十点的闹钟，倒头就睡。

次日早晨，闹铃响起，宁岁迷迷糊糊地睁开眼，窗外天光大亮。

胡珂尔也睡眼惺忪地爬起来，在床头柜摸到自己的手机，先是下意识看了宁岁一眼，上下扫了扫，然后道："我问问他俩起了没。"

宁岁"嗯"了一声："我出去打个电话。"

她心里一直记挂着外婆的事，披了件外套站在门口。那头很快接起来，语气慈祥地叫了声"小椰"。

声音听起来只是有点虚弱,宁岁舒了口气:"阿婆,您感觉怎么样?"

"很好啊,没什么问题。"外婆还不知道夏芳卉已经和她通了气,假装无事发生,"小毛病,你妈非要今天送我去医院。小题大做。"

宁岁的语气严肃:"人家医生都说要住院,而且说了很久了,您别孩子气。"

那头沉默片刻,底气明显不足地嘟哝:"她怎么又跟你告状?"外婆妄图蒙混过去,"我自己的身体我知道……"

宁岁打断她:"咱得听医生的话。"

外婆不情不愿地说:"那医院就是开几个药,给你吸点氧气,什么服务也没有还死贵。我做过护士,我清楚得很。"

宁岁温和地道:"之前得了肾病您也这么说的,我和我妈信了,但结果呢?现在您要去医院透析了。您有没有觉得这特别像那个经典的童话故事?"

"什么?"

"狼来了。"

老人家不说话了。

过了没多久,夏芳卉发微信给宁岁:你厉害啊,把你这个死倔的外婆都劝动了。她刚又和我闹来着呢,现在乖乖收拾行李了。

夏芳卉还发了一个戴墨镜的表情包。

宁岁给她回了相同的戴墨镜的表情。

在这边待了几天了,基本上能看的、能玩的都过了一遍,差不多该回去了,她也想早点回去看看外婆。

宁岁一回到房间,就听到胡珂尔在卫生间里倒吸一口冷气:"天呐……"

宁岁赶紧推门进去问道:"怎么了?"

胡珂尔顶着一个鸡窝头,百思不得其解地说:"你说老天爷怎么就给了我一张这么美的脸呢?"

宁岁:"……"

沈擎和许卓起床之后,四人一起吃了个午饭,宁岁还没来得及提归期,许卓先说家里有点事,爸妈让他今天下午就回去。很显然他还没有跟胡珂尔说过,她的反应不小:"什么事啊?"

许卓抬头看了沈擎一眼，没多说："去国外上学的事。"

可能是要办留学签证什么的，和胡珂尔没什么关系，她就"哦"了声。

反正大家也玩得差不多了，今天回也不是不行，只是有点突然。

几人合计完毕，从饭店走出来。

正是晌午，几人打了车往南边走，去鹿卧山、小普陀和理想邦逛了逛。

这里白天的景色和夜晚不太一样，晴日高照，阳光灿烂。而晚上呢，则多了一番别样风味，不知道怎么用言语形容。

兴许是宁岁转头望着景色出神的时间太长，胡珂尔兴冲冲地凑过来搭话："这里的天气可真好啊。这里人的生活肯定很幸福吧，节奏慢，每天喝喝饮料，听听音乐。"

宁岁瞥她一眼："你在槐安不也是这德行？"

胡珂尔无语，这话倒也说得没错。

回民宿收拾好东西，沈擎叫的专车也到了，直接送他们去机场。

临走时，胡珂尔还道："咱们去和谢屹忱他们打个招呼吧。"

许卓道："之前问过了，他们今天去雪山玩了。"

胡珂尔心想，你们的联系还挺紧密："牛，但雪山不是在丽城吗？"

"两百公里，离得也不远，几小时就到了。谢屹忱他们不是租了车吗？"

宁岁正拉着行李箱准备往后车厢里放，闻言动作顿了一下，没说什么。

沈擎在一旁温和地笑："放这就行，我来抬。"

宁岁觉得人和人的性格确实是不一样的，如果是谢屹忱，估计会直接上手帮忙，然后张扬地对她说"看不见我，是吧"。

她弯了下唇，对沈擎说："谢谢"。

坐上车以后，宁岁戴上耳机，随便放了首歌，把手机揣在裤兜里没再看。

到机场的时候，几人拉着行李往大厅里面走，到了航站楼，她才慢吞吞地掏出手机去看微信，下意识就想去看那个深色头像，还真的有未读消息。

半小时前，谢屹忱给她发了消息：你们已经走了？怎么没说一声？

宁岁对着屏幕沉默了一会儿，咬唇回复道：嗯，我以为许卓已经和你说过了。

只回一句显得她好像有点刻意在疏远他，她定了定神，又补了句：听说你们在雪山玩？

大概五分钟后，谢屹忱给她发了一张照片，是山顶上的风景。

因为海拔高，所以一片白茫茫的都是雪。背景里似乎还可以看到张余戈和林舒宇在不远处开心地跳跃，像海绵宝宝和派大星一样傻乐。

宁岁登时想起，之前宁德彦带她和宁越去过一次帝都，还托熟人关系去了T大里面。当时在下雪，然后她和宁越两个人就在操场上打雪仗。宁越那时候才小学二年级，站都站不稳，差点被她埋了，哭得一把鼻涕一把泪，结果鼻涕还没擦掉就被冻成两条冰雕。

想到这，她有些想家。

七天是个很好的周期，宁岁确实不习惯离家太长时间，也不知道到时候去帝都读书能不能适应。

飞机落地槐安，宁岁先拜托胡珂尔把行李带回家，她到时候来取，然后直接打车去了市人民医院。

外婆已经被夏芳卉妥帖安置好，宁岁来得不算晚，老人家还没打算睡觉，鼻子上连着气管，脸色略显苍白，但见到她仍然很高兴。

宁岁看到她仍然表现得很自然，好像没把自己当病人。

两人坐在一起聊了会儿天。外婆告状说夏芳卉天天就知道教育她，威风得很。

宁岁就在一旁扮和事佬，笑着说："妈妈就这急脾气，难道您还不了解吗。"

宁岁回到家以后，看见宁德彦和夏芳卉瘫在沙发上看某档音乐类综艺，里面的男歌手正在撕心裂肺地飙着高音，宁越则坐在一旁的小板凳上默默地嗑瓜子，颇有老干部的范儿。

听到动静，夏芳卉就弹了起来，迎上来给宁岁接行李："怕飞机餐不好吃，我就又下了一碗面条，在厨房里温着呢。"她顿了一下，然后又说，"还给你炖了人参乌鸡汤，记得喝了啊。"

之前宁岁看过中医，医生说她气血不足，要调养身体，夏芳卉就从各个方面给她补充营养。但由于夏芳卉是个什么事都要做到百分之一百二的人，所以料下得有点猛，小锅里几乎全是药材。

宁德彦看着她从厨房里端出一盅鸡汤，隔着一段距离押脖子往这边看，没忍住吐槽："你也不怕孩子半夜流鼻血。"

夏芳卉瞪了他一眼，他赶紧不说话了。趁人没注意，他又偷偷和宁岁说："乖乖，你看着情况吃，别撑到自己。"

宁岁眨了眨眼，埋下头，乖巧地舀起鸡汤。

热气熏得眼睛有点潮,她安静地喝汤,旁边电视还在放着轻快的背景音乐。

其实,他们家算不上什么特别有钱的家庭,顶多是小康,但夏芳卉和宁德彦一直以来给宁岁的都是最好的东西,很少让她感觉到家里有什么难处。

小学时,别的同学还在用手工削的 2B 铅笔,她就已经有了按一下可以吞吐笔芯的 Hello Kitty 自动铅笔;别的同学还在用儿童傻瓜手机的时候,她的生日礼物就已经是时髦的爱心翻盖手机了。

哪怕老人家的手术费一年二十万元,他们也只字未提。

家里不是没有过龃龉。宁岁高二那年,宁德彦事业不顺,全靠夏芳卉的工资养家。家里整体运势也差,两人时常爆发争吵,摔盘子摔碗,闹得鸡犬不宁,后来熬过去就好了。

宁岁心有余悸,曾经半开玩笑地同宁德彦试探道:"我还以为你和妈妈当时会离婚呢。"

那时候爸爸说了一句让她印象很深的话:"不会离婚。因为我们是家人,所以风雨同舟。我和你妈约定好,只要这艘船不沉没,我们就谁也不离开对方。"

宁岁还在感动着,忽然听见夏芳卉叫她,她应了一声,跑进房间里问:"妈,怎么啦?"

夏芳卉拿着宁越的儿童傻瓜手机,鬼鬼祟祟地招呼她进来,然后关上了门:"我怀疑你弟早恋。"

宁岁看到她在翻宁越的手机,又被她妈的语出惊人震撼到:"不是,妈,你怎么偷看人家的隐私呢?"

"都是我身上掉下来的肉,算什么隐私。"夏芳卉在她的注视下理不直气也壮,"你快看,你快看。"

宁越的手机屏幕是 QQ 起始界面,很多聊天框堆在一起,最上面的头像应该是个女孩,二十分钟前他给人家发了句:你看能约吗?

"幸亏我看了,否则后果不堪设想。"夏芳卉抚摸着胸口,一副要昏厥进 ICU(重症加强护理病房)的样子,痛心疾首道,"他才十二岁啊,怎么可以,怎么可以——"

宁岁震惊了,一时也有点说不出话来。

两人面面相觑,那头突然弹出一条红色未读消息:能约!你变个形,分子、分母同时除 2ac。

Chapter 08　哈利·波特和解忧杂货店

旅游回来以后，谢屹忱先在大伯家待了几天。谢镇麟和邱若蕴又不知道跑哪里出差去了，他自己在家也很无聊。

堂哥谢宽比谢屹忱大两岁，这时正好大二放假在家。因为学的是金融专业，所以他在本地随便找了家证券公司实习。但因为做什么都是半吊子，所以这实习他也很不上心，三天打鱼两天晒网，找到机会就在房间里打游戏，要不就是和女朋友视频聊天。那不务正业的样子气得秦淑芬要拿鞋拔子打他："人证券公司领导还是看在你老爹的面上才让你进公司的，你要被踢出来了，我们可没这个老脸再去捞你。"

然而，谢宽是那种脸皮奇厚无比的人，淡定道："那就别捞，让我在池塘里尽情地仰泳。"

因为有了参照物，所以秦淑芬格外疼谢屹忱。

不过谢屹忱知道，他大妈本质上是个商人，精明得很，一分一毫都掰扯得清楚，前脚让他给恬恬教数学，后脚又让他去社交小程序上聊天。

下午，张余戈和林舒宇约他去打壁球，因为运动量过大，导致肌肉到现在还有些酸疼。

秦淑芬给谢屹忱搞了个单独的卧室，格局不比谢宽那间差，还附带一个大阳台。他洗完了澡就很快爬上床，正准备放下手机睡觉，一个未知号码的来电就从屏幕上弹了出来。

谢屹忱的头发湿漉漉的，他直起身来靠着床头，看着屏幕上的来电显示沉默了一会儿，然后点击挂断。对方很识趣，没有再打过来。

谢屹忱本来没放在心上，谁知第二天白天回家拿东西时，直接在别墅里见到了本尊。

章悦穿着很得体，正在阳台上帮谢镇麟插花，两人有说有笑，连谢屹忱背着包在旁边站着看了一会儿，两人都没发觉。

还是章悦先看到他，诧异了一下，才端庄地笑道："屹忱回来了？我以为你今天也住在大伯家呢。"

谢屹忱抱着双臂倚着阳台门，漫不经心道："阿姨好。"

他没搭前面的话，不过章悦也很习惯他这种态度，洗了手，走近问道："在外面玩得怎么样？你爸传照片给我了，风景很不错。"

"嗯，挺好。"

谢屹忱这时候才转向谢镇麟，懒洋洋地叫了声"爸"。

谢镇麟看一眼就知道，谢屹忱不高兴了。他其实没打算让谢屹忱看到，想着早上在家待一会儿就出去，没料到还是撞了个正着。

谢镇麟心平气和道："行李放在你大伯那儿了？"

"嗯。"谢屹忱打量他，"您这是忙完了，可以歇一会儿了？"

"还没有。"谢镇麟说，"估计得等下周，大概周二吧，你可以跟我去公司转转。"

他们做的是 SaaS，就是对接 B 端客户的软件应用，帮助企业更好地去做数据方面的智能运营管理。企业单独研发一套 IT 系统成本较高，不如外包给他们这样的第三方，有现成的模块，效率更高。

客户是企业还有一个好处，就是不面向 C 端消费者，在市场上可能并不是人人都耳熟能详，知名度没那么高，但恰恰可以因此闷声赚钱。

谢屹忱知道，他爸说这话也不是在跟他商量，淡淡地点了下头，表示自己知道了。

他没看到他们家的保姆刘阿姨，应该是很有眼色地回房间了。

章悦熟门熟路地去厨房切水果，端出来给谢屹忱："来，屹忱尝尝，新鲜着呢。"看他吃了两块，她又问，"既然碰上了，不如中午一起吃个饭？"

谢屹忱看了谢镇麟一眼，谢镇麟很快道："你不用操心他，他有自己的安排。"

他让章悦去沙发上先看会儿电视，自己则拉着谢屹忱进屋。

等关了门，谢镇麟才解释道："阿忱，没跟你说我昨晚回来，是因为她就在这边待一天，马上就走了。"

谢镇麟就待一天，先见的是章悦而不是他，还不如不解释。

谢屹忱低着头，嘴角没什么弧度："嗯，知道了。"

看他这样子，谢镇麟叹口气，说："爸爸这段时间确实忽略了你，要不这样，等下周你妈妈也回来，咱们出国玩上一段时间。"

然后他又找个记者随行，拍一些家庭美满幸福的照片吗？

房间里摆着茶桌和茶具，谢屹忱随手拿了一只小巧的紫砂杯，放在掌心里心不在焉地把玩。

"你想去哪儿，去国外玩玩怎么样？或者在国内，你想去哪里都行。"

谢镇麟应该是有点疲倦，经营公司的压力挺大，都体现在神态上了。谢屹忱本来想说什么，此刻也都压了下去。

"旅游就不必了，再过几周我就要去帝都了。"他抬起眸，挺认真地说，"就是有件事儿，我还是得和你们再沟通一下。"

谢镇麟说："你说。"

谢屹忱笑笑："您和我妈玩这么新潮的婚姻模式，我虽然不能苟同，但最后也接受了，这是对你们的尊重。但我希望你们也能尊重一下我，不要再把人带到我面前，也不要再让他们来找我。"

他把杯子重新放在桌面上，道："不然下次再接受采访，我真笑不出来了。"

谢镇麟自知理亏，对他这种夹枪带棒、含沙射影的话也没生气，好脾气地应道："行，下次不会了。你章阿姨就是热心，我回头说说她，之后找个机会也提醒一下你妈……你呢？生活、学习上有什么需求尽管跟我们提。"

谢屹忱靠在沙发上，表情不置可否。

随便聊了一会儿，谢镇麟想到什么："对了，杜骏年来找我借钱，你说我要借吗？"

杜骏年就是谢屹忱之前和宁岁提过的那个做短视频的表哥，谢屹忱愣了一下问道："他怎么了？"

"说是公司被一个大的互联网龙头看上了，但他不想卖，所以对方就找之前的一些风投股东恶意收购，还要把他踢出管理层。杜骏年现在来找我入股，需要大几百万吧，希望能把控股权保住。"谢镇麟问他，"你看过他那个软件吗？做得怎么样？我是不太想和这些亲戚绑在一块儿，到时候分割利益的时候说不清，出了事也只能闷声吃哑巴亏。"

他爸是那种典型的商人思维，比秦淑芬更有过之无不及。

谢屹忱客观回答道："我觉得他的模式很新，公司在市场上也拥有了一定的份额，风头正劲，这些大厂想轻易学这个模式估计还学不来，所以才想直接拿现成的。"顿了一下，他又说，"表哥做事靠谱，也很有责任感，我觉得他眼光很独到，值得信赖。"

两人小时候在一起玩过一段时间，谢屹忱会有感情上的私心很正常。

谢镇麟还是偏向不投资："我再想想吧。"

两人没有多聊，谢镇麟还要赶下午的航班，看了眼手表，说："我从潮州给你带了一些小玩意儿回来，放客厅里了，一会儿记得去拆。"

眼看着他要开门走出房间，谢屹忱忽然叫住他："爸。"

"嗯？"

他不带情绪地撩了一下眼皮："我想问，您真觉得这样有意思吗？"

谢镇麟回过头来静静地看着他，一时没有出声。

儿子在不知不觉间长大了，身高早已超过他，五官也俊朗，遗传了他和若蕴身上所有最好的特质。

谢屹忱比同龄人要成熟很多，但谢镇麟最欣赏的还是他目光里那种少年人敢问天高海阔的胆识气魄，以及尚未被世俗磨平的锋芒棱角。所以他一向是平等地与谢屹忱对话。

他轻叹了口气说："阿忱，我知道你一直以来并不认可我和你妈妈的行为方式，但你要知道，做利益共同体，远比被爱情捆绑在一起更加牢固。没有哪一种爱情是不会消散的，这种开放式婚姻的观念，我们当初在结婚的时候就开诚布公达成一致。你也许会觉得我和你妈妈感情疏淡，但其实她对我来说，是很重要的家人，我们无论如何都不会背弃彼此。我也可以向你保证，这个家会一直保持最初的模样。"

谢镇麟带着章悦离开之后，谢屹忱坐在二楼阳台上望着外面的小花园发呆。

谢镇麟和邱若蕴一直以来都是一对无比开明的父母，谢屹忱小时候在学校里惹出什么事，两人从来不偏听偏信老师或其他家长的一面之词，而是让谢屹忱自己说，他们再去分析判断是非对错。

谢镇麟以前就告诉他，每个人都有权利去选择自己想要过的人生，不要对别人过多评价,也不要胆怯,不敢活出自己想成为的模样。犯错是很正常的事,因为我们都是凡夫俗子,即便犯了错,也要拥有敢再度站起来的勇气。

谢屹忱知道他爸妈的事业心特别强,遇到彼此之后观念一拍即合,有了想要建立家庭和发展事业的想法。

关于开放式婚姻这件事,谢屹忱是在初中的时候自己发现的。

其实早年两人还算维持得很好,会很细心地在谢屹忱面前营造出一家三口其乐融融的样子,没让他察觉到异常。后来可能是看他长大了,该懂的都懂得差不多了,他们就懒得装了,家里慢慢地出现了一些他从没见过的,属于别人的东西。

谢屹忱就跑去问他妈这是怎么回事,夫妻俩坦诚地坐下来,直接告诉了他所有的真相。

谢屹忱当时觉得这挺残忍的,后来心想,这可能也是老爸老妈的某种良苦用心,毕竟见识过这样的事情,在这荒唐世道里再看到什么他都不会惊讶。

午后的阳光慵懒,谢屹忱仰头靠在软沙发上,抬起左手臂,仔细看那条显眼的长疤。这条疤是他父母打他时留下的。

当时的情况是,邱若蕴某次约会时不慎被记者拍到,照片在网上小范围传播,对公司声誉造成影响,导致当时损失了一个上亿级别的客户,所以两人激烈争吵,情绪激动下打碎了一个尺寸较大的瓷瓶。

谢屹忱觉得自己纯属被误伤。他比较倒霉,当时就站在旁边,本来是想劝架,结果那碎片噼里啪啦地落下,就给胳膊留下了这么一道伤口。

血登时就流了出来,所幸谢镇麟和邱若蕴都比较冷静,暂时止血以后,抱着他就往医院跑,最后伤口缝了六针。

再后来,他爸妈就再也不吵架了。其实仔细想想,谢镇麟和邱若蕴对他已经够好了。

经济方面,他从不束手束脚,父母不仅无条件支持他喜欢做的事,还很开明讲道理。

他们除了不记得他的生日,少一些爱和陪伴,再加上这段在众人眼里看似完美其实还有其他人参与的婚姻,做父母做到这种程度,也算是无可指摘了吧。

谢屹忱三言两语就把自己说服了。正到晌午,他有点饿,下楼到餐厅。

刘阿姨已经给他做好了饭，笑眯眯地从厨房里端盘子出来。

她算是家里的老人，心里很明白什么该说什么不该说。两人坐在一起融洽地吃完了饭。

张余戈又在三人小群发了条消息，问他下午要不要去打球。

谢屹忱：昨天不是才打过？

张余戈：是篮球不是壁球！

林舒宇：高华最近在施工不给进吧？好像是在重修教学楼。

张余戈：咱可以去槐大里面打，那儿场地更大，正好我新买了双篮球鞋，嘿嘿。

谢屹忱懒懒地回：去不了，下午有事儿。

张余戈：太无情了，忱神，您别是昨天累着腰了，找个托词不来吧？

谢屹忱的确很久没打壁球了，现在身上还有些酸痛。

昨天他们订了个房间打球，过道里有两个女生一直透过玻璃窗直勾勾地看他们，谢屹忱只中途出去了一回，就被人堵着要微信，回去以后索性心无旁骛，埋着头打了三小时，最后还是他耐心比较足，把人耗走了。

所以现在谢屹忱不太想动，而且他下午也的确有些事情。

谢屹忱高中时一直都是 axis 实验室的成员，这个实验室是槐安市前三大中学和槐大共同合作创办的，平常就做一些智能机器人的研发，之前 VE 初版机器人就是他们几个高中生捣鼓出来的。

下午他约了指导老师和四中的人，一起研究下 2.0 版本的完善方案。因为之前初版 VE 成品被那位同学带去四中的实验室了，所以他们就直接约在四中见面。

宁岁原先约了于志国在八月底给她讲讲大学内容，但因为夏芳卉坚持要她报名参加 P 大的"新生骨干"项目，所以她不得不厚着脸皮去跟于志国道歉。

本以为这事只能遗憾翻篇，谁知老于还是体恤她，提前找了个周末，让她带上 P 大的数学教材到学校来。他还说，暑假期间学校把其中一栋教学楼的顶楼那层翻修了一下，现在那处光洁崭新，可以参观参观。

他们约定下午两点钟见，宁岁大概提前十五分钟就到了校门口，慢悠悠地背着书包往里走。

进校的时候她发现仍然有男生在篮球场上训练，穿着清一色的短袖队服，肩臂轮廓明显，在场上大汗淋漓地来回奔跑。

还是青春好啊。

宁岁扫了一眼就收回视线，熟门熟路地坐电梯到教学楼四层，敲响于志国的办公室门。

老头人还没到，宁岁就简单看了下微信。

胡珂尔给她发了一张图片：看看我发现了什么好东西！

那是一张篮球场上的抓拍照片，依稀能看到有个魁梧大哥穿了件红色球衣。

宁岁发了一个问号给她。

胡珂尔说：我来槐大找我爸，结果碰巧看到"章鱼"和林舒宇在打球。那天我就说怎么看那件球衣那么眼熟，原来是张余戈，哈哈。

胡珂尔发来一张青果小程序的截图，上面赫然是同样一件衣服，连背后的号码都一样。仔细一看，侧脸在光晕中的感觉和本人也如出一辙。

她直接爆笑：张余戈笑死我了，自己考六百四十分，倒要求别人考六百八十分，就读学校还写P大，笑死我了。

宁岁扫了一眼那张介绍页面截图，上面草率地填写了一些信息，包括性格描述、爱好、喜欢的电影和歌曲。

为什么她看着感觉这么眼熟呢？

宁岁还没回复，胡珂尔又迅速冒出个鬼点子：岁宝，要不你注册个账号，装成陌生人去跟他聊聊，感觉应该会挺有意思。

宁岁和谢屹忱的微信聊天终止在上次发雪山照片的时候。

宁岁给他简单发了个"玩得开心"，他就回了个"嗯"。

其实那天晚上从环海公路回来的时候，宁岁就觉得两人走得有点过于近了，心里的某种回避本能起了主导作用，想要跟他拉开一点距离——她一直知道自己在人际交往中是轻微的回避型依恋人格。

不只是和异性，在任何亲密关系中，她都是如此。

最初在和胡珂尔交朋友的时候，宁岁也经历过一段很别扭的时期，一度觉得对方太热情，有点招架不住，数次动过想要逃避的念头。

宁岁不知道要怎么形容那种心情，会有点无措、慌张、不安，害怕别人接近。

但幸亏胡珂尔心大，没有察觉到宁岁的抗拒，只以为她的性格比较高冷，仍然用同样的方式对待她。后来时间长了，宁岁才慢慢消化、适应。所以，如果谢屹忱在分别之后再给她发什么消息，估计她也不知道该怎么处理。

但显然宁岁的担心是多余的。将近一周过去了，这人就像是人间蒸发一样，什么消息都没有发，甚至在共同群聊里都没有出现过。

宁岁盯着手机屏幕，沉默了半响。嗯，她现在找到原因了，原来他有小程序可以和别人聊天。

怎么说呢，胡珂尔发来的截图中的logo，让她几乎一下子就联想到了在太阳宫附近时，谢屹忱手机上弹出来的那条小程序消息提醒。

至于她为什么笃定胡珂尔发来的这张截图中的账号不是张余戈的，其实很简单。排除掉身高、学校这些基本信息，《克卜勒》这首歌，宁岁在谢屹忱的手机音乐软件常听列表中看到过，更不用提电影《美丽心灵》，他们在古城的时候还一起看过。

宁岁没有立即告诉胡珂尔这件事，反而决定先研究一下这个小程序。

她注册了账号，发现门槛不低，要绑定身份证。操作完之后，她填了一下介绍页面上的信息，学校写的T大，其他信息都和她的真实情况不一样。

然后系统提示，最好放上一张照片。于是，她在相册里选了一张胡珂尔的看不清脸的照片。

对此，宁岁倒是没什么心理负担，因为她记得胡珂尔非常喜欢这张照片，说朦胧的阳光很有意境，能够衬托出她纤细的双腿以及苗条的身姿。

宁岁了解到这个小程序每天会推送二十个人，只有双方互相点赞，才能开启聊天。

所以理论上，她没法直接选择某个人，必须等到小程序自己推送。但她再仔细一看，商家果然都有套路，如果用户充值三十三元的月度VIP，就可以指定对象，直接发送加好友请求到对方的信箱，但能否开启聊天，还要看对方同不同意。

于志国的办公室采光还不错，外面有不知名的小鸟在叫。不知道他什么时候会过来，宁岁就先悄悄地坐在他的真皮扶手椅上，完成了充值操作，然后根据胡珂尔截图上的用户名，搜索"Anathaniel"，找到了谢屹忱的个人界面。

宁岁发了添加好友申请，那头还没有回应，她就戴上耳机听歌。

没过几分钟，于志国就风风火火地推门进来了，一眼看到鸠占鹊巢的宁岁，要笑不笑道："我座位舒服不？"

宁岁"噌"的一下弹起来，镇定地给他拍拍靠背上的灰，诚恳评价道："还行，靠背那块有点硬，小心腰椎间盘突出。"

于志国："……"

其实两人这次约见面只有两三个小时的时间，于志国只能给宁岁简单地介绍一下系统框架。因为微积分是之前竞赛的时候讲过的，于志国就直接讲数学分析和高等代数。

暑假放了一阵子了，他很久没看到学生，讲得那叫一个眉飞色舞、激情四射。宁岁听得也很认真，她和老于之间也已经培养出一定的默契，很容易理解他说的概念。

时间不知不觉过去，快到尾声时，于志国接了个电话，简单应和两句，挂了电话后饶有兴致地看她。

"我带的这届理科实验班有几个小家伙搞数竞，他们自己组成了学习小组，暑假都要来学校自习，想找我问问题来着。你要不要和我去看看他们，顺道聊聊天？"

反正闲着也是闲着，宁岁还想参观一下刚修好的教学楼，就点了点头。

两人收拾好东西，一起走楼梯去理科实验班。

隔着远远一段距离，已经能听到叽叽喳喳的谈话声。大概八九个穿着不同衣服的学生坐在座位上。因为没人管，教室里还是一副闹哄哄的景象，有两三个活跃的学生正趴在讲台上，兴致勃勃地分享这半个暑假的所见所闻，空中不知飘着谁叠的纸飞机。

于志国"哐当"一声敲了一下门板："你们是来自习的还是来开飞机的？"

不得不说，老师的威力永远无穷。教室里的活跃分子们仿佛突然变成石膏像，集体噤声，乖巧地坐回到了各自的位置。

众目睽睽之中，于志国领着宁岁走了进来。

宁岁今天穿着一条浅蓝色的束腰连衣裙，衬得皮肤白皙细腻，一头光滑柔顺的长发披在肩头。

小孩们大概没料到还有意外访客，睁大眼睛，教室里登时响起窃窃私语的声音。

于志国清了清嗓子，朗声道："我来给大家介绍一下，这是你们刚毕业的学姐宁岁，在高考中发挥优异，以高分考上了众人向往的 P 大数学系。"

教室里的窃窃私语声立刻变成了惊呼声。众人的目光齐刷刷地聚焦在宁岁身上。他们大概是没想到学姐不仅长得漂亮，成绩还这么好。一时之间众人情绪高涨，惊呼道："哇！"

老于卖足关子，老奸巨猾地一笑。宁岁感觉不妙，下一秒，就听他先斩后奏地把她架了上来："要不，岁岁你随便讲两句？"

其实宁岁看到这些高一的学弟学妹，就想到了三年前的自己。

宁岁换位思考，如果刚入学的自己能够有机会听一听学长学姐的经验，那么大概能少走很多弯路。如今位置调换，她也希望能帮助到更多的人。

宁岁大概组织了一下语言。

多亏了之前在学校有过做主持人的经历，她能够快速地提炼出自己想要分享的内容，先是落落大方地做了自我介绍，又大概分享了一下自己三年来的心路历程，以及一些重要转折点上的经验。

于志国在旁边听得很欣慰，这孩子一向靠谱，再转头一看，近十双眼睛都炯炯有神地盯着讲台上的人，目光里满是崇拜。他忍俊不禁。

宁岁很快讲完，让他们有什么问题可以随便问。一开始大家都谨慎地没举手，你看看我我看看你，一副欲言又止但又跃跃欲试的模样。

于志国一眼就看出这帮孩子在老师面前放不开，朗声笑道："我先出去了，你们有什么问题就大胆问学姐。"

等人走远后，教室里明显热闹起来。陆续有几个同学请教了一些学习方法上的问题。

"学姐，我总是感觉学习效率很低下怎么办？感觉我一天到晚都在学，但成绩就是上不去。"

"请问学姐，我们应该怎么调整心态？上了高中后压力很大，我好像进入了负能量循环……"

宁岁就按次序一一耐心解答："可以适当放松一下自己，比如听听歌，找朋友一起运动，我有时候会和同学去体育场打羽毛球……缓解压力也是同样的方法，多和人交流一下可能会感觉好一些。"

这时又有一个女生举手，很踊跃的样子，宁岁点她起来。

"学姐，请问你怎么看待早恋这件事？"

教室里顿时爆发出一阵起哄的呼声。

宁岁笑了笑，温声讲自己心底最真实的想法："在青春期，对异性产生欣赏或者倾慕的情感都是很正常的事情,但我们也要明白当下的主要任务是学习,我觉得最好的处理方法是和自己喜欢的人共同进步,一起变得更加优秀。"

"哇哦!"大家热烈地鼓起掌来,群情振奋。

女生还没坐下,双眼冒着好奇又兴奋的光,小声试探道:"那学姐,你这么漂亮这么优秀,高中三年有没有和某个能共同进步的人在一起呀?"

宁岁眨了下眼。

台下的学弟学妹们的眼睛都一眨不眨地看着她,屏气凝神地期待回答。

她回忆须臾,笑着摇头说:"没有。"

和小孩们聊完,他们就安静下来,去做数学竞赛的习题了。宁岁临走前给于志国打了声招呼,老头子在办公室给她拿了盒巧克力,说是学生来看他的时候送的。

"一个两个的,不知道我有糖尿病吗?上回还有个送我弹力绳的,我回去用就闪着腰了。"

宁岁眨了眨眼说:"知道了,下回给您送按摩枕、保温杯、泡脚桶、运动鞋。"

从办公室出来,宁岁意外在走廊里碰到了孙小蓁,她这届的同班同学。

孙小蓁是班上一个成绩较好但寡言少语的女孩,高考发挥稳定,考上了P大。

两人打了招呼,孙小蓁问:"岁岁,你怎么在这儿?"

宁岁没多说:"回来看看老师,你呢?"

孙小蓁"哦"了声:"你知道我加入了 axis 实验室嘛,我来这边搞机器人。"

"机器人?"

"对啊。文思远和我一起,我们刚搞完呢。"孙小蓁似乎想说什么,又咽了下去。

宁岁点了点头,正寻思着要不要道个别的时候,不远处传来脚步声。

宁岁的视线越过孙小蓁,她背后的楼梯上走下来了两个人。

靠教室这边的是文思远,穿得很休闲,双手大剌剌抱着后脑勺,神情放松地同身边人说着什么。

至于另外一个,身姿高大挺拔,五官英挺深邃,侧脸线条棱角分明。

他更靠近栏杆，身上难得套着宽松的校服外套，手随意地插着兜。

橙红色的夕阳倾泻，好像油彩落到了他身上。

好像有人说过，如果太阳照进他眼底，他的眼睛就是琥珀色的，不过她现在看不清晰，没办法求证。

宁岁愣了一下，没动作。

倒是文思远先看到她，又看向孙小蓁："你们在干吗？宁岁也在啊。"

孙小蓁道："岁岁来看老师，我们刚好遇见。"

文思远瞥到宁岁手上那盒超大巧克力，心领神会地笑道："看老于啊？"

"嗯。"

文思远说："我本来也想上去看看他来着，可惜今天有点别的事。"

两个男生走近，站到她们面前，宁岁瞄了一眼谢屹忱，这人怎么不声不响地溜进她的地盘来了？

文思远看她没出声，挠挠头，侧头道："那个，我介绍一下——"

话音未落，身边的人悠然笑了下："不用介绍了。"

"啊？"

孙小蓁和文思远都没反应过来，谢屹忱缓慢地向前走了一步，径直站到宁岁身边，说："我们很熟。"

他身上那阵清洌的气息随着空气蔓延过来。宁岁睫毛闪了闪，她稍稍别开视线，心道：嗯，五天没有联系的熟人。

"宁岁，你认识咱忱总啊？怎么认识的？"

文思远觉得很神奇，毕业典礼那天大家聊到谢屹忱，他记得她还没什么反应。当然，那时候连他都不认识对方，高中三年同为 axis 实验室的成员，可能因为实验室的人太多，他们竟然连一个照面都没打过，还是这几天经由老师介绍才正式认识的，他算是久仰大名了。

宁岁答："毕业旅行碰到的。"

"欸，你是去旅游了吗？你和胡珂尔一起去的？"

"嗯。"宁岁自然地转移话题，"你们是已经搞完了吗？准备去哪里？"

"哦，是，想等会儿去吃饭来着。"

正好碰上，文思远想邀请一下宁岁，没注意到孙小蓁的眼神，热络道："要不你也和我们一起吧？"

宁岁瞥了谢屹忱一眼，这人正不动声色地看着她，她轻攥了下指尖："行啊。"

四人来到学校旁购物商场里的一家小火锅店，找了个角落的卡座。

谢屹忱和文思远对着坐，剩下旁边两个座位，宁岁还没动作，孙小蓁便率先坐到了谢屹忱的旁边。

宁岁便拎着包在文思远旁边坐下。

这儿是扫码点餐，每个人点了几样爱吃的。宁岁早早就选好了，其他几个人还在看手机，她就退出点餐界面，想去看微信。谁知这时候，青果小程序弹出了一条通知。

Anathaniel：已经通过您的好友请求，你们可以开始聊天啦！

宁岁神色一动，她没想到，在这种时刻谢屹忱居然在见缝插针地玩小程序。

她那个介绍页面写得平平无奇，他居然也通过了好友申请。他就这么随便？什么人都加来聊天吗？

宁岁呼吸停了一瞬，她低下头，用头发顺势挡住屏幕，过了会儿又抬起头……她应该怎么搭讪来着？

她想了想，在聊天框里先谨慎地发了一个字：嗨！

大概两分钟后，他回复了。

Anathaniel：你好。

反正他也不知道自己是谁，宁岁胆大地敲了几个字发过去。

芝士就是力量：可以看下腹肌吗？

Anathaniel：请问你用这个小程序的目的是？

两个人的消息几乎是同时发出的，空气好像静默了一瞬。

芝士就是力量：对，就是这个目的。

顿了一下，她又补了一句：胸肌也可以，我不太挑的。

上头很快显示"对方正在输入"，然而过了片刻，没有任何动静，宁岁疑惑地发了个问号过去。

屏幕显示：您已被对方拉黑。

宁岁："……"

此时系统温馨提示，如被拉黑，VIP用户拥有伪装成陌生人的权利，可以重新改头像和简介，再次发送私信，不过要再一次性充值三十三元人民币。宁岁又充了钱，把介绍页面简单改了改，换成了胡珂尔的另外一张不露脸的远景照。幸亏她之前信息填得比较简略，改起来的难度很低，然后她再次添加谢屹忱为好友。

宁岁抬眸悄悄地看了一眼谢屹忱，这人还在低着头看手机，垂着眼睛，神情略显漫不经心。

孙小蓁看上去很想和他攀谈的样子，但感觉他似乎在忙，所以没有出声，转而开始和文思远说话，聊他们的机器人项目。

宁岁的手机微不可察地发出振动声，好友申请通过了。

这次她换了个思路。虽然总是听张余戈和林舒宇在那瞎扯，但她其实一直不太清楚谢屹忱之前的感情状况。

宁岁顶着新昵称，慢吞吞地道：分手以后一直想你，我们还能复合吗？

Anathaniel：你认错人了，我没有前任。

煎饼果女：哦。

宁岁还在斟酌下一句话，那头发过来一条消息：你能直接发送私信，是不是充了 VIP？

煎饼果女：对，特地为了你充的，觉得你长得挺帅的。

Anathaniel：谢谢。那你觉得青果使用起来便捷吗？你是怎么知道这个小程序的？你认为还有哪些功能有待改进？

宁岁："……"

正是饭点，餐厅里沸反盈天，服务员很快端上了他们点的菜。

孙小蓁和文思远还在聊机器人。其实他们做这个是因为可以在参加自主招生时加分，但两人完全没用上，凭借裸分就上了 T 大和 P 大。

文思远报的专业是自动化，因为自己喜欢；孙小蓁则和宁岁一样去了数学系。

初代 VE 智能机器人是小型的家居陪伴型机器人，只有手掌大小，可以在桌面自由移动，遇到路障会自主避开。同时，屏幕会显示表情，机器人可以和使用者进行交互，生动地表现出"心情"和"情绪"等一系列机器人并不拥有的特质。

现在他们在着手研发的二代机器人会在外观上更加精致，反应更加灵敏，移动更为流畅，不过这两个版本的机器人都不会说话，最多只能够发出"呀""哇"这种简单的拟声词。

宁岁有点好奇，文思远就给她看他们刚才录的视频。

这个小东西比她想象中更迷你，一副路都不会走的柔弱样，但是移动起来很稳。最关键的是，屏幕上的小表情超级可爱，视频里不知是谁拿手去逗它，它的额角出现了一个愤怒的符号，很快背过身去，好像在生闷气。

这也做得太拟人了吧。

宁岁觉得很有意思，想问这是怎么弄出来的，然而刚抬起眼，就猝不及防撞上谢屹忱的目光。他拿着一杯玉米汁，懒懒地咬着吸管在喝，对上她的视线也没有避开。

两人大概对视了几秒钟，文思远率先兴致勃勃地开口道："刚才那个是1.0版本，我们还在继续研发。"

孙小蓁接话："不过主要的硬件系统都是忱总做的，相比于市面上同等级的其他产品已经很完善了。"

她一边说一边悄悄去瞟谢屹忱，然而他只是在一旁不以为意地笑了笑："是团队的功劳，拟人化模块也承担着很重要的作用。"

宁岁没出声，随即拿过一杯看起来很健康的奇异果果汁，问："那九月就开学了，你们这边的研发是不是得中断？"

文思远说："我们在槐大的指导教授已经和T大那边申请，说T大实验室可以借给我们用。到时候这就作为一个正式的项目，我们可以继续在大学里研究，说不定还能加入他们的人才计划。"

看来他们都已经计划好了。

也对，谢屹忱是什么人啊，用得着担心吗？

餐馆里人进人出很是热闹，小火锅冒着热气，香味阵阵，诱人得很。

宁岁埋头专心吃饭，没管其他的。

中途手机振动了一下，是胡珂尔发来微信：宝！你用了那个青果吗？

按照胡珂尔的性格，哪怕再蠢蠢欲动，因为有男朋友，她也不会自己去试，胡珂尔在恪守准则这方面还是不错的。

宁岁一言难尽地回复：嗯，好像是个乌龙……

胡珂尔：怎么说？

宁岁：对方应该不是张余戈。

稍顿一瞬，宁岁道：应该是高华的人，用了张余戈在树洞里的照片而已，不过我也不知道是谁。

那头胡珂尔大失所望，亏她还期待满满，想要看看张余戈被逗之后的样子，原来只是这样。

不过，连张余戈在高华都这么火吗？有人拍他的照片发树洞就算了，还有人盗用？

宁岁放下手机才察觉到谢屹忱在打电话。孙小蓁去上厕所了，文思远去料台拿酱油，座位上就剩下宁岁和谢屹忱两人呈斜对角坐着，她随手从果盘里拿了一块西瓜。

电话那头应该是他的某位长辈，两人在说什么测评。

虽然宁岁听得不是很清楚，只听到几句"两周时间到了""别的没什么，操作挺流畅的，模块设计也可以，我简单写份报告晚上发过去。"

那头说了几句什么，谢屹忱挑了下眉峰，闲闲道："入不入股您自己考虑，再多一天我都不想用了，这平台真是什么人都有啊，刚还有个直接上来就说想看我的腹肌呢。"他顿了一下，尾音拖长道，"您多少也得为我的精神状态着想一下。"

宁岁："……"

宁岁觉得自己膝盖上无声中了一箭。她垂着眸，默默地捏住了手中的西瓜。

经过这通电话，宁岁多少也意识到，谢屹忱用这个小程序似乎不是为了聊天。

之前在磻溪村的那天晚上，宁岁依稀记得听他提过这个社交小程序。她结合那天的对话和这次聊天时他发来的问题推断，他可能是在帮他的那个长辈做某种测评。

于是等谢屹忱挂了电话之后，宁岁抬起眸，身体前倾，故意问他："谁啊？"

谢屹忱愣了一下，说："我大伯母。"看她露出感兴趣的神色，他索性就把下面的话补齐了，"她是律师，接了个案子，当事人是一个交友小程序的创始人，让我去了解一下。"

宁岁拿起饮料继续喝："哦，这样。"

她有咬吸管的习惯，先咬成O型然后转九十度再咬一遍，像个小松鼠一样。

谢屹忱瞥了一眼，问："你喜欢喝奇异果果汁？"

宁岁眨了下眼，也低头看了看："嗯，还挺甜的。"之前可能是她没搅拌均匀，没现在好喝。

两人谁都没说这几天没联系的事情，这事似乎就这样翻篇了。宁岁觉得现在这个距离重新让她感觉舒适起来了，不远不近，刚刚好。

"这几天你都在干什么？"这时，谢屹忱看向她。

"我在家教我弟学习。"宁岁放下饮料,想起就心累,"我妈要他在开学前学完初一所有科目的内容。"

"那有点多吧。"

"是啊,所以小东西受不了,开始研究歪门邪道了。"

谢屹忱感兴趣地问:"什么?"

宁岁幽幽道:"你知道什么叫量子波动速读法吗?从头到尾不断快速翻阅课本,五分钟就可以读完十万字。"

谢屹忱还真听说过这个,当时那群骗子还搞了培训班,铺天盖地地发传单营销,关键是真有人信,他听谢镇麟说有个不太熟的亲戚就送小孩去上这个课了。

但也不能说人家骗子花样多,怪就怪真有人智力不足。

谢屹忱尾音稍扬:"你弟真信这个?"

宁岁否认道:"那倒不是,他主要想反抗我妈。"

他似笑非笑地说:"他这造反精神是跟你学的吧。"

宁岁愣了一下,本来想说什么,看到谢屹忱右手小指上有道伤口,下意识问:"那是怎么弄的?"

他没反应过来:"什么?"

她指了一下:"你手上有道疤。"

谢屹忱低头,这才看到那道口子,估计是不小心被剐蹭到了,已经结痂。

他抬起指腹无所谓地碰了碰:"昨天和张余戈还有老林打壁球,没太注意到。"他顿了一下又低声道,"不疼。"

宁岁抿了口饮料,点点头说:"嗯。"

这时候,文思远和孙小蓁一前一后回到座位上。

其实文思远性格不错,挺健谈的,平常还爱和于志国作对,很能忽悠人,但耐不住孙小蓁实在是个闷葫芦,聊不出什么花,所以话题也就一直留在机器人上。

学校离宁岁家不远,四人吃完饭就在路边分别。

孙小蓁和文思远先后打车离开,谢屹忱站着没动,宁岁悄悄侧头,却发现他正好在看自己。

宁岁眨了眨眼,她索性问:"你一会儿打算做什么?"

谢屹忱看了一眼手机:"时间还早,没想好。"

附近是条商业街，槐安本来就是一线城市，灯红酒绿的夜生活极其丰富，除了商场超市还有美食城和高级会所。两人站在人声鼎沸的最核心区域的边缘，不约而同被那头的繁华灯火吸引。

宁岁试探道："那……去逛逛？"

谢屹忱"嗯"了声，懒散道："给我。"

宁岁一头雾水地说："啊？"

"包。"他抬了抬下颌，示意道。

宁岁今天本来可以只带个U盘，用电子版大学教材，但为了以防万一还是带上了纸质版教材，所以现在书包特别沉。她还没反应过来，书包就被谢屹忱顺手接了过去，斜挎在肩上。

这背包是朴素的深灰色，在他身上莫名显得还挺酷。

宁岁舔了下唇，还是面色如常地跟了上去。

这条商业街她跟父母来过很多次，但每次只是吃个饭就走。不探索不知道，这里还有个创意艺术坊，在拐角处藏着一些奇奇怪怪的店，比如说眼前这个解忧杂货店。

宁岁一看这个名字就想进去，谢屹忱瞥她一眼，立刻明白她的想法，抬高手臂撩起门前挂着的铃铛串。

门道狭窄逼仄，他身高腿长，虽然前方路黑，不知道店家故弄什么玄虚，但过门那瞬间宁岁心里特别有安全感。往里走是一条甬道，墙上有壁灯，火苗忽明忽暗，墙壁有着类似西方城堡里砖瓦的质感。

因为前方有灯光照着，不算太黑，又加上身边有谢屹忱，宁岁一边观察一边说："谢屹忱，你看过《哈利·波特》吗？"

他的脚步慢悠悠的："看过好几遍吧，挺喜欢的。"

"哎，我也是。"宁岁没想到他的爱好和自己这么重合，上次他问她喜欢什么，她一时还没想到这个。

可能是现实生活比较循规蹈矩，宁岁一直特别喜欢带有幻想和魔法元素的东西，特别是那些稀奇古怪的、在生活中不常见的玩意儿。

两人肩并肩，宁岁眨了眨眼说："我小时候特别喜欢那个飞天扫帚，求了我爸半天让人去国外代购了一根正版的。"

谢屹忱记得那东西体积不小，还是限量的，有些感兴趣地问："现在还放在家里吗？"

"嗯。"宁岁慢吞吞道，"我妈不高兴的时候会拿它来扫地。"

走到了一间小房间,前头还有一扇比较浮夸的雕花金门,不过是关着的。这间房间是复古红绿配色,一格一格的展板上挂着各种便签,上面全是之前来的人写的不同的烦恼。

宁岁这才想起来这店是为了解忧的。

希望导师永远别再卡论文,我想毕业!

被渣男劈腿,渣男和小三还当着我的面秀恩爱,贱不贱啊。

怎么会有这么事儿的甲方啊?我改了快四十版了,他最后告诉我用初稿,我真的要发疯了!

为啥都觉得"996"累?如果哪天能"996"我真的会笑死。

看来大家都过得挺惨的。

宁岁不禁抿唇叹道:"你说,人怎么会有这么多的烦心事啊?"

"因为我们都是肉体凡胎。"谢屹忱轻笑了一声,一边随意翻看一边说,"你还记得我之前跟你提过的亲戚吗?做短视频公司的。"

"嗯,你远房表哥。"宁岁疑惑地问,"怎么了?"

"他眼光挺有前瞻性的,本来做得也成功,但最近遇上点麻烦事,大企业想抢夺他对公司的控制权,初始股东都在变卖股权。"

宁岁"啊"了声:"那怎么办?"

谢屹忱说:"他现在就只能到处找新投资,他跟我爸也提过这事儿。"

谢屹忱没想到这件事这么急迫,估计是谢镇麟迟迟没回复,杜骏年下午还打电话来找他,问能不能借些钱周转一下。他知道谢屹忱名下有个基金,可以自由支配。

宁岁好奇地问:"他们现在体量有多大啊?"

谢屹忱说:"估值七八千万吧。"

"那想要你们投多少钱呀?"

谢屹忱没说话,伸出一只手,掌心对着她。

宁岁没能在第一时间理解他是什么意思,不过瞧他一脸深沉样,想着可能是商业机密,就把掌心贴了上去,跟他作击掌状,诚恳道:"放心,我绝不说出去。"

谢屹忱轻扯嘴角道:"我在比五。"

这房间的光都来自四角吊着的漂亮玻璃彩灯,相对偏暗,掌心相贴的时候宁岁才发觉他手掌真的很大,骨节修长分明,自己的手大概只能占到三分之二的面积。

空气好像一瞬间静了,她毫无防备地仰起头,和他对上视线。

这样橘黄色的光线下,那双清透的桃花眼隐约泛着涟漪,卷而长的睫毛似在轻颤,也照见她脸颊上细小的绒毛,显得温软又细腻——的确像椰子。

肌肤相触传递些微的热意,宁岁的手心柔软,连指尖都是软的。谢屹忱低着头,脑中没来由地冒出个念头:她的手怎么这么小啊?他要握拳的话,估计能整个都包住。

"你——"才刚说出一个字,宁岁就像被烫了下,蓦地抽回手,条件反射地往身后弹开一小步。

两人面面相觑,宁岁恍惚觉得他脖子上滚动的东西又在扰乱她,她反应很快地出声:"哦,五块钱啊。"

她的眸光闪烁,语气镇定地问:"那你借给他了吗?"

屋里的彩灯是自动变色的,刚才还是昏昧旖旎风,现在变成了柔和的白光,连带着房间里那说不清道不明的微妙气氛也逐渐恢复正常。

两人仍旧对视,但这青天白日下,所有的情绪都被尽数掩下。

谢屹忱把手插回兜里,回答她的问题:"百分之五的比例,三四百万。"

"那么多?"宁岁的注意力瞬间被吸引。

"嗯,我爸不想投,但我还是借了。"谢屹忱知道谢镇麟年轻时候就是因为跟亲戚一起创业被坑过,所以对这种借钱的事特别谨慎,再加上杜骏年的公司估值才几千万,而他们家集团有上百亿,只是九牛一毛。

对于这种不知道能不能在大浪淘沙里存活下来的小企业,谢镇麟会拒绝也是意料之中的事。

宁岁震惊地问:"你有那么多钱?"

谢屹忱说:"我名下有个基金。"

之前一起出去旅游的时候,宁岁总听他们家有钱,但她还没有多么直观的概念,这下终于切身体会到了,人家的确是含着金汤匙出生的少爷。

几百万,估计买她家那套学区房都绰绰有余,他多风光啊。

宁岁默默地想了会儿,忍不住问:"叔叔知道这件事吗?"

谢屹忱耸肩道:"现在还不知道。"他知道了估计会发飙,不过现在也管不了这么多了。

"别那么看着我,我可没你想象中那么阔绰。"谢屹忱挑眉笑了一下,"那基本上是我账户里的全部流动资金了。"

而且那些本来也不是他的钱,只是谢镇麟和邱若蕴暂时放他名下的。

其他的要不做了投资，要不就是不动产，受制于二老的监管，一分钱都拿不出来。

要是杜骏年觉得不够，他还得想办法再搞一点出来。

宁岁消化了片刻："所以……你和你表哥的关系特别好吗？"

"我们小时候玩得比较多，后来一直保持联系。"谢屹忱说，"但我借钱给他，不只是因为我俩感情好。"

宁岁不解地问："怎么说？"

"首先，我认真看过他那家公司，商业模式可行并且非常创新，我觉得这不仅是帮助他，也算是我自己的一次风险投资，我想试试检验一下自己的眼光；其次，我观察到，他每年会给患有先天疾病的孩子们做慈善捐款，虽然金额和那些大企业家没法比，但也是力所能及范围内挺大的贡献，所以我相信他的人品，相信他会努力把公司做好，给社会带来正向的反馈作用；最后，这钱对我来说暂时还不那么需要，对他却是雪中送炭。"

谢屹忱嗓音低缓，一双眼睛清澈英俊，昏暗中似染着亮光。他的意思已经很明了，哪怕这钱最后回不来，他也认了，不会为之感到后悔，因为他是在遵循自己内心的意愿做事，已经做好所有准备。

宁岁的睫毛轻颤，她不知道该怎么说，就是打心眼里挺佩服他的。这么大的决定，他说做就做了，不管是助人为乐也好，看作一次投资机会也罢，换别人很难有这种魄力。

宁岁一直觉得，谢屹忱身上带着一种所向披靡的少年气，锐不可当。这种锋利和果敢并不是莽撞，而是一种深思熟虑后的热忱，就像他的名字，天生就带着温度。

宁岁觉得谢屹忱很真实，很有温度，让人想要靠近，更想要去触碰，就像是在冬夜偶然遇到炽烈的篝火那样，本能地希望伸手取暖。

她及时制止住自己，没再往深处想，恍惚的思绪刚稳定下来，头顶的大灯就亮了。

紧接着，不知道哪个角落的喇叭传来一道极为幽怨的声音："你俩的悄悄话还要讲多久，能知会一声不？本店主在这摆了很久的造型，就等着闪亮登场呢！你们到底进不进来啊？"

两人推开门，一个穿着斗篷，戴着黑色眼部面具的神秘人站在门口迎接他们，应该就是刚才说话的店长。

店长的帽子上插了一根五彩鹦鹉羽毛，他兴奋道："两位贵客，欢迎来到我们解忧杂货店,一切商品可随意挑选,尽情采购,望除君烦恼。如购买商品后有任何不满意的地方——"

宁岁试探地接道:"可以优惠?"

店主帅气地甩了甩斗篷:"请自行忍耐,谢谢。"

两人颇有兴致地在店里逛起来,幸好店长没在他们身后跟着,压力减轻不小。

这里还真的就是家杂货店,商品也确实千奇百怪,而且每个都是孤品,旁边会附上价格以及详细的功能说明。比如什么怪味糖豆,里面集齐了阳光、西瓜、海浪、狗毛以及2B铅笔等不同味道,还有芋泥做的酥皮煎饺、巧克力做的魔杖,以及吊瓶式样的深红色"吸血鬼"饮料。

除了吃的还有用的,包括了很多二手货,比如葫芦做的酒壶、蟾蜍形状的文玩核桃、迷你微缩的中国古凉亭、漂亮的珐琅欧式宫廷餐桌摇铃、一个长得很像巨型耳机的蓝牙音箱、马桶杯子,还有贴在胳膊上不停扇翅膀的蝴蝶,可以用来转移在医院打针的注意力。

宁岁看得两眼发亮,觉得每一件物品都特别有意思,想要买回家,但再一看价格又默默打消了念头。就连一个超小的花生镇纸都要三四百元,可见这店主就是个收藏家,闲着没事儿搞家店来做展览,根本没想靠这个赚钱。

这个店里面还有那种灯笼鱼的羊毛毡帽子,和天线宝宝一样,上面冒出来一个会发光的小球。宁岁对着墙上的复古挂镜试戴了一下,样子十分滑稽可爱,头一动,小球就会在头顶来回摇晃。

谢屹忱站在旁边没忍住笑了,那个小球在眼前晃得他有点心痒,就伸出手随便捏了一下。

没想到小球直接炸成海胆状,发出很清脆的童稚声音:"玛卡巴卡阿卡巴卡米卡玛卡依古比古,嗯!"

宁岁被吓得一个哆嗦,条件反射地扔了帽子,人直接往后弹开,结果反应太大,直接撞上谢屹忱的胸口,而他下意识抬手扶在她的腰间。

那一瞬间特别快,宁岁感觉腰间被他温热的掌心触碰的地方登时如过电般,电光石火间,她甚至忘记了呼吸。

谢屹忱低头看她,宁岁不知道他在看什么,仰着头,很轻微地做了个吞咽的动作。两人的距离太近了,近到她能看清他的每一根眼睫。

谢屹忱的眸光有些黯淡,他还没说什么,只见宁岁推开他往后退,脱口而出道:"你怎么这么硬啊?"

空气静默了,不太明朗的光线中,两个人看着对方,神色难辨。

他们刚才碰倒了一旁的货架,仿佛多米诺骨牌效应,上面那些奇怪的零食接二连三撒了一地。

店主不知道是不是打盹去了,这样的动静也没过来看一眼。

还是谢屹忱先开口,声音听不出情绪:"没事儿吧?"

"没有。"

宁岁别过头,觑着一地狼藉,咽了口口水,心虚地发问:"这个……怎么办啊?"

谢屹忱也没想到会弄成这样,说到底罪魁祸首是他自己。他低声咳了一下,俯下身认命地去扶那个货架:"先把东西捡起来,有什么损坏我再去和老板说吧。"

谢屹忱垂着眸,宁岁也蹲下来,两人在地上摸索半天,把完好无损的物品放回货架上,摔碎的物品则单独放到一个购物篮里。

这里有点黑,空间也不宽敞,隐约还能嗅到谢屹忱身上的气息,所以宁岁有种特别心虚的感觉。

周围似乎有些太安静了。

她正好看到谢屹忱手里拿着一包 QQ 软糖,绿色的,便主动搭话道:"这个青提味道挺好吃的。"

谢屹忱顿了一下,拿起来看了一眼:"那买一袋?"

"算了,不用。"宁岁迟疑着收回视线,顿了一下,"好久没买过了。"

说不上从哪个时刻开始她突然就不买了,就像以前吹泡泡糖都要挑颜色一样,在某个时刻,她忽然觉得那都是小时候才吃的东西。

谢屹忱低头整理着地上的东西,语调松弛道:"那你除了喜欢吃这个软糖,喜欢芝士、椰子和奇异果汁,还喜欢什么?"

他的记性的确很好。

宁岁掰着指头数:"牛油果酸奶、香蕉、温泉蛋、菠菜面条。"

谢屹忱睨着她,不紧不慢地总结道:"嗯,所以你比较喜欢吃绿色的软东西。"是这样没错,但怎么听上去怪怪的?

宁岁反问道:"那你除了喜欢吃芝士还喜欢什么?"

谢屹忱说:"不要太甜的都行,比萨、意面、火锅,感觉吃起来很热闹。"

"哦，所以你喜欢吃棕色的流体。"

谢屹忱意味深长地看着宁岁，她故作镇定地拎着购物篮站了起来。

旁边就是个橱窗，她不经意地看了看，蓦地被里面摆放的一驾南瓜马车吸引了目光。

橱窗里锁着的商品更加精致贵重，那驾马车尺寸不大，比掌心还小一些，但是和《灰姑娘》里面那个很像，金属质地，车门可以自由开关，车轮、流苏、窗帘、座位等细节一应俱全。

这驾马车虽是粉色和紫色的珐琅流彩，但并不显得过分华丽，反而格外梦幻，恰到好处。

隔着一层光洁的玻璃，可以看到它在射灯下闪闪发亮，罕见地没有标注价格，只被命名为"我的公主"。

宁岁贴近玻璃，细致地观察了片响，睫毛都快扫到玻璃上了。谢屹忱瞧她挺有兴趣，拿着篮子低声道："要不你在这等我一会儿，我去找老板商量商量？"

她眨眨眼说："嗯。"

宁岁在原地等着，顺便又欣赏了一下橱窗里美貌的藏品。

中途夏芳卉打了个电话，问她打算什么时候回。

先前宁岁吃饭的时候便说了要和几个同学聚一聚，这时候依然保持同样的说辞，语气如常道："大家都还在外面逛街，不过应该快逛完啦。"

她刚放下手机，就看到谢屹忱从柜台回来了，手上还拎着一个购物袋。

店主人还不错，把这些东西打七折卖给了他们。

时间差不多了，最后在不大不小的店面里收尾般转了一圈，再次经过那个橱窗时，宁岁脚步略缓，不着痕迹地侧过眸多看了几眼。

两人从艺术街走了出来，往宁岁家的方向走。

只有十几分钟的路程，谢屹忱走得很慢，宁岁专心致志地踩了踩地上的影子，问："谢屹忱，你打算什么时候去帝都啊？"

"还不清楚。"他下周要去他爸公司，估计他爸又有事情要交代给他，他不知道什么时候能忙完。

谢屹忱说："可能还要再看看时间。"他看过来，"你呢？"

宁岁抬眼，眸光在路灯下显得微微发亮："我要参加那个新生志愿者活动，所以可能不到八月中旬就走。"

谢屹忱"嗯"了声，正准备接话，手机铃声响了起来。

宁岁悄悄地扫了一眼屏幕，是孙小蓁。

谢屹忱插着兜，漫不经心地听电话，隔着一段距离，宁岁听不见电话那头的孙小蓁具体在说什么，但大致可以通过谢屹忱的回答判断又是在讨论机器人的事情。

从商业街到家的路上也有很多门店，九十点的光景，发廊的小哥还在街上热情地拉客，看着宁岁和谢屹忱经过，眼睛一亮。

帅哥正在打电话，他就把目标对准这个美女，上来就是一通销售话术："妹妹，要不要来看看我们的冷烫，可以做高颅顶，会显得更好看哦！"

宁岁礼貌婉拒道："不用，谢谢。"

小哥可能是以为她在欲拒还迎，依然穷追不舍地跟在身后，观察道："你们是四中的学生吧？我们最近在做优惠哦，充值八百元送两次冷烫呢，染发也可以的，我觉得你可以尝试染个深棕色哦，很漂亮的，咖色也行，都适合你，烫、染一起只要二百九十八元！我跟你说，你们学校最近有很多同学都来我们这儿做头发，这个套餐可火爆啦。"

宁岁耐心地听他说完，才诚恳开口道："我不是学生，已经工作好几年了。"

小哥闻言，反应很快地堆笑道："没关系，很多白领也来我们这儿做的。"

"我的工作不允许染发和烫发。"

小哥不信邪，死缠烂打："什么工作会不允许染发和烫发啊？"

宁岁慢吞吞道："接发培育员。"

旁边水果店的老板娘在摊位上慢悠悠地摇扇子，明显看了好一会儿戏，等小哥偃旗息鼓之后，便热情地招呼她要不要尝尝水果："新进的草莓哟，很甜的！"

谢屹忱这时候正好放下电话，又听到她在胡说八道："不用了，谢谢，其实我还兼职给草莓贴芝麻，上游供应商给了我很多货。"

终于到了小区，宁岁的意思是让谢屹忱送到院子门口就好，但这人单肩斜背着她的包，懒散地掀起眼皮往上面的窗户看了看，问道："几楼？"

宁岁只好说："六楼。"

谢屹忱说："我送你上去。"

其实宁岁挺怕他们俩被夏芳卉看到的，孤男寡女，肯定会被问东问西。

她抿了下唇，稍稍迟疑，还是点了点头。

因为她家楼层也不算高，所以她有时候走楼梯有时候坐电梯。但因为是老小区，所以环境没那么好，楼道里的橘黄吊灯摇曳，并不算太明亮。

两人一句话没说，默契地一起进了楼梯间，虽然周围也不算暗，但谢屹忱还是打开了手机上的手电筒探路。

衣料在光影中摩挲出窸窸窣窣的声音，宁岁一边爬楼还一边小心地探头探脑察看情况，看有没有熟人走下来。不过大家一般都是坐电梯，很少有走楼梯的，他们一路上畅通无阻，没出现任何意外。

差不多要从楼梯间出来的时候，宁岁谨慎地停下脚步，左看看右看看，像特务一样压低声说："到这儿就行了。"

谢屹忱一直跟在她身后，听到这心虚短促的气音没忍住勾了下唇。他起了顽劣心思，微俯身，也学着压低气息问道："什么？"

"我说，到这儿——"宁岁一回头，这人就像一面铜墙似的杵在她身后，她差点又撞到鼻尖。

她无言地闭嘴。

谢屹忱笑着气定神闲地往旁边一靠："嗯。"他把刚在杂货店买的东西往上提了提，"这里面巧克力比较多，你应该不爱吃，我拿回去了？"

宁岁瞄他一眼："你也不爱吃甜的吧？"

谢屹忱刚"嗯"了声，就听她拖长音，意有所指道："哦，不对，你可以带去实验室给文思远和孙小蓁他们吃，反正之后你们每周都要见三次。"

谢屹忱愣了一下，很快反应过来她可能是捕捉到什么关键词了。

他笑出声："谁说每周见三次？"

不是吗？她刚才明明听见了。

谢屹忱直勾勾地看着她，还在笑，连胸腔都在轻颤："说的是我们指导老师一周给他家狗洗三次澡。"

那这不得洗得毛都秃噜了吗。

宁岁低头，非常心虚地蹭了蹭脚尖："哦，这样啊。"

眼看宁岁抱着包就想跑，谢屹忱伸手抓住她的背包带，把人往回扯了一下："等会儿。"

"啊？"

他似笑非笑地看着她："耳朵这么尖，偷听我打电话？"

少年的嗓音就在耳畔，气息温热。

宁岁呼吸顿了一下，随后她仰起小巧的下巴，力图证明自己眼神里的真诚："没啊。"

心跳出奇地快，她憋了一会儿，镇定地道："其实我还兼职了天线宝宝信号测试员。"

一直到临近八月中旬，宁岁都在家里自学托福。夏芳卉让她把握好暑假的时间考各种证书，她选了看起来耗时比较短的这个。

胡珂尔还是照旧每天跟宁岁闲聊，她最近和许卓闹了点别扭，原因是偶然从老师那里得知他们家其实最近在办移民手续，但是这男人很离谱，一句话也没给她提过。她一问原因，他就说还没定下来，不好讲。

好一个不好讲，胡珂尔觉得许卓拿她当外人，许卓觉得她有点上纲上线，但因为她马上要去帝都，两人即将开始长达大半年的异国恋，所以这矛盾不上不下的，架也吵不起来。

夏芳卉因为不放心宁岁自己一个人去学校报到，所以撺掇着胡爸胡妈也给胡珂尔报名了那个志愿者活动。两个难姐难妹，就订了同一班火车票。

临行还有几天，宁岁简单地收拾了一下行李，整理出两个大箱子。

但是夏芳卉信不过她整理的东西，自己翻出来重新搞了一遍，还加了一堆有的没的，比如棉签、碘伏、不锈钢餐具、防噪耳塞等，还有两床蚕丝被。后来装不下，夏芳卉就把这些东西放进了棕色纸箱里，说是直接寄到学校。

宁岁看着家里整整齐齐堆着的几个箱子，沉默了一会儿，然后说："妈，我只是去上个学，不是王朝迁都。"

总而言之，夏天悄悄到了尾声，未知的新征程愈发临近。

宁岁在家的最后两天，一家四口去海洋公园玩，全家沉浸在某种离别的温情氛围之中，连宁越欠揍的事都不提了，父母只耐心叮嘱宁岁一些注意事项。

宁德彦老生常谈道："乖乖，和宿舍的同学们搞好关系，晚上不要一个人出去，注意安全，学习上有困难找老师，生活上有什么事就和爸妈商量。放心，天塌不下来的。"

宁岁慢悠悠地喝着甘蔗汁，乖巧点头。

外面太阳正盛。场馆里有一个巨大的玻璃缸，里面有各种各样的鱼，她专心致志地观赏着，觉得谢屹忱说的那个外国酒店里的鱼缸可能和这个差不多。

玻璃缸里离她最近的是一条魔鬼鱼，柔软的胸鳍荡开水波，它几乎是贴着玻璃缸往上游。

宁德彦瞟了夏芳卉一眼，附在宁岁耳边狡黠地悄声说："当然，你如果发现了什么好的男孩子，也可以谈谈恋爱试试。"

魔鬼鱼坚硬的尾在水中蓦然扫过，扫出一串泡泡，宁岁没忍住轻咳了一声，夏芳卉的目光立刻扫过来，她暗瞪了一眼宁德彦。

"你在这说什么呢？小椰才十八岁，刚成年，是非好坏还辨不清，你就怂恿她和男孩子谈恋爱，万一碰上坏人怎么办？"

她揽着宁岁的肩，语重心长道："乖宝啊，听妈说，这个事儿急不得，多认识点人没错，但谈恋爱不是那么草率的事情，要慢慢看，慢慢去探索，咱们以后再说啊。"

宁德彦很会看眼色，摸摸鼻子嘀咕道："我也不是叫她现在就谈嘛……而且，你要对我们家小椰有点信心。"

夏芳卉和宁岁都看向宁德彦，他话锋一转，得意扬扬地凑过来："毕竟她从小到大都是在优秀的英俊男人身边成长的，不会那么快被毛头小子拐跑，最差也要按照爸爸这样的标准来找不是？你妈当年就是因为我个子高、长得俊、情商高、会说话、才艺多，才喜欢我的。"

夏芳卉很想让他闭嘴。

三人聊完，往周围一看，宁越这小不点不见了。再往稍远处一看，他正兴奋地揪着一个陌生叔叔的袖子，拽着对方去看鲨鱼。而对方拼命挣脱，一脸无可奈何、无比抗拒的样子。

三分钟后，宁越老老实实地被宁德彦牵住，说："我以为刚才那个叔叔是爸爸，抓错人了。"

出发这天是个天朗气清的周末，四位家长将两个姑娘送到火车站，千叮咛万嘱咐。

宁岁和胡珂尔一步一回头地进了站。

周围人潮熙攘，仿佛是在春运。胡珂尔回眸看了眼，直到人看不见了，才吐了吐舌头，不知是松了口气还是感慨，就是那种感觉好像自由了，但是之后所有事情都要靠自己的感觉。

宁岁倒是很适应，买了些东西，带着胡珂尔去检票。

高铁大概要走四五个小时,晚上十点到站。本来两人已经做好看综艺和剧打发时间的准备,结果张余戈说他和林舒宇也在这趟车上,四人就约着在餐车见面。

他俩是先来的,倒不是像宁岁她们一样要参加学校的活动,只是单纯想再玩一玩而已。

于是四人一起吃了个饭,几周没见,胡珂尔打量张余戈半天,啧啧道:"你是不是长胖了啊?"

张余戈皮笑肉不笑地看了她一眼:"你知道你脸上哪两个地方最好看吗?"

胡珂尔疑惑地看他。

张余戈欠打地指了指她的下巴。

胡珂尔:"……"

两人一边大快朵颐刚点的盒饭,一边瞎掰扯。宁岁看了一下朋友圈,抬眸道:"你们打算去哪儿玩?"

林舒宇在一旁热情地回答道:"先去附近转转吧,听说有条美食街有很多东西吃。"

林舒宇还是对宁岁有好感,张余戈觉得他没戏,还跟他简单分析过利弊,像宁岁这样的美女是不会被单纯的傻劲和冲动征服的。不过林舒宇非说自己是一见钟情,一定要努力一下。

宁岁闻言点点头,这时胡珂尔插嘴问:"谢屹忱怎么没和你们一起来?"

张余戈说:"忱总最近在他们家公司进修呢,他爸让他跟着底下的人学习一下。"

其实他们会提前出来,也是因为谢屹忱最近太忙,约不出来,就他们几个哥们儿满槐安找场子打球、玩剧本杀,感觉待在槐安也没意思了。

谢屹忱这几天一直都在自家公司,说是实习也谈不上,就帮着做一些杂活,顺便了解一下公司是怎么运作的。干了两天之后,谢屹忱觉得他爸可能有些高估他了,专业课都没学完直接上手实操,相当于青铜水平拿着一个黄金的号,结果对面全是王者。

省状元又不是神,也是需要学习过程的。

不过他是这么想的,周围的这些同事可不和他在一条思维线上。

谢屹忱的座位在他爸办公室的门外边,是跟其他人一样的卡座,别人稍微站起来一点就能看到他。于是有些新来的小年轻员工,尤其是女性,工作时间就老站着,美其名曰活动一下筋骨。

谢屹忱不知道,他们私下其实在悄悄聊他。

为什么少爷长得这么帅?那双眼睛好看,是遗传邱总的基因吧?

他好像有点高冷哦,不过我就喜欢他那副样子!

年纪轻轻就能把代码写到这个水平已经很了不起了,还有,听说他是咱们今年的省状元……

谢屹忱有时候去茶水间接水,会看到那些年轻女生们的视线齐刷刷向自己投来,但到底是面对真少爷,她们也不敢太放肆,只有意无意地偷瞄一会儿,便一哄而散。

他倒是不在意,有时候和某个女生对上眼神了就点头简单打个招呼,实际上心里想的还是刚才写到一半的程序。

谢镇麟近日事情很多,谢屹忱尽量不去办公室找他。谢镇麟最近想搞个区块链平台,这两年比特币很火,ICO(首次币发行)愈发流行,他也想赶一赶风口,在他们的部分产品上使用区块链技术,达到去中介化和加密的效果。

本来他已经定好了管理层人选,但岳母这边非要求他任用小舅子。

邱若蕴的弟弟叫邱兆,专业是电子信息,目前自己在经营一家区块链业务的小公司,技术面是对口的。可谢镇麟并不喜欢此人,觉得他有些眼高于顶,想法很多。谢镇麟想找个听话能干的帮手,而不是摆布不了还要看情面的亲戚。最关键的是,邱兆和邱若蕴的关系也不亲。

邱家算是改革开放后那一辈里面条件较好的,但邱父思想守旧,重男轻女,邱若蕴小时候就老得让着弟弟,和父亲的关系也比较淡薄。后来她爸因病去世,邱若蕴自立门户,就遇到了谢镇麟。

老太太兴许是看女儿和女婿的事业蒸蒸日上,就想着让他们提携小儿子一把。

谢屹忱对这件事不予置评。虽然他对他爸颇有成见,但他自己也没怎么见过这个舅舅,所以不好评价。不过他猜,他妈最后肯定还是会屈服的。原因很简单,邱若蕴虽然是铁腕女强人,可毕竟老太太和她是打断骨头连着筋的亲母女。

老头子没了,老太太的精神状况一直不太好,甚至住进了特殊疗养院,谢屹忱高三的时候就是为了照顾她才没进数竞国家队。也是自那时候起,谢镇麟开始低调起来，就怕哪个竞争对手拿这件事大做文章。

其实护工什么的都有，但老太太情绪激动的时候谁也拦不住，还拿尖利物品伤过自己，她也只在看到宝贝外孙时才会平静下来。别人还以为谢屹忱有什么诀窍，其实他只是把自己左臂上那道伤口展示给她看——乖，放下刀，割伤自己很疼的，还会像我这样，留下很丑的疤。

谢屹忱从不像旁人那样大惊小怪地劝她，跟她说什么能做什么不能做，就算老人家说要一起逃学，他也会马上面色如常地背上书包准备出发。

谢屹忱很快要去上大学，邱若蕴也知道老太太现在就像个火药桶，一点就着，所以一些无伤大雅的小事他们尽量能答应就答应。

果然，这天谢屹忱去公司的时候，就看到邱兆从谢镇麟的办公室出来。出乎意料的是，两人似乎相谈甚欢。

邱兆出来的时候，还热络地招呼谢屹忱："阿忱，来，舅舅给你拿了个礼物。"

礼物是最新款的游戏手柄，还是限量版的，看得出邱兆挑选时费了工夫。

伸手不打笑脸人，谢屹忱也客客气气地道了谢。

"新生骨干"活动为期一周。

宁岁和胡珂尔提前入住了各自的本科宿舍，日常活动就是听听讲座，了解一下P大深厚的历史和人文底蕴，熟悉教学楼的分布和院系环境。同时学校还在P大的体育馆举办了运动会、知识竞赛和文艺汇演，声势浩大，来自五湖四海的同学们以前哪里见过这阵仗，喝彩的时候差点喊破喉咙。

提前来学校报到的大一新生有好几百人，为了方便组织，被暂时分成夏令营形式的班级，胡珂尔和宁岁专业不一样，所以意料之中没有被分在一起。

班级还要竞选班干部，宁岁不爱凑热闹，一个看起来很会张罗的女生最后当选了班长。

他们班的辅导员是个大四的学长，主修金融，和林舒宇的专业一样。

学长为人挺热情的，有问必答，还很照顾女生，办活动的时候有什么体力活都让班上的男生去做。

听说宁岁是数学系的，他说要引荐一下他们这届数学系的第一名给她认识一下，还打包票说："我俩关系很好的，有什么学业上的问题你都可以随便问。"

于是他们就在学校比较高级的餐厅里约了一顿饭。

那个数学系第一也是个很厉害的学长，问能不能多带一个人，辅导员跟宁岁说了一声，宁岁自然没有异议。

结果到约定的餐厅，她才发现这人居然是林舒宇，这个学长也是高华的学长，四人互相介绍过之后，宁岁禁不住感叹道："世界真小啊。"

学长叫高澈，戴着一副黑框眼镜，典型理科男，脸上仿佛就写着"我是学术派"几个字，讲到数学的时候就兴奋得手舞足蹈。没过几分钟，他便和宁岁一拍即合，开始认真讨论数学问题："理论上，你这个番茄掉到地上还是可以吃的，因为切点唯一。"

"确实，但你也得考虑它不是完美球体。"

说到这个，宁岁就不经意联想到之前和谢屹忱讨论过的向日葵和鹦鹉螺。

这两周他在公司好像挺充实的，这段时间两人只是偶尔聊过几次，不过他俩经常不在一个时间线上，谢屹忱白天忙，宁岁晚上活动多，有时候对话就不了了之。

吃完晚饭，有几个同学在群里说要去操场吃烧烤，顺便玩阿瓦隆。

宁岁就和林舒宇、高澈告别，跟辅导员一起去约定地点。

路上，辅导员闲聊般搭话："学妹，感觉P大怎么样？"

宁岁说："挺好的。我高中时来参加过暑校，那时候就很喜欢P大。"

"嗯，好好享受大学生活，多出去玩，别只顾着学习，不然到时候就会像我这个大四老狗一样后悔。"

"行。"宁岁弯了弯唇。

虽然身为辅导员，但是学长依然很八卦，话锋一转，意味深长地问："你有男朋友没？"

宁岁愣了一下才说："没有。"

"刚才那小伙子看着不错啊，跟你挺熟？"

吃饭的时候林舒宇又是帮她倒水又是给她添菜，诸多照顾，辅导员看着有种老母亲拉郎配的心思。

宁岁察觉到他的语气，温暾道："还可以，是朋友。"

辅导员"哦"了声，也没再继续说话。他觉得这姑娘性格很特别，说是内敛文静，但偶尔会冒出点无厘头的话，挺灵的，但要想靠近也并不容易。她身上有种不落俗的烟火气，很通透，比如她早早就参悟了班干部竞选其实是个压榨劳动力的陷阱，候选人都在台上锱铢必较地拉票，她在底下优哉游哉地嗑瓜子。

宁岁跟辅导员到操场的时候，大家已经围成一圈坐好了。

众人先玩了几局阿瓦隆，一起分烧烤吃，然后有几个同学跑去旁边的超市买了酒，互相分享自己的故事。大家讲了一会儿，又继续玩阿瓦隆，循环往复。

这是新生骨干活动的最后一天，明天就是报到日，所以操场上很热闹。不只是他们班，其他班的辅导员也带着自己班的同学过来，围成各种圈，不一会，操场上亮起各色各样的灯，照亮一张张洋溢着欢笑的脸。

月落树间，操场边的路灯一闪一闪的，有不知名的小昆虫绕着打转。前几天下过雨，空气还很潮湿清新。他们坐在柔软的草地里，运气好的话，指尖偶尔还能摸到掉落的花瓣。

夏夜里，清脆的蝉鸣声是青春最好的注解。

大概晚上十一点钟，夏芳卉发微信让宁岁快回寝室，太晚了外面不安全。她瞧气氛正好，不想显得不合群，于是撒了个小谎：已经回寝了，快睡啦。

夏芳卉：嗯，晚安。

宁岁放下心来，一旁的女同学正在讲故事，周围的人也都听得津津有味。

宁岁有点掉以轻心，以至于后来也没怎么看手机，直到将近凌晨一点，人潮散去，往寝室走的时候她才看到有二十几个来自夏芳卉的未接来电。

她在心里轻轻地叹了口气，这回自己又是怎么露馅了？

一看信息，不出意外夏芳卉发来各种长篇大论。

夏芳卉：你根本没回宿舍吧？我这边显示你的定位不在宿舍，你在哪儿？还学会撒谎了是不是？才出去几天，你这样能让我放心吗？你能不能懂事一点？

夏芳卉神不知鬼不觉地给她的手机偷偷安装了一个定位软件。

回想起来，夏芳卉好像经常这样，以前上初中的时候就喜欢趁宁岁午睡，拿她的手机翻看聊天记录，如果发现她和异性聊天太过密切，还会理直气壮地过来质问。后来夏芳卉又在晚上大做文章，不允许她单独和异性出去，十一点之前要回家，不能喝酒，设置了诸多条条框框。

看到消息，宁岁一个晚上的好心情像落进沙漏里，消失不见。

她给夏芳卉道歉，每一次她都选择息事宁人。

对不起，妈妈。我刚在参加班级组织的活动，大家都在。我现在回去了。

夏芳卉还在不断发消息，宁岁退出聊天界面，暂时冷静一下。

就在这时，一个格外显眼的深灰色头像跳了出来。宁岁抿了抿唇，深深呼吸了一口气，胸腔中的沉闷感减轻些许。

谢屹忱：睡了没？

Chapter 09　哪怕口袋里只有一颗糖

看着那个深灰色头像，宁岁的指尖在屏幕上停了几秒，回复：能打个电话吗？

那头很快打了电话过来。

宁岁还站在宿舍楼下，操场上的同学陆陆续续往回走，她找了个比较偏僻的小门进了楼，戴上耳机接通电话。

"喂。"

那头的低沉声音夹杂着细微电流声，像清风一样拂在耳畔，宁岁一边爬楼梯一边应了声。

谢屹忱很快察觉出她的语气不对："你在哪儿？"

"刚回寝室。"宁岁叹气，"参加了一天的活动，好累。"顿了一下，她跟他直说，"心情也不好。"

谢屹忱听着她有些沉重的呼吸声，没问她心情为什么不好，反而懒洋洋地道："我先问你一个问题。"

宁岁愣了一下："嗯？"

他的语气吊儿郎当的："狗会汪，猫会喵，鸭会嘎，你知道鸡会怎么样吗？"

宁岁没反应过来："啊？"

"机会留给有准备的人。"这简直是在生挠痒痒。

宁岁忍了两秒，还是"扑哧"一声被他逗笑："这是什么冷笑话？"

207

谢屹忱也在那边笑，听到钥匙旋转的声音，问："你到寝室了吗？"

宁岁回道："刚到。"

"嗯。"他像是思考了一下，"你带的还是之前去艺术街时的那个书包吗？"

话题跳跃度有点大，宁岁不明所以地说："是啊。"

"你有没有发现包里面有个隐藏夹层？"

宁岁开了门进去，把书包放在桌子上。说实话，她还真没注意。

她拉开拉链，掏了半天，摸到包里有些凹凸不平："真的有个夹层欸，里面好像有东西——"声音戛然而止，她从书包里摸出一袋青提味软糖。

她低着头，看着手里卡通包装的软糖。

"买的时候店主说小朋友都比较喜欢吃这个。"谢屹忱慵懒的语气里带着一丝笑意，"没想到真能派上用场。"

像是有石子投进水里，发出"扑通"一声巨响。

房间里的窗户是开着的，晚风循着月光吹过来，宁岁感觉自己心脏跳动的频率有些失控，令人无法忽视。

半晌，她咬了咬唇，紧捏着糖袋子坐了下来，犹豫片刻才撕开包装，拿了一颗放进嘴里，试探地咀嚼了两下。

"好吃吗？"谢屹忱问。

味道一点儿也没变，宁岁点点头说："挺甜的。"

"那就好。"他在那头笑。

心跳还是快，宁岁含着糖，暗自深吸了一口气。

她没说话，他也就不问。空气里安静下来，有很长的一段时间，两个人都没有出声。但耳机里间或传来缓慢的呼吸声，好像谢屹忱就在她身边，连耳郭都覆盖上了一层暖意。

宁岁一边听耳机里的声音，一边鼓起勇气点开了夏芳卉的聊天框。

果然，夏芳卉疯狂发泄了一通之后也平静下来了，先发了十几条长段消息，最后一句说：回去就行，早点休息，晚安。

宁岁回了"晚安"，将手机锁屏反扣在桌面上，慢吞吞地给自己做心理建设。

怎么电话里好像没声了？她忽地有些心慌，试探着问："你还在吗？"

那头突然假模假式地在桌子上叩了两下，紧接着传来一个拖腔带调的声音："您的聊天机器人已上线，请问有什么吩咐？"

宁岁摸了下鼻尖,掩饰住唇边的弧度。

关系也比较熟了,她就不跟他绕弯子了。

宁岁耷拉着头,声音很轻地说:"其实……我今天心情不好,还是因为我妈的事。"她简单跟他讲了一遍过程,又说,"我只是不太明白,为什么她总把我当一个没长大的小孩?"

宁岁已经十八岁了,成年了。很多其他的同学这时候已经独立,甚至能够自己打工赚钱。夏芳卉却还是管这管那,习惯掌控她的一切。这时候宁岁会生出一种窒息感——过度的爱也会成为一种压力吗?

她真的不知道。

在高二的时候,宁岁记得,那段时间非常难熬,加上夏芳卉这种偏离正常范围的控制欲,导致她曾经崩溃地跟那位笔友诉苦。

我在她面前是没有秘密的。所以我从来不写日记,也很厌恶别人试图靠近我。她会看我的手机,会翻我的聊天记录。我感觉自己在她面前像一个被扒光的人,没有任何隐私和尊严可言。过度的爱和关心也是一种打扰。这话听着也许有点矫情,但我觉得我得到的关注让我有点无力承载,它们像汹涌的潮水一样,让我喘不过气来。

因为这样,有时候宁岁希望其他人都不要理她,让她一个人安安静静地龟缩于自己的小世界里,紧紧关闭那扇心门。所以她不太懂怎么与旁人亲近,总是感觉心里面有障碍。当然,宁岁承认,这些也都是真生气之后才说出来的有些过激的话。

每次冷静下来以后,她又想起很多夏芳卉的好。

外婆外公家条件并不算好,外婆也不舍得花钱,所以夏芳卉从小节衣缩食,从未吃饱穿暖过。到现在,她还保留着这种节俭的习惯,但是给宁岁买东西时,仿佛变了个人,大手大脚,什么都要买最贵最好的。

宁德彦已经算够宠她了吧,但夏芳卉有过之无不及,在她出生的时候就给她买了高额的保险,轮到宁越时却并没有。

别人家是重男轻女,他们家可能反而会有点重女轻男。

宁岁从蹒跚学步,到现在考上大学,过去这十八年里,生活里的每一件小事,夏芳卉都无微不至。

如果宁岁说自己不开心,那夏芳卉可能比她还要难过百倍。

夏芳卉自己发高烧的时候还硬挺着熬夜加班,但是宁岁就算只是得个小感冒,她都心疼得不行。而且夏芳卉永远能留意到宁岁想要实现的一些心愿。

小时候宁岁跟爸妈一起跟团去苏州玩,那边有条街卖的全是她喜欢的手工小玩意儿,但是因为旅游团把去每个景点的时间排得很紧,所以他们只逛了一半。

宁岁一步三回头地被拽走,委屈巴巴,结果晚上夏芳卉没跟大家一起去高档茶馆看评弹表演,而是带着她打车穿越大半个苏州,把剩下半条街逛完了。

这件事让她印象格外深刻,因为太感动,她始终都记着。

有时候宁岁会想,自己应该知足。毕竟不是谁都有机会获得这样多的爱,但她还是会不可避免地感到委屈。宁岁觉得自己现在的思绪还挺混乱的,也许是因为当局者迷,所以就特别希望有个人能够说些什么来指引她。

宁岁噼里啪啦说了一通,最后抬起手,轻轻地碰了碰眼睛:"谢屹忱,你说我这样是不是特别白眼狼?我一边享受着我妈的好,一边又排斥她对我的管束。"

她其实很茫然,问出这话的时候也没指望能得到什么回答。这也许本来就是道无解题。

谁知电话那头的人慢悠悠地说了句:"这才哪儿到哪儿啊?"

宁岁疑惑地问:"嗯?"

谢屹忱说:"你要这么说,我还瞒着我爸把他的钱给了别的亲戚呢。"

他很嚣张,也很有自知之明:"一声白眼狼都不够,还得加一句败家子。"

对哦,三四百万人民币。

宁岁也想起来了,沉默了一下,莫名很想笑。这要比起来,自己确实得甘拜下风。

谢屹忱又笑了一声:"这个榜单我排第二没人敢排第一。有我给你兜底呢,别怕啊。"

宁岁觉得他这安慰人的方式真是粗暴又奇特,短短几句就扭转乾坤。

她舔了舔唇,唇上还有软糖甜滋滋的味道。

谢屹忱正色道:"对于这事,你想听听我的理解吗?"

宁岁怔了一下,立刻点点头道:"嗯。"

谢屹忱说:"站在阿姨的角度上,她很爱你,所以希望能了解你所有的情况,这种出发点本身没有错。但是站在你的角度上,你也需要私人空间，希望拥有自己的生活，会感觉她的方式有失妥当也很正常。所以，你不需要因为自己产生了那些负面念头就感到愧疚自责。相反，我觉得你能够体谅到她的难处很不容易，换作我是你，也不一定能像你处理得这么好。"

他说得客观公正，宁岁觉得很受用。他不像一些外人或者长辈，总是站在道德制高点跟她说："你妈妈这么辛苦，脾气是有些急，但你也应该懂事点，多体谅她一些。"

"宁岁，"谢屹忱认真地叫她的名字，"你要知道，你是一个完整、独立的个体，有权做选择，也有能力为自己做过的事情负责。她不是不放心吗？那你就证明给她看，你已经长大了。"

宁岁感觉自己茅塞顿开，或者说，和他聊天，她总是有种豁然开朗、柳暗花明的感觉，仿佛四两拨千斤，一切迷雾都能被扫清。

原先她以为是数学让他们这么有共同话题，后来才发现，好像也不是每个学数学的人都能跟她这么脾性相投。至少今天晚上和数学系那个高学长一起吃饭的时候，她心里就没有这种感觉。不过，也许是宁岁的错觉，她总觉得谢屹忱说话的语气跟她之前的那个笔友有些相似。

但对方具体是怎么回答的，她已经记不清了。

宁岁捏了捏袋子里的软糖，温暾地"嗯"了声，总感觉自己的心跳又有些快。她下意识问："你用过那个数竟的答疑网站吗？"

那头显然像是愣了一下，然后轻笑道："扯哪儿去了，什么网站？"

"Leonhard Euler，我之前跟你提过的。"

他漫不经心地回复："我好像用这个网站查过资料？不太记得了。"

宁岁默默地盯着那袋糖出神，好半晌才又"嗯"了一声。

第二天是报到日，宁岁要早起去做志愿者，于是也没有跟谢屹忱聊很久。

才早上九点钟，校园里的人就肉眼可见地多了起来。宁岁戴上了那个引导员专用的绶带，非常尽职地为大家介绍报到流程，带着新生们去到指定的宿舍。

她站了一个上午，工作任务圆满结束。

孙小蓁也是数学系的，但是宁岁和她不太熟，只知道两人寝室的房间隔得比较远，也没有过多联系。

回到寝室，宁岁发现其他的三个室友也都已经到齐了。其中一个挺自力更生的，正在铺床、挂蚊帐，见到宁岁后很开朗地做了自我介绍："你好，我是毕佳茜。"

宁岁和她打了招呼，见她已经把桌面整理得井井有条，好奇地问："都是你一个人打扫的？"

"是呀。"毕佳茜擦了擦头上的汗，挺坦率地道，"我爸妈没跟着一起过来，我就自力更生了，不过难度也不大，嘿嘿。"

正说着，另外一个室友梁馨月拎着拖把进来，看到宁岁这个新面孔之后双眼一亮："你是去做志愿者了吗？"

宁岁点头，温和地说："对的。"

三个人一阵寒暄。

梁馨月的爸妈跟在后面进来，两人一同说了句"叔叔阿姨好"。看着大包小包的行李把柜子塞得满满当当，毕佳茜躺在上铺感叹道："哇，馨月你东西好多。"

梁馨月的爸爸无可奈何地翻了个白眼："早就说让你不要什么都带。"他捞起一个香蕉大玩偶，"这种东西带一两个玩玩就好了，你装了一整箱。"

梁馨月仿佛早已习惯她爸的唠叨，冲过去把玩偶抱在怀里，嘻嘻笑道："放心，能塞下，你别管这么多啦。"

梁馨月很明显是小公主类型的性格，她是本地人，所以带了很多东西来，桌面上摆放着可爱的盲盒摆件，还有日历和一小盆多肉植物，很有生活情调。

另外一个室友迟迟没有露面，行李箱简单地堆在桌子底下，还没来得及好好收拾。

毕佳茜问："你们知道俞沁去哪里了吗？她好像在这儿待了一会儿就走了。"

梁馨月摇摇头，表示自己不知情。

宿舍是上床下桌的布局，比较宽敞，梁馨月的爸妈帮忙里外打扫了一下就离开了。三人正想聊些什么，这时俞沁一边哭一边冲进了寝室。

毕佳茜是热心人，当即掏了张纸巾就迎上去。俞沁擦干眼泪，还在颤抖地吸鼻涕。

梁馨月也围了上去，大概了解了一下事情经过。

俞沁喜欢比自己高一届的学长，两人都考上了P大。高考后，俞沁鼓起勇气表白，学长也答应了，两人谈起了恋爱，暑假期间一直异地。

俞沁一过来就想见学长，没提前跟他说，就是想给他一个惊喜，结果没想到喜提惊吓。她发现自己的男友在P大还有另外一个女朋友，两个人正在男生寝室楼下卿卿我我。

这对俞沁来说确实是不小的打击，她哭得实在伤心，毕佳茜气愤道："这也太渣了，怎么能这样呢？"

梁馨月就比较直接，出谋划策道："姐妹别难过，要不我找几个朋友教训他一顿？"

俞沁一边哭一边说："我不知道，我现在脑子很乱。"

一旁原本安静的宁岁突然说："我有个好办法。"

三人纷纷抬头看着宁岁，她仔细回忆自己在网上看过的方案："可以去国外的动物保护中心，交大概一点五英镑，就能用他的名字为一只蟑螂命名，这样的话他的名字会一直被收录在蟑螂品种大全里。"

三人震惊地看着宁岁。

好家伙，这是个狠人，把知识边界打开了。

初来乍到，几个人都很兴奋，一直聊到深夜。

俞沁的情绪稳定一点了，她暂时还不想提和渣男有关的事情，就听其他几个人分享故事。

不过也没什么好分享的，除了梁馨月和自己的青梅竹马亲过嘴，毕佳茜和宁岁都没交过男朋友。

"他当时也愣了，没想到怎么捡个东西就撞上了。我也傻掉了，但我俩谁都没推开对方。哇，当时我第一个感觉就是，他的嘴唇怎么这么软啊！"

这个年纪没谈过恋爱也很正常，梁馨月兴致勃勃地讲述自己接吻的经历时，言语间那种青涩纯粹的心动好像还历历在目，听得人脸红心跳。

宁岁揪着被子听着听着，思绪不由自主也跟着跑偏，脑海里莫名浮现出某些特定的画面。也不能说她观察能力强，只是恰好有几次对视的时候，可能是因为身高差，她的视线稍抬起一点就落在谢屹忱的嘴唇上，所以此时她能够回忆起一些细节：他的嘴唇薄薄的，带着浅淡的血色。他平时不笑的时候显得高冷，偶然勾唇又会显得有点坏。

差不多快到凌晨两点了，大家可能都困了，梁馨月说着说着，几人回应的声音都小了。她挨个喊名字确认："岁岁，你睡了吗？"

宁岁把头埋在被子里，瓮声瓮气地回答："睡了睡了。"

报到之后就是新生军训，宿舍里的四人在短短时间内就建立了深刻的革命友谊，很快摸清楚了彼此的性格。

梁馨月直接爽朗，用的都是好东西，很乐于和他人分享，虽然言谈之间有些任性骄纵，一看就是从小被爸妈富养的女孩子，但并不讨人厌，反而蛮可爱的。

毕佳茜和俞沁一样，都来自小地方，前者性格坦率开朗，热情外向；后者则更内敛感性一些，言语之间很少谈起家里的情况，不过话也不少，挺合群的。

谈起为什么要学数学，大家的说法不一。

毕竟女生在数学系里是个宝，长得好看的更稀缺，才开学没几天，系里的好几个男生已经闻风而来，把她们寝室的人的联系方式要了个遍。

"我爸妈就觉得我应该去读金融，因为他们都是业内人士嘛，但我就喜欢数学。"梁馨月说，"没别的意思，我就觉得女生怎么就不能学数学了，我要证明给那些质疑我的亲戚看，我们女孩子可聪明了！"

俞沁也是同样的心路历程，因为喜欢数学。

毕佳茜很实诚地说："我们那个地方考 P 大不容易，竞赛有加分，我就学了数竞。"

宁岁也学了数竞，两人还挺有共同语言的。

经历了感情失败的打击，俞沁在宿舍其他人的积极开导下心情好了很多，再加之有活动充实的军训，其实很难有时间再想别的。白天在大太阳底下站军姿，晚上时常还要去练队列，有时候回到寝室已经很晚，第二天又要早上六点多起来，大家在叫苦不迭中感情迅速升温。

这会儿毕佳茜和宁岁去食堂抢早饭。两人已经穿着迷彩服，扎着高马尾，很守规则地排在长队后面。

食堂里人来人往，有好几个男生端着餐盘经过的时候都不由自主地悄悄打量宁岁。

毕佳茜注意到这个，小声笑道："岁岁，其实第一眼看到你，我就觉得，哇，这个女生好漂亮哦。"

宁岁不怎么会应对这种直白的夸奖，只弯了弯唇。

队伍在行进，毕佳茜又问："岁岁，你用的是什么牌子的防晒霜呀？我感觉你好像怎么晒都晒不黑，白得在发光一样，不像我，天生黄黑皮。"

宁岁心说，你那是没见过某个叫胡珂尔的人。宁岁先告诉了毕佳茜牌子，又认真地打量了她一眼，笑道："哪有，你这是很健康的肤色。"

终于轮到两人打餐，这个窗口卖一些比较清淡的南方点心、烧卖、小笼包之类的，宁岁要了一碗南瓜粥、一份糯米鸡，毕佳茜则要了一笼蒸饺、一袋豆浆。

宁岁没想到北方的糯米鸡都这么大份，看起来非常实惠。毕佳茜埋头吃饭，腮帮子被塞得鼓鼓的。她吃得很香，连带着宁岁的食欲也变好了许多，竟然把自己点的东西全吃完了。

这天一个上午都在训练，大家在操场上走正步。午休的时候，教官一说"解散"，大家纷纷往食堂冲。

梁馨月眼疾手快地抢了张四人桌，毕佳茜掏出一包纸巾在桌子上占位："你们先去拿饭吧，我看着位置。"

梁馨月犹豫了下，还是笑眯眯地点点头："谢谢茜茜啦！"

她们算是反应比较快的，刚打好饭坐下来，食堂里就排起了长龙。

其实学校不止这一个食堂，但这个离得最近，还有三层，菜式丰富多样。

"累死我了。"梁馨月揉腰捶背，埋怨道，"这军训运动量怎么那么大？我今早被教官说了三次，最离谱的是他说我五指没并拢，那么小的细节他也看得见？"

毕佳茜也附和道："别说了，我还因为眨眼被点名了呢，我都被吓死了。"

看来大家都差不多，梁馨月咬着筷子，撇嘴问："你们说，隔壁军训是不是也这么严格啊？"

自从来到P大之后，她们就继承了学校的优良传统，统称一旁的T大为"隔壁院校"。

两校"相爱相杀"早已不是秘密，连微博官方号都会高调互动。学生们也善于开玩笑，出去干了什么坏事一定说自己是隔壁的，但到了迎新的时候又一本正经道："T大也很优秀，距离世界一流大学只有五百米呢。"

俞沁说："隔壁军训也不轻松，我有朋友在那边，跟我说他们都快累死了。因为操场多，南北路又长，在路上就可以直接拉练，据说他们有一天还半夜起来绕着园子徒步二十公里，你说恐怖不恐怖。"

毕佳茜震惊地说："天啊！"

宁岁拿着筷子的手微微一顿。

这件事儿她之前在文思远的朋友圈看见了，早上六点多，他拍了张天边鱼肚白的照片并配文：**两眼一抹黑**。

宁岁也加了槐安清京群几个比较活跃的同学的微信，在朋友圈里看到了拉练时密密麻麻的队列。T大这一届有三千名新生，一起军训时声势浩大，为避免白天阻碍交通，所以才选择在晚上行动。

俞沁说："因为是行军拉练，所以要卷铺盖背上书包、被子和水壶，我听说他们有人走到一半走不动，中途休息直接把被子铺好，安详地躺了下来。"

梁馨月伸出大拇指："隔壁还是厉害。"

正说着，俞沁的手机振动了一下，她拿出来看了一眼来电显示，面无表情地挂断电话。

估计是那个前男友，对方现在进入死缠烂打求复合阶段，几人都没出声。

餐桌上一时有些安静，梁馨月坐在宁岁对面，双眼发亮地看着她的餐盘："岁岁，我能要一个牛肉丸吗？"

宁岁好脾气地说："当然。"

梁馨月拿筷子戳了一个牛肉丸，又想起什么，兴致勃勃地掏出手机说："我闺密跟我说，T大这届好多帅哥啊，他们的表白墙都快被刷爆了，里面全是照片。"

毕佳茜一听帅哥就坐直了："我也想看！"

梁馨月嘿嘿笑道："我把链接发群里。"

宁岁正吃着饭，没看急打开。俞沁倒是动作很快，一边浏览一边发表感言："要不怎么说男朋友还是得在T大找啊，男生质量也太高了吧。"

毕佳茜积极地把手机屏幕转给对面两人看："是啊是啊！你们看这个，好帅啊，眼睛好看，鼻梁也挺，好多人提他的名字欸。"

"你说那个谢屹忱啊？"梁馨月看了眼，八卦兮兮地分享自己听说的一手信息，"他不仅是他们省的状元，还是个富二代呢，那个什么腾云，做企业服务的互联网平台，据传就是他家的。"

俞沁道："这么厉害？但我看这上面有人说他是保送的啊？"

梁馨月道："对，听说他既是省状元，又参加数竞拿了保送资格。"

三人几乎要发疯了，数学系的女生可能都会有些慕强的心理，谢屹忱这种条件简直就是天上有地上无。

梁馨月两口吃掉一个丸子，开玩笑道："我感觉自己有点移情别恋了，回去就踹了我那不中看也不中用的竹马。"

毕佳茜发现宁岁一直在安静地埋头专心喝汤，心想：她怎么对帅哥不感兴趣？

于是毕佳茜兴奋地挥挥手："岁岁，你不看吗？"

她的手机都伸到眼前了，宁岁顿了一下，自然地接了过来："哦，好。"

刚才那谈话她确实不好参与，关于谢屹忱家公司的事情她肯定得保密，怕说实话的话，她们会再深入去问，就没说他俩认识。

宁岁低头大概浏览了一下。

其实每个地方的表白墙都差不多，不过大学人多，T大的表白墙肯定比高华的人流量要大，随时都有人发帖。宁岁看到有人发了偷拍谢屹忱的照片。可能是休息时间，谢屹忱正站在树下喝水，明明大家都穿着一样的深绿色军装，他却显得身姿修长，脊背挺拔，腰带一系，衬得宽肩窄腰，双腿修长，尤为板正利索。

他没戴军帽，细碎的黑发落在额前，人恰好漫不经心地瞥向镜头。

帖子热度很高，下面一群人夸他长得帅，想要在三分钟内知道他的所有信息。

这个人吧，反正到了哪儿都是这种"腥风血雨"的体质。

宁岁没多看，正想把手机还给毕佳茜，却看到下面还有一张谢屹忱的照片，他微抬下颌，指节夹着点燃的烟，正往唇边送去。

背景是夕阳热烈燃烧的模样，红彤彤的一片，他的侧脸就映在这层光晕里，衬得喉结处起伏的线条十分性感。

就是这张照片在T大广为流传，以至于计算机系姚班有一个很帅的大一男生这件事几乎人尽皆知。

他抽烟吗？

宁岁心里一颤，视线定在屏幕上。谢屹忱什么时候开始抽的烟？他看起来还很熟练的样子，可她一直都不知道。

梁馨月放下汤碗，兴致盎然地问："你们说，咱们系有没有这样的帅哥啊？"

俞沁回忆片刻："咱们隔壁排的那个殷睿是不是还不错？"

毕佳茜问："哪个殷睿，走方阵领队举牌那个？"

"对对对，远看挺高的，戴眼镜，是那种斯文型帅哥吧。"

毕佳茜说："下回我要走前面，仔细看一眼。"

梁馨月眨眨眼："谢屹忱那种我可能是够不到了，努努力，让殷睿来给我说晚安。"

几人你一言我一语地开着玩笑，而宁岁脑子还有些空白。这时口袋里的手机振动了一下，她掏出一看，视线定住了，这简直是说曹操曹操到。

谢屹忱：下下周五晚上我们学校有新生舞会，想不想过来玩？

过了几秒，他补充道：每个人都可以带一个外校的同学。

宁岁听说过T大的新生舞会，好像每个系都会举办，规格还挺高的，要不就是借系里较大的场地，要不就是去外面酒店的宴会厅办。

届时学院会邀请很多社团来表演节目，也有很多好吃的东西。但宁岁记得，规定似乎不是可以带外校的同学，而是只能带一名异性，因为到时候要跳舞。

宁岁睫毛颤了下，不知为什么心里有点乱。她迟疑着打出一行字，过了会儿又删掉，最后来回改了改，才给他发过去：我可能不太会跳舞。

隔了两分钟，他回复：没事儿，就随便玩玩，可以看表演。

三周的军训临近尾声，谢屹忱刚吃完饭，此刻正坐在寝室的椅子上，低头看手机。

室友拎着一束橙色桔梗，边吹口哨边走进来："今天又有哦，这姑娘挺可爱的，双马尾，大眼睛。"

谢屹忱侧头看了一眼，刘昶赶紧举手自证清白道："我记得你说过不要收的，但这不是人家害羞吗，连自己的名字都没说，把花塞我怀里就跑了。"

他用眼神示意这花到底怎么处理，谢屹忱说："谢了，放旁边就行。"

"你瞅瞅你这地儿哪里还有空位。"趴在上铺的兄弟插嘴道："欸，我说忱神，要不你给她们编个号？这么多谁能记得住啊。"

谢屹忱觉得他俩有点太夸张了，主要是之前有个女生给他送了个很大的流体暴力熊，宿管亲自拿上来了，他们只好把它暂时先放在寝室的中厅里，再加上林林总总一些硬塞过来的小礼物，就显得宿舍里堆了很多东西。

刘昶问："忱总，这些东西你打算怎么处置啊？扔了怪可惜的。"

谢屹忱垂眸看着手机屏幕，浑不吝地提议道："要不挂网上卖了，捐给T大建楼吧。"

刘昶哭笑不得地说:"哥,你对追求者是真无情啊。"看来他学妹大概率也没戏了。

刘昶和上铺的哥们互相对视一眼,又一起看了看话题男主,这人也不知道是在和哪个妹妹聊天,唇角好像勾着点浅浅的弧度,在那噼里啪啦地打字。

刘昶看了他一会儿,悄声问上铺的哥们:"你说照这攻势,谢哥多久能告别单身?"

对方探了个头,贼兮兮地说:"三个月吧。"

刘昶摇摇头说:"三个月会不会保守了?你忘了那个经管系花志在必得的样子?我感觉至多一个月。"

上铺的哥们说:"但也说不准,我感觉忱神这定力肯定比咱们强。反正我现在还没摸准他喜欢什么类型的。"

刘昶一想也是,现在就是很好奇,下下周谁能有机会当他们系草的舞伴。

同一时间,宁岁看着自己在聊天框里输入的那个"好啊",指尖不自觉收紧。

她是真的不会跳舞,虽然夏芳卉给她一股脑报了好多培训班,但是舞蹈并不在其中。准确来说,一开始她去少年宫上过一节芭蕾课,但她不太喜欢,觉得劈叉很疼,就不太情愿。老师看她的姿势不协调,压腿也压下不去,很委婉地建议还是找找孩子的兴趣所在。

所以宁岁到现在也不知道自己究竟是真没有舞蹈天赋,还是当时反骨作祟,故意没做好,反正她就是不太会跳舞。

手机还停留在聊天界面。宁岁深吸一口气,终于看到谢屹忱回复了她舞会的场地信息,包括时间、地点都很详细。

她先回了个"好",斟酌了须臾,又在表白墙里找到那张夕阳的照片,保存后发了过去。

谢屹忱:你看到了?

宁岁:嗯,原来你会抽烟吗?

谢屹忱:我烦死了,不知道谁给我P的照片。

两个人同时发出消息,空气仿佛沉默了一下。

宁岁舔了下唇:你说这根烟是P上去的?

谢屹忱：不然呢？我什么时候在你面前抽过烟？
宁岁：那你为什么手放在那个位置？
那头一言难尽地回复：我在吃辣条。

最后几天的军训仍旧非常锻炼人的意志力。

中午休息的时间非常短，只有一个小时，意味着大家吃完饭回去躺二十分钟就要重新集合。

宁岁她们几个人一直同进同出，虽然这样在食堂有时候会抢不到桌子，但四个人的气场实在太合了，话题多到怎么聊都聊不完，所以就经常一起行动。

梁馨月伸懒腰，可怜巴巴道："最近踢正步搞得肌肉都快抽筋了，我觉得我的小腿都粗了。"

毕佳茜欢快地提议道："等军训结束了咱们一起去按摩吧！"

今天是军训最后一天，下午就要进行闭营仪式，检验新生们走方阵训练的成果。

几人吃完饭也不敢多聊，端着盘子倒掉剩饭往食堂外走。宁岁和毕佳茜去水果甜品窗口买酸奶。梁馨月道："我和沁沁去外面等你们。"

然而她们刚走出正门，就迎面遇到一个高高瘦瘦的男生。一看到俞沁，对方便急匆匆地过来想拉她："沁沁，你怎么不接我电话啊？"

俞沁的脸色立刻变了，她甩开他的手，冷声道："你觉得我还有接你电话的必要吗？"

"你听我解释，其实事情——"

"解释什么？"梁馨月打断他，"是解释你没有劈腿，还是你没和别的女生在宿舍楼下卿卿我我？"

方穆焯赶忙说："沁沁，那天晚上真不是那样的，我和她就是普通朋友，她来还我课本而已，你肯定是看错了。"

见俞沁不说话，他又试探着上前，一脸可怜地说："你知道我一直很喜欢你，离不开你。你别闹脾气了，回到我身边好不好？我发誓，以后会控制好和异性交往的距离。"

这话说得太虚伪了，宿舍几个人都看过俞沁拍的照片，他都和那个女生抱在一起了，好像还亲了对方的脸颊。

梁馨月拉着俞沁，明显被恶心到了，也不想客气了，直接道："你别狡辩,我们有证据。你别想着既要又要这样的好事。都说癞蛤蟆装青蛙,长得丑玩得花,我们俞沁也不是没有脾气,只是觉得和狗计较不太好,所以请你有点自知之明,麻溜儿滚蛋。"

"你——"方穆焯下意识就想抬手。

宁岁和毕佳茜这时拿着酸奶从后面过来。

毕佳茜见状叫出声:"怎么,你还想打人啊?"

眼看又来了两个女生,再加上梁馨月说有证据,方穆焯明显有些底气不足,态度也软了下来。

不得不令人感叹,渣男还是挺能屈能伸的,跟演戏似的,态度一百八十度大转弯,诚恳道:"沁沁,我真没和她在一起,她考试考砸了,情绪不好,我就安慰安慰她,抱了一下,仅此而已。算是我错了,好不好?我知错了,你就再给我一次机会,行吗?"

俞沁讥笑着摇头:"我都问清楚了,你们已经在一起两个月了,你怎么还好意思在这里编故事啊?写小说的都没你会写。"

其实她知道自己有点恋爱脑,之前一直没拉黑方穆焯就是因为还心存不舍,毕竟高三这一年以来,她一直都拿他当自己的学习榜样。为了能和他并肩,她努力学习,最后考到理想的顶尖大学,却发现自己崇拜的人不过如此。

方穆焯的表情也冷了下来:"所以你不愿意和好了?"

俞沁几乎想翻白眼:"我朋友刚刚说了,没必要和狗浪费时间。"

方穆焯明显已经恼羞成怒:"那我也没什么情面可讲了。"他愤愤道,"你知道我们为什么会走到这步田地吗?就是因为你不够善解人意,总是远程管我的交际,还小气爱吃醋,可烦人了。你这种性格,除了我谁还能忍得了?"

宁岁立即对俞沁说:"别相信,他在给你洗脑。"

方穆焯瞪了宁岁一眼,宁岁平静地注视回去,煞有介事道:"学长,请问当初修长城抽的是你脸上的脂肪吗?不然怎么能砌那么厚实呢。"

新生军训往往是食堂流量最大的时候,门口的人群熙来攘往,几人在这里站了好半晌,周围聚集了一些人频频看过来。

方穆焯估计是觉得脸上挂不住,脸色一阵青一阵白。他忍耐着没说话,灰溜溜地离开了。

四人并排往寝室走,毕佳茜竖起大拇指,真诚地表示崇拜:"牛,你们怎么都那么会骂人啊,教教我好不好?"

　　下午的闭营仪式极其盛大,最后还喷了彩带礼花。一宣布解散,学生们就像刚从笼子里放出来一样,满操场地疯跑,笑着、闹着拍照。
　　天气很晴朗,落日也漂亮。这个夏天圆满结束了。
　　宁岁他们班算是比较克制收敛的,只和教官规规矩矩地合了影。宁岁看到有几个系的同学上蹿下跳,都快爬到足球场的球门上去了。更有甚者,还胆大包天地合伙把教官抬起来向空中抛去,一边用力一边笑闹。
　　鉴于这是个非常值得庆祝的日子,数学系的同学们约着一起到附近去吃夜宵,吃的是一家韩餐,还点了啤酒,大家都很尽兴。
　　宁岁凑齐九张图,发了一条朋友圈,有人有景,只有一张是自己的照片,其他的都是拍的同学、日常训练、黄昏后的操场、晚上的芝士锅。
　　瞬间就有很多人点赞。
　　这十几天,她被校新闻社采访过一次,他们专挑这种长得好看的大一妹子收集新生刚入学的感悟。
　　公众号的粉丝基数还是很大的,那个学长的设备可能比较高级,把宁岁拍得又白又漂亮,因此她在新生群里面小火了一把,当时还有好些男生要到了她的微信。
　　宁岁只挑数学系的同学加了,其他的放着没管。
　　这会儿,朋友圈很快就堆满了新消息提示,下面跟着一连串评论。
　　林舒宇:你们没和教官饯行吗?
　　胡珂尔:你终于解放啦!想死我的可爱宝贝了,我明天去找你吃饭!
　　张余戈:不愧是P大,连黄昏都这么好看。
　　沈擎也评论了一条:构图好巧妙,人美景也美。
　　沈擎去国外之后,两人还聊过几次,但因为时差,联系也不算太频繁。
　　宁岁挨个回复,给沈擎回的是:那可不敢在您面前班门弄斧。
　　下面还有一堆人夸宁岁好看的,她往下浏览半天,并没有看到那个深灰色头像,在点赞里找了一圈也没有。
　　她不死心地又找了一遍,这才看到那个头像被淹没在了中间区域。
　　这时手机振动了一下。宁岁退出来一看,聊天框弹出来一条新消息。
　　谢屹忱:喝酒了?
　　他观察力够强的,为防止夏芳卉问这问那,拍照的时候宁岁已经尽量把空着的啤酒瓶都挪到一边了,只有一张照片里无意中露出了一个角。

这他都能看到啊?

宁岁此刻已经洗好澡爬上床了,在被子里给他回消息:喝了一点,没很多。

谢屹忱:还在外面聚餐?

宁岁:没有,在宿舍,顺便听室友夜聊。

她眨眨眼,忽然问他:你会打架吗?

谢屹忱发了一个问号过来。

宁岁:室友的男朋友是个渣男,我们在讨论找个人把他绑起来打一顿的可能性。

俞沁此刻正一脸嫌弃地讲她和方穆焯相遇的故事,剖析自己当初为什么会动心。她今晚喝了不少,也是借着酒劲彻底和过去告别:"所以男的都一个样,当初还是他先招惹的我呢,到手了就不珍惜了。"

俞沁承认自己是恋爱脑,不过宁岁觉得她还挺清醒的,至少情绪很稳定,没有死缠烂打也没有哭哭啼啼。这时俞沁正拿着条棉柔湿巾在空中跳跃挥舞:"拜拜就拜拜,下一个更乖!我已经决定了,以后只能傻乐,绝不傻悲!"

谢屹忱的消息这时候来了:暴力不是解决问题最有效的方式。

他还挺高深莫测。宁岁顺着话就想问他有什么高见,结果这人未卜先知般说:打字太麻烦,给我转五十块钱红包,我打电话告诉你。

宁岁仰着头打字确实有点累,还会担心手机不小心掉下来,打电话……也挺好的。

宁岁慢吞吞地给他发了个五十元的微信红包,又从被窝里摸出耳机,打了个电话过去。

那头的人声音懒洋洋的:"喂。"

宁岁裹了裹被子,看他没收红包,问:"你怎么不收钱?"

谢屹忱轻飘飘地道:"我改主意了。我今天心情好,收费要贵点儿。"

他是怎么做到每一句话都让人意想不到的?

谢屹忱补充道:"改成五十分钟电话勉强也行。"

他还挺不乐意。

宁岁无言几秒,另起话题:"所以,到底什么才是解决问题最有效的方式?"

谢屹忱笑着说："想知道？"

宁岁不知道他这关子要卖到什么时候，但还是忍了忍："嗯嗯，对的。"

谢屹忱这才道："我听说 T 大和 P 大最近搞了个可降解垃圾桶的合作项目，算是做慈善，可以免费在上面刻字，每种款式大概会做五十个吧。"他笑了笑，语气很坏，"你让你室友把她前男友的名字刻上去，多申请几次，争取让他走遍帝都的大街小巷。"

然后让所有人往刻着方穆焯名字的垃圾桶里倒垃圾吗？

宁岁愣了一下，简直想拍手叫绝，这比她那个给蟑螂命名的方法还便宜省事啊。

梁馨月她们还在底下叽叽喳喳地数落方穆焯的不是，她听了一耳朵，翻了个身，刚才那个感兴趣的问题又闪回脑内。因为怕吵到室友聊天，她压低声音说："所以，你从来都没用暴力解决过问题吗？"

"也不是。"

"嗯？"

谢屹忱漫不经心道："初中的时候打过架。"

虽然那个年纪干什么都很正常，但宁岁一下子有点想象不出他打架的模样。

宁岁下意识问："为什么？"

谢屹忱似乎沉默了片刻。

别说是宁岁，其实谢屹忱自己都难以想象他还有过那么一段经历。

可能是刚知道他爸妈的秘密，他有点被刺激到，所以就开始故意惹事，也谈不上自暴自弃，就是一时钻进死胡同了，心情不爽想要发泄。

三言两语说不清楚，谢屹忱言简意赅道："那段时间父母关系不好，我走了偏路。现在能用言语解决的问题，那时候我就是不肯服软。"他顿了一下，有些自嘲地道："那时候我脾气不好，估计得罪了挺多人，老是有人找我麻烦，我自然就热血上头了。"

宁岁忽然出声："谢屹忱，如果你不想说的话，不用勉强的。"

空气安静了，谢屹忱后面的话顷刻没在了喉间。他垂下头，视线集中在木质桌面上一条很细的裂纹上，喉结上下缓慢滚动，他有些出神。

她似乎总是能注意到这种细节，注意到他言语里自己都没发现的那些细小罅隙。

谢屹忱盯着那处看了几秒，唇角慢慢勾起，他坦然地说："知道了。"

"嗯。"宁岁自然接下，温暾道，"那我也跟你说个我初中的事，很夸张，你一定想不到。"

这句话直接将悬念拉满。就她这小胆子，还能怎样？

谢屹忱短促地笑了声："什么？"

"我问我妈，能不能给我下跪。"

谢屹忱猝不及防地挑了下眉："什么？"

这确实是件在老虎屁股上拔毛的大事，宁岁轻咳了声说："你别误会，我先解释一下。"

事情是这样的。

夏芳卉在宁岁初中的时候脾气非常不好，她一度以为夏芳卉是提早进入了更年期，后来发现，夏芳卉这更年期貌似来了就没走过。所以宁岁每次考试都特别心惊胆战，生怕考得不好又挨她训。久而久之，宁岁就学会了在考试成绩出来之前，先添油加醋给夏芳卉打个预防针，说自己没考好什么的，降低一下她的预期，提前预支一些怒火。这样等考试成绩出来之后，不论是好是坏，宁岁都能够安全过关。

有一次她就如法炮制，谁知夏芳卉那天心情不好，逮着她骂了半天。

宁岁觉得自己这预期降低得有点过了，就试探着提醒，说不定成绩出来，结果还不错呢。

夏芳卉愤怒道："你要能考第一，我直接给你跪下！"

结果两人都没想到，后来宁岁真考了年级第一。

宁岁叹了口气说："我当时确实是胆大，越想越觉得自己白挨骂了，回家就贱兮兮地问她能不能兑现诺言。"

谢屹忱笑得胸膛震颤："然后呢？"

夏芳卉也是有点厚脸皮在身上的。

"她说她没讲过这话。"

宁岁戴着耳机，都没听到梁馨月在底下叫她，直到床板被敲了敲才感觉到，探了个头出来："怎么啦？"

梁馨月和毕佳茜在下面显得有些手忙脚乱："快快快，沁沁喝醉了在这发酒疯呢，快跟我们一起把她搞到卫生间里再吐！"

空气里弥漫着一股浓郁的酒精气味，俞沁坐在地上兴奋道："哪有生煎？快送我嘴里！"

刘昶回来的时候，谢屹忱正坐在桌前专注地浏览 GitHub，一个开源代码库，各路能人开发者会在上面分享程序代码。

姚班是完全以实力说话的地方，最不缺的就是省状元，但谢屹忱是刘昶最佩服的几个人之一。

先不说别的，首先，他自制力很强。T大军训比P大早两天结束，旁边寝室的同学们这时候都在外面玩，谢屹忱却在这研究感兴趣的课题。

刘昶知道他爸妈有相关背景，人在这方面也有天赋，说是天之骄子也不为过。但他不会像其他人一样，因为怕别人赶超自己，就遮掩自己的用功，试图营造一种"我很轻松也能学得很好"的假象。

平常怎么学，怎么努力，谢屹忱都毫不在意地放在明面上让他们看到，而且无论别人怎样，他都能稳稳坐得住。

刘昶觉得这点就怪厉害的。

谢屹忱没注意刘昶那深沉又复杂的眼神。过了会儿，手机铃声响了，他拿起来，径直绕过刘昶，到阳台上去接电话。

来电人是他那敬爱的大妈。秦淑芬这些天接了几桩让她头疼的案子，这会儿估计又是找他诉苦来了。

果然，电话一接起来，那头噼里啪啦一顿输出："现在的豪门夫妻真是有八百个心眼子，我这当事人在半夜睡着后被她老公偷拿了手机，以她的名义在微信上发送了愿意承担高额债务的承诺。还有一个，我听我同事说的，夫妻俩互相看不顺眼，但因为财产利益捆绑太多，就是不离婚，看谁先把谁耗死。你说他们这样活着不累吗？"

谢屹忱听她叨叨已经习惯了："累不累只有他们自己知道，也许人家就喜欢枕着金山银山呢。"

秦淑芬说："幸亏我们那个年代单纯，没这么多花样，我和你大伯也是经人介绍，根本没想着签什么婚前协议。要是放到现在，谁敢这样？"

这话有点一棍子把人打死。

谢屹忱懒散地笑了一下："这得看感情深浅吧。"

秦淑芬沉默了一会儿，忽然道："阿忱，我有个问题不知道该不该问。"

谢屹忱道："您说。"

秦淑芬一直都觉得，谢镇麟和邱若蕴这对夫妻的教育方式就是把阿忱当成大人平等对话，什么事情都分析利弊和对错，所以才养出他这样成熟明理的性格。这样固然有好处，但有的时候，爱是不讲道理的。

他们对待谢屹忱，很少有把他当成孩子温情呵护的时刻，所有青春里成长的阵痛，都是他自己一个人硬生生扛下来的。

初中的时候，他跟人打架打得浑身是伤，去医院缝了六针，直到最后拆线两人才双双露面。

秦淑芬帮他们公司处理过法务事宜，虽然有些事没摆到明面上，但多少也看得出这夫妻俩的真实婚姻状态。

"经历过你父母的事，你会不会再也不相信这些了？"

谢屹忱的声音变得沉重："不相信什么，婚姻和爱情吗？"

"嗯。"

外面的灯光明亮如昼，从高处俯瞰，操场亮着一排路灯，有零零星星几个身影在恣意地夜跑。

晚风拂动，树叶发出沙沙的声音。那一刻，谢屹忱的脑子里没有什么具象的画面，却蓦然闪过几句话。

曾经他的确是抱着不期待的态度，但是后来，有人告诉了他新的答案。

那是他们还在当笔友时聊过的话题。关于爱情，谢屹忱记得那个说法强势地占据在他心头，以至于他一直清晰深刻地记到现在。

她说：我认为，真正的爱是炽热的、诚恳的、不掺杂任何理性成分的，是两个灵魂的惺惺相惜，是无论荣辱都携手并进，是认真笨拙地舔舐对方身上的伤口，是哪怕口袋里只剩下最后一颗糖，我也想让你尝一尝甜的滋味。

如果说姚班是省状元扎堆的地方，那宁岁觉得数学系大概是数竞大神聚集的风水宝地，扔块石头都能砸中俩。所以第一节微积分课，教授也没客气，"哗啦啦"地翻着课本，十分钟就讲完一章内容。

数学系要求所有人都要修难度等级最高的微积分，幸亏宁岁之前跟于志国学过，暑假又抽空复习了一遍，所以现在还处于比较游刃有余的状态，但她依旧不敢掉以轻心。

因为她的作息和毕佳茜比较一致，两人就约着早起去占位。等到上课铃响，梁馨月和俞沁才姗姗来迟。

几人坐的是第三排中央的位置，处于进可攻退可守的地段，既看得清黑板，也不太容易被点名。

宁岁全神贯注地听着，有一下没一下地跟着翻书。

梁馨月坐在她旁边，注意力就没那么集中，视线忍不住悄悄落在右前方。片刻,她轻轻地推了宁岁一下,问道:"岁岁,你看那个是不是就是殷睿?"

宁岁往那头看了眼,右前方坐着一个男生,鼻梁上架着一副细边眼镜,看上去眉眼清隽。他正聚精会神地看教授在台上板书。

宁岁觉得他和沈擎的气质有些相似,刚想收回视线的时候,对方似有所感地看了过来。

两人目光撞了个正着,殷睿愣了一下,礼貌地笑了笑。

梁馨月兴奋地压低声音道:"他还有酒窝!"

宁岁已经习惯梁馨月这看见帅哥一惊一乍的状态了,毕竟她的口号是"永远心动,永远热泪盈眶",至于这对象是不是同一个,那就不能保证了。

课间的时候,宁岁出去打水,在水房排队等待的时候,又遇到了殷睿。

毕竟是隔壁班同学,宁岁还在斟酌要不要打个招呼的时候,对方主动跟她搭话:"同学,你是叫宁岁吧?"

她蒙了一下,顺口就问:"是,你怎么知道?"

殷睿失笑道:"我们前几天加了微信的。"

他的微信昵称好像不是名字,不知道哪个账号是他的。宁岁赶紧掏出手机:"不好意思,我没备注。"

"没事儿。"对方顿了一下,"我叫殷睿,是四班的。"

宁岁点头说:"嗯嗯,我知道。"这回宁岁清晰地看到了他的酒窝,发觉对方笑起来还挺开朗的。

下午五点到晚上七点有"百团大战",就是学校社团一年一度的招新活动。

宁岁和胡珂尔在食堂里吃了晚饭,手挽手在街上逛。各个社团都在百年讲堂前面的三角地上架起了小帐篷,贴着海报,还有艺术团的同学直接在摊位前进行表演。

胡珂尔对于这些天的艰苦奋斗还耿耿于怀,拉着宁岁一个劲儿地求证:"你看我黑了没有?黑了没有?"

宁岁打量她:"没。"

胡珂尔正喜滋滋,又听到她为难地说:"主要是你向下确实没空间了啊。"

胡珂尔恨啊,人和人之间的差距怎么就那么大?为什么这个世界上有人怎么晒都晒不黑啊?

正说着，看到前面有好几个人在跳街舞，胡珂尔兴冲冲地拉着宁岁去看。

胡珂尔是博爱型的，根本不考虑自己有没有时间参加社团，遇到感兴趣的社团一律报名。宁岁则比较谨慎，逛了半天才填了一个音乐剧社的表。

宁岁本来没想报名的，但看着社员们在外面欢快地唱和声，面前熟悉的情景又让她回忆起小时候的声乐课，大家也是这样，扮着不同的角色在台上又唱又跳。

好像有人说过，人生就是要不断尝试，可以做自己想做的任何事情。于是她也没再犹豫，在一个学长笑眯眯的目光下接过了笔。

刚开始上课的这两天宁岁感觉不错，适应良好。

T大和P大开设了互通选课。宁岁就跟风选了一门叫人工智能技术的课，想着顺便可以看看隔壁院校的教学水平。这门课在周四下午，第一节课是概念介绍和导论，并不复杂。

宁岁没学过编程，但是老师在网上发了电子材料，她上课的时候就用电脑简单看了一遍，大概了解了原来计算机有那么多种汇编语言，便捷度和应用范围还不一样。

这门课的老师讲课语速特别慢，讲课似乎没有重点，净扯些有的没的。

课程标题是人工智能，他却给你讲一大堆诗词歌赋，讲AI也可以作诗，但展示出来的都是一些狗屁不通的作品。

翻看课表的时候，宁岁突然想到周五晚上她好像有事，是一节他们系教授临时安排的习题课，要人脸识别签到的，不能缺勤。

不得不说，T大校园挺美的，从宁岁所在的教室往外看，花团锦簇，落英缤纷。后半段的课，宁岁就有些心不在焉了，一直盯着窗外看，下课铃一响就站起来收拾书包。

教室里的同学瞬间涌出去，外面绿树荫蔽，疏影摇曳。

宁岁的眼皮不经意动了动，也不知道谢屹忱现在在做什么。

她拿出手机点开他的聊天框，迟疑片刻，才轻轻地碰了碰他的头像。她先是拍了拍他，然后又给他发了一个教室的定位。

他没立即回复，宁岁也没有什么事情做，出神了半晌，就背好书包，先沿着新民路往北边走，去找记忆里比较熟悉的操场。

那儿一般人最多，什么时间都能看见运动的学生，活力十足。

路上宁岁还顺便买了一袋酸奶，溜达了一会儿，又掏出手机，巧的是，她一眼就看到谢屹忱的消息恰好弹了出来：你过来了？

她步伐顿了下：嗯，有节互选课，刚结束。

两分钟后，谢屹忱发来一条语音。

那头明显还喘着气："我在打球，还没结束。"

宁岁没想好怎么回复，他直接发了个定位过来，是操场旁边的篮球场，语气很霸道：来找我。

新民路两旁柏树高大，枝叶繁密，阳光透过空隙细细碎碎地洒下来，忽然一阵清风拂过，一丝凉意渗透皮肤，扬起的发丝拂过颊边。

宁岁心想，没人说这个季节的下午还能感觉到凉意。

宁岁以为自己记得路，事实上这里太大，布局又紧凑，各种设施和建筑令人眼花缭乱，差点没把她绕晕。

她刚打开导航，就看到谢屹忱又发来语音，仿佛预判一般问道："认得路吗？"

宁岁默默地看了眼手机，导航界面仿佛在嘲笑她是个路痴。

宁岁回复他：认得……

他又发了一条语音，意味深长道："那就行。"

宁岁到达操场的时候刚喝完手里的酸奶，于是就在路边找垃圾桶。

没想到T大校园里的垃圾桶都是智能分类的，就是机器运作有点慢，宁岁在屏幕上捣鼓了好一会儿才弄好。

谢屹忱没再发消息，不知道是不是又上场了。篮球场旁边有个小卖部，宁岁经过的时候，进去买了两杯T大自制的轻糖绿豆冰沙。

她一眼扫过去，场上打球的人比她想象中要多很多，周围还零零散散站着一些围观的同学。

大概下午四五点的光景，太阳不算很毒辣，但阳光算得上灿烂。宁岁用手遮着脸，一边沿着球场边往里面走，一边探着头找谢屹忱，手臂倏忽被人从侧面轻拍了一下。

她一回头，就看见这人站在她后面。

谢屹忱穿着一套藏蓝色的球衣，上面是无袖背心，下面套着宽松的及膝短裤，肩上随意搭着条毛巾。

他身上热意蓬勃，发梢、下颌和肩颈全是汗，一片潮气中，眉眼轮廓更加英挺。

宁岁的视线情不自禁飘向他的手臂，小臂曲线流畅，还鼓着浅浅的青筋。她的心尖莫名痒了一下，问道："你们这是中场休息？"

谢屹忱喘了口气，喉结滚动："不是，找了个人暂时替我。"

其实两人也将近一个月没见了，现在天气还不冷，宁岁穿了一条圆领的荷叶边米色碎花裙，外搭一件浅紫色的开领针织衫，柔软顺滑的头发绾了起来，脸上还化了浅浅的妆。

她的瞳仁清澈明媚，有碎发从她颊边落下，被阳光晕染出漂亮的金边。

谢屹忱低头看着她，眸光微不可察地颤了颤，然后看向她手里提着的白色塑料袋。

宁岁看到他唇边有了很清晰的弧度，他拿过一瓶绿豆沙冰，在一旁的长椅上坐下："谢了。"

宁岁失笑道："我还没说这是给你的。"

"嗯？"谢屹忱闻言，眉梢微扬，盯着她问，"那你给谁的？"

算了，谁让她今天确实有愧于他。

宁岁抿唇咽下嘴里的话，在他旁边面色如常地坐下："多买了一瓶，你可以给你朋友喝。"

谢屹忱淡淡地"嗯"一声，抬眸看了一眼场上。

有几个是他同系的朋友，一边打球一边往他这个方向瞟过来，挤眉弄眼的。

谢屹忱没搭理，拿吸管戳开饮料封口，气定神闲地问："你在这选的什么课？"

宁岁说："人工智能技术。"

谢屹忱倏地翘了一下嘴角，似笑非笑地睇她："这好像不是你的专业吧？"

他出了很多汗，宁岁感觉身边像坐了个太阳，热浪不断扑面而来。

宁岁眨了一下眼睛，回答道："就是单纯感兴趣。"

谢屹忱反问："是吗？"

宁岁用余光瞥到他好像勾起了唇角。

她低着头道："嗯，我想跟社会与时俱进。"她顿了一下，保持语气平稳，"毕竟贵校连垃圾桶都是人工智能的呢。"

谢屹忱敞开双腿，弓着腰，嘴里咬着一根吸管，手肘撑在膝上，用手指有一下没一下地捏着绿豆沙的塑料杯。

宁岁还是拿手挡着脸，一边看几个少年在场中跑跑停停，一边悄悄地四处张望，想看看在哪里可以借把伞。

她还在左顾右盼，谢屹忱不知道从哪里扯出来一件外套，手臂抬起，像头纱一样搭在她的脑袋上。

宁岁只感觉头上霎时落下一大块轻薄的白色布料，她缩了一下肩，疑惑地问："什么啊？"

"防晒衣，备用的。"谢屹忱看了她一会儿，"先别动，披歪了，我帮你理一下。"

宁岁"哦"了声，低下头来。窸窸窣窣的声音中，她能感觉到他倾过身，从后面帮她拉了拉外套的边缘。温热的呼吸落了下来，其实他没有停留很久，但宁岁还是没忍住眨了眨眼，半晌后才转过脸。

不知道是不是她的错觉，这人不仅盯着她看，眼尾还明晃晃地勾着，唇角弧度不断扩大，他好像心情很愉悦。

宁岁拢了拢颊边的碎发，遮住耳朵："没人会打扮成这样看球。"

"嗯。"谢屹忱挑着眉，缓慢道，"但是你晒黑了就不是椰子了。"

距离很近，他的半张脸浸在光里，鸦羽般的长睫投下一层浅薄的阴影，眉骨立体，鼻梁也很挺拔，下颌线条硬朗好看。

宁岁的心跳有点不受控，时间似乎也停滞了片刻。

宁岁盯着他看了几秒，扯开话题道："我有个事情想跟你说。"

"嗯？"

她煞有介事地卖了个关子："有一个好消息，一个坏消息，你想先听哪个？"

谢屹忱瞥了她一眼，几乎没犹豫："好的。"

好消息就是没有更坏的消息了。怎么会有人想先听好消息？

大抵是因为底气不足，宁岁不自然地移开目光，观察着球场上的鞋印和灰尘。

谢屹忱大概是看出了些什么，撩起眼皮凝视着她："那先说坏的。"

宁岁吸了口气，慢吞吞道："我才发现明天晚上有一节课，可能不能跟你一起去舞会了。"

谢屹忱顿了一下，没什么反应，还是那样看着宁岁。只是她觉得那双漆黑锐利的眼睛似乎过于明亮，逼得人无处躲藏。

"翘不了？"他问。

"嗯,要人脸识别签到。"为了显得可信度更高,宁岁立马多说了几句,"是教授临时加的习题课,我当时还不知道,后来也没留意群消息,今天才发现这件事。"

谢屹忱垂着眼,看不清眼底的情绪。过了半晌,他抬了抬下颌说:"嗯,那算了。"

宁岁原本以为他会生气,毕竟谁被放鸽子都不会舒服,但打量他的表情,好像又不是这么回事。

这时候场上的比赛似乎进入了白热化的状态,宁岁这才发现有几道难以忽视的目光频频扫射过来,来自他的同伴,还有周围的女生。

可能是看到他们在这里讲了这么久的话,眼神里带着探询,感觉在揣摩什么。

她忍不住问:"他们是不是都在等你?"

"嗯。"

"我感觉对面那个女生在拍你。"

谢屹忱抬眸,没看对面,反而瞥了她一眼。

宁岁心脏不规律地跳动,顾左右而言他:"你说,我跟你在一起待太久,该不会就不小心入镜被发到T大论坛里吧?"她语气诚恳地道,"我害怕她们给我头上P包辣条。"

谢屹忱盯着她须臾,这才抬头看了一眼对面。

"没感觉有人在拍我,倒像是在拍黄昏。"他意味不明地皱了皱眉,顿了一下,不紧不慢道,"不过这块儿你应该比我有经验吧,毕竟是'人美景也美',摄影专家认证过的呢。"

宁岁:"……"

场子里几个最活跃的男生都是计算机系的,打了一会儿篮球,注意力就被这边吸引了,互相咬耳朵。之前也没见忱神和哪个女生走得近,现在居然还坐一起说上话了,他们心里挺好奇。

"忱哥这是在跟谁聊呢?"

"我眼睛度数高,看不清啊,你们谁赶紧瞄一下!"

"我也看不清,但好像是个美女!"

几人已经按捺不住了,用眼神疯狂示意:您怎么唠上了,还来不来打球了?

宁岁也注意到了那边的窃窃私语,还没说什么,谢屹忱就把毛巾放一边,站了起来,看着她说:"之后没课?"

宁岁下意识点了下头。

"行,那一会儿吃个晚饭。"他把半杯绿豆沙冰自然而然地塞进她手里,低笑了声,"帮我看着?"说完他就上场了。

场上的几个男生上来拍了拍他的肩,这局比赛清零,从头开始。

宁岁之前还真没看过谢屹忱打球,不知道他打球是这么雷厉风行的路数,专挑人家防守薄弱处猛攻。他和队友配合得极其漂亮,轮到他自己三分上篮时,扣球也是扣得干净又利落,丝毫不拖泥带水,确实帅得令人移不开眼。

场外那些看球的女生一个比一个叫得大声,一直拿着手机拍照。

宁岁看了一会儿,抿了抿唇,也不由自主地掏出手机偷拍了几张。

其中有一张照片抓拍得极妙,他投篮的时候,衣摆被风掀起了边儿,差一点,真的只差一点就可以看到腹肌了。

宁岁的心有点痒,她盯着照片又仔细看了一眼,这才锁了屏,抬头时发现旁边的女生好像在偷偷看她。

她总觉得哪里有点不对,膝盖上的手机屏幕微微反光,她用手机当镜子照了一下自己,表情突然僵住,为什么头上多出来一个这么大的蝴蝶结?

宁岁定睛看了看,才发现蝴蝶结是用这件防晒外套的两只袖子绑的。

救命啊!她坐在这儿多久了?

落日西斜,篮球场里有半边渐渐阴凉下来。

宁岁果断把"头纱"揭了,舍下长椅上的东西,走到了更靠里面的一个位置。冷静片刻,她又返回去,把谢屹忱的外套和绿豆沙冰拿了回来,抱在怀里。

她刚坐了一会儿,旁边忽然响起一道清冷的女声:"你好。"

宁岁抬起头,看见一张白皙的脸。

女生愣了一下,不过很快反应过来,直白地问:"同学,你是哪个院的,计算机吗?"

"不是,我是数学系的。"

"哦。"女生上下打量着她,"我刚看到你和谢屹忱说话,你们很熟吗?是朋友吗?"

实话实说,这女生长得还挺好看的,属于娇俏的类型,只是眼神稍微有些不友好,心思几乎都摆在脸上。

宁岁眨了眨眼睛："嗯。"

女生闻言，点点头说："那你可以让一下位置吗？"

宁岁满脸疑惑地看她。

"我最近在追他。"女生抬了抬下巴，宣告般地说，"一会儿等他下来，我要给他送水，这个位置离球场最近。"

"哦。"宁岁看了一眼她手中紧攥着的苏打水，"那你可能不太了解他。"

女生一愣："什么意思？"

"他喜欢很甜很甜的饮料。"宁岁望了望地面，面色如常道，"你下次买可乐或者芬达吧，再带两个柠果，可能会显得比较有诚意一点。"

Chapter 10　椰子和奥利奥

谢屹忱最后还是没有和宁岁一起吃成晚饭。

他从球场上下来的时候,坐在那张长椅上的人已经换成刘昶了。

刚才瞿涵东——就是他们那个只要没事干就趴在上铺的兄弟给他发消息,说比赛快结束了,让他球场见,等着一起吃饭。

刘昶此时正喜滋滋地喝着一杯绿豆沙冰,大腿边叠着那件白色外套,整整齐齐的。谢屹忱的肩上搭着毛巾,他眯了眯眼睛,抬腿朝刘昶走了过去。

刘昶看到他过来了,赶紧屁颠颠地抬手招呼道:"忱总,刚有个很好看的妹子让我把这件衣服给你,就是之前和你坐一起说话的那位,你们——"

谢屹忱打断他:"你喝的是什么东西?"

刘昶看了一眼自己手上的饮料,不明所以地说:"小卖部买的饮料啊。"

打量谢屹忱的表情,刘昶反应过来,拍了拍另一侧的塑料袋:"哦,你的在这里,妹子走的时候特意叮嘱我要交到你手上。"

"嗯。"谢屹忱这才漫不经心地坐下,一边用毛巾擦汗一边掏出手机。

众多消息之中,她的头像在最上面。

宁岁:啊,我突然想起,晚上音乐剧社要排练。我先回去啦,下次再一起吃饭。

谢屹忱直直地看着屏幕,在心里低声"啧"了一下,叹气。

真是个没良心的,有解释,但不多,还画饼。他这还没怎么样呢,人又跑了。

瞿涵东也下了场,大汗淋漓地脱衣服。

谢屹忱收拾好东西,把防晒服拿在手里,和两人打了声招呼,很潇洒地说:"先走了。"

刘昶"欸"一声,问:"你不跟我们去食堂吃饭?"

谢屹忱说:"不了,我回宿舍洗个澡,点外卖吃。"

瞿涵东连忙追问:"忱神!你要叫 M 家的外卖吗?"

谢屹忱扬着眉瞥过来一眼,像是知道他在想什么:"可以,多给你们点一份炸鸡?"

"哇哦!'爱了,爱了'!"

少年人的快乐真的很简单,夕阳渐长,天边的景色很漂亮。

谢屹忱走后,瞿涵东从背包里掏出干净短袖,很不讲究地往身上硬套。

刘昶无所事事,又想到刚才的事情,忍不住感叹道:"你说哪里跑出来这么个漂亮姑娘啊?哪个系的?也来看咱们忱神打球吗?"

刚在打球的时候,瞿涵东就远远看到两人在聊天。他觉得这次谢屹忱的态度不一样,但也没往其他的方向想,毕竟这些天谢屹忱拒绝那些女生的场面还历历在目。

刚才那经管系花还在这儿等了好半天呢,过来送水时,谢屹忱说一句"不渴"就把人轻松打发了。

瞿涵东说:"肯定吧。"他突发奇想,"你听过主人公定理吗?你说咱们总跟在谢哥身边,能不能让那些美女们眼熟咱们,然后退而求其次啊?"

两人坐在长椅上,各自遐想了片刻。

"欸,你离散数学写完没?"

"还没。"

两人互相对视一眼,默默地收拾东西:"走吧,赶紧去食堂吃饭,回去写作业。"

球场不告而别后,宁岁收到了谢屹忱发来的一个简短的"好"字。

第二天一直到晚上十点钟上完习题课,宁岁也没看到他发朋友圈,本来想戳进聊天框问问的,却看到有个隔壁学校计算机系的女生发了九图动态,图片里舞池明亮,灯光闪耀,大家都打扮得精致成熟,穿着各色好看的西装礼服。她配文:咱们系就是上档次啊,租了隔壁五星级酒店的宴会厅。

下面有个认识的女生评论：唯一可惜的就是你们那个系草没有来，还以为能看到帅哥穿白衬衫呢。

宁岁的指尖微微一顿。

这说的是谢屹忱吧？所以他没有去吗？

很快又看到另一个男生回复这个女生：快别说了，你是没看后半程吧，本来大家都快散了，有几个兄弟用门口那个自制立屏给忱神打视频电话，让他讲两句，所以好些同学又回来了，都跑去门口围观。

这大概就是那种人没来但胜似来了的感觉。

宁岁难以想象，自己要是真的和他一起去了会怎么样。她该不会被做成水果罐头丢出去吧。

犹疑了片刻，她退出了朋友圈，也没再去私聊谢屹忱。

之后大半个月，宁岁一直在课业和社团之间来回游走，社团活动风生水起，课业压力也尚在承受范围之内，偶尔参加一些文艺和体育活动，过得无比充实。

她们寝室还是隔三岔五就开启夜聊，气氛很欢乐。

俞沁已经完全忘记了方穆焯那个死渣男，迈向新生活，最近在和物理系的一个男生暧昧。

梁馨月虽然天天喊着要帅哥，但是身体很诚实，和她那个竹马彻底戳破窗户纸在一起了。虽然是异地恋，但是两人每天视频通话，很是腻歪。

梁馨月还喜欢学韩剧叫他"欧巴"，每次捏着嗓子发出"夹子音"的时候，宿舍其他三个人都很有默契地开始抖鸡皮疙瘩。

毕佳茜还是那个万年"宴人"，回宿舍就写作业，要不就看剧、看综艺。

有时候宁岁会和她一起看，最近有两个男生在追自己，攻势有点猛，两人跟商量好了似的，一个主攻食堂打饭，一个专门去教学楼送花，所以宁岁被吓得干脆不怎么出门。

连梁馨月都好奇了："岁岁，那个信科的男生不是挺帅的吗，追人也很有诚意，你这都不喜欢啊？"

宁岁摇头："不喜欢。"

"为什么啊？"

"感觉他长了一对没福气的耳垂。"

梁馨月："……"

"好吧，认真点。"宁岁垂眸，"我只是不太喜欢他老是来教学楼给我送花，也不喜欢他在学生节舞台上表白。"

梁馨月沉默了下说："你可能只是单纯对浪漫过敏。"

宁岁不知道该怎么说，她理解的浪漫不是这样的，太过穷追猛打，只会让她感觉到压力，好像是借着大众的势，去逼迫她同意一样。

如果非要举个例子，那么谢屹忱带着她乘风夜奔，在空荡荡的环海公路上飙车，她觉得还挺浪漫的。

也不知道怎么，她思绪一晃就又想到他，这些天他们没怎么联系，就前几天睡前简单聊了几句。

谢屹忱提到他有个室友叫刘昶，选了一门课叫制服诱惑，结果上课的时候才发现内容是"学会制服诱惑"。

老教授笑眯眯地问台下的同学："有谁是浪费了优先名额抢的课？这就是给你们上的第一课。"

贵校果然花招多啊。

后来宁岁要睡觉了，谢屹忱也没再多讲，自然地道了晚安。这么一看，他好像和那个信科的男生形成了鲜明的对比。

思及此，宁岁慢吞吞地剥开手里的小包装鱼蛋，含糊道："可能吧。"

梁馨月还是不死心，兴致勃勃地提议道："也许只是这个男生不是你喜欢的类型，没关系，反正周末就是运动会了，到时候全校的帅哥都在，你去操场上好好挑挑。"

P大的运动会在十月上旬，数学系学生会的体育部副部长在群里号召大家报名。宁岁正斟酌的时候，胡珂尔私聊她：宝儿！要不要和我一起报名三千米环校跑？也没什么目的，主要为了强身健体，弘扬志气！

最近胡珂尔的异国恋到了比较尴尬的阶段。因为时差，两人不能每天都聊天，关系淡了很多，但是要说分手吧，好像又没到那个地步。

宁岁一本正经问：真的只是去强身健体吗？

胡珂尔：顺便看看帅哥肉体"洗眼"，也算是强身健体的一种方式啦。

宁岁最后还是大发慈悲地答应了她：行吧。

胡珂尔：耶！爱你！

与此同时，林舒宇在他们高华的三人小群里发了一条消息：这周末世界双一流大学即将举行运动会，诚挚邀请两位亲朋好友过来玩！

张余戈很快跳了出来：来来来！正好周末无聊！

张余戈在群里召唤谢屹忱：您跟我一起去吧！

过了大概半小时，谢屹忱回了个OK的表情。

林舒宇一惊一乍的：哥，你现在都走高冷风了？

谢屹忱直接消失，没回复他。

张余戈代替谢屹忱回答他：他最近好像挺忙的。他们那个天才班卷得要死。才大一呢，大家都争着找导师进实验室了。据说如果凌晨两点突然地震的话，姚班全员都能存活下来。听说有一次，隔壁寝四个人都说要睡了，结果不约而同在黑暗的中厅里踩到了对方的脚。

林舒宇：牛哇！

周六这天，先是运动会开幕式，然后是各种不同的比赛。

横幅和彩旗早就挂了起来，一片喜气洋洋的景象。

偌大的运动场内，大家在看台上坐得很紧凑，班委给大家分发了一些小旗帜和巴掌拍手器用来加油助威。

大一新生最活跃，在不同的系之间来回窜，三三两两的好友勾肩搭背，一起看比赛，或者在校园里转。

林舒宇下午四点有跳高项目，张余戈差不多下午一点的时候就到了，美其名曰来参观一下世界双一流大学。结果林舒宇回去午睡了，联系不上人，张余戈凭着他给的预约码先混进了校园，优哉游哉地沿着小路溜达。张余戈本来是想去食堂看看的，但是不巧关门了，于是转道去小卖部买关东煮，碰见了胡珂尔。

张余戈嘴里塞着牛肉丸，两人大眼瞪小眼半天，最后胡珂尔睨他："我回运动场，你去哪儿？"

张余戈正好没地方去："那我跟着你行不？"

胡珂尔高傲地抬了抬下巴，说："行吧。"

校园里绿树成荫，道路四通八达。气温正舒适，秋高气爽，惠风和畅。

胡珂尔是话痨，走了一段就忍不住和他攀谈，八卦兮兮地问："喂，章鱼，你知道你们家酷哥林对我们岁岁有意思吗？"

张余戈的脚步一顿，他意味不明地问："你怎么知道？"

"女人的第六感。"胡珂尔一副看穿一切的表情，喊了一声，"而且他也太明显了吧。"

张余戈说:"那宁岁也知道?"

"应该吧,但我估计她没有很在意。"胡珂尔实话实说。

虽然这是可以预料到的结局,但张余戈还是在心里替他哥们儿叹了口气:"你家女神太难追了,一次都没答应出来过,老林说还是当朋友比较好。"

"他这就放弃了?"胡珂尔啧啧道,"这也不行啊。"

"不然呢?"张余戈瞥她一眼,"或者你跟我说说宁岁到底喜欢什么样的,我让他再努力努力。"

胡珂尔想到什么说什么:"哟,问这种话,你不会也喜欢她吧?"

"我对兄弟喜欢的女生没兴趣好吧。"张余戈扯了一下唇,用格外欠揍的目光打量着她,四两拨千斤道,"你那疑心病男友呢?出国以后还对你管天管地吗?"

胡珂尔被他气得够呛,什么叫话不投机半句多,这就是。

两人进了五四运动场就分道扬镳。

张余戈混在人群中,随便找了个空位坐下来,等了大半个小时,林舒宇终于来了。场中正在比四百米接力跑,一棒接一棒,正在进行最后的冲刺,气氛已经沸腾到了高点。

林舒宇问:"阿忱呢?"

张余戈说:"忙呢,说快四点再来。"

林舒宇问:"那他万一恰好迟了怎么办?"

张余戈拍了拍他:"放心,他说不会错过弟弟的精彩表演。"

快四点的时候,谢屹忱果然来了。

运动员有专门的等待区,他和张余戈就在外面的观看区等着。

谢屹忱穿了件黑色的拉链薄外套,里面是白T恤,下身是黑色长裤。因为长得高,所以他站在侧面拉线的位置,避免挡住其他人的视线。就算这样降低存在感,张余戈还是察觉到旁边围观的人群中有几个女生在有意无意地打量他。

"阿忱,你们T大漂亮女生也不少吧?"张余戈压低声音问,"有感兴趣的吗?"

谢屹忱正低头看手机,头也没抬:"没。"

张余戈想说你这样真的不行,要抬头看看外面的精彩世界。但视线在这位少爷的脸上停了几秒之后,他心说算了,咸吃萝卜淡操心。

谢屹忱的视线停留在屏幕上，他没再搭理张余戈在说什么。

宁岁：你已经来P大了吗？

谢屹忱：嗯，准备看老林跳高。

宁岁：这样啊，那他也是四点半比吗？

谢屹忱：不是，四点，就现在。

他记得她说之后要参加一千五百米长跑，这是除了环校跑以外，她报名的唯一项目。

谢屹忱：长跑在五四运动场？我一会儿过来。

宁岁：哦。

宁岁此刻正在极其认真地做着拉伸运动，一千五百米其实不好跑，既考验耐力又拼速度，要不是体育部副部长疯狂游说，她压根不会报名。

比赛的项目排得很满，梁馨月兴致勃勃地拉着宁岁去看，所以她中午没来得及吃正餐，就简单吃了点零食。

比赛差不多要开始了，她自拍了一张照片，发到家庭群里。

经过上次和谢屹忱聊天，宁岁大概也明白了，因为夏芳卉不太有安全感，所以才总是追着她管这管那，希望能尽可能全面地了解她的动向。于是宁岁尝试多分享自己的日常生活，让夏芳卉有更多的参与感，感觉确实有改善。

群里，宁德彦喜滋滋地跳出来送上祝福：*我们的运动小将加油！*

夏芳卉也发了撒花的表情包，随后又说：*安全第一，比赛第二。*

宁岁：知道啦！

临近四点半的时候，宁岁看了眼手机，谢屹忱给她发了张照片：*我到这儿了。*

他站在起跑点旁边的位置，围观的人不少。宁岁的心跳忽然有些快，她之前从来没有正儿八经地参加过运动会的田径项目，这还是第一次，脑子一热就报名了。

周围人潮沸腾，宁岁和其他运动员在众目睽睽之下走入场地。

这时候她才稍微有了点实感，全身的血液好像要沸腾似的。她抬起眸，在攒动的人群中漫无目的地寻找，忽然视线一定。

谢屹忱身高腿长，穿着黑衣黑裤，插着兜站在一个很显眼的位置，正勾着唇看着她。

宁岁缓慢地眨了下眼，他微扬眉峰，朝她无声地说了两个字："加油"。

她咽了一口口水，收回视线，指尖在掌心中捏紧。枪声响起，一排同学快速冲了出去。

宁岁跑第一圈的时候还算游刃有余，她体形偏瘦，跑起来很轻盈。

运动场里人山人海，宁岁超过了前面几个人，稳稳地排在了第四位，再次经过起点的时候她没有再去看周围，只专注地盯着眼前的红色跑道。

一千五百米，要跑将近四圈，大概到第三圈开始的时候，大家的速度都明显慢了下来。

宁岁紧紧地贴着内侧，忽然感觉一阵隐隐的疼痛，不知道是腹部还是胃部传来的。

后面的人紧跟着，距离很近，宁岁不想因此而懈怠，咬了咬牙，甚至加快了几步，结果她这一发力，那阵疼痛就更加明显了。

"加油！加油！"

旁边的拉拉队员拿着手球花在另外一边的空地上跳舞，震耳欲聋的呐喊声几乎要掀翻场馆。

气氛紧张又刺激，长距离跑就是不断机械地重复摆臂和抬腿动作。宁岁的颊边渗出了细密的汗，肚子还是疼，一顿一顿地抽痛。宁岁心思恍惚地想，自己大概是中午吃小鱼干吃坏了肚子。可是现在没有任何办法，她离第三名很近，坚持下去也许有希望拿到奖牌。

体力急速消耗，宁岁过线之后，前方裁判一挥红色旗帜，扬声道："最后一圈！"

宁岁感觉体温在上升，呼吸也很重。她一直是那种很能忍疼的性格，就算腹部已经非常不适也没有放弃，一步一步朝终点越来越近。

"加油！马上就到了！"周围不知道是谁在喊。

大概还有三十米的距离，宁岁的目光牢牢地锁在前方，眼睛被风吹得刺疼，但她仍旧拼尽全身力气，迈开双腿，咬紧牙关不松懈。在距离终点线越来越近时，宁岁终于在最后一刻超过了前面那个女生，拿到了第三名。

冲过终点的一瞬，身体就像应激反应一样软了下来。

谢屹忱原本站在终点旁边的帐篷里等待，老师看他长得高，让他帮忙拿手旗。

宁岁穿着一身淡粉色的运动服，短袖短裤，哪怕隔得很远也很好辨认。

等人越过终点线，他正想上去迎接，却看到她跟跄一下，然后摔倒在地上，像是很难受似的，侧着身蜷缩起来。

243

谢屹忱把手旗扔在旁边的桌子上，径直冲了过去，将人扶起来抱进怀里。

宁岁忍着疼痛掀起眼皮，逆着光看到他线条流畅的下颌，听见他焦急的声音："宁岁，你哪儿不舒服？"

她闭上眼，说不出话来，感觉头也很疼。谢屹忱在这时侧过身，让她趴在自己肩头，将她直接背了起来。

旁边的同学和老师看见后也反应了过来，急忙给他指操场外面校医院应急车停的位置。

宁岁用手臂环着他的脖颈，脸也靠在他的肩头。一开始她什么都感觉不到，除了疼和热，后来开始颠簸，感觉到他在跑，带着热意的汗和喘息，几乎要渗进彼此的肌肤里。

谢屹忱的脊背宽阔，宁岁的脸颊贴在他颈侧，听到他的呼吸声很重。

两人身上炽烈滚烫的气息交融，她的心跳得快到几乎要跃出胸腔，然后意识慢慢模糊，到最后她失去了知觉。

醒过来的时候，宁岁先看到雪白的天花板，她感觉浑身酸痛，双腿更是发疼，指尖稍微动了动，发现一只手上正挂着点滴。

这里是校医院的病床，墙上的时钟指向晚上八点，距离比赛已经过去了三个半小时。

宁岁神色茫然，反应稍有些迟钝，身体不能动，却感到心在扑通扑通地跳。

她的视线不经意移向床铺一侧，谢屹忱就趴在床边，头枕着手臂，侧着脸睡着了。

床头有一盏小灯，一旁的窗帘半掩，月光透过玻璃洒了进来，顺着他的眉峰跃到鼻梁，再到薄唇。

宁岁身上的擦伤已经用碘伏处理过。她忽然意识到，他外面那件黑色外套此刻正隔着被子搭在她身上。

谢屹忱坐在床边的一张矮凳上，这样弓身的姿势其实有点委屈他。

宁岁不由得想起之前他二话不说背起她就跑的情景，胸腔里还没平复的心跳愈发急促。

房间里光线昏昧，少年的黑发散落，浓密的睫毛仿佛颤了一下。他的右手压在脑袋下面，左手搭在床上，手腕的皮肤呈冷白色，手指修长。

宁岁舔了下唇，忽然很想知道这只手摸上去是什么样的感觉。

她情不自禁地屏住呼吸，用微凉的食指轻轻地碰了碰谢屹忱的手背——他没反应。

宁岁咬了咬唇，又试探着去触碰他的手指，触到的地方软软的。她不自觉地屏住呼吸，仿佛心间一块角落塌陷了。

她定了定神，正要收回手的时候，谢屹忱忽然收拢五指，抓住了她的指尖。

宁岁心里大惊。他还是闭着眼，手上的力道不重，但让她不能移动分毫，整个手臂都是僵的。

怎么会这样？谁来救救她？

墙上的表盘内，秒针在滴滴答答地转动着。

宁岁强行让自己镇定下来，然后暗暗用力想把自己的手指抽出来。她紧紧地盯着他们交握的双手，悬着一颗心，刚刚把手抽出一半，还没来得及喘口气，谢屹忱就将她的手摁在原地，牢牢地攥在掌心里。与此同时，他的脸颊压在右手臂上，像没睡醒似的，说："嗯，别动。"

这间病房的布置颇有生活气息，床头柜上放着一只可爱的小企鹅摆件，就是表情有些呆。

宁岁就像这只呆企鹅一样，耳郭发烫，仿佛被点了定身咒。

过了好几秒，她才勉强接受眼前的局面。手被他牢牢抓住了，动不了就算了，他怎么还越抓越紧。

他真的有点无耻，如果随便一个人来拉他，他也会牵人家的手吗？

手机屏幕好像亮了，宁岁感觉自己很难在不吵醒他的基础上伸手够到手机。正进退两难的时候，门口传来敲门声，是来察看情况的护士。

护士开了大灯，与此同时，床上趴着的人也醒了。在他起身的那一瞬间，宁岁眼疾手快地将手指抽了回来，把手揣进了被子里面，装作无事发生过。

于是护士进来的时候，看到的就是姑娘正襟危坐的样子。

"感觉怎么样？"护士说，"就是急性胃肠炎和有点低血糖，是之前吃坏东西了吧？"

宁岁点点头："嗯，好多了，谢谢您。"

她之前还有点发烧的迹象，挂了水之后体温也正常了。护士给她拔了针之后，简单地叮嘱了之后的注意事项。

宁岁听着,余光瞥见谢屹忱懒散地靠在旁边的椅背上,低着头在给谁发什么消息,好似完全不知道刚才睡着时候的事情。

宁岁呼出一口气,很快收回视线。

护士很快离开,只剩下他们两个人。

宁岁显然还处在有点蒙的状态,谢屹忱的视线扫向她微红的耳根。他轻捏了一下左手,将温热的掌心掩在膝盖上,手背上似还残留着些许痒意,像被小猫轻挠过似的。

宁岁这时才如梦初醒。

谢屹忱将手机收起来,看着她说:"注意事项发你微信了,记得看。"

原来他刚才在记笔记。

宁岁解锁自己的手机,毫不意外地看到了一大堆红色未读消息。他的头像在最上面,注意事项写得很清楚,于是她含糊地"嗯"了声。

谢屹忱看着她:"饿不饿?"

"还好。"她抬眼,迎着他的视线,"那个……谢屹忱。"

"嗯?"谢屹忱耐心地等待着,眼神看上去好像还带着点温柔。

宁岁凝视了他半晌,忽地试探着问:"我有奖牌对吧,谁帮我领的?"

她看着还挺没心没肺。谢屹忱差点被气笑,从兜里掏出一块铜牌拍在她身侧的床铺上:"丢不了你的。你都跑得晕倒了还想着这些,你们系不给你颁发个体育标兵都对不起你。"

宁岁接过奖牌,慢吞吞地应了声。

见状,谢屹忱又问:"现在没不舒服了?"

"嗯。"

"你今天午饭吃的是什么,怎么会吃出肠胃炎?"

"小卖部的小鱼干零食,还有卤蛋和一小包辣条。"

她还真是小猫啊,连买的午饭都是小鱼干。

谢屹忱半眯着眸看她:"就吃那么点儿?能顶饱才怪。"

宁岁很懂得立正挨打,但神色还是有点无辜:"我以为我身体素质好着呢,我知错了。"

宁岁忽然想到什么,轻声问:"你吃晚饭了吗?"

谢屹忱"嗯"了一声,手掌随意搁在腿上:"胡珂尔当时也在看你比赛,我把你送过来以后,她也过来了,还给我买了泡面。"

宁岁愣了一下,关注点不自觉偏了:"就泡面?她怎么没给你买外面餐车上的盒饭？"

"太麻烦了，当时谁有这心情。"他不笑的时候眉眼锐利。

宁岁看着他，眨了眨桃花眼。两人的视线在空气中重重地撞了一下，彼此都愣住了，但又都望着对方，没有移开视线。

氛围不知怎么变得有点奇怪。

谢屹忱的喉结滚了滚，他忽然就笑了，说："怎么？你怕我也吃坏肚子？放心，一桶泡面而已。"他压低嗓音，"我身体素质还可以。"

没人担心这个。

宁岁沉默地拿过手机，终于想起来问："胡珂尔呢？"

说曹操曹操到。

极具穿透力的女声透过门缝传了进来："呜呜，我可怜的岁儿，皮蛋瘦肉粥驾到，我来了，你千万要挺住啊！"

胡珂尔推门进来的时候谢屹忱就站了起来。她俩应该有很多话能聊，他一手插着口袋，一手拿着手机，垂眸道："我先回去了，你有事发消息。"

宁岁简单应了声，胡珂尔的视线在两人之间悄无声息地游走了一圈。谢屹忱没多说什么，出去之后还帮她们掩上了门。

胡珂尔这才大胆地释放自我，目光炯炯地看着宁岁。她之前在旅游的时候就老觉得哪里不对劲，这时仔细一回忆，蓦地发现了很多之前被忽视的蛛丝马迹。

但是……

"先不说这个。"胡珂尔收放自如，正经道，"你先给你妈回个电话吧。阿姨快急疯了。"

宁岁没看她，低头看屏幕，又是二三十个未接来电，微信上十几条未读消息，问她到底在哪儿。

胡珂尔说："阿姨可能是发现联系不上你，后来电话就打到我这边来了，我就跟她简单说了一下状况。"顿了一下，她又说，"不过我没说是胃肠炎，就说你来月经，运动太剧烈，免得她又觉得你不好好吃饭。"

胡珂尔也算是了解夏芳卉，要真说是胃肠炎，估计母女俩好不容易建立起来的信任又得崩盘。

其实这件事要说也怪宁岁自己。本来没什么事的，但谁让她上场前往群里发照片，估计夏芳卉打电话来是想问比赛结果，结果她一直不接电话，以夏芳卉的性格，肯定得打爆她的电话。

宁岁给夏芳卉打了个电话，对方接起来先是问她感觉如何，然后马上说怎么来月经还去参加比赛。

"你自己的身体就只能你自己负责，不要像个长不大的小孩一样了。你知不知道这样会出大问题，可能以后怀孕生小孩都有后遗症！"夏芳卉一生气就喜欢说些夸张的话，讲以后的事情，宁岁很抗拒听到这些。她觉得未来的压力不应这样提前预支到现在的自己身上，每个阶段都有独属于这个阶段的烦心事。

但此刻宁岁还是很虚心地认错道："妈，知道了，我现在没事了，活蹦乱跳的，能立即参加铁人三项。"

夏芳卉唠叨道："你别不当回事儿啊。我跟你说，多穿几件衣服，帝都天气变冷了吧？需不需要我买棉袄寄过去？"

"不用不用！我不是带了好多秋裤吗，真的够穿！"

大概讲了十多分钟，才终于挂了电话，宁岁松了口气。

胡珂尔掀开塑料盖子，将热气腾腾的粥碗递给她："刚才谢屹忱出去吃饭的时候我在这儿陪你，你室友都来看过你了。"

宁岁查看未读消息，宿舍群确实都快被他们"轰炸"了，室友都在关心她的情况。

宁岁回完消息，放下手机，埋头喝了一大口粥，觉得肠胃瞬间舒服了不少。

她不经意地抬眸，发觉胡珂尔目不转睛地看着她，嘴角挂着意味不明的微笑，还不时发出奇怪的声音："嘿嘿。"

宁岁无奈道："你笑什么？"

胡珂尔笑着说："老实交代吧，你和谢屹忱什么情况？"

宁岁装傻道："什么？"

胡珂尔现在处于兴奋爆棚的状态，觉得自己抓住了一个惊天大秘密，都不想提出论据论证了，直接把手机递给她："自己看吧。"

屏幕上是P大的树洞论坛，类似T大的表白墙，其中有一个帖子格外引人注意。

有人隔着好几米拍了两张照片，一张是谢屹忱单膝蹲下来抱她的照片，另一张是背着她的。

宁岁看完后，把手机还给了她："这不能说明什么。你晕倒了他也会帮忙。毕竟是高中同学，情分不一样。"

"我怎么就是不信呢。"胡珂尔半挑着眉，一脸"小样你别想骗我"的表情，"谢屹忱是谁啊？你没听张余戈说吗，他有那么多追求者，总有想装摔装晕制造肢体接触的女生，怎么没见人家挨个去抱呢？还有，邹笑是他高中同学吧，他什么态度咱不是看见了？"

胡珂尔第一次无比清醒精准地找准要害，没被宁岁忽悠过去。她顿了一下，继续说："这都还是小事，可以说他为人绅士，但你那反应才是真正的证据好吧。"

宁岁很快反问道："我什么反应？"

胡珂尔说："我感觉你知道来的人是他之后，那个表情特别安心，就像……"她想了想，从贫瘠的脑瓜里揪出个自己认为合适的措辞，"就像喝牛奶的时候看到有奥利奥的那种安心。"

她还真是有文采。宁岁不自觉做了个吞咽的动作，偏头望向窗外。马路上插着的运动会旗帜飘扬在半空，哪怕是夜晚，校园里还是很热闹喧嚣，每一角都隐秘发生着和青春有关的事。

"好吧，我承认。"

胡珂尔全身毛孔都舒张了，兴奋得不行，结果宁岁道："其实我俩认识挺久了，比你们想象中要熟很多。"

"我们高二上学期就认识了。"宁岁诚恳地解释，"我俩一起去南城参加数竞集训来着。你还记得吗？就是那个'水流湉'。当时你已经走了，他后面才来的。"

胡珂尔愕然又狐疑，连续问了三个问题："怎么可能？你怎么从来都没跟我提起过？那你俩在旅游的时候为什么装不熟？"

"因为，当时发生了点尴尬的事。"宁岁低着头，揪着被单上的白色线团，"那段时间我妈情绪不是不好吗？她骂我的时候被谢屹忱听到了。我那时候就坐在楼道里哭。"

那段时间的宁岁，胡珂尔是真心疼，她整个人状态差得要死，没精打采的，脸色也苍白，日渐消瘦，好像没什么能令她开心的事情。有时胡珂尔刻意逗她几句，她才会勉强笑一笑。

虽然宁岁没有说得很清楚，但胡珂尔大概捋清了来龙去脉，谢屹忱估计是怕宁岁难堪，所以没有提起过以前的事。这么一想，他真的挺会体贴人的。

"这样啊。"胡珂尔嘟哝着，也安静了一会儿。

收拾东西回宿舍的时候，宁岁才发现谢屹忱没带走那件黑色外套。胡珂尔没注意到，以为是宁岁的，正好她感觉有点冷，就穿在身上了。

那件衣服带着淡淡的气息，不知道怎么形容，感觉很干净，像是阳光晒过后留下的味道。

衣服里面有层薄薄的绒，宁岁拢紧了衣领，霎时暖和了不少。她缩起肩，将鼻尖埋下去。

两人手挽着手离开了校医院，在快到寝室的时候分道扬镳。宁岁回到自己的宿舍楼下，正准备上去的时候，却意外碰到了殷睿。

男生背着书包，叫了声她的名字，关切地问："你还好吗？我听说你比赛的时候不舒服。"

宁岁礼貌回复："去过医院了，没事了，谢谢关心。"

"嗯。"殷睿多打量了她几眼，想说什么，又咽下去，"那好，这两天运动会，你们女生有什么需要帮忙的可以跟我说。"

他加入了系学生会体育部，这话不算逾矩。

宁岁闻言点点头，弯唇道："好，谢谢。"

"稍等一下，还有个东西。"殷睿把书包取下来，从里面掏出几件衣服，"这是明天环校跑的队服，不知道你还参不参加，但可以留个纪念。"

宁岁还以为衣服会是 P 大标志性的红色，没想到是浅绿色，很提神醒脑。她新奇地道："还挺好看的。"

殷睿笑着说："是吧，哈哈，我也觉得。"

宁岁瞥到他手上剩下的几件衣服，问："你是在等人拿上去吗？"

"对的，我刚给班长说了，她说打完电话就下来拿。"殷睿看了下手机，"应该快了吧。"

"哦。"宁岁看他在女生宿舍门口干等着也挺浪费时间的，提议道，"要不我帮你拿上去给她吧？"

殷睿迟疑了一下，脸颊上那个小酒窝若隐若现，他笑道："好呀，谢谢你啦。"

殷睿走后，宁岁才发现谢屹忱在十几分钟前给她发了一条消息：回寝室了没？

嗯……现在她暂时有点儿不想理他，但又不想把他晾着，于是简单地回复：回了。

谢屹忱刚回到寝室洗完澡，正在用毛巾擦头发的时候，扫了一眼宁岁给自己发的东西,是分享别人的笔记。

他还没点开,宁岁就撤回了,速度太快,他只来得及看清那个标题:喜欢在睡梦中牵别人的手是什么毛病?

那头很快补一句:发错了。

胡珂尔之前在火车上拉了个群,后来群里又加了谢屹忱。

张余戈和林舒宇听说宁岁犯了低血糖加急性肠胃炎,还是谢屹忱和胡珂尔送去医院的,他俩也不知道具体是什么情况。张余戈怂恿林舒宇去看看宁岁,林舒宇不敢去,怕她觉得他不请自来会心生反感,毕竟她从来都没答应和他单独出去吃饭或者看电影。

而且他还在P大树洞不止一次看到有人说喜欢她,甚至有人在学生节舞台上边唱歌边跟她表白,那男生长得也不赖啊,结果都是铩羽而归。

旅游碰见的时候,他就觉得宁岁对于异性的防备心有点重,不小心靠近她的时候,她会很快就躲开。

林舒宇不知道是什么原因,只觉得这姑娘不太好亲近。

之前他们高华的那个级花罗琼雪,人虽然高冷,但是要是真烦他,也会气得骂脏话。

但宁岁不一样,她表面上挺温和的,从来没有特别失态的时候,面对她就像羽毛投进了水里,悄无声息。

林舒宇感觉她不是没有鲜活的一面,只是那一面藏了起来,没有展现给他。

鉴于林舒宇确实是个胆小鬼,张余戈也没什么法子。他俩索性就在群里关心了下她的情况。

宁岁躺在床上回复:放心,没什么事儿。

张余戈说没事儿就好,转头又在群里发林舒宇下午跳高的视频活跃气氛。他穿了件很紧身的红色背心加短裤,有些一言难尽,肌肉形状都能看见:我真的要笑死了,哈哈!都来看酷哥裸奔!

林舒宇他们班在外面聚会,但是他很快跳了出来:死章鱼,我杀了你!

群里面的气氛很欢乐,但是谢屹忱没有在里面说话。

宁岁望着和他的聊天对话框,稍微有点心虚。

刚才她只是随便搜了下,看看有没有人有相同经历,想着分享给梁馨月一起讨论,结果不小心手滑点错人了。

谢屹忱应该没看到吧?他那头迟迟没动静,宁岁也就松了口气。她斟酌了一下,还是打消了和梁馨月讨论的想法。

宁岁调整好了心态,给谢屹忱发消息:今天下午谢谢你。你的外套没拿走。

隔了几分钟,他回道:没事儿,先放你那里,下周四你来上人工智能课的时候再给我?

他用的是询问的口吻。

宁岁想了想,回复:好。

谢屹忱:那天晚上你要不要留在T大吃饭?

宁岁迟疑片刻,回复:不确定社团有没有排练,再说吧。

就是很奇怪,她有时候没办法控制这种心理上的回避,觉得有人靠自己太近了,要暂时推开,让自己喘一口气。

宁岁想,自己本质上还是不够自信。从小到大,她获得的反馈里打压和责备居多,总是被施以各种条条框框。所以她很少有机会可以循着自己的心意做事,也不知道自己到底喜欢什么东西。似乎是在毕业旅行她结识了这帮朋友以后,生活才开始逐渐有了一点鲜活的颜色。

谢屹忱好半天没回她消息,她觉得自己冷漠的态度可能伤到他了,像那些曾经试图靠近她的人一样。

没想到他又发来消息问:还疼吗?

宁岁以为他问肚子,愣了一下才回答:喝了粥,感觉好多了。

谢屹忱:我看你膝盖被磕到了,洗完澡再涂碘伏消毒一下会比较好。宿舍有吗?

宁岁抿了抿唇,心里突然就有了点歉意:有的。

谢屹忱:嗯,注意事项也记得看,这几天清淡饮食,吃饱饭。

宁岁:知道啦。

过了会儿,他没再说别的。

宁岁:晚安。

谢屹忱:嗯,晚安。

后面跟着一个"月亮"和"星星"的表情。

宁岁盯着屏幕看了几秒钟,莫名觉得那两个微信表情很可爱,此刻唇角也产生了一点向上扬起的冲动。

唉，怎么会有人脾气这么好，被拒绝了以后还送人星星和月亮。

宁岁点开网页，指尖在搜索栏停顿少顷，输入"回避型依恋人格怎么治愈"。

网上有一条医生问答：患者要正确认识自己，在交往中获得信心，克服焦虑紧张的心理，必要时可以服用阿普唑仑等抗焦虑的药物。

这不是废话吗？她要怎么认识自己？怎么获得信心？怎么克服焦虑？一言不合就吃药吗？

宁岁把脑袋埋在膝盖上，在心里默默地叹了口气，想着这件事还是得从长计议，再看看还有没有什么其他的解决方法，总是这样也不行。

Chapter 11　发疯清单

运动会结束后，宁岁还是照旧在社团、学业和文体生活中打转。虽然学过数竞，但是她仍旧保留着高中的习惯，上课的时候很用功，记笔记、研究错题，不敢有一丝懈怠。

周四这天下午，宁岁又去T大教室上人工智能技术课。

她之前果然对这门课有些轻视了，才几节课过去，难度就陡然上升一个台阶。老头儿很厉害，上课讲的还是展示AI作诗作画什么的，下课作业就是复刻类似的程序。

宁岁听到旁边的女生和同伴小声吐槽道："这不就是那种上课教你一加一等于二，然后考试考魑魅魍魉的课吗？谁做得到啊？"

旁边的同伴安慰道："别生气，我听说姚班他们的作业是，模仿'雨课堂'那个小程序，自己写一个'雷课堂'出来。"

雨课堂就是T大平常用来上课签到的软件，老师们会在上面上传课件、点名、布置作业。

女生一脸生无可恋："好家伙，我现在就想赶紧找个计算机系的男朋友，专门帮我写程序。"

宁岁听着听着思绪就有点儿飘，下课收拾好东西，又漫无目的在T大校园里走。她突然感觉T大这园子有几个地方确实景色挺好看的。

经过操场旁边的篮球场时，宁岁特意站在旁边看了一眼，球场中，几个热血少年在抢篮板，大汗淋漓，衣袂飞扬，但是并没有看到某个人。

最近几天谢屹忱都没给她发消息,也不知道他到底在忙些什么。

宁岁不由自主收紧指尖,看着篮球场微微有些出神。

她的背包里装着谢屹忱的那件外套,可是她还没想好要不要联系他,正好撞见一个还算比较熟的高中同学,对方说好久没见了,要不一起吃个饭。

宁岁应下了。女同学叫崔娴,挺热情的,特别能聊,之前和胡珂尔关系不错。

她们就近在桃李园吃了饭,崔娴扒了几口饭,说:"宝贝儿,咱们得快点,我一会儿要去上心理课。"

"心理课?"

崔娴说:"大一大二的必修通识课,每天讲点有意思的案例,挺放松的。"

宁岁产生了点兴趣:"有课程大纲吗?"

崔娴拿手机捣鼓了一阵:"发你微信了。"顿了一下,她热情邀请道,"你晚上没事的话,要不和我一块儿去听听?"

宁岁瞄了一眼,今天要介绍的是MBTI人格测试,她没怎么犹豫:"好,那我跟你去看看。"

上课地点在几百人的大教室,她们俩到的时候,教室已经人满为患。

崔娴丝毫不着急,拿手机打了个电话,回头跟她抛了个媚眼:"搞定,我朋友帮咱们在中间占了位置。"

宁岁眨了下眼,问道:"男生还是女生啊?"

崔娴丝毫不遮掩,得意道:"我的'crush'(暗恋对象)。"

崔娴的"crush"是一个和她同系的学长,比她高一届,对方看到她们之后很热情地招手道:"这里这里!"

因为位置处于正中心,所以想坐进去就需要外面几个同学先很费力地挪出去。宁岁和崔娴一边道谢一边进去,好不容易坐下放好东西的时候,上课铃也响了。

教室前后有两个门,前面那个门靠近大屏幕,角落里有两个位置空着。宁岁看教室里几乎座无虚席,乌压压的全是脑袋,就问:"这课很火啊,怎么还有空位?"

崔娴往那边看了眼,笑道:"靠前面太近了吧,不方便看屏幕。"然后她又不确定地说,"我看谢屹忱之前几次在那个位置坐着,可能是谁帮他留的。"

255

话音刚落,前面的门推开,打头的男生手上拎着一袋 M 记的外卖,像一阵风一般冲了进来,后面的人则单肩斜背着包,脖子上挂着覆耳式耳机,步伐不紧不慢地跟着。

两人几乎是踩点进来的,坐在了那两个空位上,谢屹忱坐的是靠里面的位置。

崔娴一副预料之中的语气:"哎,果然。"她顺势感叹道,"他真的很喜欢踩点。"

宁岁抬头正往那处看,眼睛都没眨一下。

崔娴以为她不认识对方:"你没见过谢屹忱吗?他是我们省状元,槐安的呀。"

宁岁应了声,低下头开电脑:"你和他很熟吗?"

"还好吧,T 大暑校加的好友。"台上老师已经开始讲了,崔娴也咬着笔去看今天的课堂内容,"后来出分后我们交流过几次,感觉他好厉害,但是人挺随和,一点儿架子都没有。"

宁岁点点头,也没说什么,开始听课。

"在讲 MBTI 人格之前,我想先讲讲亲密关系。你们都为人子女,也建立过友情,将来会碰到知心的爱人,步入婚姻的殿堂,将亲密关系传承下去。你在亲密关系中的表现,其实很大程度上映射了你所拥有的人格。"

台上的女老师妆容精致,气质温婉,看起来大概三四十岁左右。崔娴小声跟宁岁说她其实已经快五十岁了:"嘿嘿,老师保养得好吧?这课上座率很高,就是因为大家爱听姜教授说话,不急不躁的,在一定程度上能抚慰到同学们被内卷伤碎的心。"

姜教授娓娓道来:"说到亲密关系,不得不提四种依恋型人格:安全型、回避型、痴迷型、恐惧型。人格的产生和我们所处的生长环境有关,往小了说就是原生家庭,往大了说还包括后天社会对我们的塑造。这四种人格可以从两个维度划分:是否担心被抛弃;是否回避亲密。"

姜教授在黑板上画了横竖两条线,分成四个象限,两两组成不同的依恋型人格。

"安全型是最理想、最有保障的,他们坦率、乐观、从不忧虑,也不回避亲密,是值得信赖的伴侣。痴迷型会害怕父母的抛弃,他们常常很快就进入一段恋情,却又忧心忡忡、患得患失。举个例子,如果爱人没有及时回复自己的消息,他们可能会疯狂打电话找对方,希望密切地参与到对方生活中。但是这类人格的孩子们要注意了哦，这样结果往往并不如人所愿，伴侣可能会因为压力太大而离开。

"说到回避型，他们不习惯依赖任何人，总是很独立。这类人格的形成往往是因为童年时没有得到父母对于自我诉求表达的回应，所以他们就习惯于将情感需求深深压抑在内心，久而久之，也不再尝试向任何人表达。在与回避型交往的时候，你们可能会觉得他们忽冷忽热，反复无常，但是请注意，回避型人格并不是不渴望被爱，而是内心深处不相信能够获得自己想要的那种形式的爱，所以才表现得拒人于千里之外。"

讲到这里，前排有男生踊跃举手提问道："老师，老师，我有一个问题！"

姜教授笑着让男生提问，他站起来干咳了声，上来就说："那个，我最近喜欢上了一个女孩……"

下面立马一阵起哄："哇哦！"

上这课最有意思的就在这里，总是有同学分享自己的故事。教室里闹哄哄的，大家交头接耳，弄得男生也有些不好意思。

姜教授挑了挑眉，做了个请的手势："然后呢？"

男孩顿了一下，索性红着脸一鼓作气道："她应该是回避型吧。我和她最近走得很近，感觉她好像对我也有好感，打篮球的时候还给我送过水。但也谈不上您说的忽冷忽热吧，她没忽冷过，也不抗拒我亲近她，还主动跟我牵过手。"

"但我们见面的频率大概是一周一次，其余的时间她要不是在忙，要不就有别的事儿，约不出来。但每次我想放弃的时候她又会来找我，还挺热情的。"男生说，"我不知道这种情况应该怎么处理，反正我觉得特别上瘾。"

教室里的同学还在闹。十月下旬的帝都，外面还刮着风，室内气氛却越来越燥热。

姜教授推了一下鼻梁上的眼镜，意味深长道："宝贝儿，你长点心眼吧。这不是回避型，这是渣女。"

教室内众人哄堂大笑，掌声雷鸣，大家感叹姜教授眼光犀利的同时，还有点同情那位被蒙在鼓里的哥们儿。

等大家安静下来，姜蓉又笑着说："为了防止同学们弄混，我再跟大家分析一下回避型人格产生的原因。"她点开幻灯片，转头在黑板上板书，

257

"回避型多半是来自于原生家庭控制打压型的教育,父母可能会对他们设置过于严苛的要求,褒奖较少,负面评价居多,所以他们找不到自我价值定位,倾向于回避任何人的亲近,因为他们骨子里就是不自信的,害怕会再受到其他伤害。"

宁岁握着圆珠笔,缓慢地眨了一下眼睛。她将手指蜷起,悄无声息地攥在掌心,低头的同时,不由得回忆起夏芳卉以往对于她的各种要求。

在小学的时候,夏芳卉就督促她尽量考满分,考不到是要打手心的。后来她渐渐大了,夏芳卉也就没再这样做,但还是会在她犯错的时候忍不住斥责她,为什么没有好好努力?为什么连这么简单的事情都做不好?

那时候的宁岁虽然明白妈妈的性格有点偏执,但是也会情不自禁地质疑自己:是啊,我为什么做不好呢?我确实不应该做错的。然后,她就会反复陷入自责到失误的负向循环。

随着时间流逝,现在的她掌控情绪的能力比以前要强许多,也不再因为一点小小的斥责就委屈到想哭。但是一直以来,她发觉自己好像并没有认真思考过这种性格倾向的成因,到现在才明白过来。

想到这儿,她忽然回忆起曾经和那个笔友的对话。

那时候因为是在网上,再加上认识的时间也不短了,宁岁的防备心愈发降低,她和对方分享了自己生活中的一些经历,或有趣或难过的事情,有时甚至把对方当成一个情绪垃圾桶,倾吐内心的不快。

宁岁记得自己跟对方说过:因为你是我不认识的人,所以我才敢把这些告诉你。要是现实中的人知道,我一定躲得远远的。

Nathan 问:为什么?

1212 椰子:因为我会不安。我有点回避型依恋人格的倾向。你不要告诉别人,好吗?

宁岁之前也偷偷跟宁德彦说过,她觉得自己在亲密关系之中有点不太对劲,好像但凡有人试图靠近她,她就有种恐慌和不安全感,想要躲起来。

查网上资料得到的说法是所谓的"回避型",宁岁不知道应该怎么办,那时又恰逢高二下学期,所以她提出想去看看心理医生。

但宁德彦很排斥,当即严肃地说:"胡说什么?你可不要无病呻吟,高中压力大很正常,但哪会到要去看心理医生的地步。网上的话都是假的,别看到点什么你就信了,人千万不能太软弱。"

宁岁理解爸爸当时也被工作的事情压得喘不过气来,排斥一切无用的软弱,但那确实是她曾将心事小心翼翼袒露的时刻。

后来她也没再提起过。

可是Nathan不一样。在她倾诉完之后,他没有问回避型依恋人格是什么,只应了一句:好。

Nathan耐心地说:我不告诉别人,这是我们之间的秘密。

坐在窗口的同学掩上了窗,只漏着一条缝,稍微透透气。窗外的树影摇曳,轻覆在教学楼外。

教室里偶有笔尖落在纸上记笔记的沙沙声,抑或是清脆的敲击键盘声。宁岁忍不住抬眸,目光又朝着斜前方的某个角落看去。

虽然隔着一段距离,但宁岁依旧清晰地看到了谢屹忱棱角分明的侧脸。他专心注视着屏幕,手肘支在桌上,修长的指节抵在下颔,看不清表情。

靠外坐着吃鸡块的那个应该是他室友刘昶,上次在篮球场的时候宁岁和他打过照面,简单聊了几句。

宁岁不自觉就走了神,垂着眸,视线落在面前的电脑键盘上。她心想,谢屹忱在人群中好像总是很显眼,她每次只要一晃神,就能一下子看到他。

谢屹忱会是什么依恋类型呢?

宁岁其实不太能够确定。单从交往上来看,她觉得他成熟、可靠、情绪稳定,好像什么事情在他眼前都不是事儿,什么问题都能够解决,只要他在,就能给予她那种无所畏惧、一往无前的底气。

但是他也说过,他父母不怎么管他,连生日都不记得。所以他有时候会和大伯大妈待在一起,甚至初中的时候还一个人搬出来住。

还有,他手臂上的那道疤又是怎么来的呢?被划伤的时候他肯定很疼吧。

宁岁这时候才恍然发觉,关于谢屹忱,其实她还有很多的事情都不了解。

她怔怔地想着,唇逐渐抿紧。

这时,宁岁前排一个女生举手提问:"姜教授,那这种回避型的心理,应该怎么改善以及治愈呢?"

几百人的大教室里,所有人都在专心致志地听讲,她的问题恰好是宁岁想知道但不敢问的。

姜蓉回答:"第一种方法是自救,发现自己的优点,找寻内心的情感诉求。宝贝们注意,我在这里说自救,并不代表这是一种不好的人格,相反,你们要认识到每一种人格都是独一无二和宝贵的。比如回避型人格心思非常细腻和敏锐,善于发现别人情绪上的变化。所以是这种人格的同学请不要妄自菲薄。另一种方法,则是获得来自外界的力量。如果有一个你信赖的人能够给予你足够的鼓励,你会慢慢建立起属于自己的价值体系,进入自我肯定的正向循环。"

说到这儿,姜蓉眨了眨眼,快五十岁的人了看着还有点儿俏皮:"当然,最快的方法就是找一个安全型依恋的伴侣啦。"

好不容易打了第二次课间铃,同学们陆陆续续起身出去上厕所。

崔娴和她的学长热络地聊了一会儿天,又把宁岁介绍给了对方,两人隔着崔娴友好地打了招呼。

崔娴笑眯眯地问:"这课怎么样,不错吧?"

宁岁点了点头,浅浅弯唇道:"挺好的。"趁着学长出去接水,她也调侃崔娴,"我怎么感觉你俩快成了?"

崔娴的脸上终于稍微露出一点羞赧之色,但是眼睛还是很亮:"是吧,是吧?我也觉得,祝我成功!"

宁岁觉得她就像一朵小太阳花,很擅长和人亲近。刚才一起吃饭的时候宁岁就在想,被崔娴这样的女孩子喜欢上,心情一定很晴朗吧?

崔娴追着学长出去了,宁岁发了会儿呆,把面前的电脑合上,终于决定给谢屹忱发条消息,把衣服还给他。但宁岁又不想让他知道自己偷偷在这蹭课,她干脆假装自己是从教室外过来找他的,先拍了拍他,然后发送一个猫咪探头探脑的表情包过去,问:*你在上课吗?我今天晚上可以过来还你衣服吗?*

她远远看到刘昶在和另外一个室友瞿涵东插科打诨,表情还挺生动,谢屹忱夹在他俩中间看手机。

过了会儿,谢屹忱回复:*好。*

宁岁:*你在哪里呀?*

她的本意是想走完这个表面流程,却见他出乎意料地反问:*你在哪里?*

宁岁眨了眨眼,编了个措辞:*我在学堂路上溜达。*

然后她又继续试探道:*现在可以过去找你吗?*

宁岁看到谢屹忱仍旧低着头,专注自己手上的事,全然不在乎有多少人在悄悄看他。

不一会儿，就有个女生跃跃欲试地来到他面前，隔着桌子同他说话。

因为谢屹忱坐着，女生站着，所以她弯下腰，以便同他拉近距离。

刘昶和瞿涵东也不聊天了，假装各看各的电脑，实际上在眼观鼻鼻观心地看戏。

宁岁觉得那个女生看上去有点儿眼熟，直到对方拿出两盒切好的杧果递给谢屹忱的时候，她才蓦地反应过来，这不是那天篮球场送水的那个女生吗？听刘昶讲是经管系花。

宁岁抿了抿嘴唇，看到谢屹忱随意地抬眼瞥了一眼，似乎说了几句话，又重新垂下眸。但因为距离远，她辨别不出他讲了些什么话。

就在她又要开始发呆时，手机忽然振动了一下。

那头悠悠地回复：行啊，我在你前面六排往左数第十二个座位。

宁岁一愣，表情猝不及防地僵住了。

他怎么知道她在教室里的？他有回过头吗？

宁岁觉得这人视力真的好得不行，从一片乌泱泱的人头中都能把她揪出来。

她盯着屏幕，一字一顿地敲字：哦，那杧果甜不甜？

等了片刻，那头没回复。她下意识抬头去找他，却发现人已经不在原位上了。

宁岁愣了一下，想站起身的时候，身侧却陡然传来熟悉的声音，干净低沉，还明晃晃地带着笑："不知道，没吃。"

宁岁的心尖像是蓦地被什么扫过般痒起来，她放下手机："哦。"

她身边的那个同学一下课就出去了，谢屹忱就靠在她身边的椅背上。

他眼神有些玩味，不紧不慢地拖长音调："你不是在学堂路吗？怎么这么快就溜达到这儿了？"

他到底怎么做到一边应付人还一边找到她的？

宁岁将温热的耳朵藏在头发里，索性撒谎到底，慢吞吞道："对，我骑了辆自行车。"

谢屹忱挑着眉看了她一眼，也没揪着这话题不放，在旁边的位置上坐下。

他身体偏向她，慵懒道："怎么想到来听心理课？"

宁岁看他一眼："崔娴叫我一起来的。你认识她吧？"

谢屹忱回忆了一下，说："嗯，应该是暑校认识的。"

宁岁说："我跟她关系还不错。"

谢屹忱看着她，应了声。

宁岁有些紧张，她还想说什么，他不知从哪里掏出一杯牛油果味道的酸奶，推到她面前，勾唇问："喝不喝？"

谢屹忱今天穿着深灰色的锁口工装裤，双腿修长，上身穿的是一件很浅的卡其色连帽卫衣，领子上还有调松紧度的两根线，闲散地垂落下来。

"嗯。"宁岁想起外面的自动售卖机卖这个酸奶。她觉得他一动，那两根线就在她视野里晃来晃去，她就情不自禁地伸出手拉了一下，结果没想到这玩意儿很松，她一下就把线抽出来了。

宁岁攥着那根线，还有点发蒙。

谢屹忱神色难辨地盯着宁岁，她眼神心虚地躲闪，诚恳地拍着手道："高兴吗？现在你拥有一件限量款卫衣了。"

谢屹忱："……"

就这短短几分钟，有不少同学用探究的眼神望着他们，两人长相都很出众，大家会忍不住打量也是情理之中的事。

高中的时候，各种大型文艺活动主持、晨会朗诵、抑或是英语演讲，所有能够展示自己的舞台，夏芳卉都要求宁岁必须参加。因此她特别会伪装自信，对于被众人打量，她早已学会了忽视。

只是不知道崔娴回来看到之后她要怎么解释，她和谢屹忱其实关系挺近的。

想着尽量少一事是一事，宁岁动了动唇道："对了，你的外套——"

她还没拉开书包拉链，上课铃声就响了。

谢屹忱慢条斯理地站起来："先放着，一会儿下课后你在教室门口等我。"

宁岁淡定开口道："哦。"

崔娴和她的学长踩着铃声回来，气氛看起来很微妙暧昧，她连宁岁桌上多了一杯酸奶都没有发现，坐在座位上一直假装专心听课。后来宁岁不经意瞟到两人在桌子底下偷偷地牵手。

宁岁边喝酸奶边认真听姜蓉讲授课程内容，她发现自己还是很喜欢甜的东西，尤其是这个酸奶颜色绿绿的，看着心情都变好了。

宁岁放下空瓶，悄悄地舔了下唇。

上完课，同学们都收拾东西，零零星星地往外走。

谢屹忱还在前排坐着，刘昶和瞿涵东没走，互相怂恿对方："一会儿吃夜宵去？小桥烧烤，师傅烤的肉筋很劲道。"

"行啊，每周四晚上我都学不动。"瞿涵东将电脑盖得很响，充分表现了积极性，"忱总去吗？"

谢屹忱低头看手机，照旧懒洋洋的模样："有点儿事，你们去吧。"

两人之前课间出去了，没看到他去找宁岁。

瞿涵东按住谢屹忱的肩膀叫起来："神啊，你别是要趁我们掉以轻心的时候回去偷偷'卷'吧！"

刘昶打掉他的手，语调夸张地说："你说什么话呢？咱哥是需要偷偷'卷'的人吗？"

瞿涵东收回卖惨脸："是啊，他都是明'卷'。"

这两人一唱一和的，像在唱双簧。

谢屹忱一人各敲了一下，混不吝道："你俩一个 IMO 金牌，一个物竞国家集训队成员，搁这儿跟我演什么呢？"

谢屹忱走了之后，瞿涵东向刘昶招手，八卦兮兮地问："你有没有觉得忱哥刚才心情变好很多？"

"好像是。"刘昶说，"反正刚开始上课那阵子他看起来挺不爽的。"

快要下课的时候，宁岁就觉得崔娴有点儿坐不住了，频频看时间。铃声一响，宁岁就主动跟她道了别。

崔娴朝宁岁抛了个飞吻："嗯嗯，宝贝我先走啦，之后有机会再找你聊！"

外面的温度稍微有点儿转凉，教室 A 座出来是新民路的一个十字路口，街边是一排挺拔的杨树，树叶在风中招摇。

夜色温凉如水，宁岁穿着一条浅粉色的百褶绒裙，搭配小靴子，上面穿着轻薄的白色羽绒服，围着毛茸茸的交领围脖，脑袋上还戴了一顶和裙子同色的软呢贝雷帽。

她比较怕冷，所以夏芳卉总是给她准备很多秋冬的衣服。

刚才离开教室前，宁岁往前排看了眼，谢屹忱已经收拾好了书包，但好像那两个室友还在拉着他说话。正好她想先出来透口气，于是就在路口等他，饶有兴致地观察着行色匆匆的路人。

宁岁正陷入一种微微出神的状态，有人从后面撞了她一下，她趔趄了

263

一步,与此同时,听到对方先压着声骂了句脏话。

宁岁扭头正想道歉,抬眸却看见一张带着几分愠怒的脸——是俞沁的那个前男友,方穆焯。

方穆焯牵着一个气质很温婉的女生,和俞沁的类型很像,两个人应该是串门来T大园子里瞎逛。

俞沁之前拍的照片恰好能够看到女生的脸,所以宁岁能够确定,这女生就是方穆焯劈腿的那个。

方穆焯不小心撞到别人,脾气却不太行,下意识就埋怨道:"什么人,会不会走路啊?"

反倒是那个女生朝宁岁不好意思地说:"不好意思啊。"

宁岁虽然没笑,但一双桃花眼又亮又明媚。方穆焯被她的长相惊艳到,而后又觉得这张脸很眼熟,才想起来这好像是前女友的室友,那天食堂门前见过。

两种情绪混合在一起,他一方面觉得晦气,另一方面有些遗憾上次怎么没好好观察,这女的长得还挺好看的,就是说的那两句话不太动听。

他仔细打量了宁岁一眼,扯过自己女朋友的手:"咱们走。"

女生倒是关心地问宁岁:"你没事吧?"

方穆焯不耐烦道:"也没怎么着她,她能有什么事?"

说完他拉着女生欲往前走,宁岁歪过头,温和地朝那两人喊了声。

那个女生先回头,宁岁就笑了笑说:"不好意思,但我想问问,你知道自己被'三'了吗?"

"什么?"女生先是惊愕,然后蓦地盯着方穆焯,"她是什么意思?"

方穆焯没想到宁岁会直接挑明,视线径直扫了过来,怒道:"你瞎说什么呢?!"

宁岁没搭理他,对女生认真道:"就是你男朋友有个谈了半年的女朋友,前不久才刚分手的,你们俩的时间线完全重合了。"

女生明显不知道这事,目光登时就变了。她把手从方穆焯的掌心里抽出来,脸都气红了:"所以你假装单身出轨了我?你给我说清楚!"

临近十点,正是最后一节晚课的下课时间,这条路又是东南门各系回寝室的必经之路,路灯明亮,一有什么动静就很受人关注。

那些或打探或看笑话的视线扫过来,方穆焯立刻觉得脸上很没面子。他恶狠狠地盯着宁岁,迅速往前走两步,推了她一下,而后直接拽着她的领口,语气很凶地说:"关你屁事,你给我闭嘴——"

就在这时,有人一拳揍过来,力道十足,带着一丝狼戾的意味。方穆焯登时感觉全世界天旋地转,失去平衡往后踉跄了几步。

他从来没这么狼狈过,不仅当着女友的面,周围还有零零星星的同学在围观。

方穆焯抬眸看见那人护在宁岁面前,顿时怒火丛生,直接握拳冲了上去,结果被轻松钳制住手腕。方穆焯见状又提膝用力去顶他的腹部下方。

谢屹忱本来没想再动手,但对方实在太损,所以几乎是自防的应激反应,他抬脚把方穆焯踹倒在了地上。

方穆焯吃痛地叫了一声,谢屹忱单膝蹲下来,径直拽住他的衣领。手背上筋脉凸起,他将人死死扣在地上,让方穆焯动弹不了分毫。

少年英挺的眉眼格外锐利,他冷冷地勾了下唇,轻嗤一声:"不好意思,脚滑了。"

新民路是一条宽敞的马路,两旁橘黄色的路灯林立。

旁边是综合体育场,路上人来人往,熙熙攘攘。树下散落着金黄色的落叶,在昏昧处铺成了某种生动的油彩。

不远处就有一家小卖部,宁岁撩开透明的门帘探头进去,径直问:"您好,请问有创可贴吗?"

"普通的那种卖光了,只有那种。"男老板叼着根烟,姿态慵懒地跷着二郎腿靠在椅背上,伸手指了指她眼前的立柜。

那是比较卡通的 OK 绷,图案都是叮当猫、樱桃小丸子。宁岁难以想象这个贴在谢屹忱身上会是什么样。

宁岁不自觉地眨了眨眼,嘴角翘起又忍住,拿起 OK 绷说:"那就这个吧。"

谢屹忱跟在后面走了进来。这家小店空间有点逼仄,他太高了,稍微弓着腰,看到宁岁手上拿着一小盒花花绿绿的东西。

他扯了下唇问道:"这什么玩意儿?"

外面就是球场,门口有凳子。

宁岁从书包里找出一盒碘伏棉签:"你先坐一下。"

谢屹忱想说什么,但还是坐了下来。他不太在意地伸出修长的五指,在灯光下打量手背上蹭出的伤口,漫不经心地哼了声:"其实没事儿,弄不弄都无所谓。"

宁岁盯着那处，摇头道："还是得消个毒，免得伤口感染。"

看得出刚才那一拳他真用了挺大力气，都出血了。

"手给我。"

宁岁站着，熟门熟路地掰开棉签白色这边的头，看碘伏顺着管子渗进另外一边的棉花里，她低着头，拉着谢屹忱的手摆到自己面前，小心地用棉签轻轻触碰他指节关节处的突起。

这东西有点凉，碰到伤口的时候带来一丝轻微的刺痛。

但此刻更有存在感的是他带着温度的宽大掌心和缓慢沉重的气息。宁岁手小，所以几乎是捧着他的手指，埋着脑袋，专注地为他上药。

她今天没扎头发，黑长柔顺的发从温热的耳朵边垂了下来，衬得侧脸颊白皙细腻。暖调的灯光照在她的头顶，连发丝都仿佛镶嵌着一圈富有生机的、金黄色的亮边。

这个世界上有人能自带烟火气吗？她不需要多么辛苦嚣张地闯出一片天地，只是静静地站在那里，就能够落在漂亮的光里。

气氛很安静。谢屹忱的喉结微微滚动，他目不转睛地看着她扑闪的眼睫毛。那里软软的，似乎一下就会轻颤个不停。

"你……"宁岁抬头，才发现他在看她，她顿了一下，轻声问："疼吗？"

谢屹忱说："不疼。"

宁岁小心地揭开那张草莓熊OK绷，缓慢地贴到他的手背上。

谢屹忱瞥过去一眼，粉红色卡通图案，傻里傻气又显眼，她贴得还挺兴致盎然。

宁岁思索了一下，忽然发觉他左手手背也有刮痕，像是被玻璃弄到的："怎么这里也有伤啊？"

她抬起眼叫他："谢屹忱。"

"嗯？"

宁岁抿了抿唇，试探地问："你是不是为了对称好看点，才专门去揍的人？"

谢屹忱笑了一声，没回这话，而是盯着她问："那男的是什么人？"

"是我室友的前男友，之前因为他劈腿才分手的。"宁岁又给他的左手涂了碘伏，很扎实地贴了个库洛米图案的OK绷，轻轻地摁了两下，"不重要的人罢了。"

谢屹忱"嗯"了声，把她刚才还过来的外套收好，这才拎着包站了起来。

这里离操场不算特别远，两人就顺着新民路往北边走去。

谢屹忱有一下没一下地踩脚边的落叶。宁岁偏头看了一眼，也学着踩了踩，清脆的叶片碎裂声让她恍惚回到了高二那个安静的雪夜。

身边有好几个人骑着自行车呼啸着冲下大坡，谢屹忱的手还是插着兜，他低着头，没什么表情，姿态惬意又散漫。

宁岁顺口一问："他们都有自行车，你没有吗？"

"没。"

"你为什么不买啊？"T大不是南北纵向两公里吗？

他拖长音回答："哦，因为我有摩托车。"

宁岁："……"

谢屹忱侧头瞥她一眼，勾唇补充道："放宿舍那边了，没开出来。"

两人就这么一路走到操场。不过来还不知道，这儿架起了一块巨屏银幕，有人在调试设备，似乎正准备放电影。

原本空旷的草坪上同学们三三两两地围坐着，还有女生在地上铺了那种野营的餐布，旁边放着一盏小夜灯，和朋友盘腿坐在上面，等待电影开场。

宁岁明显有点感兴趣，谢屹忱随便问了个男生，才了解到这是电影社在搞招新活动，放的是近两年的一部英国独立电影奖提名片，比较小众，叫 A Brilliant Young Mind（《X 加 Y》）。

宁岁偷瞄在忙碌的工作人员，忍不住道："你们T大确实有钱，随便一个校级社团也有资金用这么好的设备。"

"嗯，那确实。"谢屹忱勾唇，不紧不慢地瞥她一眼，"你现在考虑转学还来得及呢。"

他们选了个正中靠前的位置，宁岁从包里掏出一张类似桌垫的东西，恰好可以容纳两个人坐下。

谢屹忱扬了扬眉梢："你怎么什么都有？"

还不是因为夏芳卉准备得多呗，一个劲儿地给她塞东西。

宁岁瞥了他一眼，诚恳地道："嗯，你也可以叫我多啦A岁。"

C楼超市就在附近，在安顿下来之前，宁岁忽然说："我去买几瓶酒？"

谢屹忱语气懒散道："干什么？想喝？"

看他这样子，好像压根没把身上的伤当一回事。

宁岁已经看见他受伤好几次了，不知道没看到的还有多少次。

他为什么总是受伤？也不知道今天到底发生了什么。他不主动说，她就无从了解。

"不，给你左手消消毒。"宁岁低着头，"我怕碘伏的效果不够好。"

谢屹忱怔了下，抬眸看她，眼底的情绪有些意味不明。

宁岁下意识屏息，片刻后也控制着自己抬头看他，不声不响地和他对视。

"走不走？"她挺执着。

谢屹忱凝视着她，片刻后忽地短促地笑了声。

"嗯，走吧。"他嗓音低沉地说，"C楼最近装修了，跟之前不太一样，带你逛逛？"

装修过的C楼确实不一样了。

之前宁岁和宁德彦来的时候只是初中生，几年过去了，这儿都已经翻修好几次了。

地下超市宽敞开阔，灯光明亮，商品琳琅满目。旁边还有几家餐饮小店，付款都是人脸识别，特别方便。卖酒的货架就在收银台旁边，T大的物价也很便宜，据说学校会给补贴。

谢屹忱拎着一个购物篮，宁岁就自觉地往里面多放了几瓶不同牌子的罐装啤酒。

两个人在超市里走马观花地逛了一圈，回来的时候电影刚刚开场，他们之前选的那个位置也坐了人。于是他们便沿着跑道绕到斜前方，选了一个相对偏僻，但是离银幕不算太远的地方。

操场上有不少同学都带了台灯，就像草坪上缀着许多颗亮晶晶的星星。

这部电影讲的是一个患有自闭症的数学天才少年Nathan的故事，主人公性格古怪，有表达障碍，却慢慢在其他人的感化下明白了爱是怎么一回事。

四周静悄悄的，大家都在认真观影，宁岁听到旁边窸窣的响动，是谢屹忱递给她一罐啤酒。

他似乎知道她喜欢开瓶的过程，并没有替她打开。瓶身凉凉的，她盯着那个拉环，探究地拿指尖扣了扣。

"嘭"的一声，酒液小幅度地溅了出来，有几滴沾到了她的睫毛上。

她还没开口，纸巾就递到了她面前，然后她听见他轻笑了一声。

宁岁突然觉得有点耳热，接过纸巾擦了擦脸，又把脖子上碍事的毛绒围脖解了下来。

她拿着酒摇了摇，瞄了他一眼，这才开口道："挺巧的，我那个笔友的昵称好像就叫Nathan。"

谢屹忱拿了一瓶酒，动作一顿，然后轻松利落地打开："是吗，他是个什么样的人？"

宁岁说："很厉害，我觉得他是个天才。"

谢屹忱愣了一下，倏地挑起眉峰，耐人寻味地说："哦，评价这么高啊？"

"嗯，他思维很敏锐，对于数学很有天赋。而且很特别的是，我觉得他同理心也很强，脾气特别好。"

宁岁乌黑的眼睛被周围的光线衬托得很明亮，跃动着细闪的碎金光芒。

谢屹忱眸色闪动，还没接话，却听宁岁幽幽道："他唯一美中不足的，就是有点渣。"

谢屹忱问道："什么玩意儿？"

宁岁慢吞吞地说："因为我发现，我俩之间的相处模式通常是我说我的困惑，他开导我。但他从来没跟我说过他自己的事情，很神秘。而且他还很喜欢听我家的家长里短的事，比如我弟犯错被我妈追着打什么的。"她垂下桃花眼，思索道，"所以我老觉得他其实是个深藏不露的家庭伦理剧编剧，在免费拿我的素材。"

谢屹忱："……"

其实高二那年集训，大概有两百个人参加，都是不同省份过来的同学。很多人他只是打了个照面，不清楚名字，现在甚至连长相都记不清了。

只有宁岁和他产生了明确的交集。

那晚误打误撞听到她打电话，瞧她状态不大好，谢屹忱索性坐下来，拿着宁岁的卷子给她讲了她不会的题目。所以后来，宁岁在数竞答疑网站上给他拍了竞赛试卷时，他一眼就认出了她的笔迹。

那时候他没想告诉她自己是谁，一是怕再提到她的伤心事；二是觉得她就算现在知道了也没意义，不能做什么，大家都还要高考呢。

然后他们就这么自然而然地在网上聊了起来。

谢屹忱发现，宁岁其实不像他想象中那样文静内向，她挺有意思的，偶尔还有点无厘头，有很多奇思妙想。他跟她时不时聊一聊，心情会放松不少。

兴许是隔着网络的缘故，她也对他坦诚很多，比如原生家庭；比如喜欢什么不喜欢什么；比如对什么过敏，都会不设防地和他说。

宁岁总跟他说她家的趣事，比如她那个调皮鬼弟弟，四十公斤的身躯里有三十九公斤都是反骨，上房揭瓦什么事都干过，为此没少挨揍；还有她父母，虽然吵吵闹闹，但仍然还是最惦记彼此，到现在还在雷打不动地过结婚纪念日。

她的描述里含着一种扑面而来、闻所未闻的烟火气，十分鲜活生动，又令人新奇。

谢屹忱直直地看着她，屏幕上变幻的光影静静地照着两人的侧脸。

大概过了好一会儿，谢屹忱似是笑了下，散漫地举起酒瓶："选一个吧，想看电影还是听故事？"

宁岁坐直身体，微抿着唇，眼睛却隐隐发亮："听故事。"

两个酒瓶在空中干了杯，金属罐碰撞发出响声。

"嗯……"谢屹忱望着操场上三三两两挨在一起的人群，过了片刻才说，"我今天见到我妈了。"

他们有几个月没见面了。今天邱若蕴来帝都出差，说要找谢屹忱吃个午饭，他自然没有理由拒绝。他的舅舅邱兆也跟着一同前来，三个人和邱若蕴身边最得力的亲信在学校附近找了家比较高档的餐厅吃饭。

席间，邱兆和邱若蕴在聊公司的事，邱兆认为公司发展到现在，需要更大的曝光和更多机会，去港股或者美股上市能够获得更高的估值，他希望能够积极推动此事。

邱若蕴却认为时机未到，她和谢镇麟筹谋已久，自然对公司非常了解。他们每一步都走得谨慎，厚积薄发，操之过急有可能满盘皆输，必须打好根基。

邱兆说他已经试图去联系了一些香港的外资投行，邱若蕴本就对邱兆的任职有所不满，但迫于老太太的恳求还是选择服软。现在她这弟弟又不停地对业务发展的进程指手画脚，所以爆发争吵也是意料之中的事情。

邱兆觉得她既然做了商人，情怀就是最廉价的东西："不管怎么讲，你先套现十几亿再说啊！最近股市水涨船高，明年经济还会上行，现在不上什么时候上？这东西就是商品，必须待价而沽，否则到时候政策一变，时来运转，容易落得个两手空！"

邱若蕴则更为冷静，一针见血道："我和镇麟有自己的打算，我们欢迎自己人提出有建设性的意见，但并不希望对方过多置喙。你别忘了是谁让你能够坐到今天的位置上，最好就听我的话给我好好做事，否则我既可以把你弄上来，也可以让你立刻滚蛋。"

争吵中，有人无意弄掉了桌上的酒杯，玻璃碴飞溅到谢屹忱的手背上。

这个情景和当年何其相似，只不过那次他流了更多的血。

那伤就在那里，他以前受伤的次数多了，所以没怎么注意，不知道今天邱若蕴看没看见，不过他估计她即便看见了也不会太在意。

谢屹忱多少还是觉得有些无言，他们面对利益时完全不掺杂任何私人感情，即便是亲人，也能够一言不合就在酒桌上撕破脸。

如果有一天公司的运转真的出问题，结局会怎样？谢屹忱不知道。

谢镇麟跟他保证过，不会大难临头各自飞。

"所以，因为你姥姥，阿姨才让你舅舅进公司的？"

"嗯，她现在精神状态不太好，我外公去世对她打击很大。"谢屹忱没说老人已经确诊了精神分裂症，但他想宁岁多少能够猜到。

宁岁忽地紧攥了下手指："所以，你高三也是因为这件事才会退出了数竞选拔吗？"

谢屹忱"嗯"了一声。

宁岁感觉心脏某处像被盐水浸过，泛着苦涩。

她抱紧自己的双膝，这一刻才发现外人有多偏颇，只瞧见他锋芒耀眼，却不知道他在这风光背后所独自承受的一切。

如果没有退出集训队，以谢屹忱的能力一定能进国家队。哪怕最终结果其实差别并不大，但宁岁觉得这些明明本该是他的东西，就这样失之交臂，真的很可惜，原本他还会拥有更加意气风发的人生。

两个人各自喝掉了整整一听酒，呼吸间含着些许热意。

宁岁的目光不受控地看过去，他穿了件深蓝色的休闲夹克，左手小臂被遮得严严实实。

"那里是……为什么？可以说吗？"她语气很软，没注意到自己的身体朝前倾，是想要亲近的姿态。

宁岁想，那应该是个秘密。谢屹忱微微抿紧唇不作声，那双漆黑的眼让她心跳得更加急促。

宁岁赶紧举起手发誓:"我绝对不告诉任何人,否则……否则就让我……"她斟酌了一下,视死如归道,"让我以后函数求极值时分母永远是零或者正无穷。"

天上月朗星稀,周围人声嘈杂,大家都各自和同伴说着悄悄话,电影原声足够大,掩盖了一切动静。

谢屹忱注视着她漂亮的双眼,低声道:"我父母的婚姻关系其实有些特殊。"

宁岁不敢贸然猜测,想了片刻才轻声问:"名存实亡?"

她知道有很多家族企业,夫妻即便感情破裂,也会因为利益捆绑而不跟对方离婚。

"比那个过分点。"谢屹忱笑了笑,"你听说过开放式婚姻吗?"

她斟酌着问:"就是他们并不介意对方和别人交往,是吗?"

谢屹忱坦诚道:"对。"

怎么说呢,这玩意儿讲得好听点叫自由平等,可以随意选择自己的伴侣;讲得难听点,就是彼此不忠,缺乏道德底线。

谢屹忱可以接受他们的行为,但打心底里不能认可。父母的这种婚姻关系给他一种如履薄冰的感觉,仿佛这个家不过是一张轻飘飘的纸搭起来的,只要有外力冲击,就会顷刻倒塌。

所以谢屹忱多少还是怕宁岁不能理解,会认为他是个异类,但是她好像并没有这样的反应。

宁岁专注地看着他的手臂,问:"那这条疤是?"

他将缘由告诉了她,道:"其实没有张余戈想得那么夸张,我只是被误伤。"

宁岁联想到之前的种种线索:"所以,你是初中的时候知道这件事的?"

"嗯,初一。"

谢屹忱开了一听酒递给她,而后给自己也开了一听,举起来喝了口,喉结滚动着,眼睛里没什么情绪。

所以他才自己跑出来租房子住。

所以他说那时候他性格不好,总是跟人打架。

宁岁看着他,有些愣怔。所有的线索都在这时连成了线,心里那汪盐水仿佛随着温度的升高而愈发苦涩。

谢屹忱露出有些无奈的表情,扯起嘴角,声音放得很轻:"还是吓到了?"他想了想,说,"都已经过去了,现在我——"

"谢屹忱,你别笑了。"宁岁突然说。

谢屹忱似乎怔了怔。

"你如果不开心,就不用笑,"她轻声道,"不用再像小时候那样。"

你不用对着陌生的记者和黑压压的镜头,强迫自己去做不喜欢的事情。

屏幕上的光影不断闪烁着,谢屹忱如同深潭一般的眼睛看着她。有光落进他眼睛里,半晌,他应道:"知道了。"话说完,目光却半点都没从她身上离开。

宁岁一时之间也没来得及去闪躲视线。

他们的手都撑在地上,指尖之间离得很近。宁岁的呼吸不由自主有些紊乱,她无法控制自己不去看谢屹忱的眼睛,不可抑制地感到一丝心慌。

距离是不是太近了?她不知道,真的不知道。她好像被定在原地动不了了。她闻到他身上的味道,连耳尖也热了起来。

就在有什么要迸发出来的时候,忽然手机在不知哪个角落开始不断振动起来,并伴随着十分煞风景的铃声:"好运来,祝你好运来……"宁岁如梦初醒,急忙去找手机。

她先掏了羽绒服的口袋,没有,然后又迅速低头去翻书包外侧,然而也没有。

铃声音量不算太大,但还是吸引了旁边一些同学的注意,他们纷纷看过来。

宁岁一边翻找,一边明显地感觉到自己的脸颊在急速升温。救命,手机到底在哪里啊?为什么她只听得到声音,但就是看不到这个东西啊?就在她手忙脚乱的时候,一只修长的手把她的手机递了过来。这铃声太吵了,她飞速挂断电话,看了眼屏幕,是梁馨月。

梁馨月发微信问宁岁怎么还不回来。她捏着手机深呼吸,回复她:*和朋友在外面呢。*

她这才发现已经将近晚上十一点半了。

夏芳卉几分钟前发消息问宁岁在哪里,她回复:*在T大参加一个社团活动,看电影。很快就结束了。*

夏芳卉近日非常开明,不知道是不是这些天宁岁积极分享日常的缘故,她不再管得像之前那样严格,甚至还默许宁岁把手机里的定位软件删除掉了。

宁岁发完之后，夏芳卉就回了句：哦，有同伴一起吗？

宁岁的心又猛跳了一下：有的。

夏芳卉：嗯，早点回寝室。妈困了，先睡了。

宁岁：知道啦，晚安，妈妈。

宁岁收起手机，大概过了几秒钟才抬起头。谢屹忱握着酒瓶，看着前面的电影，神色淡淡的。刚才的气氛也消失得无影无踪。

宁岁想着今晚可以待久一点，索性也抱着双膝，认真地看起电影。其实她的酒量并没有夏芳卉想象得那么差，她刚刚大概喝了两三听啤酒，现在思维还算清醒。就是酒这个东西很神奇，她虽然没醉，但是对于外界的感知模式发生了变化，脑袋有些轻飘飘的，反应也略微迟缓。

这部电影的男主 Nathan 对于数学有着别样的天赋，年纪轻轻就代表英国队去参加奥林匹克竞赛。

宁岁忽然叫他："谢屹忱。"

他侧过眸问道："嗯？"

"我听说你大伯是教复变函数的教授，所以你很早就开始接触数学了吗？"

谢屹忱的语气随意："对。"

操场的草坪是人工的，上面均匀地铺着细碎的塑胶粒。宁岁把它们捡起来收集到掌心里，又让它们像沙漏一样落下去。她边观察边问："那你大伯的小孩是不是数学也很厉害？"

"那倒没有。"谢屹忱说，"我堂哥真的很讨厌数学，属于是在家稍微提起一点他都会立刻回避的程度。"

"这么严重？"

"嗯，他不喜欢这些理工科的东西，更喜欢打游戏。"他慢条斯理地说，"上个寒假他瞒着我大妈跑去做电竞直播，好像还赚了不少钱。"

宁岁看着他，缓慢地眨了下眼："我发现你们家个个都是神人，不管做什么都能赚钱。"

她把手里的塑胶粒拍干净，煞有介事地跟他掰着指头数道："你堂哥打游戏，你表哥弄短视频，还有你，你接客——"瞥见他的眼神，宁岁才发现自己说岔了，立刻改口，"啊不是，你……你接单。"

听刘昶说，在姚班这种竞争激烈的环境里，他居然还有空帮那种小型私企写程序代码，简直不是人。

宁岁诚恳发问:"你是不是那个什么,时间管理大师啊?不然为什么大家都是二十四小时,你除了学习还能干这么多的事。"

谢屹忱扯了下唇,直勾勾地盯着她:"那你呢?体育、文艺、学习全面开花,选了三十二学分的课程还有时间参加那么多社团活动。"顿了一下,他半眯起眸,意味不明地说,"就连外系的学生节你也不忘去参加呢。"

他怎么连这种事都知道?那她被当众表白的事他也知道吗?

宁岁还记得当时有多尴尬。胡珂尔拉着宁岁去学生节,说一个同系学姐非要叫她去看他们社团的人跳街舞。结果谁知道在后面的节目里,那个信科男生居然在独唱的时候突然大喊宁岁的名字表白,还激动到险些破音。

旁边有个侧立的屏幕,估计是男生提前和场控说好了,开始滚动播放宁岁的名字和专业,并重复播放同一句话:*数学系的宁岁大美女!我喜欢你!*

宁岁当时真的很想两眼一翻就晕过去,了却此生红尘事,断绝这俗世缘。

后来她才搞清楚,原来胡珂尔的那个学姐就是那个信科男生的朋友,特地去帮对方的忙。

至于谢屹忱为什么知道,肯定又是胡珂尔说的。宁岁准备回去好好跟她讲讲,不要一天到晚四处胡说八道。

宁岁默默地举起酒瓶,欲盖弥彰地喝了一口酒:"我那不是充实自我吗?好不容易上了大学,我总要过得精彩一点吧。"

今天的天气很好,月朗星稀,暗色的云层偶尔慢慢遮住月亮,等风将云带走,皎洁的月光又洒了下来,稍微远点天空,还有微微闪烁的星光。

电影不知道什么时候结束了,社团的成员在前面拆除大屏设备,操场上的同学们也各自心满意足地起身收拾东西,勾肩搭背地离开。

宁岁抬头看天,凝视了许久。她觉得今晚的天空格外漂亮透彻,像是谁心里的那面镜子。

"其实,我还没想好自己以后要做些什么。"宁岁说,"只知道现在应该多积累知识,努力学习,以后才能有更多选择的余地。"她转过头,"你呢?应该已经思考过这个问题了吧?"

谢屹忱侧头瞥了她一眼,顿了一下,也抬头看天空,过了片响,才悠悠地说:"想过,但是也还没定下。"他屈起一条腿,将手臂随意搭在上面,"我表哥那种算是比较幸运的,在年轻的时候就清楚地知道自己将来想做什么事。但其实大多数的人在我们这个年纪都很迷茫。正是因为没想好,所以我想多做探索尝试。"谢屹忱笑了声,又看向她,"其实我不想那么快决定,有时候过程比结果更重要。"

他不喜欢一成不变、没有惊喜的人生。

宁岁心想,她也一样,和谢屹忱相处的时间越久,似乎越发可以体会到人生的美妙。

她想随心所欲、无拘无束地做自己,用眼睛去看更多风景,用心灵触摸更多感受。

地上铺着的桌布比较大,宁岁干脆在草坪上躺下来,姿态放松地看着天空,酒意也随之涌了上来。她说:"我虽然没想好以后要成为怎样的人,但我有很多想做的事情。我还列了一张表,每做完一件事就打钩。"

谢屹忱饶有兴致地问:"比如?"

"比如来一场说走就走的旅行,这个在暑假已经做过了。"宁岁回忆她那张表上的内容,弯着唇说,"还有很多,类似飞去陌生的城市听一场演唱会,参加喜欢的作家的签售会,或者把头发烫成大波浪,染成粉红色……对了,还有翻墙。"

"翻墙?"

"电视剧里,学生每次逃课去外面吃夜宵,或者去网吧打游戏的时候不都是翻墙吗?"宁岁老实巴交地说,"我以前每年都是三好学生,这些都没干过,所以还挺羡慕他们的。"

谢屹忱也躺下,耸着肩笑。

宁岁心想,他可不可以不要连笑声都这么好听。

喝了酒是会大胆一些吧。她打了个酒嗝说:"我把这张人生愿望清单取名叫'发疯清单'。"

谢屹忱侧头看着她,她的鬓边有一根头发翘起来了,看起来呆呆的。

她怎么能这么可爱啊?他忍住伸手将它抚平的冲动:"那要不,现在我们就找个墙头去翻,帮你实现这个愿望?"

宁岁没喝醉过,也不清楚现在是什么状况,却莫名有些兴奋地问道:"真的吗?"

谢屹忱低笑道:"那现在就走?"

"走!"

他已经撑着手臂坐了起来,宁岁侧头往上方瞥,内心挣扎一瞬,可怜巴巴地问:"如果被抓到,我们会怎么样?"

谢屹忱吓唬她："不知道,轻则处分,重则退学吧。"

"啊?"宁岁瞬间瞪圆眼睛,认真思考了一下,"那可以跟你商量个事吗?"

"说。"

她抿着唇,像是很为难的样子："到时候要是被发现,你能牺牲一下自己殿后,把我再扔回墙里吗?"

幸亏 T 大校园足够大,谢屹忱找到了一个比较满足这个醉鬼需求的地方。

这是离东北门不远的一处偏僻角落,墙不高不矮,大概一个成年人的高度,上面也没有电子栅栏。谢屹忱记得这堵墙不仅很隐蔽,外面还有很多植物,落下去应该是柔软的草地。

宁岁仰头看了一眼,那墙比她还高一点,她很自觉地退后道："你先来吧。"

谢屹忱个子高,腿又长,他迅速找到墙上凹凸不平的支撑点,很轻松就翻了上去,敞着腿坐在上面。

宁岁觉得他以前上学时肯定没少干过这事,看起来太熟练了,游刃有余,帅气逼人。轮到她的时候,她就不知道要如何上手了,因为她连墙头都很难够到,只能试探地用脚踩着下面的砖块。

帽子上那个圆滚滚的毛球一晃一晃,看得人有点心痒。

"手给我。"谢屹忱说。

"哦。"

宁岁其实还挺紧张的,因为以前完全没干过这种事情,也没想到有人在知道了她的心愿之后,不仅没有嘲笑她幼稚,反而二话不说就愿意陪她一起去实现。

宁岁穿的衣服比较厚,一定程度上阻碍了行动。她努力地伸直手臂,把指尖放到他的右手掌心里。

本来以为这个过程挺麻烦的,没想到谢屹忱的左手牢牢攥住她另一只手腕,稍稍一用劲就把她拉了上来。

宁岁单手撑着墙头,腰被他的掌心虚虚地轻扶了一下,这才稳住重心。

她很快调整好姿势,和他肩并着肩坐在墙头上。

即便坐上来了她还是有种不真实感,身体轻飘飘的,又因为酒意有些发软。在这个地方看月亮,月色好像是会更温柔皎洁一些。

周围很安静，仿佛能听见两个人呼吸的声音。

宁岁的心跳得有些过快，刚才被谢屹忱握过的指尖还热着，有种酥酥麻麻的感觉。

不远处可以看到东北门亮着的灯，总感觉保安不一会儿就要巡视过来了。宁岁悄悄抬眼，偷偷地去看旁边的人。他也抬头在看月亮，侧脸被皎洁的月光照亮，眼底仿佛流露出一种潜藏的温柔。

宁岁看得微微出神，就在想要收回视线的时候，谢屹忱似有所感，转头看向了她。

那双漆黑幽沉的眼眸神色略深，但染着些许细碎的亮光，很好看。那是旁边路灯映出的光芒。

他似乎想要说什么，宁岁眨了眨眼，不着痕迹地避开视线说："我们赶紧下去吧。"

周围的声音好像也被朦胧的月色染得更加温柔，宁岁听到谢屹忱"嗯"了一声。

半晌，他反过身，仔细看了眼下面的状况，确定着陆点安全之后，就直接跳了下去。

谢屹忱站在底下准备接宁岁的时候，突然联想到那个不知从哪儿起源的传闻：经常有情侣在这里亲热，据说有学生半夜回寝室经过这里的时候，多次听到很奇怪的声音。

此刻宁岁犹豫不决地坐在墙头，双手按着绒面裙摆，垂头看着他。

夜色太浓了，她的耳朵大概有点红，不过谢屹忱应该看不出来。他现在脑子被那个传闻占据，凭着直觉张开双臂说："没事儿，我在这里接着你。"

宁岁好像听到有脚步声靠近，不知道是不是门卫，心里一紧，小腿忽然发软，直愣愣地栽了下去。

电光石火间，一切都发生得非常快，宁岁径直掉进谢屹忱的怀里，双手下意识像寻求浮木似的搂住他的脖颈。

谢屹忱被她掉下来的冲击力直接带倒，两个人摔进了柔软的草坪里。宁岁的脸直接撞进他的颈窝里，嘴唇好像还碰到了温热干燥的皮肤。

过电似的感觉陡然在四肢蔓延，头顶拂过他沉重而滚烫的气息，那一瞬间她只能听到自己胸口处重重的跳动声，又钝又沉。

谢屹忱宽阔的胸膛起伏着，连带着宁岁也觉得脸颊要烧起来似的，整个人晕乎乎的,哪里都很热。

宁岁撑着两侧想赶紧起来,但又觉得姿势不对,手上也没力气。头发都顺着脸颊垂了下来,全部落在他的脖颈处。

宁岁还在乱动,被谢屹忱蓦地扣住手腕,他闭了闭眼,薄唇轻启,嗓音极其喑哑:"别动……"

宁岁被摔蒙了,紧张到咬唇,睫毛止不住地颤。两人都身体僵硬,大概过了十几秒她才反应过来,从他身上翻了个滚下来。

然而这时,一束手电筒光猝不及防地照了过来,有人在外面恨铁不成钢地压着声音说:"你们这些孩子是真不挑时间段,瞅瞅这才几点,我也不能睁一只眼闭一只眼啊!"

宁岁回到宿舍的时候脚步还有些虚浮,已经差不多凌晨一点半了,寝室里居然还亮着头顶大灯。

梁馨月坐在桌子旁优哉游哉地吃炸鸡,毕佳茜和俞沁从床上探出脑袋,三人明显聊得热火朝天。

宁岁进来以后,大家都停止了说话,三双明亮的眼睛齐刷刷地射向了门口,很是意味深长。

宁岁条件反射地顿了一下:"你们怎么还没睡啊?"她本意只是疑惑,但不知道为什么,语气很是心虚。

半个小时之前,他们和那位亲切和蔼的门卫大叔坦白只不过是在翻墙而已,可是对方完全不买账,扯着她和谢屹忱教育了很久,说什么也不听。大概是看他们俩着装还算整齐,门卫大叔要求他们出示了学生证,便同意放行,最后走的时候还语重心长地跟谢屹忱说:"小年轻嘛,也能理解,真要特别冲动就去找个好点的酒店,这么冷的天你让姑娘在外面挨冻算怎么回事?"

谢屹忱大概也是心如死灰,坦然应道:"嗯,下次不会了。"

这真是一段不堪回首的记忆,宁岁在回来的路上简直想挖个坑把自己埋了。

她其实还有点没醒酒,有轻微的头晕,但也不至于走路东倒西歪。

她刚把包放在桌上,泄力般坐下来,梁馨月就笑眯眯地出声问:"你晚上和谁待在一起呢?破天荒啊,第一次到凌晨才回来。"

"是社团活动,看电影呢。"宁岁摘了软呢贝雷帽,面色镇定地拍了拍自己冻得通红的脸。

毕佳茜很单纯,别人说什么她信什么:"真的吗?哪个社团啊?"

"T大的电影社。"

毕佳茜接话道:"哦,你去T大了啊?"

"嗯嗯,在操场上露天放的。"宁岁抱着干净睡衣准备开溜去洗澡。

梁馨月目光炯炯,突然问:"你头发上怎么有树叶?"

宁岁的动作轻微僵住,连脑子都跟着不转了,也许是她喝了酒,思维有点迟缓的缘故,也可能是刚才门卫大叔那半小时的教育太过深入人心,总之她完全想不出另外一个合理解释。

救命啊!

十一月中上旬,临近期中考试,大家都异常忙碌。

教人工智能技术的那个教授因为到外地出差,把课程改到了线上进行,宁岁也不用再去T大,可以直接在寝室里上课。

兴许是考虑到大家要复习课程内容,各个社团的活动都安排得少了,就连音乐剧社的排练也很贴心地暂停了两次。他们这个社团还挺有意思的,团员个个都有有趣的灵魂。社团最近开始排练一部外国家庭伦理剧,取材自生活中一些鸡毛蒜皮的搞笑小事,排练的时候充满戏剧性,社员有不少即兴发挥。

社团里学理工科的居多,就连社长也是学计算机的,每次都用他们的演出花絮剪辑一些"鬼畜"视频,或者把丑照做成表情包发到群里,总之是挺欠揍一人。

等大家期中考试结束,音乐剧社才恢复排练。

胡珂尔晚上来找宁岁吃饭的时候,视线忍不住在场中逡巡一遍,她压低声音,感兴趣地说:"右排第一个高个子男生好像挺帅的。"

宁岁刚换下演出服,一边扎头发一边回道:"他有女朋友。"

两个人穿戴整齐,裹好围巾从音乐厅里面走出来,打算就近找个食堂吃饭。

胡珂尔说:"你们音乐剧社无论男女都质量好高哦,大家长得都好好看。"顿了一下,她又八卦道,"那个吴子啸怎么不在?"

吴子啸就是那个信科的男生,也是音乐剧社的成员,就是因为排练同一部剧才跟宁岁有了交集。

宁岁其实没在意，今天没看到他，还松了一口气。自从她刻意冷淡对方后，他好像也有些知难而退。

"不知道，有事请假了吧。"

"哦。"胡珂尔没再继续聊这个，话题跳跃得很快，"我想分手了。"

宁岁愣了一下，两个人沿着操场走过去，她问："你想好了？"

胡珂尔低着头，尽管戴着手套但还是觉得冷，她就对着手吹气："嗯。"

"为什么？"

"没有为什么。"胡珂尔深呼吸，"异国恋真没什么意思，当初在一起，不就是图有个人陪我吗？现在人也不在身边了，我不想自己总是要分神去想这件事。"

"没有其他原因？"

胡珂尔看了宁岁一眼，明白她在说什么，叹了一声："他肯定没出轨，每天也跟我们一样忙得不行，语言上也还要多适应，总之现在是他立稳脚跟的时候。"

"不，宝贝儿。"宁岁温声道，"我当然指的是你。"

胡珂尔："……"

有矫健年轻的身影在围绕着草坪跑步，宁岁斟酌片刻，终于正色道："反正，你要想好，真分手了就不要再回头看。"

胡珂尔愣了一下，故作轻松道："我知道。"

两人错开高峰期到了食堂，美滋滋地点了今日套餐。

茶足饭饱之后，胡珂尔颇有闲情逸致地玩手机，看到张余戈的朋友圈，感兴趣地说："八爪鱼这是在哪里啊？居然能和男网红合影……欸，谢屹忱也在啊。"

宁岁原本正在喝猕猴桃汁，闻言表情微微变了一下，她凑过去问："嗯？张余戈开始当网红了？"

"不是不是！"胡珂尔放大图片仔细观察，兴奋道，"这不是那个粉丝千万的电竞主播吗？他们是怎么联系上的啊？"

宁岁这才看了一眼她递过来的手机，他们在参观闪映，墙上有很眼熟的商标。

她习惯性咬了下吸管，低垂着眼道："这是谢屹忱他表哥的公司，底下签约了一些比较头部的主播。"

胡珂尔才知道闪映是他家的，非常震惊："我对忱总的家底又有了新的认识。槐安太子爷啊,牛!"

半天没听到宁岁回应,胡珂尔疑惑地抬头道:"你怎么不回我,想什么呢?"

"没有。"

只见宁岁盯着她身后店里的 logo,一本正经地发问:"你说蜜雪冰冰什么时候才能纳入医保啊?"

胡珂尔:"……"

今天是音乐剧社社长的生日,他在工体那边很火的 KTV 订了座,嘱咐大家七点到。宁岁提前吃完了饭,就直接打车过去。

社长出手阔绰,订了一个很大的包间,空间宽敞,满打满算能容纳将近三十个人。

宁岁到的时候,看到他们剧组的演员同学已经抵达了,社长正站在台中央情绪丰富地唱歌,号着一首《死了都要爱》。

社长是名副其实的"社会人",朋友遍布两校,今天来的不仅有他们 P 大音乐剧社的社员,还有一些 T 大的同学,场子很快就叽叽喳喳地热闹了起来。

社长的女性朋友居多,宁岁社团里的好朋友钟璐凑过来,在她耳边遗憾地打趣道:"啧啧,我还以为今晚有帅哥看呢。"

话音还没落地,不知道怎么就被社长听到了,他登时一眼扫过来,肉麻地说:"小瞧谁呢?人家也是有男性朋友的好吗?"接着他昂首挺胸道,"我有个特别铁的哥们儿,我让他把他们寝室的人都带过来,这里面还有他们这届一个特有名的帅哥。"

话正说着,又有几个男生走进来了,应该都是隔壁学校的,反正之前没见过。社长在中间坐下,让大家都别拘着自己,随便点歌。

五颜六色的头顶灯光一打开,气氛瞬间就热络了起来,你一首我一首,大家唱的全是现下影视剧和网络上最流行的歌曲。

一箱一箱的酒也搬了上来,还有茶、糕点和品类丰富的水果盘,室内觥筹交错,大家各自三三两两地闲聊。

不一会儿,门口有人进来,社长"哟"了声:"我哥们儿到了!"

宁岁离他比较近,闻言抬头去看,一个清瘦的男生背着包走了进来,一看就是学计算机的,因为臂弯里还夹着一台电脑。

社长上去抱了他一下，说道："嘿，好久不见。"

男生示意性地捶了一下社长的肩，社长上下打量对方，又道："这么拼啊兄弟，来我生日会还带电脑？"随即他往后看了一眼说，"你室友呢？"

男生笑着说："刚有节课拖堂了，他们一会儿就过来。"

有人在玩骰子，宁岁之前没怎么玩过，但是这个和德扑一样，都是算概率，她观察了几局，很快就上手了。

宁岁窝在柔软的皮质座椅里，两边都坐着人。她不经意抬起眼，看到斜对角的门口进来了几个高高的男生。谢屹忱是最后进来的，穿着一件略显宽松的黑色工装外套，关门的那一瞬间，光影变幻，他半边侧脸也从亮光中过渡到暗影里，表情冷淡又勾人。

宁岁听到身边有几个女生开始窃窃私语起来："那是谁？好帅啊。"

周围大家小声交谈着，宁岁默不作声地看着这几个人鱼贯而入。

刘昶和瞿涵东她都认识，最开始来的那个社长的哥儿们她没见过，不过谢屹忱之前提过，他还有个室友叫石复，比较爱搞学术，常常神龙见首不见尾，估计就是那个男生。

包间里一共有三张大理石桌子，几人找位置坐下。社长本来想让他们四个坐到中间来，宁岁却看到谢屹忱懒懒地勾了下唇，跟对方说了两句什么，就在那一侧的角落坐下了。

谢屹忱的视线随意扫了一圈，然后他朝宁岁所在的方向径直望了过来。宁岁下意识就飞快低眸，目光聚焦于面前的骰子。

她应该没和他对上眼神吧？

她觉得自己表现得挺自然的，但总感觉那道很有存在感的目光还没移开，他仍然在看着自己。

正好轮到宁岁摇骰子，她就随便报了个点数，这时口袋里的手机很快振动了一下，是谢屹忱发的消息。

谢屹忱：*看就光明正大地看，宁椰子，你躲什么？*

自从心理课那晚之后，谢屹忱就没有再来找过她。

倒也不是宁岁刻意回避，她不知道为什么，总感觉谢屹忱好像很明白该怎么和她相处。每当临近宁岁觉得过于亲密的那个临界点，还没等她感到不适，他就先拉开了距离，一紧一松的，那节奏控制得相当游刃有余、技巧十足。

但是看朋友圈的时候，她总能看到他出现在她认识的男生的照片里，还有说有笑的。

宁岁觉得他出现在自己视线里的频率确实是高了一点。

前几天孙小蓁还发了个朋友圈，拍的是工作桌面，他们的 VE 二代机器人的雏形基本已经拼装完毕。她配文：**好厉害啊！大功告成！**

照片拍到了深色的外套衣角，还有某个人肤色冷白的手，那只手修长好看，骨节分明，手腕上戴着宁岁很熟悉的黑色机械表。

孙小蓁夸的是谁，不言而喻。

宁岁把手机放在桌面下看，抿着唇，有理有据地反问：你不看我，怎么知道我躲了？

没过多久，一道身影自旁边笼罩下来，紧接一道低沉的声音传来："嗯，我是看你了啊。"

宁岁坐在沙发最外面，还保持着低头看手机的姿势，耳朵已经有了热意。

心狠狠地跳了一下，她不经意往另一侧瞥了一眼，看到刘昶和瞿涵东遥遥投过来的八卦眼神。还有室友在呢，这人怎么这么明目张胆？

他们这一桌大概有十个人，围成一小圈，没有抢到沙发位的人就拿着小椅子背对着屏幕坐在外面。室内放着音乐，刚刚谢屹忱的那句话，除了宁岁没有人听到。

看着谢屹忱走过来，宁岁旁边坐着的两个女生激动地互相耳语："天啊天啊，这不是刚才那个帅哥吗？他居然过来了！"

谢屹忱抬眉，不紧不慢地指了指宁岁旁边的位置，还挺礼貌地问："我可以坐这里吗？"

两个女生眼睛发亮，就差拼命点头了，但人家问的不是她们，于是就转头期待地看向宁岁。

宁岁抿唇，平静地"嗯"了一声。

谢屹忱气定神闲地在宁岁的旁边坐了下来。

有个扎双马尾的女生直接问谢屹忱叫什么名字，还有学校和专业。他靠在椅背上，简单回答了一下，对方"哦"了一声："那你这个计算机是姚班还是普通的那种啊？"

宁岁面前有个已经空了的饮料杯，谢屹忱拿过桌上的大瓶椰子汁，给她重新倒满，回答道："姚班。"

女生"哇哦"了一声，状似好奇道："姚班很难考吧？我听说只有省状元和竞赛国家队成员才能进呢。"

谢屹忱这才抬眸，漫不经心地勾唇："是外界夸张了。我们有二次招生，全校都能参与选拔。"

女生心猿意马地说："哦，原来是这样。"

钟璐坐在宁岁旁边，登时埋头给她发微信：岁啊，这大帅哥是咱社长说的隔壁校草吧，你认识？

宁岁：嗯。

钟璐：那你刚才怎么一声不吭？不厚道啊。

宁岁：我也不知道社长说的就是他。

钟璐没揪着她不放：不过他确实是极品，一看就是招蜂引蝶的类型，我看那个周梦琦对他有意思。

周梦琦就是刚才那个梳着双马尾的女生，她是社长在T大的朋友，跟他们音乐剧社的人都不是很熟。

桌上有人发问："那咱们现在是重新再来一局还是玩点别的？"

这时另外一头有人拿着话筒叫道："《金牛记》缺个伴，会唱的一起来啊！"

明明是《水星记》，大家都笑开了，有个男生自告奋勇地上去拿了另外一只话筒。

熟悉的前奏响起，众人纷纷停下手上在做的事情，注意力都被吸引了过去。

室内五颜六色的光还在有规律地变化着，宁岁看了眼屏幕，这才问道："你怎么来了？"

谢屹忱坐在她旁边，慢悠悠地把玩着手里的玻璃杯："我室友和你们社长认识。"

宁岁点点头，扫了一圈，女生占百分之六七十，她抿了下唇："嗯，所以你确实有这么闲，别人有局叫你你就来。"

谢屹忱撩起眼皮，侧头看她："我室友说这是P大音乐剧社聚会。"

宁岁的心有点没出息地轻颤了下——所以他知道她在这里，一进来就在找她。

拿着话筒的两个男生已经开始撕心裂肺地唱"还要多远才能进入你的心"，大家都跟着一起哼副歌。

宁岁随便找了个话题，靠近他一些，语气镇定地道："我看你和张余戈下午去闪映了?"

"嗯。"谢屹忱用叉子随意地戳了一块苹果,看她有点感兴趣,便贴心地补上前后因果,"给表哥投资的事被我爸发现了,他挺生气的。"

宁岁没理解这背后的关系,眨了眨眼:"所以?"

"所以我再三跟他保证,有什么损失我自己承担,于是我爸跟我签了份协议,现在我欠他大几百万。"谢屹忱玩世不恭地耸肩,"然后我就去表哥那边看看公司,算是正式参与。"

宁岁问:"就是技术入股?"

谢屹忱点点头说:"对。之前我也比较深入地了解了公司的运作模式,这次就看看这背后的算法有没有什么可以提升改进的地方。"

宁岁看着他:"那你还挺厉害的。"

谢屹忱挑了挑眉,也是完全不遮掩:"你才知道啊?"

宁岁沉默了一下,喝了一口椰子汁:"你每天几点钟睡啊?"

"怎么?"

"没什么,就问问。"

谢屹忱瞥她一眼道:"不一定,早的时候就晚上十二点,晚的话就凌晨两三点吧。"

感觉和自己差不多啊。宁岁说:"我不信,那你每天哪来的时间参加那么多活动?"

"我参加什么活动了?"

他还好意思问,她的朋友圈每天都有不同的人发照片,她总能看到他的身影。

宁岁没忍住揪了揪沙发上垂着的流苏:"你翻下朋友圈再说。"

谢屹忱和她对视,眼底含着若有似无的笑意。他打开手机看了一会儿,这才抬眸耐心解释道:"就是这个月活动比较多,之前我都没时间,到现在聚会也就参加了这一个。"

宁岁"哦"了一声。

包间内气氛很热烈,他们连《水星记》这么煽情的歌都能唱出一种拜把子的架势。宁岁的目光在反光的大理石桌面上停留了一会儿,发现另外一头放着一盘卖相极为诱人的草莓。

不过那边都是男生,闹哄哄的,她也不好贸然过去拿。

她的目光只不过在那头停留了几秒钟,身边人就开口问:"想吃草莓?"

宁岁迟疑地"嗯"了声。

"等着。"谢屹忱起身往那边去了。

宁岁的视线追随着他的背影，看到他站在那边和几个室友说了句什么，几人脸上明显挂着打趣的笑，不过并没有看向她。

谢屹忱用盘子分了一下，带了一半的草莓回来，放在她面前，还用塑料叉子戳了一块递过来，看着她道："吃吧。"

宁岁抿唇，把水果接了过来放到嘴里。草莓甜丝丝的，还有些冰，带着沁人心脾的果香。

"那个，还挺甜的。"她低头看了看周围，"我好像找不到手机了，你能不能打下我的电话？"

谢屹忱"嗯"了一声。

幸亏宁岁有把铃声音量调得比较大的习惯，不然在这么吵的环境里她还真不一定能听见。

她感觉到皮质座位的缝隙里传来阵阵振动，回头找了一下，把手机捞了出来。谢屹忱离她近，两个人的视线都自然而然地落在了屏幕上的来电显示上。

他的动作顿了一下："奥利奥？"

宁岁突然反应过来，飞快把手机屏幕按灭。

救命！她也不记得这是什么时候改的了，当时想着现在大家都不用电话联系，应该不会有其他人看到，谁能想到会出现这种情况。

谢屹忱像发现了什么秘密一样，半眯起眸，似笑非笑地说："你给我的通讯录备注是奥利奥？为什么？"

宁岁睁眼说瞎话："没有啊。"

谢屹忱一字一顿道："我看见了。"

宁岁顽强抵抗："你没看见。"

谢屹忱撑着手臂，直勾勾地盯着她，问道："到底什么意思？"

宁岁飞速运转大脑，面上镇定地问："那你自己猜猜呢？"

谢屹忱挑眉，一字一顿道："说我表里不一？"

这人的表情有点危险，宁岁狂眨眼睛，上手拿了一颗草莓，边吃边诚恳地道："没，夸你外表坚硬，但内心柔软。"

不管他信不信，宁岁硬是扯开了话题："你不唱歌吗？我上次看你歌单里有挺多流行歌曲。"

谢屹忱还是用那种深沉的眼神看着宁岁，看得她越发心虚了，才懒洋洋地看向厅中央的大屏："不了。"

"为什么？你不喜欢？"

"这毕竟是你们社长的生日会，"他吊儿郎当地说，"我抢别人风头不太好。"

宁岁："……"

此时 T 大某宿舍四人群已经疯了。

瞿涵东：我天！生平第一次看到忱总直接冲着妹子去啊！

刘昶：这是不是上次篮球场那个长得特好看特白的姑娘？

瞿涵东：石复，来吃瓜！

石复：不用喊我，我看得一清二楚。

刘昶：这什么神级吃瓜现场？爱了爱了

瞿涵东：我震撼了，我以为咱们哥走的是高冷炫酷人设，没想到……到底什么情况你们赶紧分析一下！人家都在唱歌，就他俩坐在一起聊天！啧啧！还喂小草莓！

几人都坐在左边，乐曲声太吵不方便聊天，于是就在群里你一言我一语地发着信息，十分八卦。

过了会儿，刘昶看到谢屹忱在群里对自己回复了一句：你观察得还挺仔细。

瞿涵东：不用分析了……昶啊，你完了。

刘昶：完蛋，我闭嘴。

一曲《水星记》唱完，右边一桌的人陆陆续续都回到了座位上，开始玩真心话大冒险。

一群人顿时很热烈地附和，此时靠近这一侧的门被人推开，吴子啸气喘吁吁地出现在了门口。

他先扫了一遍屋内，好像在找人，看到宁岁之后明显松了口气，顿了一下，直奔社长而去，解释道："我们专业刚下课，浩哥生日快乐！"

社长笑眯眯地接过礼物："谢谢，你随便坐。"

宁岁身边都坐满了，吴子啸张望了一下，在这一桌对角的位置坐下了。他喜欢宁岁的事在社团里也不是什么秘密，大家的神情瞬间就有些意味深长起来，但众人都看破不说破，暗中看戏。

"行吧,那我们开始。"社长找了个玩真心话大冒险的小程序,又在椅角旮旯里找到了一个玩游戏的转盘放在桌上。

台面中间还放着两瓶快要见底的雪碧和可乐,社长问:"谁想喝饮料?把这个分掉吧。"

周梦琦站起身,很殷勤地给大家倒饮料。她轻声细语地问谢屹忱:"你喝雪碧还是可乐呀?"

谢屹忱示意自己面前已经装满的水杯,面色未变道:"我喝水就行,谢谢。"

周梦琦尴尬了一下,不着痕迹地笑了笑,说:"行。"然后她接着给别人倒水。

大家都围坐好,社长开始转转盘,指针摇摇摆摆地指向了钟璐。

"哇哦。"不管是谁,大家起哄就对了,"真心话还是大冒险?"

钟璐说:"真心话吧。"

小程序自动抽出了一个问题,社长一看到屏幕就笑道:"你的初吻是什么时候没的?"

这问题来得太巧,钟璐咳了声才道:"前两天。"

她的男朋友是社团里的男生,也是她的演出搭档,双方因戏生情,后来便假戏真做了。

知情者八卦而犀利的目光登时射向了当事人,两个人的目光在半空中不期而遇,围观众人纷纷起哄:"亲一个!亲一个!"

不知情的人就很着急,赶紧问旁边人自己是不是错过了什么。

钟璐当然没有真的当众接吻,用她的三寸不烂之舌忽悠过去了。

第二轮转到了一个男生,他选的是大冒险,背着另一个女生在地上做了五个俯卧撑,两个人都害羞得不行,众人激动地鼓掌喝彩。

其实宁岁也不知道抽到那些难搞的问题怎么办,但不知道是不是运气好,她和谢屹忱一次都没被抽到。时间久了,她就不自觉有些走神,视线越过自己的空水杯,移向谢屹忱随意放在桌面的右手。

他的手掌宽大,手指修长,颇具力量感,好看得像某种精雕细琢的艺术品。

就在宁岁发呆时,谢屹忱忽然靠近,问她:"想喝什么饮料?"

他的气息温热,语气温柔,宁岁忍不住攥了一下指尖,还没说话,便发觉周围人好像都看了过来。

刚才不知第几轮，转盘指向了周梦琦，她选了真心话。

"如果要挑在座一个人表白，你会选谁？"

周梦琦想了会儿，眨了眨眼，眼神不自觉就看向了谢屹忱。尽管她什么也没说，但无声胜有声，大家都看得一清二楚。

宁岁刚才一直在和谢屹忱说话，周梦琦也没找着机会暗示心意。她一点儿也不在乎两人是不是男女朋友，况且看着也不像，顶多还处于暧昧阶段，她只觉得这男生是真帅，对他特别感兴趣。

大家又开始起哄，只不过这次众人心思各异，有别的女生混在中间，抱着和周梦琦同样的想法。

周梦琦忽然有点遗憾地开玩笑说："早知道我选大冒险了，我看题目还挺多的。"她明显在暗示，自己本来可以借机制造一些肢体接触。

宁岁垂着眸，谢屹忱就坐在她旁边，姿态懒散，身上那阵清冽的气息飘了过来。

这人确实够招蜂引蝶的，她想。

谢屹忱好像在看宁岁。她吃了一颗草莓，借着咬下去的契机轻哼了声，但不敢太明目张胆，也不确定他有没有听到。

昏昧光影中，五彩斑斓的灯光来回扫射。

宁岁原以为谢屹忱怎么着都会回周梦琦一句，谁知他直接无视了对方，勾唇问她："椰子汁没有了，想不想喝酸奶？"

草莓汁液淌过舌尖，她含糊地应了一声。

周梦琦只能忍着不好发作，毕竟她自己没点名道姓叫人家名字。后面大家又玩了几轮，精彩场面不断，气氛十分热烈。

宁岁也是第一次发现，这游戏无论怎么玩都会很热闹，后面的问题和他们以前玩的完全不是一个量级的。

宁岁感觉到吴子啸的视线频频向自己扫过来，过于明显。宁岁为了回避和他对视，偶尔装作低头看手机，或是假装喝谢屹忱刚给她倒的酸奶。

爱唱歌的那帮人点了一堆旋律熟悉的流行歌，他们这边也玩得不亦乐乎。服务生端了一盘鸭舌和洋葱圈进来，吴子啸离得最近，赶紧接过来。他看了眼对面，把食盘从桌子上推过去："你们吃吗？"

他虽然说的是"你们"，但话明显是对宁岁说的，登时有几道意味深长的目光投过来。

宁岁没说话，钟璐比较了解她，她是真不喜欢吴子啸，于是钟璐笑着出声解围:"吴哥,你没发现咱社长垂涎欲滴啊,先放你们那边吧。"

社长配合着做戏道:"我想吃我想吃!"

吴子啸赶紧把盘子推到他面前:"哦,好。"

本以为点的东西都上齐了,过了会儿,又有服务员送进来一盘切好的水蜜桃和杧果,再次被吴子啸接过。这回他大胆了点儿,直视宁岁道:"宁岁,这盘放你们那边?"

所有人的目光都聚焦过来,宁岁不知怎么有些心虚,斟酌着道:"那个……"

这时吴子啸赧然地挠了挠头,补充一句:"我记得你挺喜欢吃甜的。"

宁岁愣了一下,还没来得及回答,就听到谢屹忱在旁边低低嗤笑了声。

她转过头,谢屹忱只是盯着桌上的半盘草莓,而后抬眸,不咸不淡地说:"不好意思,但这儿好像放不下了呢。"

宁岁心跳像是停了一拍,目光也看过去。

面前的一小盘草莓,每一颗都晶莹饱满,她像是又感受到刚才口中的那种夹杂一丝酸涩的甜,那感觉说不清道不明。

众人的目光都齐刷刷集中在他们这边,吴子啸"啊"了声,手臂一时僵在半空中,不知该不该收回。

宁岁舔了下唇,微抬起眸,回视吴子啸道:"嗯,谢谢,不过我们确实有草莓了。"而后她自然地转向钟璐那边:"你们要不要?"

钟璐尽职地扮演着她的捧哏:"好呀好呀,谢谢吴哥啦!"

聚会是晚上七点开始的,不知不觉现在已经快要十二点了。

社长知道大家都忙,于是没超过零点就让散了场,大家各自分头打车回去。

钟璐是明眼人,没问宁岁要不要一起回去,而是跟她打了招呼告别之后,跟着自己的搭档走了。

包间里的同学们陆陆续续地收拾好东西,KTV里面自动放着背景音乐。

宁岁坐在原位,悄悄侧头。谢屹忱在看手机,没有起身的意思。

她刚想开口,他就抬眸道:"叫好车了,我送你回去。"

宁岁迟疑地点点头,下意识往另一侧看去,瞿涵东他们还在沙发上坐着:"那你的室友也跟我们一起走吗?"

谢屹忱瞥过来,懒洋洋地道:"不管他们。"

与此同时,宿舍四人群。

石复：走？
刘昶：十几公里，咱仁打车回吧。
瞿涵东：谢哥，你这边怎么讲？需要我们陪同吗？
谢屹忱：我叫你哥，你觉得呢？
瞿涵东发了一个"拉链封嘴"的表情包：好，是小的多此一举。
瞿涵东：我只是还在震惊。
刘昶：你看我多自觉，问都不问。
瞿涵东：我这就滚回去搞学习。

车来之前，宁岁跟谢屹忱说："那我先去趟卫生间。"
每个包间都有一个独立卫生间，就在包间门口。宁岁拿上手机，有些为难要不要背上单肩斜挎包。
谢屹忱看她一眼，抬了抬下巴："东西放这儿，我帮你看着。"
宁岁应了一声。
她去上厕所，谢屹忱就百无聊赖地靠在椅背上玩手机，杜骏年给他发来了一些公司的资料，他按顺序点开来一一查看。
过了一会儿，旁边忽然有人坐下，叫他的名字："谢屹忱。"
谢屹忱侧头，是周梦琦。
大部分的人都走了，她还没走，就是为了等他。
谢屹忱将手机反扣搁在大腿上，淡淡地问："什么事？"
周梦琦今天特意化了一个放大眼睛的派对妆，此刻眨了眨眼睛，轻声细语地说："我也是T大学工科的，有几门课要在计算机系上，我挺好奇你们姚班的课程设置，想要在大二的时候转系过来，不知道能不能加你微信请教一下？"
"课程设置在公开渠道可以搜到。"谢屹忱说，"你想了解姚班的话，可以去官网看看。"
周梦琦没想到这么充足的理由他都不同意，简直难搞。她刚刚和姐妹打听了一下，这个谢屹忱还挺有名，很多女生追他。
他是真的帅，但是也挺高冷，看来追到的难度够大的。
周梦琦转了一圈眼珠，知道这样硬来只会让人反感，准备再想想别的办法，还没酝酿好措辞，就听谢屹忱道："可以麻烦起来一下吗？"
"啊？"周梦琦觉得他态度好了一点，一时之间没反应过来。

谢屹忱把宁岁的粉色单肩包拿了起来，漫不经心地看了她一眼："你坐到这个挎包的带子了。"

周梦琦："……"

谢屹忱只带了一台手机。他拿着宁岁的包和羽绒服外套走出包间的时候，正巧碰上她从卫生间里出来。

宁岁眨了下眼，认真地围上围巾，她低头的时候睫毛像小扇子一样垂着。随后，她接过他递来的外套穿上，然而拉链拉到一半被卡住。

谢屹忱看着她笨拙费劲地摆弄拉链，避免发丝被缠进去，不由得弯了下唇："又在织网啊？"

宁岁的动作顿了一下。

"笨手笨脚的，怎么考出六百八十五分的？"谢屹忱伸手将她领口的拉链整理好。

谢屹忱的语调里明显含笑，他又伸手将她的羽绒服帽子从围巾里抽了出来，故意拉起来套到了她的脑袋上。

羽绒服的帽子太大，宁岁整张脸都快被遮住。这人怎么还借着身高优势欺负她？

她把毛茸茸的帽子重新翻到后面，瞪他一眼："我没说要戴帽子。"

谢屹忱双手插兜，笑得胸腔都轻微发震。

两人来到街边，上了车。司机向他们确认了地址，先到P大东北门，再去T大东南门。

这时候手机铃声响起，是夏芳卉的电话。

宁岁下意识看了谢屹忱一眼，他正好也在注视她。她顿了一下，慢吞吞地商量道："是我妈，你一会儿能不能不出声？"

宁岁没有时间去解释太多，但谢屹忱看着她，什么也没说，只是点了下头。他好像很能理解她的处境。宁岁怔了下，这才放下心来。

她一接起电话，夏芳卉就开门见山地问："回校了没？"

宁岁小心地说："在路上啦。"

"打车？"

"是。"

"有同伴吗？"

宁岁迟疑了一下，说："有。"

"小梛,你别撒谎骗我啊。"夏芳卉很敏锐,"有就是有,没有就是没有,你实话实说,我不会生气。"

宁岁小时候曾被这句话骗过,天真地以为夏芳卉真的不会追究,于是坦白了一切,结果当然是被教训得更惨。

她有些心虚:"真的有。"

"男的女的?几个人?"

夏芳卉好久没问这么细了,宁岁的心跳一时有点加快,她望向窗外,硬着头皮说:"不算我的话,两个人,都是男生。"

嗯,司机和谢屹忱,可不就是两个人。

"什么?男生!"夏芳卉的声音果然扬了起来。

宁岁赶紧补充道:"是上次一起去旅游的同学。"

这里面偷换了个概念,因为胡珂尔再三保证,夏芳卉非常相信许卓和沈擎的可靠性,以为他们四个是高一就认识的朋友,再加上四人出去一趟平安无事,两人的信用值自然大幅提升。

所以宁岁说得模棱两可,希望夏芳卉可以把谢屹忱当他们俩中的一人。

电话那头沉默了两三秒,夏芳卉平静道:"你把电话给你同学。"

"啊?"宁岁傻眼。

"你啊什么?"夏芳卉狐疑地问,"你现在到底是不是在出租车上?不会还在 KTV 吧?"

她疑心很重,要是再拖延几秒估计还会想得更远。宁岁叹了口气,埋着头戳了戳旁边人的手臂。

她把手机递给谢屹忱,佯装镇定道:"那个,我妈要和你说话。"

谢屹忱侧着头看她,意味不明地挑了下眉。

宁岁抿了抿唇,暂时关闭通话界面的话筒,态度诚恳地发问:"你可以把自己伪装成沈擎吗?"

谢屹忱无语地看了她片刻,还是接过电话礼貌地说:"阿姨好。"

宁岁心里其实很紧张,不确定他有没有正确理解自己的意思,要是穿帮,夏芳卉肯定又要大呼小叫。

宁岁胆子确实小,她假装在看外面的风景,其实是竖着耳朵听旁边的动静,连胸口的心跳声也听得一清二楚。

那头不知说了什么,只听到他低声应了一声:"是,我们在回校的路上。"

然后夏芳卉又继续说话,谢屹忧大部分的时间都在应声,态度还挺耐心温和:"您放心,我知道的。"

夜晚繁华,车水马龙的街道上车流如织,高楼大厦未熄灯,远远一排霓虹,异常漂亮。

狭小的车厢里,宁岁撑着下巴望着窗外的流光,听着他沉缓的声音,心跳始终很剧烈,那阵燥热似乎从心里转移到了脖颈和颊侧。

可能是围巾太厚了,缠得宁岁有点喘不上气来。她稍微把窗户开了一条细缝,晚风肆意地溜了进来,凉意拂过面颊,令她的睫毛也微颤。

五分钟后,谢屹忧挂了电话,把手机交还给她。

比想象中要快,宁岁瞥他一眼,好奇道:"她说什么了?"

"让我们注意安全,另外提醒你回寝后给她发个消息。"

原以为夏芳卉会问东问西,甚至会要求谢屹忧留下号码。

宁岁回忆片刻,觉得刚才通话的时候她妈的语气好像有点疲倦。她思考了下,给夏芳卉发了条消息:妈,你最近工作很累吗?

夏芳卉那头输入了一段时间,回复:没,在给小东西辅导语文,崩溃,让他写 ABCB 型成语,他给我整一个劳斯莱斯,怎么不写玛卡巴卡呢?

Chapter 12 给你一瓶魔法药水

期中考试结束之后,大家的神经终于能稍微放松一些。与此同时,各种各样的文体活动也如火如荼地开始了。

梁馨月在校文艺部,负责这次校园十佳歌手大赛的舞美。初赛的时候,她利用职权之便捎上宿舍其他几个人去旁听,回来之后悄悄吐槽道:"有些男的也太自信了吧,唱的啥啊,没有一个音在调上。"

不过也不能一棒子打死,还是有挺多唱功特别好的同学。

俞沁羡慕道:"这种就叫有天赋吧,我也特别喜欢唱歌,但是我天生五音不全。"

梁馨月说:"我也是!"她之前有次偶然听过宁岁在宿舍里练习音乐剧的曲目,震惊于她的高音怎么轻轻松松就上去了,声线还婉转清脆,特别好听。

梁馨月问:"岁岁,你怎么没报名校歌赛呀?我觉得你要是去的话,怎么着也能进决赛吧!"

宁岁坐在桌前看书,闻言弯了下唇说:"最近好忙,音乐剧排练挺费时间的。"

毕佳茜凑过去,发现她又在做数学题,还是吉米多维奇,登时掐着她的肩膀大叫:"女人!浪费你时间的是学习吧!"

宁岁笑着躲开,几个人都摇头嘲讽自己是烂白菜,不仅不够努力,还很没用。

她又学了一会儿，这时手机振动了一下，她发现自己被张余戈拉进一个群里，其余群成员是胡珂尔和林舒宇。

张余戈开门见山：十二月九日是忱总生日，他太忙了，不想弄派对，我觉得还是得整点啥有仪式感的，就想请大伙儿帮忙想想！

张余戈：Come on！头脑风暴一波！

林舒宇马上回复：哟，客气啥啊，鱼哥。

张余戈发了一个微笑的表情包。

林舒宇：让哥给你想想有啥选项。一是去玩密室逃脱或者剧本杀；二是在外面吃饭；三是去KTV唱歌；四是组局学习。

胡珂尔：酷哥，组局学习您是认真的吗？请告诉我你是在哗众取宠。

张余戈难得和她统一战线，嗤之以鼻：他就是，别理他。

胡珂尔发了一张林舒宇穿红色紧身衣跳高的恶搞表情包。

林舒宇：你怎么有这个？张余戈，我要把你做成章鱼小丸子！

话题差点被带跑，张余戈没搭理他：话说，谢屹忱最近在搞一个编程比赛，正好生日那天是总决赛，我估计他白天没时间，要不我们还是找个地方吃晚饭，然后各自准备一下礼物。

林舒宇：行，我订位置！

张余戈：然后我们把他室友也叫上？之前我和老林跟他们吃过一顿饭，互相都认识。

胡珂尔没意见：行。

张余戈：宁岁，你呢？

片刻后，宁岁回复：嗯嗯，我也没问题。

张余戈发了一个OK的表情包，然后说：那我来准备蛋糕！

宁岁之前听谢屹忱提过那个比赛，叫ACM国际大学生程序设计竞赛，简称ICPC。T大这边一般都会派姚班的学生去参加，谢屹忱应该是和瞿涵东还有他们系大二的学长一起组队。

比赛要求五个小时解十二道题，成绩衡量标准是质量和速度，这比赛要求选手拥有过硬的数学功底，主要考验学生的算法逻辑思维和编程能力，答案提交错误还会被罚时。国内总共大概两百支队伍参赛，可谓是竞争激烈。

参赛语言可以自选，他们几个组员讨论过后，决定用C++，运行效率会比较高。

谢屹忱最近就在准备这件事,为此熬了好几个大夜,之前已经飞沪市参加了区域赛,然后就是总决赛,恰巧今年决赛在帝都,又是由T大承办。

比赛当天,各学校参赛队员陆续到场,场地很大,已经划分好了区域,放眼望去全是电脑。瞿涵东看着这阵仗有点紧张,一直在那碎碎念:"咱们不会折在最后一轮吧?"说完他又赶紧道,"呸呸呸,千万别乌鸦嘴。"

谢屹忱他们坐在准备区域看书,没人搭理瞿涵东。他转了几圈,抬头一看谢屹忱的神情,忽然觉得心里面安定下来了——慌啥,抱紧忱神大腿就行。

主办方规定队伍每做对一道题,都会拿到一个不同颜色的气球,如果自己所在的队是全场做题最快的,还会额外得到一个写着"First problem solved"的气球。

瞿涵东豪气万丈地挥拳道:"冲冲冲!哥要跑通所有评测!"

林舒宇之前问谢屹忱对过生日的地点有什么要求,但他非常忙,根本没空搭理自己,只说随便定。于是林舒宇在大学区这块挖掘半天,找了一家画风非常奇特的餐厅。

露天西式快餐,既洋气,又有种吃大排档的感觉,堪称中西合璧。

宁岁和胡珂尔几个人是五点半准时到的,不一会儿,刘昶和石复也来了,大家开始了熟悉的自我介绍流程。

轮到宁岁的时候,刘昶八卦的心思简直高涨到顶点。他觉得这姑娘真漂亮,唇红齿白,桃花眼干净明媚,比那些什么系花、级花都要好看,怪不得他忱哥看不上其他人。

那天从KTV唱歌回来,几人还试图跟谢屹忱打探出点什么,但最后只知道宁岁和他都是槐安人,高二就认识了,也没得到什么其他有用的信息。

瞿涵东几个很不甘心,围着他叽叽喳喳,挤眉弄眼地问他是不是在追对方。

当时谢屹忱没说是也没说不是,只让他们没事少打听。

刘昶和瞿涵东私底下咬耳朵,啧啧,这还只是在追人啊?就那喂小草莓、倒酸奶的行为,不知道的以为他们已经谈上了呢!

他们一致觉得,知道这件事以后,和忱神的距离仿佛拉近了许多。但刘昶感觉,张余戈和林舒宇好像对这件事都不是很知情的样子,于是谨慎地选择了沉默。

张余戈把所有人拉进一个大群，谢屹忱在群里发消息说还要一会儿，马上就过来。

张余戈：你经过蛋糕店的时候能不能给兄弟整点半熟芝士？顺便搞几块蛋塔，我饿了。

林舒宇：对了，有酸奶和汽水更好。

谢屹忱悠悠地回：听着好像是你俩在过生日。

张余戈很不要脸：我不管，我就要，我知道你对我最好了。

谢屹忱笑骂：滚。

有人在群里问他们比赛怎么样，得了第几名，谢屹忱又没声了。

张余戈言之凿凿："我兄弟肯定拿着比赛奖金给我弄小蛋糕去了。"转而他又吩咐店员："鲜花、音乐赶紧安排上！"

林舒宇一拍脑袋："我来整几首脍炙人口的歌曲。"

场地准备完毕，人员到位，单也点完了，大家百无聊赖地低头玩起手机。

宁岁坐在塑料凳子上，也在忙里偷闲地发呆。她其实心情不太好，下午才刚得知了自己的期中成绩，大部分都在预期之中，但有一门挺重要的数学分析考砸了，满分一百分，她只考了八十六分，按照P大的绩点等级要求，估计只能拿个B+。

其实她也能够料想得到，因为这门课是最后一门考的，当时她的心多少有点提前放飞了。

宁岁去老师办公室查了卷面分，发现有很多因为粗心而犯的错误，怪不得当时在考场上那些式子她怎么推都推不出来。她叹了口气，感觉像回到高二的时候，明明能做出来的题目，却因为各种原因失了分。

夏芳卉是超级强迫症、完美主义者，连带着宁岁对自己的要求也变得很高。她这学期想拿高绩点，有这么一个B+肯定挺拉分的。

唉，她也愧对于志国同志。

不知道谢屹忱什么时候能来，宁岁想了想，给他发消息：快到了吗？

大约两分钟后，谢屹忱回道：在哪儿？没看到你们。

这地儿确实不好找，来人要从一个犄角旮旯的侧门进去，穿过一条走廊，才能来到餐厅露天的地方。

宁岁不动声色地看了眼其他人，他们四个男生坐在位置上玩你画我猜，胡珂尔一个人在津津有味地看闪映小视频。

没人发现宁岁起身了。她拿着手机往内厅去走，埋着脑袋给谢屹忱回消息：我给你共享一下位置吧。

地图上原先只有她一个人的小点，很快出现了另外一个小点。

那一瞬间宁岁就有种很微妙的感觉，两个点闪烁着，彼此都知道最终一定会和对方相遇。

她大概又有两三周没见他了，虽然两人隔几天会聊一下，但她还是会不自觉就想到他，想知道他生活中发生了什么，更想参与其中，觉得心好像被羽毛扫来扫去，痒痒的。

宁岁抿着唇，忽然想到，万一谢屹忱和自己一样，比赛也没发挥好，那怎么办？

不知道她准备的那份生日礼物能不能让他稍微开心点。

她从大门走到马路边，看着手机屏幕，不自觉有些走神，突然听到好像有谁在叫她的名字。

宁岁抬起头来，谢屹忱手上抓着一大把五颜六色的可爱气球，意气风发地站在对街。晚风缱绻轻柔地吹过，拂过他英俊深邃的双眼。看到她以后，他小跑着穿过狭窄空旷的马路，稳稳地停在她面前。

少年微俯下身，笑着与她平视，眼里的光比街边的长灯还要亮。

"First problem solved，送给你。"

那一刻宁岁仰起头，感觉连呼吸都完全停住了。

周围的声音似乎已全部消失，她只能看到他轮廓分明的脸，还有那一大把绚烂的气球。其中有一个五角星形状的胖胖的金色气球，上面写着谢屹忱刚才说的那一串英语，看来他们是第一支做出这道题的队伍。

心脏热烈地跳动着，宁岁有些不知所措，想做点什么来转移自己的注意力。她咬着唇，指了指那只胖胖的气球："嗯……我想要那个金色的。"

谢屹忱笑了："好，给你。"

气球里面充的是氢气，都飘浮在空中，他挑出那只五角星形状的递给她。她把气球的线拽在手里，新奇地上下晃了晃。

他们赢了这么多气球，名次应该不低。

宁岁踏实下来，觉得自己可以放心地问了："那你们是拿了金牌吗？"

"嗯，冠军。"

看得出来谢屹忱现在心情很好，眼角和眉梢都是舒展开来的。

他不笑的时候就很好看了，再笑起来，更加蛊惑人心。

宁岁觉得自己莫名被他感染了,先前的失落也都一扫而空。算了,考砸就考砸了吧,兵来将挡水来土掩,她之后再努力就好了,要相信只要不放弃,一定会得到正向回馈的。

"哥,找到没啊?导航好像显示就是这里。"

这时,瞿涵东和大二学长也从拐角处绕了过来,到了对街。

他刚想跟谢屹忱说"哥你也走得太快了,怎么不等等我们",一抬头就看到了这样的情景。

俊男靓女面对面站在路灯底下,手里一大把彩色的气球随着夜晚的微风飘扬,浪漫得跟在拍电影海报似的。

瞿涵东之前还说寝室里放不下这么多气球,谁爱要谁拿吧,现在只剩下目瞪口呆。他咋就没想到,这玩意儿还能有这样的作用,不愧是忱总。

瞿涵东内心在咆哮,可惜唯一的知音刘昶不在,他下意识掏出手机拍了一张照片,谁知没关声音,"咔嚓"一声,在一片静谧中格外明显。

四人会合,一起往露天广场走。

谢屹忱和宁岁走在前面,瞿涵东和学长走在后面。

学长不明真相,但瞿涵东感觉自己已经迅速进入了兴奋的状态。那晚在KTV因为距离太远,他其实没怎么看清妹子长什么样,刚才凑近了一看,直接被惊艳到。

瞿涵东做了自我介绍,宁岁弯着唇笑了一下,提起之前在篮球场打过照面。

宁岁的长相其实是很明媚的类型,笑起来很明显是个甜妹。

瞿涵东心说,还以为是神坠落凡间,原来谢屹忱喜欢的本来就是仙女。

张余戈最先发现人来了,手机一扔,冲上去给了谢屹忱一个熊抱,一脸笑嘻嘻:"哎哟,兄弟来见我还准备这么多礼物,太用心了吧!"

张余戈指的礼物就是那一大把气球,他这猛的一扑差点把气球全撞飞了。

谢屹忱及时避开他,顺便嫌弃地睨了他一眼。谢屹忱接过瞿涵东手里蛋糕店的购物袋,往张余戈的胸口一拍,挑着眉,要笑不笑地说:"下回别让我抓到你过生日。"

张余戈接过一看,声线都往上扬:"哇哦!我的'半熟知识'!"

之前他们在高华的时候就喜欢开玩笑,说考试之前吃这玩意儿至少保证知识点半熟，然后再背剩下那一半就好。

林舒宇见状不乐意了，给自己创造存在感："我的酸奶和汽水呢？"

张余戈打开袋子说："在呢在呢！"

林舒宇也乐了："哇哦！兄弟我爱你！"

张余戈心满意足，朝旁边的空桌指了指，对谢屹忱说："我们的礼物都给你堆那儿了，走的时候记得带上。"

谢屹忱瞥了一眼，大大小小的袋子和礼品盒，五花八门的，其中有个粉色包装的礼物分外显眼，上面系着一个很标致的蝴蝶结。

他笑了笑，说："替我张罗这些，谢了。"

张余戈"啧啧"两声："跟我们客气啥。"

主位空出来了，林舒宇迎上去，很讨好地拉开那张朴实无华的塑料凳子："您请坐。"

谢屹忱没过去，反而走到最边上，长腿一伸，悠闲地坐下来了。

餐桌是两条长桌拼在一起的，他们T大寝室的人加学长坐一侧，其他人坐另外一侧，这样一来，宁岁正好就坐在谢屹忱对面。

餐厅的服务员把那些气球先拿进室内存放，宁岁的那个五角星气球就绑在她的座椅靠背上。

刘昶和瞿涵东不约而同对视一眼，暗暗交换了一个默契的眼神。

人来全了，点的东西也迅速上齐。芝心比萨散发出极其浓郁的香味，谢屹忱让大家赶紧趁热吃，所以众人戴上手套就开始大快朵颐，边吃边闲聊。

此时，刘昶边狼吞虎咽边问："所以你们拿了第几名？"

瞿涵东嘿嘿一笑，激动得连关子都没卖："冠军！"

"哇，真牛！"

"不愧是贵系！"

众人纷纷感叹喝彩，瞿涵东调侃刘昶："昶子，你怎么知道我们一定能赢？对我们这么有信心啊？"

刘昶看他一眼，悠然道："当然，不是有顾哥和忱总在吗？"

瞿涵东："……"

张余戈边啃鸡翅边兴致盎然地问："奖金多少？"

瞿涵东骄傲地伸出五根手指："这个数。"

"五千块！这么多？"

不知怎的，宁岁忽然想到那次在解忧杂货店里，她以为谢屹忱要跟自己击掌，后来两人手心贴在一起好久。细节她记不太清了，就觉得他的手好大，干燥又温热。

她一心虚，眼神不由自主地乱瞟，结果歪打正着对上了他的视线。

桌子是细长的西餐桌，两人面对面距离比较近。他今天穿着一件藏蓝色的工装夹克，随性的涂鸦机车风，衬得整个人眉目俊朗，下颌轮廓更分明。

宁岁觉得应该说点什么，随手拿了杯柠檬水举到嘴边，问道："你之后一段时间会稍微清闲一点吧？"

谢屹忱看着她，唇角轻轻勾着："还行，可能会忙闪映的事情，之后应该就是准备期末考了。"

宁岁应了声，低头喝饮料。

谢屹忱问："你呢？"

宁岁眨了下眼睛，将那一口柠檬水咽下去，才抬起眸："和之前差不多，音乐剧排练会占比较多的时间。"

服务生给每个人端上了烤熟的肉眼牛排，谢屹忱一边拿起刀叉切割，一边不动声色地问："跨年有什么计划吗？"

"目前还没有。"宁岁顿了一下，问，"你呢？"

谢屹忱随意道："不知道。三天小长假，可以找点事做。"

"好啊。"宁岁顺口接道，才发觉人家不一定是在邀请自己，也可能只是单纯在陈述一个事实。

宁岁吃掉手里的比萨边，慢吞吞地补了句："如果你比较闲，我可以把我的人工智能技术作业让给你打发时间。"

谢屹忱用颇为耐人寻味的眼神看着她。

她从刚才到现在就吃了一块比萨，喝了一口柠檬水，牛排还一点没动。谢屹忱把自己面前的盘子推到两人中央，直接道："换一下。"

宁岁愣了："啊？"

他懒懒地抬了抬下巴，言简意赅地说："我切好了。"

其他人在各聊各的，张余戈、瞿涵东和刘昶大谈姚班生活，感叹只要累不死就往死里干。还说传闻他们有个思修教授用的是吹风机给分法，就是一沓论文放在那儿，哪篇论文能用电吹风吹起来就代表写得不够多，直接给差分。于是大家狂凑字数，老师要求三千字一定能写到三万字，论文打印出来厚厚一沓，最后人人都能出书。

胡珂尔兴致勃勃地听着，餐桌上时不时爆发出一阵笑声。

虽然好像没什么人在注意他们，但宁岁觉得这人好像有点过于旁若无人了。

宁岁蜷了蜷指尖，还是把两个盘子换了一下："谢谢。"

她白皙的耳尖有点红，被颊边一绺头发稍稍挡住。谢屹忧盯着她看了须臾，拖着尾音道："所以，你想要我帮你写人工智能技术课的作业？"

宁岁埋着头戳了一块牛肉："我也没这么说。"

"你前几天不是还发朋友圈说这门课很难？"

宁岁愣了一下，她只是吐槽来着，朋友圈发出十几分钟后被夏芳卉说这样不妥，然后她就删了。

怎么这都被他看到了？

谢屹忧循循善诱道："没事儿，你要真想找个人帮忙，可以直说。"

那门课的语言用的是 Python，宁岁没什么基础，于是只能自学。她在期中的时候一度想退课，但是后来想到退课会在成绩单上留下一个"Withdraw"的记录，这对强迫症的她不太友好，还是打消了念头。

她给这门课标记了"P/F"（Pass/Fail，及格/不及格），只要及格就行，反正就是麻烦点，她多熬几次夜，应该能顺利通过。

但是多上层保险还是好的，她纠结了几秒钟，最终还是被诱惑到，抬起眸试探着问："那这样的话，你可以帮我做吗？"

谢屹忧靠在椅背上，拖长尾音说："这个事儿呢，涉及学术诚信问题，理论上我不能代劳。"

宁岁等他的后话："实际上呢？"

谢屹忧补完后半句："实际也不能代劳。"

宁岁心道：那你在那说什么呢？

这个念头还没在脑子里转过一圈，却见他蓦然倾身，低声道："但是我们可以一起自习，有哪里不会的你就问我，我教你。"

宁岁的大脑空白了一瞬，她鬼使神差地问："在 T 大还是 P 大？"

谢屹忧还没说什么，宁岁就听见清脆一声响，是瞿涵东几个人在旁边干杯。林舒宇伸长脖子扬声问："宁岁，你和胡珂尔要不要额外再点一杯饮料？"

他们一开始叫的都是啤酒，林舒宇这时想起宁岁酒精过敏，担心她只喝柠檬水会觉得寡淡,不料张余戈听到后,一拍胸脯说:"放心,我已经给我们全员点了奶茶,马上就到了。"

林舒宇笑着说:"料事如神啊,鱼哥。"

张余戈立刻捶了他一下,冷笑道:"再叫这名字我就把你那杯奶茶喝了。"

几人继续喝酒,继续刚才的话题。林舒宇很好奇,直接向谢屹忱求证:"阿忱,刚刘昶跟我说,那个经管系花为了追你,不是去图书馆制造偶遇就是去篮球场堵你,真的吗?"

张余戈顺口接道:"啊,她还在追啊?这都三个月了。"

宁岁顿了一下,假装自然地低下头去喝柠檬汁。

过了两三秒钟,面前的人都没说话,宁岁的一颗心渐渐提起,她垂眸看了眼,一小瓣柠檬晃晃悠悠地浮在水面上,怪不得她感觉酸度有点高。

她听到谢屹忱声音低沉地回应道:"没,我这阵子都没去图书馆,也很少打球,忙比赛呢。"

宁岁无意识地眨了眨眼,把牛排盘子里那颗用来装饰的草莓吃了。

林舒宇的注意力还停留在系花上面,八卦地问谢屹忱:"阿忱,人家姑娘这么殷勤你都没兴趣啊?"

"那是她背景调查没做好。"张余戈调侃道,"之前所有用这种方式死缠烂打的姑娘都铩羽而归。"

"但用其他方式的不也没成功吗?"林舒宇问,"那个什么系花老在你面前找存在感,你是不是觉得挺烦的?"

谢屹忱喝了一口啤酒,此时靠在椅背上,眼神深沉。他把空酒瓶随手搁在面前的桌上,皱着眉看过去:"这话题能不能过了?"

"哟,还不让人说了。"林舒宇没意识到有什么不妥,拍着桌子起哄,"我真的很好奇,要怎么追你才比较有效?"

宁岁一直在吃沙拉,一声不吭。

谢屹忱好像没接这话,只玩世不恭道:"怎么,是你想追别人,搁我这儿吸取经验呢?"

张余戈多少还是了解他的,知道他是觉得在场的还有女孩子,净扯些这样的话题不太好。

张余戈正想说些什么打圆场,就看到谢屹忱的动作顿了一下,继续开口道:"喜欢别人也不是错,真喜欢就直接表达。"谢屹忱勾着唇笑,"如果是我,就会对那个人特别特别好。"

大概因为这是个周末,所以大家格外放松,饭桌上各种欢声笑语。胡珂尔点了两杯蜜桃气泡饮,分给宁岁一杯。她接过来喝了一口,甜甜的,再一看面前,牛排不知不觉都被她吃完了。

宁岁吃饱了,摸了摸腹部,发现周围人也是差不多的状态,歪七倒八地瘫在椅子上,依旧聊着闲天,好像有说不完的话。

不知道谢屹忱在做什么,她控制着自己没去看他,发呆半晌,听到张余戈兴冲冲在那叫:"同志们,蛋糕和奶茶到了!"

他明显刚从外面跑回来,一只手拎着一个奇特的六边形蛋糕盒,另外一只手提着某茶饮品牌的包装袋,鼓鼓囊囊的,众人的注意力瞬间都被吸引了过去。

此时背景音乐适时地响了起来,是林舒宇刚才点的歌。

"我唤醒大海,唤醒山脉,唤醒沙漠,处处充满色彩美丽的地方,开心往前飞……"

大家都吃得差不多了,纷纷站起来活动筋骨。

蛋糕盒打开,里面是个淡奶油芝士蛋糕,上面是竖着的五个数字:10011。

林舒宇好奇地凑过去问:"这啥意思啊?有点高级。"

张余戈骄傲地挺胸说:"没文化吧,这玩意儿是二进制,代表十九的意思。"他往上面插了一根金色的蜡烛,"来来来,让我兄弟许愿。"

谢屹忱拿着包装里附赠的硬纸环扣成一个帽子,很随意地戴在头上,等蜡烛点燃,迸出漂亮的火花时,他双手合十坐在蛋糕前面。

林舒宇带头唱生日歌,不一会儿,谢屹忱就睁开眼笑道:"许好愿了。"

礼花和彩弹爆开,碎屑落了一地。

"祝我们忱总生日快乐!"

"谢谢大家。"谢屹忱把帽子摘了下来,眼尾略弯,"今天很开心。"

谢屹忱难得说这种话,张余戈立马觉得浑身是劲儿了,他开心不就说明自己今天张罗得好吗,忙活这大半天果然很值得。

众人开始分蛋糕,林舒宇拿着刀去切,第一块给了谢屹忱,第二块越过几个男生递给了宁岁。张余戈没正形地在谢屹忱的旁边坐下,跟他碰了碰酒杯:"不客气。"

两人感情是真好,明眼人都能看得出来。胡珂尔好奇地凑过去问:

"欸，一直不知道，你俩到底是怎么认识的啊？"

张余戈吊儿郎当地把胳膊架在椅背上："之前没跟你们说过吗？"

"没有啊。"胡珂尔回答，"只说了你小时候尿裤子被你妈打的事情。"

张余戈："……"

林舒宇举手跳出来说："我知道我知道，他俩干架认识的。"

"干架？"

大家都不知道这件事，边吃蛋糕边竖起耳朵听。

林舒宇笑出声："好像是因为鱼哥初中那会儿太欠揍了。"

张余戈一直认为，他和谢屹忱有着莫名其妙的缘分。

初中那时候，张余戈也不知道怎么回事，明知道谢屹忱脾气不好，还特别爱往他跟前凑，笑得一脸贱兮兮的样子，谢屹忱就干脆地问张余戈是不是想打架。

张余戈年少不更事，觉得这人怎么那么狂。张余戈有点反骨在身上，越这样越莫名地想要吸引谢屹忱的注意，让他多看自己两眼，就特意指着自己的脸说："有种往这儿打。"

他都这样了，谢屹忱不揍一拳简直是不尊重人。于是那天晚上两人都一身挂彩地回了家。

张余戈第二天又发神经，还给谢屹忱买了膏药，放在抽屉里，不过后来谢屹忱好像没用。

再后来，他们又是怎么熟起来的呢？

哦，好像是有一次，张余戈数学只考了五十多分，被他们家那位"虎妈"狠狠地骂了，还被禁止以后玩游戏，零花钱也都被没收了。他愤怒地扬言要离家出走，其实只敢坐在小区门口呕气。

有个卖冰糖葫芦的老爷爷站在对街，一对父子走过来，小孩闹着要吃，慈祥的父亲二话不说就买了一串。张余戈顿时悲从中来，凭啥人家能吃冰糖葫芦，而他的屁股被打得像葫芦？最难过的是，他爸也不在身边。

屁股蛋一动就疼，数学又这么难学，不知怎么，张余戈的泪腺失守，他一下就哭了。

谢屹忱租的房子离张余戈家不远，谢屹忱放学回家路过这里，正好瞧见了他。张余戈觉得一大老爷们儿在这哭实在不像话，连忙埋头擦眼泪，结果越擦越多，鼻涕和眼泪糊成一片。

他本以为谢屹忱懒得理他呢，谁知这人到对街买了两串冰糖葫芦，在他身边坐下来了。

"我记得你语文挺好。"谢屹忱开门见山地说,"我作文跑题了,你怎么能得那么高分的?"

张余戈愣住,不知道说什么,含糊着回了句:"你数学也挺好。"

谢屹忱递过来一串冰糖葫芦,道:"嗯,那交个朋友。"

可能是因为谢屹忱的那句夸奖,张余戈一直觉得自己在语文上很有天赋,这种信心导致他到了高中,作文还经常被老师当成范文朗读。

张余戈也是后来才发现,谢屹忱看着对谁都是一副冷冰冰的样子,其实特别重感情,有温度,很护着自己人,一旦心里认准了谁,就会持续地对对方好。

跟谢屹忱做朋友,心里很踏实。张余戈始终坚信,自己在谢屹忱那里是有特殊地位的。这么多年来,他也觉得很幸运,能够一直跟谢屹忱做朋友。

张余戈讲着讲着忽然顿悟,翘起嘴角凑过去,吐出酒气:"其实我就是那个破开坚冰的人,对吧?是我用自己无私的包容和爱,融化了你寒冷如铁的心。"

"滚。"谢屹忱懒得理他,挑眉道,"你最多是用你的傻气,让我看到世界上的参差。"

张余戈不管,事实就是自己认为的这样。

张余戈洞察了秘密,心情也雀跃起来。年少轻狂的往事,不提也罢。

他把奶茶袋子拎过来,热情招呼道:"我点了他们家新款的茶饮。"

不知不觉讲了这么久,大家也乐呵呵地围上去,张余戈把奶茶从袋子里都拿出来放在桌上:"大家直接拿吧。"

谢屹忱低着头看每一杯上面贴的标签,倒是林舒宇在那挑来挑去,评价道:"口味都一样啊。"

张余戈鄙视地说:"别挑了,能有就不错了。"

林舒宇嘻嘻哈哈地夸奖道:"是是是,鱼哥破费了。"

张余戈扫他一个眼刀:"再喊我要揍人了啊。"

宁岁走过去看了一圈,又默默坐回原位——全是芋圆奶茶。她虽然馋得不行,但是会过敏。倒也不是那种反应特别剧烈的过敏症状,但脸会变得很红,身上也很痒,熬过几个小时,不适的感觉就会慢慢消失。

宁岁还冒着被夏芳卉骂的危险偷偷试验过,发现自己只有吃了芋圆才有这种过敏症状。

她看了眼时间,一晃都晚上十点多了,低着头在家庭群里刚回了信息,就感到旁边有人坐了下来。

谢屹忱端着一杯奶茶,语调随意地问她:"喝吗?"

宁岁说:"想喝,但是有芋圆。"

"喝这杯。"谢屹忱把自己手里的奶茶往她面前一推,"刚找餐厅要了根竹签把芋圆都挑出来了,不会过敏。"

宁岁的视线定在这杯冒着热气的奶茶上,一时之间她没有出声,心跳仿佛停了一拍,又重新恢复,胸口处仿佛有好多气泡在剧烈地翻滚。

宁岁的睫毛颤了颤,她试图压制住心间那阵悸动——他说喜欢谁,就会对谁特别特别好。

但是在宁岁看来,他对自己的朋友都挺好的。

张余戈就不用说了,林舒宇生日的时候还能吃到他煎的牛排,瞿涵东和刘昶说谢屹忱经常帮他们占位置,小组作业也不在乎多承担一些工作量,还有这个大二的顾学长,虽然没那么熟,但谢屹忱怕对方打完比赛心情正好却没人分享,就邀请人家一起来生日会……甚至包括刚才,生日蜡烛被点燃迸出火花时,他还下意识地拦了胡珂尔一下,避免她被溅到。

宁岁把吸管戳进纸杯里,低头喝了一口,半晌,慢吞吞地问:"所以,你从小写作文就跑题啊?"

谢屹忱好像被气笑了,直勾勾地看过来,扯了扯嘴角:"就那一次,再加上高考。"

宁岁故意补充道:"张余戈说,你每次写记叙文得分都没他高。"

"你听张余戈胡说。"谢屹忱无奈道,"我那是为了安慰他。"

"哦,那你挺会安慰人的。"宁岁低着头,将温热的耳朵掩在围巾里,"所以高二那时候,你跟我说你刚开始也不会做那道题,也是假的咯?"

谢屹忱愣了一下,眼神有些深沉。这还是她第一次在他面前提起高二竞赛集训的事情。

"的确不会。"两人距离很近,能听到对方呼吸的声音,谢屹忱喝了不少酒,气息有些滚烫。

他盯着宁岁被围巾裹住只露出一半的脸,视线移动,缓缓地弯唇:"我也不是神,落了几天的课,能把进度赶上就不错了。"

"嗯。"宁岁点了点头,没再执着于这个话题。

一时半会儿,两人都没说话。月亮高悬,洒落银辉,她忽然觉得这个情景特别像集训最后的那个夜晚,他们两个并肩坐在楼梯上的样子。

刚重逢的时候,她还以为他把她忘了。

"谢屹忱。"

"嗯?"

"生日快乐。"宁岁轻声道。

这个露天小广场的人群陆陆续续散了。林舒宇在旁边自顾自地喝酒,忽然撑着桌子,吸溜着口水问:"我怎么闻到烤鸭味儿了?好香。"

"哪儿有啊,你喝醉了吧。"张余戈趴在椅背上说,"不过你还吃得下?"

林舒宇说:"不是,我想起了我们以前高中一起溜出学校去吃夜宵的日子,那时候真好啊。"

那时真好啊,他们旷课去打篮球,飞奔下楼抢饭,踌躇满志地参加各种比赛,考试前临时抱佛脚地复习,厕所墙上写满了单词和公式。

大家都莽着一股劲朝着同一个目标奋斗,嘻嘻闹闹地结伴而行,那是多么美好的时光。

张余戈说:"现在也很好。"

林舒宇想了想,最好的朋友都在身边,在一个燃着火炉的冬夜,大家忙里偷闲地聚在一起,确实很好。

胡珂尔也有点醉了,脸色酡红地插了一句:"你们知道普鲁斯特效应吗?"

张余戈问道:"不知道,那是啥?"

"就是,当你闻到以前闻过的味道,就会触动当时的一些记忆。"胡珂尔觉得这个理论可以解释林舒宇刚才的那个联想。

张余戈恍然大悟道:"怪不得我每次在高华上厕所的时候,都会想起酷哥吃比萨的生动模样。"

林舒宇:"……"

吃得差不多了,第二天大家也都有事情要做,就不打算再转战别的地方了。

瞿涵东几人和学长打车回去,谢屹忱和林舒宇叫了一辆六座商务车,按照路线顺序,先把张余戈送回学校,然后再送两个女孩子回P大。

林舒宇明明酒量很差,但是很爱喝,现在走路还没胡珂尔稳。谢屹忱给司机加了点钱,让他在路边等一下,自己穿着外套下来,走到宁岁面前。

宁岁感觉他在看同样醉醺醺的胡珂尔，而胡珂尔一边抓着宁岁的手臂，一边有些费劲地仰头道："我能扶得稳她。"

胡珂尔闭着眼，像一摊软泥一样靠在宁岁肩膀上，不知道又被戳中了哪个点："谁说我胖？"

谢屹忱看着她说："送你们到寝室门口。"

宁岁的心紧了紧："好。"

谢屹忱和林舒宇一人一边，把她们两个女生夹在中间。临近午夜，路上行色匆匆的同学却不少，谢屹忱一边留意着旁边两个酒鬼的情况，一边不紧不慢地走着。

他声音低沉地开口道："所以，你送给我的是一条围巾？"

宁岁的脚步一顿："你看到了？"

刚在车上的时候谢屹忱就拆开了那个粉红色的包装盒，里面是一条浅咖色的羊毛围巾，与众不同的是，上面写满了各种数学公式。他们曾经讨论过的那个 Katz-Tao 不等式，还被放在了中间很醒目的位置。

谢屹忱的喉结滚动，他看向她："这个，不是你自己做的吧？"

宁岁的心漏跳了一拍。

"我怎么可能做得出这么好的？"她低头看着脚下的路，温声道，"网上买的。"

谢屹忱顿了一下，说："嗯。"

女生宿舍离他们进来的这个门不远，不到十分钟就走到了。谢屹忱拦住差点想跟着走过去的林舒宇，嘱咐道："注意安全。早点休息。"

"嗯，好。"宁岁道

过了好一会儿，林舒宇发觉身边的人都没什么动静。他睁着迷茫的眼睛看了一圈，两个女生已经上去了，他便靠过去说："阿忱，你怀里挺暖的。"

谢屹忱这才有点反应，略显嫌弃地拽住他的衣领："你下次能不能对自己的酒量有点儿正确的认知？"

喝醉的林舒宇很张狂："怎么着？我酒量差还不是把你喝倒了？"

谢屹忱没有半点要松手的意思："还清醒着吗？"

"醒着啊，比羽毛还轻。"

"跟你说个事儿。"

"说呗。搞这么隆重干吗？终于发现我比你帅了啊？"

谢屹忱意味不明地盯着他，开口道："你今天不在状态，改天再聊。"

晚风一吹，林舒宇这才稍微有些醒神，顺嘴接道："什么？"

"你还喜欢宁岁吗？"

林舒宇蓦地愣住。

路灯亮着，拉长了他们的影子。百年讲堂历久弥新，庄重而富有神韵。

谢屹忱看着旁边那盏灯，下颌线在光线的勾勒下显得锋利："一直没跟你和张余戈说过，其实我和宁岁在高二上学期竞赛培训的时候就认识了。"

林舒宇迷茫道："什么？"

"抱歉，具体原因要等她方便的时候再讲，但确实是我认识她最早。"

林舒宇想起在旅游的时候玩的真心话大冒险，邹笑提出让宁岁和在座认识最久的人喝交杯酒。

他觉得自己好像明白了什么，又似乎没有听懂："那……然后呢？"

谢屹忱说："之前你跟我说，你不打算继续追宁岁了。"

酒意扰得人思维混乱，林舒宇呼出一口粗气，盯着他半晌，皱起眉问："阿忱，你到底想说什么？"

两人面对面，谢屹忱抬眼，忽地轻笑了声："那我无论怎样，也不算夺人所好吧？"

林舒宇张了张嘴，想说什么，但没能说出口。

谢屹忱直勾勾地看着他，漆黑的眉眼英挺桀骜："你要还没放弃，那我也不让。"他顿了一下，视线不闪不避道，"真介意的话，让你打一拳也行。"

林舒宇反应了好一会儿，才大概将谢屹忱说的话尽数消化。

他跟宁岁高二就认识，合着一直瞒着他们呢，旅游的时候装得还挺像。不管是什么不能说的原因，这个人到底有没有把他们当兄弟看？

不知是冷风吹得太用力，还是自己喝得过头了，林舒宇的心怦怦地跳着，滚烫的胸腔起伏两下，他真就冲上去朝着谢屹忱猛地挥了一拳。这力道是真挺重的，谢屹忱也喝了不少酒，不由得往后退了半步，疼痛的感觉很快蔓延，是很熟悉的感觉。

林舒宇恍惚地抬眼，看到了谢屹忱脸上明显的伤口，而他手掌骨节处也有些疼。

他脱口而出道："不是！我也没想下这么重的手啊！"

谢屹忱皱着眉，抬手摸嘴角，有腥味，应该破皮出了血，不由得哼了声。

他还没什么反应，林舒宇先心虚地咽了口口水。

这事儿谁也说不上是谁理亏，他哥们儿认识姑娘这么久了，估计早就上心了吧？还碍着和他的关系一直忍耐着。而他呢，嘴上说着不追了，实际还在习惯性不断向人家示好，这么一想，他也挺不是个东西。

林舒宇大义凛然地说："要不我让你也回我一拳。"

他不说这话还好，谢屹忱刚在他给宁岁递蛋糕的时候就很不爽了，然而刚扬起拳，就被气笑了："你在那躲什么呢？"

林舒宇干咳道："抱歉，下意识反应。"

后来两个人一人打了对方一拳双双扯平，然后坐在寥寥无人的操场边涂药。

林舒宇小心翼翼地折腾半天，每弄一下就倒抽一口气。谢屹忱就简单地消了毒，斜着贴了个创可贴。

他拿出手机，借着屏幕看了一眼，才又哼出一声。

林舒宇坐在他旁边却忍不住打了个寒战，才想起来今天这位还是寿星呢，再度举手重申道："不是，我真不是故意的。"

谢屹忱想的倒不是这个，他是在想，以宁岁那么细腻的性格，要是被她看见了，肯定又会追着问发生了什么。他也不是不能扯个谎糊弄过去，但他不想骗她，所以这伤要养多久，他就有多久不能见她。

烦。

谢屹忱"啧"了一声，双手向后撑在石台边，敞着膝盖，抬头看那轮特别皎洁的月亮。

林舒宇还在紧张呢，没承想旁边这人笑起来："挺久没打架了吧？"

林舒宇老实道："确实。"所以他才没轻没重的，他又开始不着调，"我都是以理服人。"

谢屹忱勾唇道："滚。"

林舒宇其实很好奇有关宁岁的事，但既然谢屹忱说了不能讲，他也就生生压下了疑问。

两人挨在一起，林舒宇也抬头望着月亮，过了一会儿才说："其实我今天很高兴。"

谢屹忱挑眉睨他："怎么？"

"我以前一直嫉妒张余戈被你揍过，所以你俩更亲近。"林舒宇开心地说，"现在我和他一样了。"他老觉得自己和谢屹忱之间像是隔层纱，没有张余戈跟谢屹忱关系亲密。现在好了,他感觉自己也被揍通透了。

谢屹忱说:"你俩都有病。"

十二月中旬,宁岁也很忙。她之前为了排练音乐剧,有一些课没有花太多时间,只是完成了作业而已,现在得抽空开始自学。图书馆成了她的常驻地,一有空她就往那儿边跑,然后坐好几个小时。

宿舍里其他几个人的状态还是和之前一样。梁馨月的竹马最近跑过来找她,两人终于可以短暂结束远程恋爱的生活。毕佳茜没参加什么社团,天天寝室、教学楼和食堂三点一线,有时候还能和宁岁在图书馆里打个照面。

俞沁可能是心情最不好的一个,期中成绩不如意,情绪低落。宁岁有一天半夜起床去厕所看到她还没睡,趴在桌子上悄悄哭。宁岁假装没看到,后来和梁馨月、毕佳茜三个人轮流往寝室里带夜宵,大家边吃边聊,也会拉着俞沁一起看脱口秀来放松心情。

因为宁岁经常去图书馆自习,久而久之,就会遇到一些熟悉的同学。

殷睿有时候也会来自习,看她在做高等代数的题,还会笑着交谈两句。

两人的关系稍稍拉近,殷睿提出要帮宁岁占位置,下次两个人就可以一起自习,被她委婉地拒绝了,他也就没再多问。不过有时候两人仍然会偶遇,后来宁岁就约胡珂尔陪自己。

晚上回到寝室的时候,宁岁看到俞沁正抱着膝坐在椅子上看剧,看着心情不错。

梁馨月刚刚挂了电话,明显在生闷气,一问才知道,她本来约好了和男朋友一起跨年,可是对方家里有事,元旦假期得回家,说如果不介意,她可以来他家里过节,反正双方家长也都很熟了。

梁馨月肯定想和他一起,只是这样就打乱了之前的计划。她噘着嘴,不开心地说:"我还买了草莓音乐节的票,一票难求的票都被浪费了,臭男人!"

她点了炸鸡后才平复了一下心情,问其他人:"你们要不要?反正我留着也没用了。"

俞沁捧着脸垂头丧气道:"没人和我一起啊。"

毕佳茜举手附和道:"加一。"

大家的目光又看向宁岁,她轻抿了下唇,保持如常语气:"那就给我吧。"

"哟。"梁馨月一下子就嗅出味儿了,"有情况啊。"

"没。"宁岁坐直身体,诚恳地说,"我之前没去过,想去感受一下在听草莓音乐节的时候吃草莓是不是会更香点。"

不管几人怎么揶揄,宁岁都面色自然。梁馨月把购票截图发给她,她保存到了相册里。晚上九点趴在床上的时候,宁岁打开了谢屹忱的聊天框。

有几天没跟他说话了,她舔着唇回想之前的话题,简单措辞道:那个人工智能技术课的作业,我好像还是有点不会。

不料与此同时,那头也恰好发过来一句:你上次说的那个AI课的作业,有没有需要帮忙的地方?

宁岁凝视着屏幕,轻轻地眨了一下眼睛。

那头发来一句:着急吗?着急的话你可以发给我,我先看看。

宁岁:也不是太急,大概两周后交。

指尖在手机屏幕上顿了一下,她慢吞吞道:这个问题有点儿复杂,可能当面说比较好。

宁岁刚把文件压缩包发过去,想问谢屹忱有没有空一起自习,结果就见他发了一张图过来——是他的课程表。

图上不仅罗列了他要上什么课,具体来说,这是一张日程表,具体标注了他什么时间段计划做什么事,条理非常清晰。

宁岁一眼扫过去,就看到闪映、机器人和ACM总决赛准备等字眼,他的生活忽然以这样一种坦然的姿态呈现在她面前。

谢屹忱:空着的时间段我都可以,你想选什么时候都行。

宁岁侧身蜷在被窝里,一双桃花眼镇定自若地看着这两句话,实际上眼眸被屏幕的光照得很亮,她自己都不知道。

宁岁:周五下午可以吗?

他周五晚上八点之前好像都没事,音乐剧社的排练也在八点开始,不知道他们到时候能不能一起吃个晚饭。

谢屹忱:嗯,想在P大还是T大?我过去或者接你来,都行。

他来接?宁岁心尖像被羽毛扫了下:T大就行。

谢屹忱:好。

周五这天,梁馨月一觉睡到下午一点半,起来就看到宁岁背着书包准备出去,眼前一亮,道:"宝,你打扮得挺漂亮啊,不是去约会吧?"

梁馨月顺嘴一问,宁岁的脚步慢了半拍,她眨着眼胡说八道:"没,我去试镜橱窗模特来着。"

宁岁下楼的时候发现谢屹忱已经等在寝室门口了,摩托车就停在旁边。他一身很休闲的着装,厚棒球服里面套着一件深色卫衣,下面是很显腿长的浅灰色运动裤,单肩挎了个书包。

宁岁发现他戴了自己送的那条浅咖色围巾,这样搭配还挺好看。

周围人来人往,有些女生悄悄将视线投过来,不过这人好像浑然不觉,还挺惬意地低头看着手机。

宁岁还没走到谢屹忱身边,他就抬起眸,那双漆黑的眼睛看向她,眸光闪动。

他站直身体,宁岁扯了下书包带子,视线落在围巾上的数学公式上。可能是梁馨月那句话在作祟,明明不是约会,怎么这样看也好像有点像了。

宁岁仰头问:"你等很久了吗?"

她很准时。谢屹忱笑了声,幸好他提前二十分钟就到了:"没,到了一小会儿。"

她点了点头。

谢屹忱跨上摩托车,放好书包,稳稳地发动车子:"上来。"

宁岁也不是第一次坐他开的车了,一回生二回熟,戴好头盔准备出发。

坐上车的时候她听到他低声道:"你今天穿的裙子很好看。"

没想到他会这样夸自己,宁岁愣了一下,小声回道:"哦。"

摩托车沿着宽敞的路向前行驶,宁岁望着谢屹忱宽阔的脊背,心里有些发痒。

平常她挺抗拒和别人肢体接触的,但是现在感觉好像也没什么关系。反正……他们都抱过了,也无所谓了吧?这样想着,宁岁小心翼翼地抬起双手,试探地抓住他衣摆两侧,这样看着就像是她虚虚地环住他的腰一样。

谢屹忱不动声色地垂眸,余光落在她有些泛白的细嫩指尖上,微微勾起唇角。

宁岁没注意到这些,只是望着旁边飞驰而过的景色。其实她很喜欢以这样走马观花的角度去看世界,有一种在经历探险的新奇感。可惜夏芳卉不允许她做很多事,所以哪怕是最简单的坐摩托车她也觉得很有趣。

车子驶出 P 大校园,上了马路。

宁岁把鼻尖埋在衣领里,找话题道:"你戴了那条围巾啊?"

他应了一声。

"暖和吗？"

"嗯。"

风声很大，谢屹忱懒散地笑了笑："你坐近点儿，我听不清你在说什么。"

宁岁低头，两人几乎要贴上了。

"已经很近了。"

谢屹忱说："不够，我开这么快，怕你掉下去。"

宁岁倔强地说："我不会掉下去——"

话还没说完，突然一个急刹，她习惯性跟着前倾，侧脸便紧紧贴在了他后背上，双手也下意识收紧，闷声搂住了他的腰，直接坐实了这个拥抱。

宁岁的耳尖瞬间红了。周边的车都很守规则地停了下来，虽然隔着厚厚的羽绒服，但宁岁的心跳还是很快，她恼羞成怒地叫了声："谢屹忱！"

他在前面低声笑，还无辜地指了指上边："红灯。"

两人最后选择在 T 大的北图书馆自习，这里环境比较好，桌面和椅子都宽敞干净。

他们走进去的时候公共区域位置几乎都坐满了。

谢屹忱预约了个独立的研讨间，可以出声讨论，而且还是封闭式的，里外不能互相看到，不会有人打扰。

一到了学术环境，宁岁就比较认真，拿出电脑打开软件。

大作业是模拟重力四子棋，谢屹忱先前简单看了一下，如果是他来做大概一两天能弄完："你开始写了吗？"

宁岁实话实说："开始了一点点，不过棋盘局面评估部分还没弄好，主要是我没什么四子棋的经验，不知道怎么评估局面的优劣势。"

谢屹忱问："你用的 alpha-beta 剪枝算法？"

宁岁说："嗯。"

他点点头，边浏览她的代码边说："这个比较依赖于局面的估值函数，后者又很难构造。"他想了下，"要不你用蒙特卡洛树模拟吧，不需要评估局面，主要靠模拟次数，对弈多次，统计胜负关系就可以，就连 AlphaGo 都是基于类似思想做的。"

宁岁觉得他懂的真的好多，好奇地问："AlphaGo 是那个围棋的人工智能吗？"

"对。"

谢屹忱专注的时候神色会比较冷峻，宁岁撑着下颌在旁边偷偷看着，感觉心像被什么东西轻轻拨弄了一下，唇不由自主地浅浅弯起。

他好像似有所感，侧头看过来，似笑非笑地说："看什么？"

宁岁赶紧转向电脑屏幕，眼都不眨地盯着代码，顾左右而言他："那……我先弄个框架出来。"

接下来的几个小时，两人都保持安静，室内时不时响起敲击键盘的声音。他们偶尔交谈几句，都是宁岁问问题，谢屹忱条理清晰地回答，譬如蒙特卡洛树的信心上限怎么实现，如何提升模拟部分的代码效率。

宁岁之前还没发现，其实计算机和数学好像有着异曲同工之妙，又正好是反过来的。前者是用简单的语言描绘繁复的世界，后者则是利用繁复的推论去不断巩固这个世界简单的根基。

她写完一部分，把电脑推给谢屹忱，问："是这个意思吗？"

他看了看，肯定道："嗯。"旋即他微扬眉梢，"你在计算机上也挺有天赋啊。"

宁岁很意外地说："啊，是吗？"她顿了一下，"可能是因为你教得好。"

"不是。"谢屹忱注视着她，"我只是起引导作用，要掌握还是得靠你自己，你的理解能力很强。"

宁岁怔了一下。

夏芳卉以前很少跟她说这样的话——夸她有天赋，或者是聪明。

因为宁岁总是能拿高分，所以无论她取得什么成绩，夏芳卉都不会惊讶，高标准和高要求成了一件理所当然的事情。而她老爸宁德彦在这种事情上也没什么主意，或者说习惯让她妈发表看法，所以宁岁听到的永远都只有鞭策。

她摩挲着柔软的指腹，轻轻地应了一声。

宁岁继续专心致志地写着程序，不知是被夸了还是怎样，格外有干劲，不经意抬头一看墙上的钟，居然已经五点半了。

正好他们叫的外卖也到了，谢屹忱把餐盒提了进来。

宁岁打算先歇一会儿，看一会儿手机。她用余光瞥到谢屹忱低头在玩那条围巾上数学公式旁的黑线头，忍不住道："那个不是很牢，你小心别把它扯掉了。"

"嗯？"他蓦地抬眸。

宁岁这才意识到，她好像不小心说漏了什么。

谢屹忱松开手指，情绪不明地挑了下眉："这不是网上买的吗？"

宁岁眨了眨眼，镇定道："是网上买的啊。"咖色围巾是买的现成的，黑色毛线也是买的，只有公式是她拿钩针一下下把黑色毛线戳上去的，所以弄得不太牢固，但总体也勉强能算网上买的吧。

谢屹忱盯着她，故意拉长尾音道："知道了。"

他又知道什么了？宁岁没再管他，看到胡珂尔给自己发了条消息，便点开聊天框。

这是条语音，她想点语音转文字，但是不小心按错了，胡珂尔兴冲冲的声音猝不及防地响起："你那个黑色毛线放在哪里了？我想——"

宁岁手忙脚乱地把音量调到最低。上次胡珂尔来她寝室时看到了黑色毛线，还问她是干什么的，她说买来做手工玩的，把胡珂尔糊弄了过去。

宁岁感受到旁边人的视线，暗暗地做了一个深呼吸，抬头硬着头皮解释道："她在唱歌，你听过《黑色毛衣》吗？"说完她还哼了两句，"黑色毛线藏在哪里，脑海中起毛球的记忆。"

她唱完也完全没管谢屹忱的反应，径自打开饭盒，先猛地喝了一口汤，而后又埋着脑袋去吃咕噜肉，腮帮子鼓鼓的。过了好一会儿，宁岁也没听到旁边有什么动静，刚想说话，就听到谢屹忱叫她的名字："宁岁。"

"嗯？"她迷茫地抬眼。

窗外橘色的夕阳如同油画，宁岁不明所以地回眸，一张鹅蛋脸温软白皙，脸上细小的绒毛在光线里好似也被染了一层金边，粉嫩的双唇饱满细腻，像一颗桃子。

谢屹忱定定地看着那处，半晌，明目张胆地抬起手，捧住她的脸，指腹缓慢地擦过她的唇角。

他垂下眸，轻笑道："这儿沾上番茄酱了。"

宁岁看着他的眼睛。虽然他的手很快就收回了，但唇边那一抹温热像入了心一样，久久未散。

宁岁感觉心跳快得不可思议，一下一下，要冲出胸腔似的。

两个人都像是被什么定住了一样看着对方，眼神热切，呼吸也缠绕在一起，隐秘而滚烫。

须臾，宁岁像是反应过来一般，率先低头避开。她随手抓了一张纸巾按在嘴角，用力擦了擦，含糊地应了声："嗯。"

谢屹忱也一愣,眸光动了动,移开视线,伸手拿过面前的外卖袋。

宁岁没看他,声音很小地说:"快吃吧,不然菜要凉了。"

"嗯。"

两人都没再作声,安静地吃饭。

胡珂尔似乎很着急要那个毛线,宁岁给她发了一下具体位置,正好梁馨月在寝室,让她直接敲门去拿。

那边回过来两个"亲亲"的表情包,跟着又问:宝子,跨年怎么过?

胡珂尔:我都失恋了,你肯定会陪我的对吧?

她早就想和许卓分手,但是迟迟做不了决定,最近终于被各种压力压得透不过气,狠心提了出来。据说两个人打了长达三四个小时的电话,说了很久很久,最终还是分了。

宁岁不清楚具体细节,胡珂尔见到她的时候,还像个没事人一样,整天嘻嘻哈哈的。

但其实宁岁了解胡珂尔,她是那种有事会憋在心里的人,真分手不可能一点都不难过。

草莓音乐节的截图还保存在相册里,宁岁的目光在屏幕上停顿片刻,指尖缩紧。

宁岁做着复杂思想斗争的时候,旁边的人动了动,忽地出声问:"跨年夜你有什么安排?"

他好似又恢复了之前那种懒洋洋的姿态。宁岁稍稍移开视线:"还没想好。"

"那要不要和我一起去音乐节?"谢屹忱靠着椅背垂眸问,"我表哥正好给我拿了两张票。"

宁岁心里猛跳了一下:"音乐节?"

谢屹忱抬了下眉,问:"怎么?"

巧得很,她现在有四张票了。胡珂尔的事情好像解决了。

宁岁舔了下唇:"我室友之前也给了我两张票,要不我带胡珂尔,你把张余戈叫上,我们四个人一起去?"

谢屹忱说:"他不行,他们学校有晚会,他被老师叫去参加表演了。"

宁岁好奇地问:"表演什么?"

"东北二人转。"这节目还挺适合他。

"那林舒宇呢?"

"他要回家。"

"哦。"宁岁又吃了一块咕噜肉,这回很注意吃相,"那瞿涵东呢?"

"你非要再叫个人?"

"啊?"

"我是说,"谢屹忱直视着她,声音低缓,"不能就咱俩?"

宁岁感觉心尖好像被这句话挠了下,干脆借着埋头喝汤的工夫含糊道:"胡珂尔最近失恋了,情绪不好,我不能不管她。"

谢屹忱看了她一会儿,没再说别的:"行。"

宁岁也点点头,拿过手机,想给胡珂尔发条消息说一下这件事,点屏幕下方的时候对方正好发来一条语音,结果那条语音不小心又被公放了出来。

胡珂尔狂放的笑声猝不及防地响起:"笑死我了,刚在网上看到个段子,福建人有道菜是牛蛙炒咖喱,最后会被作为贡品,这道菜叫蛙咖喱贡,哈哈!"

研讨室内一阵安静。

谢屹忱迟疑地说:"你确定……"

宁岁回答:"不确定,再看看……"

宁岁跟胡珂尔说了跨年的安排,不过她稍微有所保留,说四张音乐节的票都是谢屹忱他表哥给的,这样胡珂尔不会起疑心。鉴于草莓音乐节的票不好买,胡珂尔欢天喜地地答应了。

这女人这段时间还挺让人捉摸不透的,有时张牙舞爪,好几次宁岁和她吃饭就看到她拿着手机在闪映看段子,笑得整层食堂都能听到她狂放的声音;有时又很深沉,在图书馆陪宁岁自习,就埋着头看文献,宁岁一探头过去,纸上密密麻麻都是批注。

不知道什么原因,反正她以前没这么认真学习过。

离跨年夜还有一两周,胡珂尔可能学英语学到疯魔了,宁岁周末和她出去逛街时,她会对着街上的英语商标一个一个读。经过一家商场,胡珂尔指着那个花里胡哨的"Raffles"问:"你知道这是啥意思吗?"

宁岁说:"不就是来福士?"

胡珂尔回道:"废物。"

宁岁疑惑地看她。

胡珂尔又说:"哦,我说这个词是一词多义,还有一个意思是名词复数,就是废物们。"

两人逛完街恰好看到了个名胜景点,大门口旁边有抽签的。胡珂尔说临近年关,需要给自己算一卦,兴致勃勃地去找师傅求签,师傅问她要求什么,她说最好学业和爱情都算一算。

其实宁岁怀疑这是外来人员在这儿摆摊,因为看着很不正规,小旗子在地上一插,招牌上的字都歪歪扭扭的。

胡珂尔兴致勃勃地问她:"你不算吗?"

宁岁赶紧摆手,说:"我就算了。"

中文真是博大精深。

胡珂尔先抽的是明年一年的学业签,结果是中吉签,师傅为她解签,说可能会经历一些坎坷。

他才刚说了这一句话,胡珂尔就道:"您等一下,那这个不算,我再抽一次。"她又摇了一次,结果更差,是中平签。胡珂尔不信邪,加钱之后一直狂摇,直到摇到第五次才出来一个非常吉利的上上签。

胡珂尔心满意足地放下签筒:"嗯,这个才是我的真实结果。"

师傅:"……"

胡珂尔算完学业又去算爱情,竟然一次就中了上吉签,对她来说简直是意外之喜。她付完钱,拉着宁岁离开的时候还在喜滋滋地说:"妙啊,看来我明年有桃花运。"

宁岁幽幽道:"有没有一种可能,是这签筒刚被你晃晕了?"

胡珂尔:"……"

两人找了家餐馆吃饭,胡珂尔亢奋的精神状态终于有些减弱,她陷入一种"为赋新词强说愁"的惆怅之中,话明显变少,不过吃饭的气势还是一如既往。

大概吃到一半,胡珂尔突然放下碗筷,拿起手机,点开微信界面。

宁岁看到她在偷偷摸摸看许卓的朋友圈,还自言自语:"应该没发什么新消息吧?"

她像个皇帝批阅奏折一样查看了许卓的所有社交媒体账号,无一例外,没有发布任何新动态。她这才放下心来,长松了一口气。她最不愿意看到的就是,分手以后对方很快就有了新欢,或者说,仍然有余力分享精彩纷呈的生活。

服务员给她们端上刚点的清酒,胡珂尔看了宁岁一眼,也不说话,等人走了之后,才叹了一口气道:"好吧,我承认,分手之后我心情的确不太好。"

宁岁给胡珂尔倒了杯酒,两人碰杯,她茫然地回忆说:"我以前遇到的男生好像都不会陪我很久。"

那些喜欢她的男生,往往会被她的活泼性格吸引,但其实一旦距离拉近,就会知道她的情感需求很大,需要很多很多的爱才能满足,而他们的耐性又不足,所以两人时常会因为鸡毛蒜皮的小事而产生矛盾。

胡珂尔情绪低落地说:"其实我特别想要一个人,能够让我黏着他还不烦我,但感觉很困难啊。"

"你才十八岁,以后的日子还长着呢,别这么早就下定论。"宁岁给她夹菜,顺便指了指电视,温声安慰,"你看,连螃蟹都能找到知心的伴侣。"

墙上的电视播放的节目正在讲解创新菜,很像动物世界,说什么馒头蟹是很有男友力的动物,在发现危险的时候,会抱起老婆就跑,还会把老婆掩在沙堆里,自己匍匐在上面进行保护。

胡珂尔受到触动,捧着脸蛋感叹道:"动物之间的感情真好啊。"

话音还没落下,就见字幕默默补充一句:**然而螃蟹有时候也会抱错老婆。**

胡珂尔:"……"

宁岁:"……"

跨年这天正好在周末,草莓音乐节是下午三点半开始,宁岁一觉睡到自然醒才起床收拾。

胡珂尔在宁岁的宿舍里化妆,她这段时间和梁馨月等人已经混得很熟,拿了一块俞沁手里的麦乐鸡,边吃边问:"你们看没看那部最新的偶像剧啊?"

梁馨月陪男朋友回家了,胡珂尔就跟俞沁说那部剧有多么多么好看,并且成功推荐给了好奇旁听的毕佳茜。

跟其他人聊了一会儿后,胡珂尔又凑过来,压低声音问宁岁:"群里这个是谁啊?"

先前宁岁和胡珂尔对于再拉谁一起去音乐节都没什么想法,说让谢屹忱决定,刚才看到他新建了个四人小群,除了她俩,还有一个陌生的头像。

宁岁瞄了眼胡珂尔的手机屏幕:"谢屹忱说是他表哥。"

"什么？表哥！"胡珂尔的兴奋神经一下子就被点燃了，"不是吧，是闪映的老板吗？他也要来？"

"嗯嗯。"

胡珂尔高中时其实没怎么见其他朋友用闪映，她记得自己当时是因为一个喜欢的美妆博主到了这个平台，所以才下载了软件，后来就时不时看一会儿，不同的用户会在平台上分享内容，还挺有意思的。

但是胡珂尔发现，这几个月闪映的曝光度好像有所提升，上回跟社团一起秋游时还看到有同学在用。

这家公司目前体量肯定不算大，上轮融资估值好几千万，但是前景很好。

胡珂尔没想到有朝一日自己也能和喜欢的软件公司 CEO 一起出去听草莓音乐节，就算对方目前还名不见经传，但也感觉特别梦幻。她真情实感地叹道："果然应该跟着忱总混啊。"

宁岁愣了一下，没吭声。

胡珂尔在旁边坐下，已经开始幻想："谢屹忱这么帅，他表哥肯定也很帅。"

宁岁正把气垫往自己脸上拍，粉底质地很轻薄，让本来就白的皮肤显得更加细腻漂亮。胡珂尔还是头一回见她化妆，新奇地观察整个过程。

宁岁侧头道："我也没见过他表哥。"

"不是说这个。"胡珂尔眨了眨眼，意味深长道，"我怎么觉得你今天挺郑重其事啊。"

宁岁动作缓慢地将底妆拍均匀，才镇定道："这不是要跨年了吗？"

胡珂尔一想，也对。

谢屹忱说下午两点过来接她们，一起坐车过去，他表哥估计在忙，在群里介绍了自己，就没再出声了。

宁岁今天穿了一件浅粉色的呢绒牛角扣大衣，脖子处还有一圈毛领，里面是条束腰的冬季丝绒小裙子，保暖又软和。

杜骏年说到时候会去现场和他们会合，余下三个人就直接从学校出发。

因为胡珂尔在，打车的时候谢屹忱坐副驾驶座，宁岁则坐在他斜后方。一路上，她装作在看风景，也没怎么和他有眼神交流。倒是胡珂尔缠着谢屹忱，一个劲儿地问他表哥的事，诸如"老板是不是很忙""怎么还会有空来听音乐节""他是哪个学校的啊""以后常驻帝都吗""当初是因什么契机想到要做闪映的"等。

宁岁只听到他低沉的嗓音从前排传来,对于更私密的问题则回答:"你可以到时候问问我哥。"

胡珂尔也没在意:"哦,好!"

提起对杜骏年应该怎么称呼,谢屹忱说:"随便,别太客气就行。"

胡珂尔问:"为什么?"

谢屹忱笑道:"公司也没做多大,他觉得不好意思。"

胡珂尔觉得他这话挺谦虚,他们家的人好像都谦虚,再怎么说闪映也是有点名气的软件了,至少他们这些大学生肯定用得多。

没多久就到了音乐节的举办地点,下午人还不是很多。杜骏年也没有那么快从公司过来,他们先排队检票进场,在草地上找了个比较好的观看位置。

宁岁把包里那块野餐布铺在地上,胡珂尔又去买了个很大的充气式懒人沙发,把带的零食都拿出来。

三个人坐在地上,空气很清新,几个不错的乐队率先上台表演,躁动的摇滚声音像是沿着地表传播,炸响全场。

胡珂尔坐了没两秒钟又一拍脑袋,拉着宁岁道:"我们去领荧光棒和小旗子吧!"

场地够大,她们找了一圈,差不多过了十几分钟才回来。宁岁不经意一扫,忽然看到有两个打扮特别成熟、化着浓妆的女生在跟谢屹忱要微信。

谢屹忱脸上倒没什么表情,他和对方说了几句话,应该是明确地拒绝了。

这两个女生可能看他身边空空如也,一副没打算走的模样,语气很真诚:"就加个好友而已,保证平常不会打扰到你。"

宁岁在这时走近,恰巧看到这人气定神闲地掀了下眼皮:"行,那你们记一下。"

女生眼睛一亮,掏出手机:"你说。"

谢屹忱吐出一个音:"π。"

女生疑惑地问:"就是那个单个的希腊字母吗?"

他浑不吝笑道:"当然不是啊,是 3.14159 往后数那个。"

女生:"……"

重磅嘉宾都是晚上才来，但这时候大家的情绪已经很高涨。宁岁以前从来没有参加过这样的活动，抱着膝坐在地上，很是新奇地四处张望。周围不断有人陆续到场，气氛很欢腾，大家不是听歌就是在聊天。

嗯，她的发疯清单又可以划掉一条了，开心。

胡珂尔凑到前面去拍照了，宁岁听着音乐，注意力不自觉地移到了一边。

谢屹忱把胡珂尔刚弄散一地的零食随意分了下类。他垂着眸，骨节修长的手指慢条斯理地摆弄着地上的东西。

宁岁看着他问："你表哥最开始创业的时候真在地下室吗？"

"嗯。"他抬眸看了她一眼，慢悠悠地说，"终于想起来和我说话了？"

有胡珂尔在，宁岁确实不敢轻举妄动，这女人观察力太敏锐。

宁岁沉默了一下，讨好地凑过去，顺着道："你这包鼓鼓囊囊的，都带了什么？"

谢屹忱坐在她旁边，感觉闻到了一阵很明显的香味，是某种桃花的味道，清清甜甜的。

旁边放着他的黑色背包，他浅浅地眯了下眸，拉开拉链，把一直揣在包里的东西拿了出来，扬了扬眉："要不要？"

那是一瓶经典款椰子汁。

天气还挺冷，但金属罐暖暖的，宁岁把饮料握在掌心里，抿着嘴眨了眨眼睛。

她还没说什么，他又明晃晃地笑了下，伸手从包里拿出一盒新鲜的草莓放到她面前："洗干净的。"

宁岁说："哦。"

本以为这就结束了，没想到谢屹忱把拉链拉开了些，拎了一串很可爱的小米蕉出来，又摸了两下，拿出一罐牛油果酸奶，还有两包青提味的QQ软糖。

这人的包是百宝箱吗？

宁岁的耳朵藏在浓密的乌发里，心猛跳了好几下，她才慢吞吞地说："谢谢你，忱啦A梦。"

她先打开了那个塑料盒子，草莓上还有水珠，她伸手拿了一颗咬了一小口，又脆又甜，视线又稍稍一撇，自然地定住。

谢屹忱今天戴的围巾还是她送的那条，不过被风吹散了，有一端快要垂到地上。他的外套领口敞着，黑色碎发也随着风肆意飘扬，掠过英俊的眉眼。

似乎是察觉到她的目光，谢屹忱敛眸看着她，唇角勾起："怎么，我脸上有字？"

地上的青草柔软，围巾摆动的流苏好似扫得宁岁心里发热。她一声不吭地看了他好半天，忽地凑过去，帮他拢了拢衣领，顺便还抓着围巾那一端，帮他重新系好。冰凉的指尖不可避免地触到他温热的脖颈，她还无意识地蹭了两下。谢屹忱的眸色倏地变深，垂眸盯着她。

谢屹忱的喉结缓慢滑动了一下，他正要说话，宁岁就飞快拿起一颗草莓塞进他嘴里，镇定地回应道："嗯，写着 π 呢。"

乐队表演挺有意思的，胡珂尔回来的时候发现谢屹忱和宁岁还坐在原位，只不过气氛有种说不清道不明的感觉。胡珂尔很难描述，非要说的话，她觉得很像自己手上在吃的这块牛轧糖。

她正想出声，杜骏年就来了。

胡珂尔之前了解到对方大概二十六七岁，以为会是那种西装革履的总裁范儿，没想到和她的预设完全不同。杜骏年穿了件套头卫衣，下身也是运动裤，风格非常休闲，看上去也很年轻。

男人的眼睛生得和谢屹忱同样深邃好看，但是相比起来多了一丝柔和，少了几分锐利。高挺的鼻梁上架着一副眼镜，莫名有些斯文，气质成熟稳重，差点把胡珂尔看愣了，他们家的基因也忒好了吧！

谢屹忱朝他招手，熟稔地叫了声"表哥"。

杜骏年点头简单跟他示意，目光跟旁边看着他的两个小姑娘对上，如沐春风地笑了笑："你们就是阿忱的同学吧？"

胡珂尔心里惦记着谢屹忱说称呼不用太客气，不知怎么脑子抽筋，一边点头一边回答道："是啊，表哥。"

宁岁："……"

好在杜骏年并未在意。

谢屹忱简单和他寒暄了一会儿，很快胡珂尔就接过话头，把刚才在出租车上问过谢屹忱的问题又对着杜骏年问了一遍。

杜骏年是个脾气很温和的人，不仅耐心地一一进行解答，还时不时抛出几个问题关心他们的情况，几人很快就熟悉了起来。

旁边有很多卖小工艺品的摊子，胡珂尔找了个由头拉着宁岁去逛街。两人走到谢屹忱他们看不见的地方之后，胡珂尔终于忍不住感叹："救命啊，谢屹忱他表哥也太帅了吧！"

宁岁拿起一把折扇看了看："你不是说对大五岁以上的男人都没有感觉吗？"

"我错了，我荒谬地错了。"胡珂尔两眼冒亮光，"那是因为我没见过世面。"她接着郑重其事地说，"我打算把我以前那个连锁酒吧的幻想故事改一改，男主就叫杜冷夜寒·上官云决，我要跟他幸福地过一辈子。"

宁岁心道，你别太荒谬。

这时夏芳卉打了个视频通话过来，宁岁连忙掏出耳机戴上，视频里出现宁越的小胖脸，他语气轻快道："姐姐，姐姐！"

宁岁问："怎么是你？妈呢？"

镜头举得有点高，宁越踮了踮脚，龇着牙道："我没听错吧，姐，你好像有点嫌弃我？"

宁岁温柔地道："相信你的直觉。"

宁越噘着嘴，用带着怨念的眼神看她。

宁岁想了想，决定关心一下他："最近学得怎么样？数学难不难？"

宁越也很得意："不难不难！暑假时妈不是逼我学了奥数吗？我觉得上课的内容好简单。"

宁岁说："不错，你得到老师表扬了没？"

一个义愤填膺的中年男人声音陡然传来："得个屁！他在班里公然宣扬老师教的都是没用的东西，我和你妈被年级主任请了家长！"

宁岁："……"

这时候宁德彦才转过手机对着自己，身后是宽阔平坦的沙滩和蔚蓝的大海。话筒里风声很大，他也稍稍平复了一下情绪，说："乖乖，我们带小东西去海边玩了，你妈去旁边买气球了……你怎么样？一切都顺利吧？"

宁岁和夏芳卉报备过参加草莓音乐节的事，因为是跨年夜，所以活动特别举办到零点，到时候最后十秒大家一起倒数。

"好着呢，我和珂珂已经到演出现场啦，给你看看。"

宁岁把镜头晃了晃，正好拍到胡珂尔，她就顺便笑嘻嘻凑过来给宁德彦打了个招呼："叔叔好呀！"

"小萝卜头好。"宁德彦也眯着眼睛慈祥地笑，跟宁岁又简单聊了两句，说外婆在医院一切正常,嘱咐她注意安全云云,然后就挂了电话。

两人往回走,胡珂尔跟在宁岁旁边,叽叽喳喳雀跃道:"我怎么觉得叔叔又变慈祥了。"

一整个下午都是些小有名气的乐队在表演,旋律昂扬又动听,有些歌曲宁岁以前压根都没听过,饶有兴致地用软件听歌识曲,一首首下载到本地。

临近晚上八点的时候,草坪上的人好像越来越多了,大家都往前挤,舞台前面密密麻麻全是人头,大家伸着手臂把手机举到空中拍照。

胡珂尔了看了看演出表:"哇,下一个是告五人欸!我们到前面去看吧!"

懒人沙发暂且被丢在原地,四人把包放到临时寄存处,带上随身物品,随着人流往前走。

音响效果很好,动感的节拍仿佛从四面八方传来,气氛极度热闹,告五人带来的第一首歌是《给你一瓶魔法药水》。

给你一瓶魔法药水,喝下去就不需要氧气。

给你一瓶魔法药水,喝下去就不怕身体结冰。

…………

宇宙的有趣我才不在意。

我在意的是,你想跟着我去月球谈心。

…………

这歌太火了,大家都随着旋律哼唱,摇着手里的旗帜和荧光棒。人潮像一片躁动的海洋,海浪般起起伏伏。

明明是冬日,宁岁却感觉到火热。她紧紧攥着自己的手机,感觉前进的步伐越来越艰难,身处很新奇陌生的场景,她难免感觉有些紧张。

宁岁忽然发现刚还在自己身旁的胡珂尔不见了,不知道是不是随人流走散了。心跳仿佛空了几拍,她蓦然回眸,却对上谢屹忱压下来的视线。

她下意识抓住他外套的一角:"胡珂尔呢?"

谢屹忱的嗓音随着音浪起伏,听不太分明:"她跟我哥在一起,放心。"

宁岁轻咬着唇,没再说什么,指尖稍微动了动,最后还是没松开他的衣服。

置身于这样的环境中,所有感官都处于受刺激状态,她有种不安全感,心脏也跟着乐曲的混响节拍加速跳动。

半晌,宁岁揪着谢屹忱的衣角,微微仰起脑袋,迟疑道:"那……我们就待在这里吧?"

距离太近,她只能看到他锋利的下颌角,然后听见他低沉的声音说:"好。"

因为是跨年夜,所以大家都没有控制着自己,一边蹦跳一边跟着唱。他们现在的这个位置恰好可以看到舞台,不算特别近,但也能看得到大屏幕。

宁岁费力地掏出手机,举高拍了几张照片,担心挡住后面的人,她很快就把手机放了下来。

人群密集,大家在草坪上挤来挤去。宁岁稍往后退了点,感觉背部好似隔着衣服靠上了一个格外紧实硬朗的胸膛,她脚步不稳,差点又往前栽倒。

有人把她拉了回来,紧接着温热的呼吸落在了她的脖颈处,然后她听见了谢屹忱带着玩味的笑声:"慌什么?"

宁岁没回头,后背有些僵硬地轻贴着他的胸膛,她镇定地道:"没站稳。"

人群真的太过拥挤,宁岁刻意忽略脖颈后温暖的气息,状似专心致志地看表演。

一首歌很快就唱完了,很快又是第二首、第三首……时间过得飞快,宁岁看了眼时间,不知不觉竟然已经十一点多了。

胡珂尔一直没给宁岁发消息,她也无暇顾及胡珂尔。她觉得杜骏年看上去挺会照顾人的,胡珂尔跟着他应该很安全。

还有十几分钟就要跨年了,气氛隐隐开始躁动起来,比之前更为喧嚣热闹。

台上的电贝斯手的 ending pose(结束动作)特别酷,潇洒又恣意。宁岁心里微微一动,在两首歌的间隙稍稍回过身,踮着脚朝谢屹忱说:"那个到底是吉他还是贝斯啊?为什么看着像贝斯但是有六根弦?"

周围太吵了,宁岁担心自己听不到谢屹忱说话。他却低下头,在宁岁耳边沉声解释:"是电贝斯,有四、五、六、七和十一根弦的种类。六弦比标准的四弦多了一根低音弦和一根高音弦。"

宁岁按捺住心口的热意:"哇,你怎么知道?"

他眉梢微扬:"以前玩过。"

两人不经意就对上了视线,无数绚烂的光影跃动。谢屹忱垂着眸,宁岁与他对视,猝不及防在那双眼睛里看见了自己小小的倒影。

彼此都微微愣住，像被时间短暂定住。

这时旁边忽然有一股力道冲撞过来，有人举着一面大旗在往这边硬挤。宁岁还没反应过来，就被宽厚的手掌扣着后脑勺摁进了怀里。脸颊触碰到他外套的前襟，本就剧烈跳动的心愈发猛烈。乐曲声很大，空气中都是热流，宁岁听到旁边那个女生不知对着谁骂了句："有没有素质啊？都踩到我的脚了。"

各种纷繁的声音从四周涌来，也许有人回应，也许没有，不过宁岁并没有听得很清楚。

她的脸紧紧贴着那个温热紧实，轻微起伏着的胸膛，双手攥着那人腰侧的衣服。她不自觉地蜷起指尖，默默地埋着脑袋。

少年有力的手臂将她牢牢地护在怀里，不多时，她的头顶落下滚烫的气息："好了。"

宁岁低声应："嗯。"

几秒的停顿后，他问："我们出去，好不好？"

宁岁虚虚地抱着他，含糊地应了声，接着就被他抓住手，他们在乐团恣意的歌声中大步地往回走。

如果我，我是说如果我想牵你的手，然后带你远走……

宁岁的视线有些恍惚，两旁全都是人，她不去计较那么多，只望着前面那个高大挺拔的背影，不再去思考其他。他们十指交握，他们逆着拥挤的人潮坚定地往前走。

这个时候，宁岁恍惚觉得好像看到了十六岁时的自己。那个在异地求学，会因为一道数学题做不出来就忍不住哭的怯懦的自己，会紧张地攥着书包带子，跟在谢屹忱身后，一步步把街上的新雪踩出痕迹。漫天细雪纷飞，沿路的灯一盏盏为他们点亮。

只不过唯一的区别是，那个曾经总是隔着一段距离走在前面的脊背挺拔的少年现在在她身边，他身上令人安心的气息，让宁岁莫名恍惚。

岁月嬗递，他们还能找到彼此。

谢屹忱一直牵着她往前走，没有停下脚步。

他们经过草坪，离开园区，最终走上了人行街道，沿着空荡荡的马路漫步。他们好似两个从喧嚣中脱离出来的人，清醒却又热忱，身上还染着浓郁的烟火气。

冷风拂面，宁岁的视线落下去，看着他们交握的双手，她还是觉得很不可思议,也很不真实,唯有胸口的心跳在昭示着真实存在着的自己。

远处的热闹也是属于他们的热闹。

"谢屹忱。"

前方那人回应道:"嗯?"

她咬了咬唇,试探地问:"你是打算一路走回槐安吗?"

谢屹忱停下步伐,回过身来。他垂着眸看着她,没有说话,但是眼神炽热又滚烫,还染着亮光,令人目眩神迷。

没有人提他们在牵手这件事,也没有人松开手。宁岁的手指没一点力气,耳尖热热的,她抬眸望着他。

"宁椰子。"谢屹忱忽然懒懒地开口,"问你个问题。"

"嗯?"

他笑了下,定定地看着她,问:"你还记得我的手机锁屏密码是什么日子吗?"

十二月九号。那天晚上他骑车载她环海的时候给她说过。

宁岁往下垂了垂脑袋,将冻得有些发红的鼻尖埋进了围巾里:"你的生日。"

"不是。"

"嗯?"

谢屹忱不答反问:"我们第一次见面是什么时候?"

心忽然跳得很快,她脑海里倏忽冒出一个很直白的答案。

"你还记得?"宁岁蓦地抬眸。

"那天是我的生日,我记得很清楚。"谢屹忱俯下身与她平视,"后来,我们在楼梯上说话,是十二月十二日。"

宁岁情不自禁地颤了颤睫毛。

有时候她觉得这一切都很神奇,人和人的际遇往往无法预料,譬如她和谢屹忱,因为数学认识彼此,像是某种难以言喻的缘分。

他们第一次见面是十二月九号,真正产生交集是十二月十二号。

那些细节被埋在心底,原本她以为这是自己一个人妥帖珍藏的秘密,也一度觉得,往后不会再有把它翻出来的时刻,却没想到,有人以这样一种温柔的方式,让它窥见天光。

"你做不出来就是因为不够努力,你跟我讲这些有什么用?是还嫌我不够焦头烂额吗?"

"能有多难啊？我算是看出来了，你就是没有天赋，就是废物，早知道这样当初就不该送你去学数学，浪费这么多时间、这么多钱！"

电话里夏芳卉的责骂尖酸刻薄。

那个幽暗又狭窄的楼梯间里，他从口袋里掏出一包纸巾，单膝蹲下来问她："哭什么？"

宁岁泪眼蒙眬地接过那包纸巾："好难，我解不出来。"

生活乱成一团糟，全是无解题。

宁岁的后颈有一块疤，那是夏芳卉控制不住脾气时用书砸的，当时流了不少血，但幸好被头发掩盖住，所以几乎没有人知道。

宁岁抱紧双膝，目光凝滞地哽咽道："也许……我是真的没有天赋。"

谢屹忱沉默了很久。

就在宁岁以为他要离开的时候，他在她身边的楼梯上坐下，打开手电筒，放轻语气说："哪题不会？我一道道给你讲。"

楼道里，少年讲题的声音低沉动听，安抚了她的脆弱和不安。

宁岁怔怔地看着他轮廓分明的侧脸，昏暗的光将他的眉眼照得很好看。

宁岁微哑着嗓子问问题，谢屹忱耐心解答，有时候要重复两遍，她才能理解是什么意思。

宁岁抽着鼻子问："你说，我是不是真的很笨？"

那时候，谢屹忱转过头，认真地看着她的眼睛。

"我不觉得你笨，相反，我认为你很聪明，一点就通，很多时候都想到了解题的方法，只是不敢尝试去深入探索。你有时再往前迈一步，就能够柳暗花明。其实那些题，有时候我刚拿到也想不出解法，但是静下心，慢慢就可以抽丝剥茧。"

宁岁埋下头，用手背擦了擦眼泪，好久才闷声"嗯"了一句。

她像是被什么东西困住了。

谢屹忱静静凝视着她瑟缩的双肩，半晌，卷起了自己的袖口，露出手臂内侧略显狰狞的疤痕。

"这东西我十三岁的时候就有了，很丑对不对？"周遭很暗，他的眼睛却很亮，"我用了很多方法想要去掉它，最后还是让它留在了自己身上。你也一样。"他说，"你要学着跟自己和解。"

后来回宾馆，两人仍旧是一前一后，隔着几米的距离。

宁岁裹着棉衣往路灯下走，嗓音软软的："你走太快了，我跟不上。"

少年回眸，似笑非笑地勾唇问："是我的错了？"

宁岁没出声。

"你这么怕黑啊。"

她仍旧没说话，白皙的脸颊都有点冻红了。他放轻了声音："行，那我走慢点儿。"

"They're my past. Everybody's haunted by their past."《美丽心灵》的电影中，纳什这样说道。

其实每个人都会被他们的过去所困扰。但是没关系，现在的宁岁已经慢慢学会该怎么和自己和解了。

路灯将两人的身影拉得很长，这里是近郊，他们在空旷开阔的马路旁边，地上还有昨夜刚下的白雪。

宁岁抬起眼，眼眸也被某种不知名的光渲染得很亮。

片刻，她轻声问："谢屹忱，其实你就是 Nathan 吧？"

那个未曾谋面，却跟她交流深刻的笔友。

因为你以后不只会去菜市场买菜，你可能还会在海滨坐摩天轮，会穿礼服去听古典音乐会，会想知道晚霞为什么这么漂亮，星星和太阳之间的距离有多远。人类的先辈创造了很多种存在于这世界的精彩方法，我们虽然还不知道宇宙有多大，但是仍然希望能够用自己的双手去丈量它。

这段他用来安慰宁岁的话，一直被她深深记在脑海里。

眼前的人并没有流露出意外的神情，只弯了下唇，低声回道："怎么猜到的？"

他留下太多蛛丝马迹了。

宁岁随便举了几个例子："你知道我喝酒不过敏，说欧拉定理不止有一种证明方法，你在青果上的昵称是 Anathaniel，里面就夹着 Nathan 这个词。"

宁岁觉得，这些都是他留给她的线索。

因为他知道她是回避型依恋人格，所以慢慢地、耐心地、一步步小心翼翼地尝试走近她。

从高中到现在，这么长的时间，他始终陪伴在她的身边。

谢屹忱点了点头，坐实了她的猜想："嗯，是我。陪你在雪夜走路的是我，你的笔友 Nathan 也是我。"他一字一句笃定道，"现在，和你一起站在这里即将迎接新年的还是我。"

不远处，还有音乐节的歌声在隐隐约约地传来，依稀能够分辨出歌词。呼啸而过的晚风好似被皎洁的月光感染，变得缱绻温柔。

宁岁抬头，看着谢屹忱望向她的那双漆黑明亮的眼睛。

歌声沸腾，连同着她的心也被重重地敲响，心中叹息一声，某个角落温柔地塌陷了。

这样热烈温柔又熠熠生辉的少年啊。

"十、九、八……"零点的钟声即将敲响，大家在一起倒计时。远处人潮欢腾，仿佛永远不知停歇。

宁岁仰着脑袋望着他，眼睛热乎乎的，心里也是，好像不管她主观上如何告诫自己，他依旧像一个特别甜蜜的陷阱，吸引着她不断靠近。任何她需要谢屹忱的时刻，他总是能够从口袋里掏出一颗糖，塞到她掌心里，并且真诚地看着她的眼睛，告诉她这不是一时兴起。

她也许从前不知该怎么和旁人亲近，但是此时，她想和他更加亲密一点，比牵手还要亲密。

"宁岁。"这时候谢屹忱在叫她的名字。

"三、二、一……新年快乐！"

远处巨大的欢呼声落在宁岁的耳畔，浅藏着少年意气的眉眼骤然拉近，那一刻全世界的声音都消失了，他偏头在她温软的脸颊上浅浅地亲了一下。

"我好喜欢你。"

Special

椰椰观察日记

1

张余戈没想过会在旅游的时候遇见宁岁一行人。

初见那天,他和谢屹忱两人都淋了点雨,谢屹忱先洗澡,他随后,在浴室里面优哉游哉地唱歌。

张余戈出来以后蹑手蹑脚,带着一身潮气滚上了床。

黑暗中始终没有声音,张余戈试探问道:"忱总,你睡没?"

没人回答。

"宁岁挺漂亮的,你说她为什么没有男朋友啊?"

还是没动静。但张余戈知道谢屹忱没睡着。他不困,想找点话题,但谢屹忱不愿意聊,他就只能干憋着。不经意间,张余戈想起自己在 iPad 里下了电影,之前和林舒宇他们一起,因为有女生在,晚上就没好意思看。

虽然说这个念头很突然,但是一旦兴起就有些控制不住。

张余戈想着想着就来了点精神,在床上翻来覆去,搞得被窝里发出窸窸窣窣的声音。

另一张床上,谢屹忱浅淡地哼了声,懒懒地问:"你睡不睡?"

"不是。"张余戈再也忍不住,老实地说,"我下了一部 2 个 G 大的电影,要不要一起看?"

躺在旁边床上的人忽然翻了个身,语气冷冷的:"你有病?"

张余戈意识到他误会了,刚说完宁岁就想看电影,可他真不是这个意思啊!

"不——"

一个枕头径直扔过来,砸在张余戈脸上,他直接吃了一嘴棉花。

2

飞机降落的时候,南城雾蒙蒙的,天是清冷的白。

高二上学期已过大半,冬夜里,街道上弥漫着浓厚的寒意。

晚上八点,谢屹忱独自拎着行李箱,在老周跟他提的那个包给竞赛生的旅馆办理入住。老周已经和这边的负责老师打了招呼,旅馆那边也给他留了房间,虽然空间不大,但好在整洁干净,写字台比较宽敞。

手机上没有信息,谢镇麟和邱若蕴从来就没记住过谢屹忱的生日。他在桌前静坐半晌,又吊儿郎当地往书包里塞草稿本和教辅书。时间还早,晚课也还没结束,他打算先去学校踩个点,认识地方。

谢屹忱背起包,拿上手机就出了门。

从旅馆到学校走路大约十来分钟,途经一条生意热闹的小吃街,其中有个很显眼的烧烤摊,油在锅里烧得火热,噼里啪啦地响着,烟雾缭绕。

谢屹忱插着兜穿过去,轻车熟路且准确地找到了校门的位置。

这里是后门,教学楼伫立在一个高平台上面,需要往上爬二三十级台阶。天气有点冷,谢屹忱里面穿了件白色长袖,外面是件加绒深灰色冲锋衣,手套、帽子都没戴,呼出的气息冷冷淡淡的,他步伐缓慢地拾级而上。

楼内的路有点绕,但可能是运气好,谢屹忱对着手机上的地址很快找到了数竞的教室。

其实也并不难找,因为整栋楼内就只有这一间大教室,室内灯光明亮,依稀能够听到里面嘈杂的人声。现在似乎是课间休息时间,有同学在热烈讨论某个数学问题,为此争论不休。

感觉氛围挺好——在推开教室门的时候,谢屹忱是这么想的。

几百人的大阶梯教室,一眼望去几乎座无虚席。他戴上外套帽子,拉上领口拉链,随便在侧后方找了个隐蔽的空位置坐下。

教室里气氛很热闹,黑板上是密密麻麻的板书,老师被几个同学围着问问题,谢屹忱看了几眼就大概知道他们在吵什么了,一道不太常见的图论问题,难度大,很容易把人绕进去。

谢屹忱从包里拿出草稿本,随意翻到空白页,刚拿出笔记下题干的重点,他眼神忽地一瞥,在半空中停顿须臾。那一圈学生中,有个纤弱的女孩子站在最外面,努力仰起白皙的脸,认真听老师讲话。

她很瘦,紧攥着一张边角有些发皱的卷子站在那里,就更显得单薄。姑娘抿着嘴角,神情似乎有些惶惑,眼神明亮地盯着前面,仿佛一字一句都要记清楚,有种脆弱又格外坚韧的劲儿。

后来继续上课,谢屹忱看到她回到座位,是在第二排前面的位置。

那天晚上的云很温柔,下了小雪。

谢屹忱在拐角路灯下散漫地站着,稍一抬眼,就看到宁岁在不远处深一脚浅一脚地往前走。

谢屹忱知道她在跟着自己,刚才好几次听到身后细碎的脚步声,像只受惊的小猫。没什么特别的理由,他想停在这里回头看一眼。

姑娘鹅蛋脸,乖巧地揪着双肩包带,棉衣裹得很严实,宽大的围巾几乎遮住下巴,整个人看起来很柔软。

天空中飘荡的雪花被路灯的橘色光线照亮,笼罩在她眼角眉梢。姑娘气喘吁吁,用手背很快地擦了擦脸,在灯光底下抬起头,不知在看什么。她有一双很亮的眼睛,比落在他肩上的雪还要纯净,不经意消融了他胸腔里未平的意气。

谢屹忱的指尖碰到口袋里的手机,短暂几秒,他做出了一件根本不是他会做的事。

轻按下快门的那一刻,他心里想的是:十七岁的这个生日,好像过得也没那么糟糕。

3

谢屹忱很早就在 Leonhard Euler 答疑坊上注册了账号。

上面有很多厉害的人，大家一起讨论，思维碰撞交流的氛围特别好。谢屹忱偶尔会在网站上答疑，以此来锻炼自己的思路。他登录网站的频率没什么规律，他想起来了就看一看，没想起来就很久都不会登录。

　　集训回来之后，这个网站他看得很频繁，无聊的时候就上去看一眼有什么好题目。

　　这会儿谢屹忱又在漫无目的地随意浏览，不经意看到一道不错的几何题，能用好几种解法。他觉得有点意思，不仅是帖主对于这题有疑惑，下面还有好几条求解答的评论，各个角度都有。

　　在一众评论中，谢屹忱注意到一个昵称：1212椰子。

　　这四个数字是什么，日期吗？

　　谢屹忱多看了一眼，视线掠过去，研究半晌后认真写下答题思路，拍照回复了帖主。

　　他答完就忘了这件事，又过几天，登上账号后，发现私信箱里收到好几条信息，都在感谢他的答案写得清晰，表示大神真是技术过硬。其中有一个显眼的头像，是个圆滚滚的绿色椰子。

　　1212椰子：大神，我想请教一个问题可以吗？标准解法是赫尔德变形，但我感觉比较靠技巧，是不是还有别的解法，比如用 Katz-Tao 不等式？

　　那边发过来一张照片。

　　谢屹忱点开一看，仅仅扫了一眼，就发觉卷面格外熟悉。这是南城的集训习题，上面的字迹很熟悉，甚至还有他坐在台阶上时给她写的红笔批注。

　　她只拍了试卷的下半张，但谢屹忱知道另外半部分写着她的名字。

　　宁岁，岁字被眼泪晕开，有一点模糊。

　　原来她喜欢椰子，他在心里暗暗地想。

4

　　宁岁很有趣。

　　她爱讲一些无厘头的笑话，爱观察生活中有意思的"小确幸"，有一双善于发现美的眼睛。比如天很蓝，树很绿，云朵的形状很有趣，就连她吃到好吃的小蛋糕都要分享给谢屹忱。

他们讨论电影、哲学、宇宙和人生。

通过做笔友,谢屹忱知道了她的更多信息。比如,她有个活宝弟弟,热衷上房揭瓦,两个人每天都和母亲大人斗智斗勇,乐此不疲;她的英文名叫 Ariana,因为她妈妈希望每次在名单上她都能最先被老师看到;她的小名叫椰子,她对芋圆过敏,喜欢吃芝士和甜食;她喜欢毛茸茸的小动物,喜欢温柔的草绿色,和他一样喜欢数学,喜欢听旋律慵懒轻快的歌曲;她有点怕黑,表面温暾,其实心思很敏感;她小时候上过很多兴趣班,钢琴、羽毛球、画画、唱歌等;她很聪明,只是没得到什么肯定,因此不太有自信;她的好奇心很旺盛,却也有着极强的同理心和共情力。

1212 椰子:你今天心情不好吗?

Nathan:嗯。

她不问为什么:那我请你看部电影吧!

Nathan:什么?

她发来一段自己拍的短视频,是夏芳卉追着宁越跑的背影,镜头很摇晃,依稀还能听到女人在那边大骂:"长能耐了是吧,现在都敢在试卷上仿写我的签名了!"

宁越委屈的声音传来:"妈,我知错了……"

夏芳卉语气柔和了一点:"错哪儿了?"

宁越小声回答:"错在仿得不够自然,被看了出来。"

视频以宁越的哀号结束。

1212 椰子:年度贺岁大片,《由学艺不精引发的悲剧》。

谢屹忱被逗笑。

1212 椰子:我这样老是找你,会不会让你烦呀?

Nathan:不会

请你多来找我。

最后也是最重要的一点:她比谁都可爱。

图书在版编目（CIP）数据

在夏夜熙攘之前 / 浮瑾著 . -- 武汉：长江出版社，
2025.3. -- ISBN 978-7-5804-0027-7

Ⅰ. I247.5

中国国家版本馆 CIP 数据核字第 20252W93A8 号

在夏夜熙攘之前 / 浮瑾 著
ZAI XIAYE XIRANG ZHIQIAN

出　　版	长江出版社
	（武汉市解放大道 1863 号　邮政编码：430010）
市场发行	长江出版社发行部
网　　址	http://www.cjpress.cn
责任编辑	张艳艳
特约策划	阿　宅
特约编辑	阿　宅
封面设计	殷　舍
印　　刷	天津中印联印务有限公司
版　　次	2025 年 3 月第 1 版
印　　次	2025 年 3 月第 1 次印刷
开　　本	880mm×1230mm　　1/32
印　　张	10.75
字　　数	379 千字
书　　号	ISBN 978-7-5804-0027-7
定　　价	49.80 元

版权所有，侵权必究。如有质量问题，请与本社联系退换。
电话：027-82926557（总编室）　027-82926806（市场营销部）